中国十大
古典悲剧故事

金金　编著

苏州新闻出版集团
古吴轩出版社

图书在版编目（CIP）数据

中国十大古典悲剧故事 / 金金编著. -- 苏州 : 古吴轩出版社, 2021.7（2024.4重印）
ISBN 978-7-5546-1708-3

Ⅰ. ①中… Ⅱ. ①金… Ⅲ. ①古代戏曲－悲剧－故事－作品集－中国 Ⅳ. ① I237

中国版本图书馆 CIP 数据核字（2021）第 007936 号

责任编辑： 俞　都
见习编辑： 张　君
策　　划： 崔付建　秦国娟
装帧设计： 鸿儒文轩

书　　名： **中国十大古典悲剧故事**
编　　著： 金　金
出版发行： 苏州新闻出版集团
古吴轩出版社
地址：苏州市八达街118号苏州新闻大厦30F
电话：0512-65233679　　邮编：215123
出 版 人： 王乐飞
印　　刷： 三河市华东印刷有限公司
开　　本： 880mm × 1230mm　1/32
印　　张： 13.75
字　　数： 279 千字
版　　次： 2021 年 7 月第 1 版
印　　次： 2024 年 4 月第 2 次印刷
书　　号： ISBN 978-7-5546-1708-3
定　　价： 68.00 元

前　言

中国十大古典悲剧多带上一个“欢乐的尾巴”，或夫妻团聚，或鸳鸯翔云，或仙宫重会，或锄奸复仇。

不要以为有了一个“欢乐的尾巴”就不是悲剧了。无论是从悲剧的结构、人物，还是从悲剧意识而言，中国十大古典悲剧都是优秀的文学作品。

《精忠旗》《清忠谱》《窦娥冤》随着悲剧情节层层推进，最终以主人公的死亡达到高潮，往往在主人公的最终死亡之后又加上了申冤昭雪、仇人毁灭的结局。这样的结局给人以痛苦的精神折磨与沉思。坏人虽死，好人终灭，团圆无望，主人公的死亡已将悲剧推向高潮，因而，“欢乐的尾巴”并不能改变整个故事的悲剧性质。

《娇红记》的结局是一个痛苦的“团圆”，男女主人公以死殉情，双双成仙之后，仍难以排遣人间万种愁怀：“两鸳鸯，双飞陇头，似啼鹃哀鸣树头。觑山空水幽，觑山家水幽，白云天际，千载悠悠。一点衷情，甚日还休。叹累累满目荒丘。回首处，涕交流。”这种浪漫主义的结局，更增添了悲剧的氛围和色彩。以乐景写哀情，倍增其哀。“欢乐的尾巴”并不欢乐。

《长生殿》《汉宫秋》《桃花扇》悲剧性冲突的发生、发展与高潮都紧紧围绕着主人公爱情与事业的矛盾与冲撞，要江山还是要美人，这是一种两难选择。无论是作为君主还是平民，负有重大责任的他们在做出痛苦抉择时，悲剧的高潮就已悄然来到，而埋玉、投河都是高潮中的一部分。

在《汉宫秋》《长生殿》中，当主人公的爱情梦破灭后，一个是挂图解闷，听孤鸿凄鸣，一个是听秋雨梧桐，梦中相会。

《桃花扇》的主人公李香君、侯方域历尽磨难再度相逢，却已不知国在哪里，家在哪里，君在哪里，父在哪里，只能带着亡国之痛遁入空门。主人公们因理想失落而产生心灵上的痛苦，从而对命运感到绝望，又岂有欢乐可言？

就中国十大古典悲剧的结局来看，它们一般以主人公的死亡或身处逆境作为结局。但在这些大悲之后，往往还有一些安慰性的小喜，如《琵琶记》的夫妻团圆、《长生殿》的仙宫重会、《赵氏孤儿》的锄奸复仇、《窦娥冤》的平冤昭雪、《娇红记》的鸳鸯翔云……这些结局的亮色，只是适度地冲淡和抑止了由死亡或不幸造成的过度悲伤。主人公的悲与喜得到中和，也鲜明地体现在作者的情感态度上。不论是窦娥、王昭君，还是杨玉环、白娘子，甚至是汉元帝、唐明皇，他们都无法摆脱悲剧的阴影。

目录

《琵琶记》是元末戏曲作家高明（即高则诚）根据长期流传的民间戏文《赵贞女蔡二郎》改编创作的一部南戏，是中国古代戏曲中的一部经典名著。此剧叙写了汉代书生蔡伯喈与赵五娘悲欢离合的爱情故事。该剧以小孝、大孝的争论为戏剧冲突的起点，一边写蔡伯喈进京，步步高升，陷入功名富贵之中，一边写赵五娘吃糠卖发，独力筑坟，历尽苦难折磨。这一乐一苦 、一富一贫，形成了强烈对比，加深了悲剧效果，让人看到一个普通人家与环境无力相抗衡的社会惨剧。明太祖朱元璋当时就把《琵琶记》比作四书五经，且看得比四书五经更加重要，可见它无论是在思想与艺术上，还是在人物形象塑造、戏剧结构、语言、音乐格律方面都有突出的成就，因而被尊为“南曲之祖”“传奇之祖”。

《汉宫秋》是“元曲四大家”之一的马致远的代表作品，以汉元帝与王昭君的爱情悲剧为主线，讲述历史上著名的“昭君和番”的故事。故事中，王昭君受画工毛延寿陷害，被迫前往匈奴和亲，最后投江自尽。思念爱妃的元帝，在睡梦里被秋雁的叫声惊醒，全剧在凄美悲郁的气氛中结束。这充分表现了作者对王昭君的深切同情和高度赞扬；而对以元帝为首的封建统治者，则是深刻地批判与辛辣地嘲讽！

《长生殿》是清初剧作家洪昇创作的剧本，讲述的是唐朝皇帝李隆基和贵妃杨玉环之间的爱情故事。这是一个由史实演绎而成的历代相传的传奇故事。作者洪昇用人间天上、现实与幻景交错的戏曲艺术手法，将这对帝妃之间“在天愿为比翼鸟，在地愿为连理枝”的生死恋情描绘得出神入化，凄婉动人。作品同时还反映了当时朝廷内外复杂的矛盾斗争，勾勒出家国兴衰的历史风貌，成为这类题材中成就最高、影响最大的戏曲作品。剧作一经问世，当即产生了巨大的社会反响，成为剧坛竞相传抄和演出的剧目。

《精忠旗》为明朝冯梦龙所作，写南宋抗金将领岳飞被卖国贼秦桧谋害的故事，是我国古典戏曲中比较优秀的悲剧作品。南宋抗金将领岳飞被卖国贼秦桧谋害，岳珂为岳飞之后，忠心爱国，并立志替先祖翻案雪耻。后来岳珂取得证据可替岳飞翻案，但为顾全先皇颜面，终以鲜血毁证物。此举感动皇帝，皇帝下旨恢复岳家名声，岳珂继承祖志，名留青史。

《桃花扇》是中国清代著名的传奇剧本，作者是孔尚任，是他经历十余年三易其稿而完成的。此剧以名士侯方域与秦淮名妓李香君的爱情故事为主线，将他们的爱情与国家兴亡交织在一起。该剧围绕着侯、李爱情这一中心线索，融入了大量反映南明兴亡斗争的场景，刻画了众多面目各异的人物，史诗般地再现了明末社会一系列重大的历史事件，诸如崇祯死难、福王即位、阉党专权、江北四镇自相残杀、东林复社反清活动、史可法壮烈殉国等，堪称是一部名副其实、可歌可泣的明亡痛史。

《赵氏孤儿》是元代纪君祥所作的一部著名历史剧。故事的原型初见于《春秋左氏传》，汉司马迁的《史记·赵世家》中有更详细的记载，后来刘向的《新序》《说苑》亦有记载。赵氏孤儿一案是我国春秋史上的一大冤案，案情曲折悲壮，经过纪君祥的加工后则更加生动。《赵氏孤儿》作为我国古典戏曲的著名剧目，在国外也产生了相当大的影响，早在18世纪就已传入欧洲，被译成法语和英语等。法国作家伏尔泰还将其改编成话剧，名为《中国孤儿》，在法国上演，产生了很好的效果。这部剧本的作者纪君祥，又作纪天祥，大都（今北京市）人，元代著名的戏剧家之一，生平事迹不详。他一生大约创作了六种杂剧，都已散失，仅存《赵氏孤儿》一种。

《清忠谱》，中国明末清初传奇作品，由李玉所作。反映明代天启年间阉党魏忠贤等人对东林党人的迫害史实，成功地塑造了颜佩韦等“五人义”的市民形象，他们舍生仗义，毫不畏惧，可歌可泣，与胆小怕事、迂腐可笑的请愿书生形成鲜明对照。特别是剧中描绘了广大人民群众积极参与抗争的场面，在舞台上展示了市民暴动的壮烈景象。这在中国戏曲史上属于首创。

《窦娥冤》是元代戏曲家关汉卿的元杂剧代表作，也是元杂剧悲剧的典范。该剧剧情取材自“东海孝妇”的民间故事，讲述了一位穷书生窦天章为还蔡婆婆借他的银子，不得已将女儿窦娥抵给蔡婆婆做童养媳，没过几年，窦娥的夫君早死。适逢蔡婆婆要赛卢医还钱，却险些被赛卢医害死，幸得张驴儿父子相救。那张驴儿要蔡婆婆将窦娥许配给他，窦娥始终未同意。张驴儿就将毒药下在羊肚汤中要毒死蔡婆婆，结果却失误毒死了自己父亲。张驴儿反咬一口，诬告窦娥毒死了他的父亲。昏官桃杌严刑逼供，最

琵琶记

·作品评价·

《琵琶记》是元末戏曲作家高明（即高则诚）根据长期流传的民间戏文《赵贞女蔡二郎》改编创作的一部南戏，是中国古代戏曲中的一部经典名著。此剧叙写了汉代书生蔡伯喈与赵五娘悲欢离合的爱情故事。该剧以小孝、大孝的争论为戏剧冲突的起点，一边写蔡伯喈进京，步步高升，陷入功名富贵之中，一边写赵五娘吃糠卖发，独力筑坟，历尽苦难折磨。这一乐一苦、一富一贫，形成了强烈对比，加深了悲剧效果，让人看到一个普通人家与环境无力相抗衡的社会惨剧。明太祖朱元璋当时就把《琵琶记》比作四书五经，且看得比四书五经更加重要，可见它无论是在思想与艺术上，还是在人物形象塑造、戏剧结构、语言、音乐格律方面都有突出的成就，因而被尊为“南曲之祖”“传奇之祖”。

［元］高　明

东汉建宁元年（168），在陈留郡的蔡家庄有一个蔡老员外，他已年近八十。蔡邕（字伯喈）是他的独生儿子。蔡邕三十来岁，长得一表人才，自幼就聪慧无比，经过十几年的寒窗苦读，如今已经是学富五车。他还是一个出名的大好人，在家孝敬父母，在外和睦乡里。父母见儿子品行端正，学业有成，更是望子成龙，盼他早日取得功名，以便光宗耀祖。

这一年，蔡老夫妇为蔡邕选配了美貌贤惠的赵五娘做妻子。赵五娘长得秀丽端庄，姿容俊雅。她不仅工于针线，勤于家事，还通晓史书，善吟诗作画。自嫁到蔡家，她见丈夫才貌双全，满心欢喜，庆幸自己找到了个如意郎君。夫妻二人是情投意合，恩爱无比。蔡家家境小康，一家人生活得安宁舒畅。

蔡家自娶来了赵五娘，全家人和睦相处，媳妇尽心侍奉公婆，公婆满意媳妇，日子过得顺顺当当，在不知不觉中过了两个月，已到了阳春三月。

这天，适逢蔡老员外八十岁的生日，蔡邕为表孝顺之心，就和五娘为爹爹摆下寿筵。

蔡家庄里人声鼎沸，热闹非凡。蔡老员外和老夫人笑容满面地坐在大堂正中，与一些年长的亲戚朋友叙话。蔡邕则来往穿梭于人群之中，忙于接待客人，大堂上一片祝酒碰杯之声。

有的道："祝老员外身体健康！"

又一个大声说："祝老员外寿比南山，福如东海！"

还有的人在低声议论："说到福气，我看也没人比得过这蔡家二老。儿子是才高八斗，学富五车，娶个儿媳妇又是这般美貌贤淑，真是有福气啊！"

面对众人的恭维和奉承，蔡老员外得意地捋着白须，老夫人脸上笑成了一朵花。

过了好一阵，坐在蔡老员外身旁的一位老人站了起来，大声说道："老员外，令郎才华出众，人品又好，琴棋书画，在陈留排第一。为何他年过三十还不去考取功名呢？难道老员外要把这匹宝马永远关在家中吗？"说话者是西村的马员外。这马员外早年在朝中为官，如今已卸职赋闲，归隐田园。他平日极爱蔡邕的人品才学，常劝他志当存高远，不可辜负了清平盛世。今日酒酣耳热之后，不免又旧话重提。

蔡公听了这话，长叹一声，原先舒展的眉头皱了起来，说道："老哥，不瞒你说，我这孩儿从小喜欢读书作赋，我也曾指望他长大之后考取功名，做个忠孝两全之人。不想他眷恋闺房，胸无大志，着实令我伤心。"

坐在一边的蔡婆，忍不住插嘴道："员外你怎么不好好地想一想，你我都已经年过八旬，大半截身子都已埋在土里。今年我们还能和亲戚朋友、儿子媳妇欢聚一堂，明年此时，谁知道这把老骨头还在不在世上。再说，你们蔡家几代都是一脉单传，现在媳妇才娶过来两个月，你又要赶儿子到遥远的京城应考，这不是成心让蔡家绝后吗？”蔡婆脾气是最急躁的，见蔡公又在大庭广众之下责怪儿子，便不顾一切地数落起来。

“妇人之见！你就知道小家庭、抱孙子，连什么叫忠孝节义都不懂。”对蔡婆的指责，蔡老员外显得不屑一顾。

“爹，娘，你们都少说几句。”在一旁招待客人的蔡邕，这时听到父母为自己的事吵了起来，赶忙跑过来劝说。

他对蔡公说：“爹，请你息怒。孩儿不愿到京城应考，实有万不得已的苦衷。不是孩儿恋着媳妇，也不是孩儿没有志向，只因爹娘年事已高，无人侍候，因而不愿上京应考。”

“荒唐！”蔡公指着蔡邕说，“你懂不懂，做人不能光看眼前！你十载寒窗，学成济世之才，不为朝廷出力，又为什么？再说，等你考取了功名，我们蔡家也可以光宗耀祖。”

“哎哟，又说你的光宗耀祖了！”蔡婆见丈夫这般训斥儿子，心中愤愤不平，“古人说：‘子孝双亲乐，家和万事成。’现在你的儿子媳妇这么孝敬你，你还嫌不足，硬要孩儿上京城应什么试。要是你有个三长两短，恐怕你想见他一面都不行。依我说，咱们一家四口，子孝父慈，夫妻和睦，过两年再添个胖孙子，比考取任何功名都强。”

“你……你总是这样护着儿子，他都给你娇宠坏了！什么也不想干，只想在家中贪图安乐！”蔡公气得胡子直抖。

“好了，好了！老员外、老安人、蔡公子，你们都少说几句。都怪老朽不该提起这件事。今天是老员外八十寿辰，是个喜庆日子，咱们该说些快活的话才对。这件事暂且不谈也罢。”马员外见两个老人动了火气，忙出来打圆场。蔡公、蔡婆听他说得有理，也就不再争吵。大堂上又响起了喝酒碰杯之声。

赵五娘站在大堂侧门的后面，听着他们的争吵，不禁眉头紧皱，双眼含泪。两个月前，她嫁到蔡家，庆幸自己找到了一个如意郎君。可是过了春节之后，公公天天催着蔡邕上京应考，且每每指责他贪恋闺房。五娘真是哑巴吃黄连——有苦说不出。今日当着客人的面，公公又旧话重提，大发脾气。五娘再也忍不住了，泪儿簌簌地流了下来，心想：明天等着自己的还不知道是什么命运呢？

第二天早上，蔡邕像往常一样到小梁河边散步。晨风轻拂，河边湿地上，一双燕子正低头啄泥。它们时而飞上枝梢，时而在风中嬉戏。看见此情此景，蔡邕想：人要能像这对燕子一样，双宿双飞，自由自在，脱离一切名利的束缚，该有多好啊！

“蔡公子！”随着一声叫喊，一个人飞奔到蔡邕的面前。蔡邕看时，却是隔壁张太公家的小二。那小二气喘吁吁地道：“蔡公子，郡衙里来人了。老员外到处找你，叫你快回去。”看着小二那副焦急的模样，蔡邕知道预料已久的事情就要发生了，当下快步往回走。

回到家中，只见蔡公蔡婆正与邻居张太公坐着闲谈，知道郡吏已去，蔡邕忙上前拜见三位老人。

“蔡公子，”张太公笑吟吟地说，“刚才郡吏又来了，说是今年乃大比之年，太守认为你才学既高，人品又好，已将你的名字申报有司，让你立即进京应考。你快快准备前去。”

“太公，”蔡邕低头道，“非是晚辈不敬，只因晚辈双亲年老，无人侍奉；新娶一个娘子，方才两个月，实在无法支撑门户，维持家计，是以不敢从命。”

蔡公道：“孩儿你怎么这样讲？难道那些应考的，都是没爹娘才去的吗？我和你娘如今年过八旬，在世的日子已经不多，唯愿生前看到你金榜题名，得个一官半职，就心满意足了。”

张太公忙道：“是呀。”

蔡婆说：“太公，你难道不知，我家中仅此一儿，又没个七子八婿，怎么去得？”

蔡公道：“你怎么说这话？难道今天上京赴考的，家中都有七子八婿吗？”

蔡婆生气地说：“你如今连路都走不稳了，孩子走后倘若有个三长两短，那时看谁照顾你？恐怕到时候，你不是饿死就是冻死。他便是做到高官，你也无福享受了。”

蔡公不以为然：“你个妇道人家，懂得什么！只要孩儿做得官时，光宗耀祖，改换门庭，我便死了也心满意足。孩儿，我只问你，去不去？”

蔡邕心里叫苦不迭，只好应道：“爹，娘，你们休要争吵。非是孩儿敢违亲命，实在是有万不得已的苦衷。”

“你不必说了，我都清楚。原来你是恋着被窝中的恩爱，割舍不下，不愿远离家乡。你如今已经婚毕两个多月了，怎么还如此贪恋？你怎么这么不通事理？”

“孩儿只是为了侍奉父母，哪里是守着被窝中的恩爱？你这老贼，须知人生在世，乐在长幼天伦、幸福安康。那曾参只是侍亲至孝，何曾去应学及第，如今不也是圣人高徒，名扬千古了吗？”蔡婆替儿子辩解道。

“娘说得对，望爹爹恕过孩儿这一遭。”蔡邕道。

蔡公气得胡须直抖：“畜生，我叫你去考试，也是为着你的锦绣前程。你竟敢违逆亲言，七推八阻！”

“爹爹，我岂敢推阻。只恐我走后，双亲无人侍奉，万一有个三长两短，一来别人会说我不孝，竟撇了爹娘去取功名；二来人们会说爹娘目光短浅，仅有一子，也要他远离。我因此不敢从命。”

“好，你说到孝，我且问你，什么是孝？”蔡公气势逼人。

“告爹爹，大凡做人子的，侍奉父母，问寒问暖，早晚请安。父母要出入，则扶持之；有所欲，则敬进之。自己出门办事，不过一个时辰就回来，心里时刻牵挂着父母，这便是孝。”

“孩子，你错了。孝者，始于事亲，中于事君，终于立身。头发肌肤，受之父母，要注意保护，这便是孝之始；立身行道，扬名万世，以显父母，这才是孝之终。你如果能做得官，替父母扬了名，这不是大孝是什么？”蔡公越说越激动，不小心把茶杯碰倒在地，哗的一声碎了，茶水流了一地。赵五娘在后房听到声响，赶忙上来收拾地上的破茶杯。

“老员外说得有理。”张太公道，“古人云：‘幼而学，壮而行，怀宝迷邦，谓之不仁。’又说：‘学成文武艺，货与帝王家。’你如今满腹经纶，不去顺时行道，济世安民，又有什么用？依老汉愚见，还是快快应了太守之征，收拾行装，上京应试去吧！”

面对这样的局势，蔡邕此刻就是有三嘴七舌，恐怕也说不清楚了，只好布下最后一道防：“爹爹、太公教诲得极是。只是孩儿去后，父母年老，让谁来照顾？”

“贤侄，你尽管放心。自古道，千钱买邻，八百买舍。老汉会照顾你的双亲的。”张太公见蔡邕终于松了口，便笑呵呵地说。

“如此多谢太公！蔡邕今后倘有寸进，定不敢忘记太公大恩。孩儿这就收拾行装，明日就走。”蔡邕说罢，向三个老人行了个礼。侧头之际，看见赵五娘眼角红肿，眼眶泪珠盈盈，正低头往外走。蔡邕的心中不禁一阵凄苦。

第二天一早，蔡邕吃罢早饭，到堂前向爹娘辞行。张太公也早早地来到了蔡家，给蔡邕送行。

蔡公、蔡婆、张太公和赵五娘一起，把蔡邕送到大门口。蔡邕向爹娘行礼说：“爹，娘，孩儿去了。二老千万要保重身体，我今年去，今年就回来，但愿我回来的时候，二老依然康健。”

蔡公说：“孩子，你不要牵挂，放心地去吧，我和你娘等着你的好消息。”

蔡婆的眼泪忍不住流下来了，她拉着蔡邕的手说：“儿啊，你这一去，关山万里，衣食可得自己当心，娘在家中倚门盼望，你要早早地捎个信回来。”

“娘，孩儿记下了。”蔡邕又含着眼泪对张太公说，“太公，我走以后，家中只有二老，五娘她一个年轻女子，也支撑不起门户，凡事都靠太公照应。昨天已蒙亲口相许，今天小侄再次拜恳。如果小侄稍有寸进，一定不敢忘记太公的大恩大德。”

“贤侄，你就不要再说这样见外的话了。”张太公说，“老汉虽然贫穷，但身为邻里，哪有坐视不理的道理？你放心地去，我自会早晚专门过来陪伴你父母。男儿有泪不轻弹，更不洒在别离间。你放心，你放心，老汉决不相误。”

蔡公见天已大亮，上前说道：“孩子，天已大亮了，你该起程了。五娘，你就再送他一程吧。”

蔡邕和五娘默默地跨过村头的小桥，沿着碧波粼粼的小河向大路走去，两人心中都像压着沉重的石头，谁都没有说话。

小溪清澈见底，鱼儿在水中游来游去。五娘忍不住说：“相公，你看那水中的鱼儿，无忧无虑，自由自在，多么幸福啊！”说到这里，她在公婆面前一直忍着的眼泪再也忍不住了。

蔡邕拉着五娘的手，安慰她说：“五娘，你不要难过，此行不管结果如何，我都会很快回来。到了那个时候，我们长相厮守，再也不分开了。”

来到大路边，蔡邕背上行装，踏上了去京城的大路。他恋恋不舍，十步九回头地越走越远了。

蔡邕别了家人，朝洛阳一路行来。这一日便来到了京城洛阳，寻一家客栈住下，静候考期。

转眼到了应试之日。蔡邕一早起来把全身上下收拾得整整齐齐，离开客舍直往考场赶去。一路上听说今年来应试的学子有五百多，又听说主考官是个铁面无私的清官，众人或忧或喜，不一会儿便到了考场。

只见院里黑压压的都是人。有的低头苦思，有的交头接耳，有的趾高气扬，有的则瑟瑟缩缩。那当差的在院中穿梭往来，也不知忙些什么。不一会儿，一个当差的高喊一声，众人便立即停住了往前看，只见高台上一个身穿锦袍的官儿正襟危坐，当差的肃立两旁。

“各位考生——”那考官把手轻轻一摆，众人都“嘘”地松了一口气。原来这考官相貌庄严，声音却极为慈祥。只听他道：“今年皇上求贤心切，在此开科取士，命下官主持。下官才识疏浅，本不堪重任，无奈君命难违，只好勉力为之。今日只问有无才学，不问乡贯，不问父母官居几品。有才学的，便封他做个状元郎，让他插金花，饮御酒；无才学的，就将他黑墨涂脸，乱棒打出去。如此，方不负皇上选贤举能的美意。”众人听罢，又是一阵喧哗。

又听那考官道：“朝廷开科取士，立意命题，任从时好。往年第一场考文，第二场考论，第三场考策。下官是个风流试官，今年我第一场考对联，第二场考猜谜，第三场考唱曲。”当下无话，众考生便一一开始考试。

蔡邕在人群中站着，一会儿想起父母，一会儿又想起五娘，恍恍惚惚。突然听到有人叫自己的名字，蔡邕吓了一跳，抬头看时，只见人们都瞪大眼睛看着自己，才知是轮到自己了。心中暗叫惭愧，赶忙走上试台。

那考官笑吟吟地看着他，直把蔡邕看得不好意思。那考官道：“我出天文门一个上联，你且对下联。我的上联是‘星飞天放弹’。”

蔡邕略一思索，对道：“我的下联是‘日出海抛球’。”那考官微微点头，又道：“我出个谜语给你猜，谜底是天下八个省名，你且听着——”当下念道：“一声霹雳震天关，两个肩头不得闲。去买纸来做裱褙，欠人钱债未曾还。”

蔡邕想了想，答道：“第一句是京东京西，第二句是江东江

西，第三句是湖东湖西，第四句是浙东浙西。”

考官听罢，击掌道：“好！好！我再唱支曲儿，你续最后一句。记住，一定要押韵。”当下唱道：“长安富贵真罕有，食味皆山兽。熊掌紫驼峰，四座馨香透。”

蔡邕依韵唱道：“把与考官来下酒。”考官点头微笑，示意蔡邕下去。蔡邕下得台来，内心狂跳不止，也不去听别人说些什么。过了许久，整个考场突然静了下来，蔡邕又听到有人大叫自己的名字。这一次有了准备，他便从容地走上试台。那考官大声说道：“三场考试，俱已结束。今日应举五百考生，以陈留郡蔡邕才学最高，下官自当奏明圣上，点他为今科状元。”蔡邕一听，大喜过望，只听得满场欢呼。当下双膝着地，朝那考官行了个大礼，心中却在念着：“爹爹，妈妈，五娘，蔡邕今日名标高榜，夙愿得遂，扬眉吐气了……”

考试过后，便是杏园春宴，然后又拜见考官。蔡邕满门心思只想到早归故里，把喜讯报知双亲，对这些杂事也没有留心。

牛丞相位极人臣，深得皇上宠信，他权倾朝野，门生故吏遍天下，是当朝炙手可热的人物。牛丞相的夫人早已去世了，膝下只有一个女儿，生得花容月貌、体态娴雅，是洛阳城有名的美人。上牛丞相家求亲的人自然不少，今天是某权贵之子，明天是某贵戚之子。但牛小姐从不把这些贵家公子、纨绔子弟放在眼中，牛丞相也一心要选一个读书君子，要人品好，有才学，做得天下状元的人做乘龙快婿，所以牛小姐至今还待字闺中。

杏园春宴之后，蔡邕随即被授予议郎一职。这一日在家休息，书童进门来，说道：“相公，外面有牛丞相府的两个下人，求见相公。”蔡邕一听是牛丞相家的人，知道怠慢不得，赶忙道：“快把他们请进客厅，我随后即到。”

蔡邕匆匆走进客厅，只见厅上有两个人，正在交头接耳。一个是吏役打扮的汉子，一个是四十多岁的穿红着绿的女人。蔡邕心想这两个人真是俗不可耐，上前说道：“两位可是从牛丞相府中来的？不知有什么事情吩咐？”

那汉子站起来，口称：“不敢，不敢！小人是牛相爷府中一个小小院子。”

那妇人站起来，围着蔡邕转了一圈，眼睛溜上溜下，把蔡邕看得好不自在。

“状元相公果然一表人才，配得上，配得上。”那妇人边说边在蔡邕肩上拍了一拍。

蔡邕刚才在书房中想起双亲和爱妻，心里好生烦恼，现在又碰上这样一个不知趣的女人，实在有气。当下强自按捺住脾气，问道：“这是……”

那院子回道：“状元相公，这位是我们牛相爷请来的媒婆。”那媒婆给蔡邕抛去一个媚眼，道：“状元郎，今日小人是奉了相爷之命，给您道喜来了。”

蔡邕道：“在下离家万里，天涯飘零，又是初入仕途，凡事俱需老丞相指点，不知何喜之有？”

那院子道：“相公此言差矣！相公是天禄石渠的贵客，须眉男子中的英雄，现在洛阳城中，大名鼎鼎，老少皆知。我家老相爷中年丧妻，膝下只有一个女儿，生得美貌娉婷。昨日老相爷上朝之时，皇上问起我家小姐的婚事。我家相爷说尚未婚配。皇上说：‘既然尚未婚配，如今新科状元蔡邕，好人品，好才学，朕便与你主婚，把他招赘为婿，你意下如何？’老相爷听后大喜，现下皇上已降了圣旨，要招你为牛家的乘龙快婿。是以老相爷今日差小人来，一则向相公道喜，二则请相公早点准备。到时候，我小院子可要喝你的喜酒呀！”

蔡邕听完后忙说：“这……这……这件事恐怕不行。”那婆子道：“你莫不是怕我家小姐长得丑吧？”

蔡邕分辩道：“我……我不是这个意思。我……我……”蔡邕额头上直冒汗。

“哟！”那媒婆两手一摊，做个鬼脸，“状元相公，莫不是你当了议郎，就嫌弃我们牛家的门第了？告诉你，我家老相爷可是一人之下、万人之上，现在又正蒙皇上恩宠。相公啊，你日后要加官晋爵，也还要靠我们老相爷的帮扶呢。”

那媒婆越说越来劲，把牛丞相的权势、门第、富贵，反反复复地说了又说。

蔡邕越听越恼，道：“两位贵客，非是蔡邕斗胆，只因蔡邕离家之时，已经结婚两个月了，且双亲年事已高，需要人照料，蔡邕并不准备在京中久留。因而这桩婚事，实难从命！”

院子道：“相公，我家相爷势倾朝野，小姐又是天姿国色，你可别错过了良机！”

蔡邕一拱手：“在下岂是贪图富贵、美色之人！还望二位在老相爷面前替在下美言几句。”

“相公不怕我家相爷，难道连圣上的旨意也敢违逆吗？”那媒婆见蔡邕两次三番推托婚事，心头火起，用威胁的口吻逼问道。

"这……"蔡邕道，"蔡邕万万不敢！你家相爷既是奉了圣旨，明日待我上朝，把官职和婚事一并辞了，回家侍养双亲去。"

却说牛丞相在家中静候消息，寻思自己中年丧妻，好不容易把女儿教养成人，如今自己位极人臣，女儿又将嫁给一个有才有貌、闻名天下的状元郎，心中觉得甚是得意。自己时时牵挂着的这件大事就要办妥，可以无愧于九泉之下的夫人了。这蔡邕年纪轻轻便已做到议郎，日后只要自己常在皇上面前替他美言几句，前途自是不可限量。

"启禀老相爷，媒婆回来了！"一个书童进来通报。"让他们进来。"牛丞相答道，语气十分平静。

院子和媒婆轻轻走了进来，垂手站着，大气都不敢出。想着事情没办好，相爷不知要如何责罚。

"事情办得怎么样了？"过了一阵，牛丞相问道，仍是背着手，头也没抬。

"启禀老相爷，"媒婆上前一步，道，"小人到了蔡状元那里，把老相爷的话告诉给他，哪知他竟是千不肯万不肯。"

"哦？他怎么说？"牛丞相的口气仍是平平淡淡的，令人猜不透是喜是怒。

"他说他是今科状元，现又官居要职，便是泼天富贵、花容月貌也休要提起。"媒婆刚才在蔡府受了气，这回是要变本加厉地攻击蔡邕，"他还骂老相爷和小姐，说老相爷枉居一品，小姐是脚长二尺……"

"放肆！"牛丞相一拍条儿，抬起头来，心中异常恼怒，两眼仿佛要喷出火来。

“老婆子，休得在相爷面前搬弄是非！启禀相爷，那蔡邕自称家中有八旬父母和刚结婚两个月的娇妻，不敢受此大恩，请老相爷另择佳婿。还说待明日早朝上表，要辞了官回家去。”

这牛丞相的脾气最是倔傲，当听完院子的话，心中实是暴怒如雷，心想：难道我相府的门第比不上他状元的名头？难道我相府的千金比不上他的糟糠之妻？想当初多少皇亲国戚、公子少爷来向我女儿求婚，我都未曾应允。这蔡邕竟是如此不明事理，不识抬举！这事情要是传了出去，人人都知道我相府千金没人要……你明天要到皇上那里上表，我就不会上表吗？到时候看看是你状元厉害，还是我丞相厉害！嘿，到时只怕你是辞官不成，逃婚也休想！想到这里，他口中突然喝道：“来人！这两个奴才办事不力，拖出去每人打二十大板！”

次日五更，东方刚泛出一条细细的白线，蔡邕穿戴整齐，骑马上朝而去。

晨风吹拂，白杨树轻轻晃动。月淡星稀，光线朦胧，偶尔传来一两声残夜刁斗。东边的天空越来越亮，天上的乌云被风一阵一阵地吹向西边。蔡邕骑在马上，悠悠而行。想到不久就可离京回家，和日夜想念的父母、妻子相见，心中不禁心潮起伏。

不一会儿就到了宫门，蔡邕赶忙下马，毕恭毕敬地往建章宫走去。到了宫门，一个小黄门出来迎接，蔡邕不免将自己的境遇说了一番。那小黄门听后，把奏章递了上去。

蔡邕站在宫外，心中便如有十五个吊桶打水——七上八下。过了好一阵，原先奏事的小黄门和两个侍卫，捧着圣旨从内殿出来，蔡邕慌忙下跪。

只听那小黄门道："蔡议郎，皇上说，今天早上牛老丞相已上了奏章，要招你为婿。皇上已经准了他的请求，命你不得推辞！"又听那人念道："皇帝诏曰：'孝道虽大，终于事君；王事多艰，岂遑报父！朕以凉德，嗣缵丕基。眷兹警动之风，未遂雍熙之化。爰招俊髦，以辅不逮。咨尔才学，允惬舆情，是用擢居议论之司，以求绳纠之益。尔当恪守乃职，勿有固辞。其所议婚姻事，可曲从师相之请，以成桃夭之化。钦予特命，裕汝乃心。钦此！'"

蔡邕听罢，脑中"嗡"的一声，只觉天昏地暗，大地起伏旋动，整个身子又好似摔到了冰窖之中，阵阵发冷……

这一日，牛府上下张灯结彩，喜气洋洋，前来拜贺的人络绎不绝。丞相早年丧妻，仅此一个女儿，平时爱若掌上明珠。如今请得圣旨，由皇上主婚招赘今科状元，自是要大大讲究一番。

蔡邕那日从朝上回来后，整日里一个人待在书房中，一会儿哭，一会儿笑，六神无主，疯疯癫癫。

这天一早，牛丞相派人将状元馆里里外外都围住。说是用人，实际上却是看着状元，以防意外。过了一阵，又进来一大群妇人，专门侍候蔡邕更衣梳洗。一边忙着，一边唧唧喳喳要新郎官赏喜钱。蔡邕知道一切均已无法挽回，心中酸苦，长叹一声，眼泪哗哗流了下来。众妇人见状，吓得再也不敢出声，匆匆忙忙给他穿戴完毕，备轿顶马，簇拥着他到了相府。坐在相府的大堂上，蔡邕心潮起伏。这不告而娶的罪名，是永远无法摆脱了，却偏偏又是皇帝和丞相的主意。从陈留传来的消息说：陈留一带闹饥荒，已有不少人饿死，大路边、河沟里不时发现尸体。假如父母真的遭逢不幸可怎么办？那娇滴滴的五娘又该怎么办？蔡邕心痛如绞，泪水直往肚里咽。眼前一片乱哄哄的，蔡邕木然不睬。牛丞相坐在大厅的另一边，与各位贵客应酬寒暄，脸上充满得意之色。他不时用眼角瞟瞟蔡邕，嘴角泛起不易发觉的、诡秘的笑。

蔡邕痴痴地坐着，心里如碰翻了五味瓶，甜酸苦辣一起搅动，说不尽的凄苦。旁人只道今天状元大喜过望，人变痴了，谁也没察觉他心中尚有这么多的苦衷。过了一会儿，新娘被一群穿红戴绿的丫鬟簇拥着，从内室缓缓走出。只见新娘红裙曳地，凤冠霞帔，说不尽的婀娜多姿。众人不禁低声欢呼，蔡邕脑中嗡嗡直响，整个人好似腾云驾雾一般。迷迷糊糊中，有人把红绸塞到他的手里，他便拉着红绸和新娘盈盈拜倒。两人互拜时，蔡邕抬头看了新娘一眼，红绸覆面，什么都看不到。他仿佛置身于半年前与五娘拜堂成婚的场面之中，心中猛然一阵狂跳：难道我回家了吗？难道这风情万种的女子便是五娘吗？蔡邕恍惚之间看见的是五娘，口中喃喃道："五娘……五娘……"

蔡家本来比较殷实，赵五娘又尽心尽力侍候公婆，所以在蔡邕走后的最初一段日子里，全家也还比较安定和谐。不想到了六月，陈留一带遇上几十年罕有的大旱，田地里颗粒无收，陈留闹起了饥荒。蔡家的粮食也渐渐就要吃尽了，眼看饥饿就要降临。这苦坏了贤惠的赵五娘，她既要操持家务，侍奉公婆，还要调解公公婆婆的争吵。每天五更起，三更睡，人都憔悴了许多。

这一天早晨，东方刚泛出鱼肚白，赵五娘便起了床。五娘像往常一样，坐在窗前梳妆。

“砰！”楼下一声巨响，接着便传来公公的责骂声。五娘心中一跳，知道是公公婆婆又争吵了，赶忙胡乱挽了个髻，跑下楼去。

此时，蔡公和蔡婆已经争得面红耳赤，只听婆婆道：“老不死的！以前你拼命赶儿子出去应考，现在连饭都没的吃。他便是当了状元，又有什么用？如果我那伯喈孩儿在，今日断不会如此艰难。”

蔡公气得满脸青色，大声喝道：“你这老虔婆，怎么这样不讲道理？当时我让孩儿上京应考，也是希望他光宗耀祖，改换门楣。我又不是神仙，我怎知今日会有饥荒?！你如此一天到晚咒着我，我还不如死了的好。”说着，猛一抬头，便要往墙上撞去。

五娘冲上去，一把拉住公公，劝道：“公公、婆婆，请息了火气，听媳妇说几句。当时公公让伯喈出去，并未料到今日会有灾荒，婆婆就别提旧事了。今日婆婆见生计艰难，伯喈又不在身边，心中自然有气。媳妇现今还有些钗笄首饰，待媳妇典当出去，换些粮盐回来，也可过上几日。再等些时日，伯喈自然就会回来了。”

两位老人听了五娘的话，也不便再争。蔡婆一边往外走，一边念叨：“多亏有这样孝顺的媳妇，不然我这几块骨头，怕早埋到土里去了。唉，孩儿呀，你什么时候才回来？”

赵五娘把自己的钗笄首饰卖了之后，蔡家的生活又维持了一段时间。但在这饥荒岁月，油米价格暴涨。五娘眼看着家里值钱的东西都当尽卖光，生活越过越艰难，有一顿没一顿的，眼看快要断炊了，心里十分着急。

这一日，听说官家要开义仓赈济，五娘早早地便提了米袋去领。来到义仓，只见人山人海，喧声震天。五娘排在长队里，她身后跟着两位老人，一位耳聋，一位眼瞎，都佝偻着腰，口中含含糊糊不知说些什么。五娘心地极是良善，她见两个老人行走不便，就领着他们在人群中挤来挤去，好半天才轮到了她。

“这小娘子，你男人呢？怎么让你来领粮？”掌斗的差役见到五娘一副怯生生的样子，不禁问道。

“这位大哥，我家相公上京应考去了。”“难道你家中就没别人了吗？怎么让你出来？”

五娘听他这么问，心中一酸，道：“家中只有年过八旬的公公和婆婆，又没有三亲六戚，只好让奴家来抛头露面。”

那差役听了，不住地点头，口称：“难得，难得！敢问小娘子家中几口？我好称粮与你。”

赵五娘回头看看身后的两位老人，说：“奴家不急，这里有两位老人，身体不便，大哥你还是先称与他们吧。”那两个老人对赵五娘谢了又谢，不住地说：“这个小娘子真难得呀！”

“小娘子，这回到你了，你家中有几口？”那掌斗的问。“奴家和公公、婆婆，共是三口。”五娘答道。那掌斗的便大声吆喝：“各位兄弟，三口，三口，来一份三口的。”

等了好一阵，不见仓中有人出来，众人都往粮仓口瞧。那掌斗的又喝了一声，仍是无人回答。良久，一个满脸糠灰的差役从仓里跑出来，大声嚷道：“大哥，没有了！没有了！里正那狗才，把公粮私吞了。这仓中按账目应当尚有四十六石，但现在仅剩十来石，需留着应急，不能发放。其余的全让里正那狗才私吞了……”

众人一阵喧哗，有的人大骂里正。五娘听了，心中凄苦，眼泪唰唰地流了下来。那差役见了，想劝慰几句，又不知该如何开口好。只听五娘哭道：“天哪！我那公公婆婆已经好几天没有一粒米下肚了。今天天一亮就催奴家来领粮，现在我可怎么回去见他们呀？奴家的命怎么这么苦啊！”周围的人听她说得凄切，有的叹气，有的流泪道：“这年月，好人要活下去可真难哪！”

过了一会儿，领粮的人都已渐渐散去，只剩下赵五娘一个人还在低声哭泣。那掌斗的差役一边劝着，一边也眼眶红红的要流泪。站在周围的几个差役，都是五大三粗的汉子，此时也鸦雀无声。众人心中，都压着一块沉重的石头。

“大哥，有了！”正当众人伤心之际，一个差役从远处飞奔而来，大声说道，“咱们老爷知道仓里存粮被盗，便差人把里正抓了去。那小子原先还想抵赖，咱们老爷一声令下，把他打得皮开肉绽，那小子才从实招了。现在老爷已差人到他家挑粮去了，不一会儿就送过来。”

众人听了，心里轻松了好多。那掌斗的差役道：“小娘子，难得你一片孝心，老天爷也被你感动了，你就等着领粮吧！”五娘心中欢喜，连声致谢。

赵五娘领了粮，扛在肩上，一步一步往回走。那袋米压在肩上，就似大山一样沉重，累得她粉脸透红，娇喘连连。

离了郡城，走了好长一段路，便到了一大片松林，蔡家庄就在这片松林的背后。此时正当盛夏，走着走着，汗水湿透了五娘的衣服，衣服贴在身，衬出她姣好的身段。

“嘿嘿！”一声怪叫，从树丛里跳出一个腰宽体胖、满脸刀疤的汉子，朝着五娘狞笑。五娘吓得“啊”的一声，米袋从肩上掉了下来，定睛看时，才知是里正。

这里正是蔡家庄一带有名的恶棍，仗着手中有点小权，又力大如牛，横行乡里，干些欺软怕硬的勾当。乡人都对他恨之入骨。

五娘一见是他，便知没有好事，心里一阵惊慌，道：“你，你要干什么？”

“嘿嘿！蔡家小娘子，果然名不虚传，才嫁过来半年，美名便传遍了陈留郡。人人都说蔡邕那小子有艳福，娶了个如花似玉的媳妇。今日在下有幸，能一睹芳容。嘿嘿，小娘子，那蔡邕上京应考已多时，难道你不嫌寂寞吗？嘿嘿！嘿嘿！”里正一边说，一边慢慢挨近五娘。

五娘又恨又羞，道：“你……你别过来！”她心知事情要糟了，情急之下，道：“你……你站到一边去。我的夫君已上京应考，不多时便会回来，到时当了官，看不剥了你的皮！”

“你说蔡邕那小子？”里正一笑，“嘿嘿！那小子出去已近半年，连个口信都没有，恐怕在路上早就死了。就算他在京城考中了状元，当了官儿，你想京城十里繁华，其中漂亮女子数也数不清，我看蔡邕那小子，不是醉倒在哪个窑姐儿怀里起不来了，就是另娶了媳妇。你就死了那份心吧！我看，嘿嘿，你不如就跟了我……”说着，伸手去摸五娘的脸蛋。

“你……你……”五娘推开他的手，一巴掌打在他的脸上。里正一下愣住了，想不到这个娇滴滴、俏生生的小娘们，出手竟会如此果断，心中的怒火一下冒起老高，大声喝道：“你这小贱人，果然敬酒不吃，吃罚酒！今日老子被你害得好苦！都是因为你这贱人在义仓哭哭啼啼，害我被打得半死。今日老子一不做二不休，连这粮食也一并抢走！瞧你又能拿我怎样?！”说着，就要去抢米袋。

五娘赶忙死死攥住袋子，一边哭一边哀求：“你就饶了奴家吧！这可是我公公婆婆两个人的命呀！你若抢走，他们便活不下去了！”

那里正全然不睬，推开五娘拿起米袋就走。五娘死死扯住米袋，道：“大哥，你不可怜我，也该可怜我那八十岁的公公婆婆。奴家今日说什么也要把这袋米拿回家。奴家愿把身上这衣服脱……脱了给你，你放奴家走吧！”情急之下，五娘也不及细想自己脱了衣服之后有什么后果。

“呸！你这小贱人，谁要你的破衣服？现在市上米价那么贵，你便有一百件破衣服，也换不来我这袋米。”说着，里正一脚把五娘踢倒，背起米袋扬长而去。

五娘倒在地上，腰被踢得十分疼痛，看看里正已经跑远，米抢不回来了，一时悲从中来，放声大哭，寻思如此空手回家，公公婆婆定是活不成了。公公婆婆活不成，自己就成了无依无靠的人，倒不如现在死了算了。她又想到丈夫功名心重，抛下自己去求官，实在是太无情。愁情百转，柔肠寸断，五娘一时觉得痛不欲生，便一步一步往林中的古井走去。

走着走着，她见前面一个老人拄着拐杖，蹒跚而来。待那老人走近，五娘方知是自己的公公，一时来不及躲避，赶忙抹了眼泪，上前相见。

“媳妇，今早你走后，我和你婆婆都在家中盼着你，你怎么会在这里？义粮领到没有？怎么两手空空？”蔡老员外一边问，一边四处张望，搜寻着米袋。

五娘一听，热泪又涌了出来，道：“公公，粮是领到了，可在这林中，给……给里正抢了去。”

蔡老员外听后，长叹一声，不住地用脚跺地，口中骂道：“那该死的狗才，真是欺人太甚！我真恨不得宰了他！唉，要是我那孩儿在家，那奸人多半不敢胡为。孩儿啊，当初我千不该万不该，不该逼你上京！也不知你什么时候才能回来。到那时，我这把老骨头怕要作古了。罢！罢！现在粮米没有，银钱也没有，家中值钱的东西都卖光了，我恐怕熬不过今年了。左右是死，不如我今日便死了吧，免得拖累我那孝顺的媳妇！”说着，便要一头往井里扎。

五娘先自在一边低低哭泣，这会见公公也要跳井，忙拉住公公的手往后拖，哭道：“公公，你千万别这样。咱们回家去，再想想别的办法吧！”

“喂，那不是蔡老员外和五娘吗？你们两人怎么在这里哭哭啼啼的？”这次来的是张太公。五娘就把事情的原委与张太公说了。张太公听得咬牙切齿，恨恨地说：“里正那奸贼，如今是越发霸道了。要是老汉年轻二十岁，非打断他的狗腿不可！唉，老员外，你也不必太难过，今日我也领了些义粮，这不，正要给你们送去呢！你们就将就着过日子吧！等那伯喈孩儿回来，一切都会好的。”

五娘和蔡老员外听了，均感太公大义，口中不断感谢。三个人当下无话，挑了粮食，慢慢回村去了。

陈留古城，一片荒凉景象。蔡家已经好几天难以揭锅了，五娘心中十分着急。这一日将就做了点早饭，五娘请公公婆婆出来享用。

“公公，婆婆，”五娘开口言道，“这几日市上的米价越涨越高，家里值钱的东西都拿出去当了，仍买不回几粒米。多亏张太公送了几升小米来，媳妇煮了点稀饭，请公公婆婆用餐。”

“可有什么下饭的菜吗？”蔡公在桌边坐了下来。

“回公公，如今田里地里，连野菜树皮都挖尽了，没有菜吃了。”蔡公一拍桌子，颤巍巍地站了起来，骂道：“前些日子还有下饭的，怎的今日就只剩淡饭了？明日恐怕连淡饭都没了。不吃不吃，快给我拿出去！”碗中稀薄的米糊被他一拍，有小半碗泼了出来，在桌面上汩汩地流。五娘赶忙伸手去抹，低着头，也不敢出声。

“死老头子，现在是什么年月了，你还要这般讲究？有一口饭充饥，能保住这条命就算好的了，你还分什么好歹！来来，媳妇，咱们还是吃饭吧！”蔡婆说着，扶蔡公坐了下来。

“公公，婆婆，你们吃吧，媳妇刚才吃过了。”五娘说着，进里屋去了。

蔡婆眼中露出一丝狐疑，一闪即没。

星月无光，蔡家庄淹没在沉沉的黑幕之中。没有一丝风，小虫们在树上拼命唱着单调的歌。五娘劳累了一天，回到卧房。

房里点着一盏油灯，一粒细细的火苗在跳动，照着五娘苍白憔悴的脸。五娘用手拢了拢凌乱的头发，从怀中取出一把米糠，就着一碗凉水，艰难地咀嚼起来。

“媳妇，你做的好事！”突然，身后传来人声。五娘大吃一惊，回头一看，见是公公婆婆，也不知他们是什么时候进来的，赶忙站了起来。

“这几日我叫你吃饭，你却推说吃过了，原来是躲在这里吃好东西。算我瞎了眼，一直当你有孝心，谁知你竟是这般虐待我们二老！只可惜我的孩儿，今日不知在哪里，害得我们二老好苦啊！”蔡婆数落道。

“公公、婆婆，你们千万别误会，媳妇并没吃什么好东西。”五娘一脸惶急。

“你还嘴硬，你手里拿的是什么？”

“没……没什么。”五娘边说边把手往后藏。

“没什么？你敢把手里的东西拿出来瞧瞧吗？”蔡婆眼中闪出几分得意的神色，以为找到了真凭实据。

“这……这……”五娘不知说什么好。

蔡婆颤巍巍地走过去，一把抓住五娘的手，把东西抢了过来，愤愤地说：“我倒要看看你吃的是什么山珍海味。”说着就要往口中塞。

“婆婆，你吃不得！”五娘道。

蔡婆盯了五娘一眼，把东西在手中搓了一下，她突然愣住了：“媳……媳妇，这是什么？”

“这是米糠。”

“你吃的便是这东西？”

五娘无言，点点头。

“我的天哪！”蔡婆把米糠往地上一摔，抱住媳妇大哭起来。

“媳妇，婆婆千不该万不该，是婆婆错怪了你，婆婆对不起你呀！”蔡婆混浊的老泪洒在五娘肩上。

五娘一边哭一边劝道：“婆婆、公公，你们不用伤心，媳妇命中注定是你家孩儿的糟糠之妻啊！”

蔡婆年事已高，经不住情绪上的大起大落，哭着哭着，一口气跟不上来，一个踉跄，晕倒在地上。

“婆婆！婆婆！”五娘赶忙扶起蔡婆，揉着她的胸口。

“媳……媳妇，我对不起你。我心疼，我……我恐怕快要死了，以后你要照顾好你公……公啊！”蔡婆脸上的红光渐渐消失，头往五娘怀中一倒，便不动了。

蔡公伸手在蔡婆的鼻子上探了探，眼睛突然一跳，身子猛烈地颤动起来，道：“媳妇，你……你婆婆今后再也不用受苦了！”霎时老泪纵横，模糊了他的视线。

夏末秋初，天气还有几分炎热。牛府之中，蔡邕坐在小亭里纳凉，内心非常焦虑。前些日子托院子李旺，让他去打听有没有来京的故乡人，现在也不知找到没有。

一双翠鸟轻啼一声，从树丛中飞起，箭似的直冲云天。塘里浮在水面的鱼儿受了惊吓，“哗”一下全部沉到水底。透过丛丛绿荫，蔡邕看见一个院子正沿着塘边小径向自己跑来。

那院子来到跟前，正是李旺，只听他说："相公，前日相公吩咐小人留意，到市上查访陈留郡来的人，这几日也未访到什么音信。刚才有一个汉子，主动找上门来，自称是陈留郡人氏，说带有相公家书在身，小人听后即来告知相公。"

蔡邕心里一惊，忙道："如今那人还在吗？"

"尚在门外等候。"

"快请，快请！我在书房等他。"蔡邕一边说，一边赶忙往书房奔去。不一会儿，李旺领了一个四十来岁的汉子走进门来，只见那人尖嘴猴腮，眼中流出生意人的庸俗和狡诈的光，蔡邕不及细想，起身行礼道："这位大哥辛苦了，多承你千里迢迢替我带来家书。"

那汉子拱手道："相公才学高深，一举成名，远近皆知，小人忝为同乡，亦是十分荣幸。这次小人到京城谋生，令尊令堂托小人带来一封家书，也是举手之劳，怎敢承相公的谢！"说完从怀里掏出一封信，双手呈给蔡邕。蔡邕接过信，吩咐李旺带那人到下屋，好酒好肉招待。

蔡邕手捧家书，长叹一声，跌坐在椅子里，颤抖着手打开家书，只见上面写道：

伯喈吾儿：自你去后，我和你母亲日日牵记，不知你在外是否受苦，不知你是否得了功名，不知你何日方能回家与二老团聚。幸喜我和你母亲并你媳妇身体尚好，一家安康。只盼你早日奏捷，早日归来，免我二老依闾远望也。

蔡邕读着读着，也不知是悲是喜，一时涕泪齐流，竟自不觉。当下他一边流泪，一边拟了一封家书，又叫李旺准备了些银两。不一会儿，那人吃饱喝足，油光满面地回到书房。蔡邕便托他把信及银两带回乡里，还说了一大堆感激的话，送了他不少盘缠。

可蔡邕哪里知道，这汉子其实是洛阳城中一个大大的骗子。他打听到今科状元是陈留郡人氏，家中尚有年迈父母和妻子，便心生一计，托人伪造了一封家书，前来欺骗蔡邕。蔡邕本来就是一个书呆子，加上情急之下，不加细察，哪里知道这其中奥秘。不仅白白送了他许多银两，还枉自欢喜了一场，耽误了许多正事。

蔡老员外卧床不起已经有一个多月了。赵五娘天天三更睡，五更起，尽心尽力侍候公公。无奈蔡老员外见家境艰难，孩儿又杳无音信，自己长期卧床，终是拖累了五娘。自己一心想死，不肯吃饭，每日里长吁短叹，痛骂蔡邕不孝。

这一日，五娘把药煎好，送到床边，蔡老员外仍像往常一样，不肯吃药，无论五娘怎样哀求，只是不理，五娘正急得没法，张太公进门来了。

“五娘，你公公近日身体如何？”一进门，张太公就问起老员外的病，话语中充满关切之情。

“太公，你来得正好。”五娘道，“我公公不肯吃药，你替我好好劝劝他吧。”

张太公听后，赶忙去里屋。只见蔡老员外双目微睁，眼光呆滞，满脸蜡黄，已是奄奄一息。蔡老员外见老友进门，喉咙“咕嘟”了一声，想说什么，又没有说出来，两颗混浊的泪从眼眶里流了出来。张太公赶忙上去握住他那干瘪的手。

过了一会儿，张太公低声道：“老哥，事已至此，你伤感也是无用，还是从长计议，多多保重，养好了身体再说。”

老员外长叹一声，声音颤抖地道：“太公，我何尝不想多活几年。只是眼前景况如此，早是死，晚也是死，不如早些死了，免得拖累了媳妇。都怪我当年一时糊涂，硬逼孩子上京应试，害了自己，也害了老伴和媳妇。我死以后，恐怕也无脸在九泉之下见我的老伴了……”说着说着，蔡公一阵咳嗽。五娘赶忙过去，把公公扶起，轻轻给他捶背。

顿了一顿，老员外又道：“恨只恨我那不孝的儿子蔡伯喈，离家已过半年，半点音信也没有，也不知是死是活。唉，只苦了我的好媳妇。”

“老员外，”张太公道，“你现在不为自己打算，也该多替媳妇想想。你若有个三长两短，五娘一个弱女子，无依无靠，岂不更惨了吗？因此，眼下你要多多保重才是，把这药……”

“太公，”蔡老员外突然打断了他的话，“此事老汉早就想到了。”转头对五娘说：“媳妇，你去替我找些纸墨来。”

五娘不知公公要做什么，只好答应了出去。不一会儿，便把纸笔墨拿到了老员外床头。

“太公，今日你就替我捉笔，给我立个遗嘱。你看如何？”“老员外有命，老汉岂敢推辞！”

老员外眼里噙着泪花，想了想，道：“唉，我已是八十多岁的人了，还有什么牵念？当年若不是我硬逼孩儿去讨功名，把他们少年夫妇分开，今日也不会如此艰难。这些日子我和老伴又老又病又糊涂，把媳妇累得死去活来。我死后，还不知她要受多少苦，罢了，罢了。太公，你只替我写上：待我死后，媳妇不必为我守孝，也不必葬我；只需捡张破席把我包了，丢到山沟里了事。我死后，媳妇不必在我蔡家守孝，也不用等那不孝的儿子，只盼她尽早改嫁，寻一户好人家去吧。”

两人听老员外这么说，都呆住了。五娘眼睛一红，泪儿便掉了下来，道：“公公，你千万别这样说。媳妇生是蔡家人，死是蔡家鬼，一马一鞍，改嫁之事，万万不可再提。”

“媳妇，我对不起你啊！”老员外知道媳妇生性刚烈，当下不便再说什么。他想起当初逼儿子上京，害得她少年夫妻分离，音讯全无，相见无期，心中着实有愧，便道：“今生今世，做公公的欠你太多，恐怕无法报答你了。我……我只望来世投胎，让我做一次你的媳妇，我好把欠你的债……还给你。”蔡老员外悲从中来，浊黄的老泪在只剩皮包骨的脸上簌簌而下。张太公也不禁低声叹息。

“媳妇，”老员外停了一会儿，道，“你把我的拐杖拿给我。”五娘赶忙把床头的拐杖递给公公。

蔡老员外伸出颤抖的手，接过拐杖，眼光突然变得像剑一样锋利。他对张太公道：“太公，你我是多年至交，这些年来我蔡家屡遭不幸，多亏你鼎力相助。我命已不长，今日把这拐杖交给你，一来托你今后多多照看五娘，二是等我那不孝的儿子回来，你便替我用这根拐杖把他赶出门去，我蔡家没这样不孝不仁的畜生……”蔡老员外愤愤地说完这几句话，再也支持不住，一下子昏倒在床上，面部猛烈抽动了一阵，脸色由蜡黄渐渐变为苍白。五娘和张太公大惊，忙伸手去摇他。五娘一边摇一边哭：“公公，你醒醒，醒醒！你可不能撇下媳妇一个人不管啊！……”

但是，不管五娘和太公怎么摇，怎么哭，蔡老员外是永远也醒不过来了。他生性固执、偏激，便到死时，也是愤气填膺的样子，苍白的脸上肌肉绷得紧紧的，双唇紧闭，一副倔强模样。

此时已是深秋季节，蔡家庄南边的黄龙山，一片肃杀景象。满山的枫叶鲜红似血，远远望去，好似整座山都燃烧了起来。山脚的白桦林中，落叶飞舞，秋风低泣。

前日蔡公死时，家中已是四壁徒立，空空如也。五娘无法埋葬公公，一狠心，剪下了自己瀑布般的秀发，拿到街上叫卖，想换几个钱来安葬公公。但这灾荒年月，家家都是一贫如洗，又有谁会买这无用的香云？五娘沿街叫卖，又饥又渴，昏倒在陈留街头，多亏张太公及时赶到，资助了她埋葬费用，才把五娘劝回家中。

这日一早，五娘请人把公公的棺材抬上黄龙山，和婆婆合葬在一起，五娘不便再麻烦张太公，当下一个人十指当锄，罗裙包土，埋葬公公。从日上三竿一直忙到日薄西山，五娘精疲力竭，纤纤十指被粗泥利石划破，鲜血染红了黄土。五娘困顿至极，倒在山坡上睡着了。

突然，四周祥云聚集，金光大盛。天空中有许多轻衣宽袍的人飘来飘去，仙乐一阵一阵传来，使人如痴似醉，又有许多怪物在山坡上跑来跑去，似是在忙着什么。五娘感到十分奇怪。一会儿，一个须眉俱白的老人，来到五娘面前，道："赵五娘，你抬起头来，听吾吩咐：我是本山土地，上天感你行孝心诚，玉帝已降圣旨，命我带阴兵替你筑坟，如今坟台已就，你可改装换衣，上京城寻找夫婿。"说着，举起手中拐杖往五娘头上砸去。五娘大惊，睁眼一看，原来是一场梦。又看看公公的坟墓，果然已经筑好。高高的土堆，四周植满柏树。她心中又惊又喜，心想：土地神既已叫我上京，我和伯喈夫妻相聚定能如愿。五娘当下无话，回到家中收拾行装，就要上京寻夫。

转眼已是中秋佳节。

牛家后花园里，牛小姐身穿乳白色长裙，头发挽成两个高高的髻，发上插两朵白玉雕成的玉兰花，娇嫩的脸上抹了一层淡淡的脂粉。这一身打扮，让牛小姐显得格外清丽高雅、超尘绝俗。她的身后，跟着青衣长袍、愁眉紧锁的蔡邕。两人一前一后来到荷塘边的听荷亭，欣赏中秋之夜的无边月色。

过了一阵，牛氏低声道："相公，你瞧今夜的月色多美，自奴家与相公结缡以来，直到今晚才遇上这般好的月色，真令人心旷神怡啊！"

蔡邕听她如此说，举头往天上望去，果然一轮皎洁的明月高悬碧空，整个花园都被包裹在溶溶月色之中。蔡邕心道："月色虽好，只可惜五娘不在身边。今夜此时，她是否独对明月？她的心中可惦着我？想我与五娘新婚之时，也曾一起欣赏那初春的明月。如今明月依旧，人却相隔千里。如此，月色再好又有什么用？”想到这里，他随口道：“月亮有什么好看的！”

牛氏一开始见他东张西望，心中舒了一口气，以为他终是个风雅之士，当此明月，定然情与景会欣然有得。后来见他低头叹息，愁眉紧锁，不禁有些诧异。最后听到他竟说出如此煞风景的话，心中不免有气，脸现不悦之色。但她毕竟长在官宦世家，最重涵养，于是秀眉一挑，脸上又恢复了平和之色。她娇嗔道：“哟！瞧你还是堂堂状元，连赏月都不会！今夜奴家唱曲，相公弹琴，以尽良宵之欢，免得辜负如此清风明月，好吗？”

牛氏说着，旁边早有书童将蔡邕的焦尾琴捧上。蔡邕心中实在无半点兴致，心道：“在你牛氏父女的眼里，就只知道我是个饱读诗书的状元郎，却哪里知道我还是个别有怀抱的伤心人！你只一味地邀我寻欢作乐，却不知我家中老父老母正在受苦。”当下蔡邕脸上强堆笑容，把琴摆好，心不在焉地弹了起来。

待他弹了一阵之后，牛氏便依着琴声唱了起来。只听她唱道：

长空万里，见婵娟可爱，全无一点纤凝。十二栏杆光满处，凉浸珠箔银屏，偏称，身在瑶台，笑斟玉斝，人生几见此佳景？惟愿取，年年此夜，人月双清。

牛氏歌喉婉转，倒也唱得声情并茂。一曲既终，四周一片静寂，众人都低头不响，仿佛歌声仍在亭中缭绕飞扬。蔡邕良久方把抚琴的手放下，吐了口长气。牛氏本对自己的表演十分得意，眼巴巴地希望蔡邕能夸奖几句，却只见蔡邕兀自低头叹息，心中倒吸一口冷气，道："相公，妾有一事不明，不知相公能否以实情相告？"

蔡邕尚自沉醉在遐想中，听到她的话，抬头问道："什么事？"

牛氏道："古人云：'颦有为颦，笑有为笑。是以君子当食不嗟，临乐不叹。无事而戚，谓之不祥。'相公自到我家，一直心怀抑郁，终日闷闷不乐，不知为的是何事？难道是缺了吃的，少了穿的，还是丫鬟书童没有尽心侍候？"

蔡邕摇摇头。

"莫不是嫌我父亲性情乖戾？"

"不是。"蔡邕连忙给予否定。

"莫不是嫌奴家没有服侍好？"

"夫人待我十分体贴周到，我岂敢嫌弃！"

"啊，我知道了。"牛氏顿了顿，"莫不是你在秦楼楚馆之中，有了意中人，心中时常牵挂着她？"

蔡邕摇摇头，正色道："夫人，我蔡邕虽然出身寒素，却是知书识礼的人。这寻花问柳的勾当，是断然不敢问津的。夫人尽管放心。"

牛氏知道蔡邕生性忠厚，不善说谎，便道："奴家也只是随便问问而已。相公这也不是，那也不是，真不知叫奴家怎生相处。"

"夫人今日不提，我这心事也是要说出来让夫人听听的。只是令尊的脾气……"

牛氏听他如此说，心中大吃一惊，心想他定有什么重大事情瞒着自己。当下道："相公，常言道：'心头有病，不吐不愈。'你今日不说，总有一日要说，长痛不如短痛，你今日有什么就说什么吧！"

蔡邕听她说得有理，略略点了点头，便说道："夫人，蔡邕对不起你。蔡邕入京应试之前，家中尚有八十岁父母，还有新婚方才两月的妻子。"当下，蔡邕将自己被逼入京、辞官不成、辞婚不许，半年多来一直苦苦思念父母诸事说了一遍。他口齿伶俐，又是性情中人，说到动人处，不禁流下泪来。

牛氏听了他这一番言语，心中便似江海翻腾。是怨？是愁？是悲？是喜？是恨？是爱？一时说不清楚。千万种念头一齐涌上心间。牛氏想了许久，千言万语只汇成了一句话："唉！这该是我命中注定如此。"又说："且待我明日禀明爹爹，让你回去便是。"

蔡邕听她这么说，忙道："夫人，千万不可！岳父大人的脾气你是最清楚的，你若把此事告诉他，只怕……"

牛氏怨道："依你之见，便当如何？难道总是这般拖下去不成？"蔡邕一时语塞。

"相公，"牛氏走上前去，轻轻握住蔡邕的手道，"你放心，奴家有办法让爹爹放你回去。"

蔡邕又是担心又是感激，一时忘情，将牛氏揽在怀里，道："夫人，你……你真好！"

牛氏赶忙推开，嗔道："好不正经！我又不是你那赵氏夫人。"次日一早，牛丞相正好休假在家。牛氏来到牛丞相的书房，把事情禀告给他，并表示要陪蔡邕回乡探望公婆。

牛丞相听了，不悦道：“孩儿，我是当朝丞相，你是名门淑媛，生来高贵，你何必去顾念他的糟糠之妻？我又怎能让你千里迢迢去侍候那田舍妇翁？”

牛氏道：“爹爹，您一贯教诲女儿，凡事皆以古代圣贤为准。古人说为妇须拜姑舅，为子须侍父母。如今蔡邕离家已过半年，父母年事又高，难道您忍心让他断了父子之恩，让女儿受万人唾骂吗？”

“胡说！”牛丞相怒道，“你是堂堂丞相之女，焉能和世上凡夫俗妇相提并论！”

牛氏道：“女儿新婚之时，心中亦是极其快慰。今日想来，方知自己罪孽深重。误蔡郎父母的，是女儿；误蔡郎娇妻的，是女儿；使蔡郎背上负心薄幸之名的，也是女儿。爹爹阻拦蔡郎一日，女儿的罪孽便深一层。还望爹爹可怜女儿，让女儿去吧！”

牛丞相听她说得郑重，且句句是理，不禁长叹一声，道：“女儿，爹爹其实也是为你着想啊！从洛阳到陈留，跋涉千里，道路艰难。你自幼长在深闺，如何受得了这风霜之苦？且他家中已有结发之妻，你去了岂不尴尬？再说爹爹养大你不容易，如今爹爹年事已高，难道你就不心疼爹爹吗？”说到最后，声音竟然有些哽咽。

牛氏听了，亦是愁肠百转，哭泣着说：“爹爹，女儿岂不挂念爹爹？……但蔡郎的家乡今年大旱，他的父母不知生死如何。爹爹再苦，家中锦衣玉食，一呼百诺，早晚有人侍候。那蔡郎的父母，真不知……”

看着女儿，牛丞相心里好生凄凉。过了一阵，那牛丞相忽道："女儿，我倒有个好主意，保证蔡邕能尽孝道，你我父女又不分离。"

"什么好主意？"牛氏追问。

"咱们不如派仆人李旺，到陈留去把蔡邕的家人请来，住在相府之中，岂不是两全其美！"

牛氏听得心花怒放，两朵桃花飞上脸来，连声说"好"，一溜烟跑去向蔡邕报喜去了。牛丞相望着女儿的背影，不住地摇头。

却说那日五娘葬了公公归来，梦中土地神的话兀自萦绕在耳边。次日一早，五娘便收拾行装，背起琵琶，带上公公婆婆的画像，独自一人踏上了漫漫征途。

赵五娘一路上登高履险，路途劳顿，逢人便弹琵琶乞讨，终于辛辛苦苦来到了洛阳城。赶巧，打听得弥陀寺中正在做佛会，她便一直往前去，准备唱几支小曲挣一点钱，为二老超度。在寺内道旁，五娘找了一处干净地，将二老画像挂了起来，调整好琵琶弦后，开始低吟浅唱。

五娘将自己的身世遭遇编成曲子，边弹边唱，弦弦掩抑，声声如泣如诉。众人听了十分同情，纷纷解囊相助，有人竟脱下自己身上的衣服送与五娘。

正在这时，忽听鸣锣开道，说是蔡状元前来弥陀寺烧香。五娘随着围观群众急忙回避，慌乱之中竟忘了收起二老的画像。

蔡邕之所以来弥陀寺烧香，是因为李旺上路直奔陈留郡后，他一直放心不下，听说家乡连年灾荒，沿途匪盗颇多，于是便趁着佛会，前来弥陀寺祈求神灵保佑。

蔡邕在轿中看见庙前挂着两张画像，就问家人这画是何人所挂。家人答道："可能是这里的一个道姑挂的，见大人来吓跑了。"蔡邕看画上二位老人似曾相识，便命家人取下画像，带回府去。

赵五娘见状元走远，便打听这状元姓甚名谁。一位老人告知："状元姓蔡名邕，三年前被牛丞相招为女婿。"五娘听了十分震惊，听说二老画像被蔡状元令人取下拿走，心想：奴家慌忙中丢失公婆画像，却让他收下，莫不是上天有意安排，让我们夫妻相见？等明天我径直投往他家，以乞讨为由，打听消息，看他现今到底如何。

次日，赵五娘来到牛丞相府前。恰逢牛小姐正为迎候蔡邕爹娘和媳妇物色女仆，牛小姐见来了个精细人，心中暗喜，便唤来相问。

牛小姐询问五娘，得知她大则琴棋书画，小则针线女红，次则饮食炊饭，样样都会，非常中意，便细问五娘从何而来。

当听到五娘是嫁后出家，为有夫之妇时，牛小姐感到不妥，随即对家人道："她既是有丈夫的，就难以收留，多打发些斋粮给她，叫她到别处化缘去吧。"

五娘顿时慌了神，心想：天哪，我不该说是有丈夫的。她又说道："夫人，我并非是来化缘的，我是来寻找丈夫的。"

"原来如此，那你丈夫叫什么？"

五娘摸不清牛小姐底细，担心说出实话遭唾骂，便把蔡邕的字拆开，对牛小姐遮掩道："我的丈夫姓祭名白谐，人人都说他住在牛府，也许夫人知道。"

牛小姐探问家人，家人都说“并无此人”，便对五娘说：“我这里上上下下没有叫祭白谐的，你就到别处去找吧，我们就不耽误你了。”

五娘一听掩面哭泣：“人人都说我丈夫在你府内，如今却是没有。丈夫，你若是死了，叫我倚仗谁？”

“可怜这妇人！”牛小姐软了心肠，“你且不必愁烦，先暂住在我府中好了。我让家人四处帮着打听你丈夫的消息，你看如何？”

五娘连谢牛小姐的大恩。

牛小姐安顿下五娘，便叫五娘更换这一身素孝打扮，五娘却不肯。牛小姐纳闷，问此乃何故。五娘道：“我有一十二年大孝在身，所以不能换。”

牛小姐惊诧：“大孝不过三年，如何一十二年？”

五娘哽咽：“公公故去戴孝三年，婆婆故去戴孝三年，薄情丈夫留京都后再未回来，我再替他戴孝六年。夫人，这合起来，不就是整整一十二年嘛！”

牛小姐叹：“咳，难得你这妇人如此孝顺！你公婆为何双双命掩黄沙？”

五娘道：“夫人，说来真是一言难尽！”

五娘弹弦饮泣唱道：

奴家本是良家女，天生丽质美貌容。

夫郎才貌一应俱，两月夫妻百日情。

奈何朝廷贴黄榜，遍招天下贤良士。

父母高堂强命令，郎赴春闱不得违。

十里长路送别离，马行十步九回头。

嘱郎常思桑榆景，快着归鞭早回程。

一举鳌头独占魁，平地一声起惊雷。

再娶佳人另婚配，利绾名牵竟不归。

饥荒岁，断烟炊，高堂念儿老泪垂。

糟糠暗吃担饥饿，双亲俱丧实堪悲。

剪下香云送舅姑，麻裙包土筑坟茔。

千里迢迢寻丈夫，琵琶乞讨沿路程。

进得京畿不见郎，红颜薄命自伤情……

曲调未了，牛小姐这里已是啜泣不止，珠泪如麻。

“夫人，你为什么哭了？”五娘搁下琴，擦了下眼泪轻声问。

“我丈夫也是久别双亲，几年未归。他积怨成疾，到如今还思念父母双亲家里人呢！”

“他家里可有妻室？”

“他是有妻室，怕不像你如此孝敬爹妈。前日府上已派人去接他们过来一同居住，现今还不知情景如何。”

赵五娘听这一番话，心头松动，趁机试探牛小姐：“夫人，他那里既有妻房，接来这里住，你能与她和睦相处？”

牛小姐道：“如果她像你这样贤淑，我情愿让她居上我居下，叫姐姐敬着她。”

赵五娘再也控制不住：“夫人，我就是蔡邕的结发妻房……”

牛小姐已深深为她的孝行所感动，听琵琶一曲，更知句句是真，连呼“姐姐”，两人抱头恸哭。

蔡邕自从去弥陀寺烧香见了那两张画像，心中始终闷闷不乐。这天晚上，他从墙上取下画像仔细端详，越看越觉得这画上画的二位老人像自己的爹妈。可画上二老面容憔悴，神态凄凉，衣衫褴褛，前不久家书还报爹妈、媳妇都安康无祸呐！蔡邕越思越觉蹊跷，猛然发现画像后面题诗一首。诗曰：

昆山有良璧，郁郁璠玙姿。
嗟彼一点瑕，掩此连城瑜。
人生非孔颜，名节鲜不亏。
拙哉西河守，胡不如皋鱼。
宋弘既以义，黄允何其愚！
风木有余恨，连理无傍枝。
寄与青云客，慎勿乖天彝。

诗的大意是说，昆山这个地方产得好玉，价值连城，上面倘若有些瑕玷，便不贵重了。孔子、颜子是大圣大贤，有德也有行。一般大多数人并非圣贤，因此能忠不能孝，能孝不能忠。西河守吴起，母亲死了不去奔丧，太愚笨，不顾名节，连皋鱼都不如。宋弘此人，在光武帝试图把姐姐湖阳公主嫁给他时，执意不从，答曰“贫贱之交不可忘，糟糠之妻不下堂”。黄允一见司徒袁隗的侄女，便休了前妻是何等愚蠢。孩子想奉养亲人而亲人不在，树欲静而风不止。传言与做官的人，切莫违了天伦。

细一琢磨，竟像是讥讽自己大逆不道的。蔡邕心中十分恼火，遂把夫人叫来，问个究竟。

“夫人，谁人来过我的书房？”蔡邕怒问。

牛小姐回答道：“没有人。”

“我前日去弥陀寺中烧香，拾得一轴画像，家人拿来挂在这里，谁在背面题了一首诗？”

“可能是原来就写着的吧。”

“哪里是，墨迹尚未干！”

“相公为何如此动怒？那诗说的是什么？”牛小姐避而不答，反要蔡邕解释这首诗。蔡邕遂把诗解释了一遍。

牛小姐似悟出了道理，问蔡邕：“相公，那不奔丧和自刎的，哪一个是孝道？”

蔡邕答：“那不奔丧的是乱道。”

小姐又问：“那不弃妻和弃妻的，哪一个是正道？”

蔡邕答：“那不弃妻的是正道。”

“相公，如果是你，你将学哪一个？”

蔡邕答：“纵是辱杀我，我也是义不可绝。”

牛小姐此时心中有了底数，“扑哧”一声笑了。原来牛小姐担心赵五娘衣衫褴褛，蔡邕不肯相认，便出了这主意，让五娘先在蔡邕常去的书房写几句诗试探一下他，然后再出面将情由说个明白。

“夫人笑的是为哪般？”蔡邕十分纳闷。

“这字你认得是谁写的吗？”

“看似眼熟，一时想不起是谁的了。”蔡邕若有所思。

牛小姐终于一语道破：“写这诗的姓赵，就是你那朝思夜想的五娘姐姐呀！”

牛小姐向屋内呼唤：“姐姐有请。”赵五娘面容憔悴地走出屋来。

“相公，就是她题的诗句，你还认得她吗？”牛小姐盯着蔡邕说道。

蔡邕倒退一步，难以置信：“她从哪里来？”

“她从陈留郡来，是专程找你来的！”

蔡邕定睛片刻，惊呼：“呀，我道是谁，原来是娘子你！”

赵五娘啜泣：“奴家便是。”

“娘子，你为何这般模样，咱们的父母呢？”蔡邕惊诧不已。

不问则已，蔡邕话音未落，五娘已是泪挂双腮。赵五娘边哭边诉，把蔡邕走后家中的情况一一细说。蔡邕始料不及，这短短几年间家中竟发生如此巨变。想那爹妈画像形容憔悴、衣衫褴褛，如今命归九泉，今生已无法相见。眼前，我这结发妻子麻裙素孝，琵琶讨食，千里迢迢来到京城，相见亦非离时之娇颜，蔡邕不由得痛哭失声。

“爹妈，儿蔡邕不孝，只为从官抛弃了父母双亲，生不能养，死不能葬，天理难容。现如今，我悔之晚矣，倒是真不如皋鱼和宋弘了。”蔡邕跪在父母双亲画像前连连叩首，五娘、牛小姐忍住泪水将蔡邕劝了又劝。

蔡邕转身对五娘道：“这些年多亏你在高堂前照料，你的功德我三生难报，我枉为堂堂七尺男儿汉了。”

在这突然的变故面前，蔡邕难过至极，决意脱去这金紫衣袍，离开这京城富贵地。他连夜伏案疾书，写下辞呈，将家事奏明皇上，要携带赵五娘、牛小姐回去拜爹娘，为爹娘祭扫陵墓。

牛丞相得知牛小姐欲与蔡邕同回陈留郡，心中闷闷不乐，懊悔当初自己强迫女儿结成这门婚事。原指望招蔡邕为婿养老送终，到如今落得乘龙快婿难驻门楣，那独生女也将随之远走高飞，只留下自己孤身一人。牛丞相心中想着这些，非常懊悔。

牛丞相正在懊悔间，那蔡邕、女儿和一陌生女子进来，他心中明白，那女子便是蔡邕的结发妻子。只见他们三人彼此之间彬彬有礼，亲密无间，牛丞相倒觉得自己要拿出点丞相的风度。

“贤婿，听说你父母已经故去，你媳妇来此相寻，真有此事？”

“确有此事，愚婿正来禀告岳丈。”

牛丞相仔细端详着这陌生妇人，见她生得眉目清秀，端庄文雅，虽面容憔悴，但仍掩饰不住淑惠贤德之气，使人不由得生出几分爱怜。

“你可是蔡邕的媳妇吗？”牛丞相先与五娘搭话。

“奴家便是。”赵五娘谦恭地说。

“贤哉，贤哉。”牛丞相忍不住点头道。

牛小姐见时机成熟，便上前对爹爹说：“孩儿有一事拜复爹爹知道。”于是，把赵五娘居于上，自己应当居于下的理由说了出来。

五娘则慌忙推让，摆一又摆二地说出牛小姐应居上而自己居下的理由。

牛丞相此时颇有长者胸怀，慈爱地对五娘说：“你今日既无父母，就像是我的女儿一般，何况你是先嫁于蔡邕，又年长于我女儿，你居上实是名正言顺，就不必推辞了。”

三人均为牛丞相的一席话感动，齐点头称是。

接着，蔡邕便告知岳父自己带二妻回故里祭祀爹妈的打算。

牛丞相道：“贤婿，我纵然舍不得你们去，今日也难以再留你们了。我已经老了，若是你们还惦着我这老朽，你们就事情办利落后及早回来。”

三人同请老人放宽心，叮嘱老人儿女远离时多保重。此时，一家人已完全是心无芥蒂，水乳交融了。

此后，便是李旺一路风尘到了陈留郡，没接到蔡相公爹娘、媳妇，却听得了蔡氏一家的感人故事，回到京城禀告牛丞相。牛丞相当即向朝廷上表，启奏蔡氏一家的仁义孝道。

那蔡邕夫妻三人千辛万苦回到陈留郡，为长眠在黄龙山的父母祭扫陵墓，守孝三年。转眼三年期满，却意外地在陈留郡与牛丞相相逢。

原来，皇上对蔡氏一家极为赞许，朱笔一挥，旌奖蔡邕一家的孝义，牛丞相特前来宣旨。圣旨封蔡邕为中郎将，封五娘为陈留郡夫人，封牛小姐为河南郡夫人，追赠蔡员外为十六勋，追封蔡母为天水郡夫人。

一家人犹如拨开重雾见红日，终于舒展开皱了数年的愁眉，在家中大设华筵。他们把张太公请为上席，与乡里乡亲共同欢聚。最后，牛丞相、蔡邕、赵五娘、牛小姐一行人同回京师。在牛丞相府中，一家人和睦相处，互敬互爱，为国效忠，为民效力，成为当时佳话。

汉宫秋

·作品评价·

《汉宫秋》是“元曲四大家”之一的马致远的代表作品，以汉元帝与王昭君的爱情悲剧为主线，讲述历史上著名的“昭君和番”的故事。故事中，王昭君受画工毛延寿陷害，被迫前往匈奴和亲，最后投江自尽。思念爱妃的元帝，在睡梦里被秋雁的叫声惊醒，全剧在凄美悲郁的气氛中结束。这充分表现了作者对王昭君的深切同情和高度赞扬；而对以元帝为首的封建统治者，则是深刻地批判与辛辣地嘲讽！

［元］马致远

汉元帝时，汉室已从汉武帝时的极盛时期衰落下来，国力越来越弱了。皇帝无意朝政，朝廷中掌握实权的尽是些谄上欺下的奸佞小人。

当朝有个画工叫毛延寿，尤其精于溜须拍马之道，擅长察言观色，依靠百般奸诈、乖巧圆滑，哄得皇帝对他非常信赖，言听计从。他狐假虎威，权势汹汹，朝里朝外，文武百官，没有一个不畏惧他的，也没有一个不咒骂他的。

毛延寿长期生活在皇帝左右，谙熟皇帝的好恶兴趣。为了邀宠固恩，他经常诱使皇帝亲近女色，远离文臣。这一天，他看透了皇帝的心思，就不动声色地说："陛下，田家农夫多收了十斗粮食，还要再讨新妇；陛下贵为天子，拥有万里江山，为什么不差遣官员，遍行天下去挑选一些美女充实后宫呢？"

这话说得皇帝很舒心，连忙说道："你说得很对！现在我就加封你为选择使，带上一道诏书，到全国各地去挑选。你先将选中的美女各画一幅图像送来，好让我依据图样一一召来侍奉。事成之后，另有赏赐。"毛延寿遵命领旨，满心欢喜地谢主隆恩。

毛延寿在朝里早就自恃得势，耀武扬威、颐指气使惯了。如今到了民间，其气焰越发嚣张，一时间，闹得全国上下怨声载道，骚动不安。

毛延寿天性贪婪，不仅贪权，而且贪财。“生前只要有钱财，死后哪管人唾骂。”这一次，他费尽心机得到选择使这个差使，正是他中饱私囊的好机会。有些人家迫不得已把女儿送入宫中，因为害怕不受皇帝宠幸被打入冷宫，就央求毛延寿把女儿画得漂亮些，毛延寿就趁此机会向人勒索大量钱财。也有些殷富人家，暗地里送些金银财宝去贿赂毛延寿，只要买通了毛延寿，那他们的女儿就可以免受冷宫之苦了。毛延寿多方勒索，发了一大笔横财。

自从领了圣旨，毛延寿一时一晌也没有耽误，东奔西走，倒也费心费力。上到王侯将相府，下到寻常百姓家，他都要带人去探寻一番。这样行遍全国，终于选定了九十九名美女，还差一名就满一百之数额，可以回宫交差了。但最后一个迟迟寻访不到，毛延寿就带人沿河而上，到了成都秭归县。有个媚上的小官立即报告说，当地有一位绝色佳人足可应召。他所说的这位女子，名唤王嫱，字昭君，正值十八年华，家住在城郊外。父亲王长者是一个老实本分的庄稼人，世代务农，只因为生有一位冠绝人间的女儿而远近闻名。毛延寿当即派人去传唤王昭君。待到见面，倒真把毛延寿给看愣了。他想啊，我走南闯北，不管是大户人家的名媛千金，还是小户人家的闺秀碧玉，哪曾见过这么艳丽逼人的女子！只见这位王昭君丰神楚楚，秀丽多姿，一肌一容，极尽风流。

毛延寿从第一眼看见昭君就在心中选定了她，但他爱财如命，不放过任何一次填私囊的机会。他派了一个亲信悄悄传话给王长者，让他凑足一百两黄金送给毛大人，昭君就可以被选为第一，得到皇帝的恩宠，从此王家就成了皇亲国戚，会有享受不尽的荣华富贵。

王长者是个敦厚的庄稼人，清贫度日，哪能交出一百两黄金？再者因为昭君性子倔强，极度厌恶毛延寿欺诈百姓的嘴脸，坚决拒绝。毛延寿几次派人索要，总不见结果，这使他十分气恼。心想：在朝里朝外，还没有几个人敢这么无礼地拂逆我的心意，这父女二人公开与我作对，也太不懂人情世故了。

毛延寿感到在一个村野匹夫面前失了体面，掉了威严，越想越气，觉得就这样退了王昭君不选，那倒成全了他们。毛延寿眉头一皱，一个恶念涌上心头：我要选了她，又叫她永远见不到皇帝，让她在冷宫里终身受苦，这样才解我心头之恨。

毛延寿选定了一百名美女，又勒索足了钱财，心满意足地打道回京，向皇帝复命。汉元帝按照美人图，中意的就传旨临幸。可怜那卓尔不群的王昭君，图像被毛延寿故意画坏，只能一直幽居在后宫，三年都没有机会得见龙颜。

汉元帝竟宁元年（前33）春的一天，王昭君独自坐在建章宫内的一座别馆里，案前摆放着老父当年用一段沉香木精心制作的琵琶，然而，她却没有一点儿弹拨的心情。春花秋月，一转眼，光阴荏苒又一年。三年多了，一千多个日日夜夜啊！虽说王昭君是掖庭待召（掖庭：后宫嫔妃所居之地。待召：等待皇帝召幸的宫女）的身份，但年年待召，年年不见皇帝的召幸。皇宫的高墙既隔断了她与亲人的联系，也隔断了她跳出宫墙的希望，只有那无边无际的寂寞，像一张无形的巨网，紧紧缠住了王昭君的心。三年多来，昭君的颧骨一天比一天高，那束身的腰带，姐妹们一次又一次帮她收小，那十根细纤纤、白生生的手指比从前更见灵巧了。她忍不住长长地叹了口气，站起身来，走到临溪的小窗边。

似雪的杨花，正纷纷扬扬地坠入御溪中，活泼的春燕，正在柳丝中嬉戏翻飞。唉，如果她是一团花絮、一只鸟儿该多好啊！这样她就可以逃出宫墙，就能飞回楚地故园了。那家乡的城池、香溪的流水可还依旧？那衰老的父母、年幼的弟弟、众多的乡亲是否别来无恙……

“姑娘请弹琵琶。”一只产自百越的能言鸟儿，突然学着往日姐妹们的腔调叫了起来。

这叫声打断了王昭君的遐想，她善意地对鸟儿做了个威吓的手势，随手取来那面琵琶，抱在怀里，转轴拨弦，然后便悠悠扬扬地弹了起来。琵琶声韵清雅，飘出别馆，在天宇间弥漫开来。

随着曲调的推进，一组清厉的和音把人带入了一个肃杀的冬季。突然间，急促的琵琶声骤然冷凝，仿佛风静雪止，江河断流，千里冰封；进而，轻挑慢拢，雪竹玲琅之声，红梅怒放之意，将弹奏者和聆听者都一步一步地带入到另一种境界里去了。这是一种无我无他、高度净化的音乐境界。

这回肠百折的琵琶声盘旋了许久，才慢慢地消失。王昭君放下琵琶，闭上了眼睛。

“姐姐，这是支什么曲子？真好听！”不知从何时起，王昭君的身旁围满了宫女，一个因父罪而入宫的小宫女天真地说：“我在宫中多年了，从未听过这般美妙的曲子。”

“这是支古曲。”昭君怜爱地看着这个小宫女说，“它叫《白雪》，相传为春秋时期晋国的乐师师旷所作。据说为了创作，师旷夜以继日地推敲音律，双目夜夜为膏烟所熏，最终失明，但他志气不挫，殚精竭虑，终于创作出了《阳春》《白雪》这两首传世不朽的乐章。”

夜色渐渐加深，小宫女仍然捧着琵琶，轻声恳求道：“姐姐，您再给我们弹弹《阳春》吧。”

昭君抬起头来，看见相伴多年的姐妹们都流露出企望一听的神情，又想到大家相同的不幸，实在不愿让她们美好的愿望破灭。她想：也许自己演奏这曲欢愉的乐章能带给她们一些安慰，消磨这长长的春宵。于是，昭君展颜一笑，手指在琵琶上拨出一轮恰如行云流水的叮咚声，仿佛一阵和风从江南徐徐吹来，它带来了江南的花讯、鸟鸣，慢慢地推动了江河的复苏，染绿了河岸的柳枝，唤醒了关中大地，催动了花事……此刻，别馆内简直鸦雀无声，静寂至极，宫女们都仿佛置身于那广袤的天地间，静静地听那青草的拔节声、花蕾的绽放声……

在这一个春意阑珊的夜晚，汉元帝忙完了公务，一时来了兴致，想到后宫各处去走走。一名内官提着一对宫灯，随着他信步而行。他走过回廊，远远地隐约听到一阵悠扬美妙的琵琶声。元帝寻着声音向前走了几步，再凝神细听，不绝如缕的琵琶乐声忽高忽低，好似行云流水的天籁之音。这琵琶音强烈地吸引了元帝，他想知道弹曲的究竟是何人。

“好美妙的曲子，是何人在弹琵琶啊？”一个威严中透出洒脱的声音突然从宫娥们的身后传来。

差役见王昭君正弹得物我两忘，心醉神迷，便提高嗓门喊道：“王昭君接驾！”这一声悠长的吆喝在昭君听来似真似幻，她兀自抱着琵琶，怔望着门口好半天。众宫娥一见是汉元帝来了，吓得人人粉面失色，个个慌忙跪下接驾。昭君见眼前这个中年人便是汉元帝，心中一时百感交集，竟忘了回话。初进宫时，自己曾是多么希望能见到他啊，因为普天之下莫非王土，率土之滨莫非王臣，有朝一日如得恩宠，将会泽被宗亲，自是邀天之宠的莫大荣幸。自己也曾暗下决心，一旦受君王宠爱，定要辅助君王成就如舜、尧般的事业。但是三年过去了，所有的希望全都破灭了。在宫中，她听到了多少汉元帝的“德政”，她目睹了多少汉元帝的近臣奸诈卑劣的作为，她自己便深受其害……此刻，汉元帝来了，被她的琵琶声吸引来了，她却说不出是高兴还是悲愤。

“放肆！圣上在此，还不赶快叩见。”皇上身边的内侍石显发出一种尖锐刺耳的假嗓音。

昭君这次听得真切，不禁悲喜交加，赶忙弃了怀中的琵琶，碎步趋前来接驾。

汉元帝见昭君亭亭玉立地站在那儿，觉得楚地的秀色竟全汇集在她一身，不禁记起自己年轻时曾诵读过的楚国诗人宋玉写的《登徒子好色赋》：

> 天下之佳人莫若楚国，楚国之丽者莫若臣里，臣里之美者莫若臣东家之子。东家之子，增之一分则太长，减之一分则太短；著粉则太白，施朱则太赤；眉如翠羽，肌如白雪；腰如束素，齿如含贝；嫣然一笑，惑阳城，迷下蔡……

没见到昭君之前，汉元帝觉得宋玉大概是身为楚人，所以难免誉之过分，有点儿言过其实。今天见到王昭君，汉元帝才觉得宋玉的形容，仍不能反映楚女的妖娆神韵于万一，这也许是因为意态从来画不成吧。看见石显大声呵斥昭君，他深恐惊吓了美人，不由得蹙紧了眉头，接着柔声说："美人别怕，你是何宫宫女，弹得一手好琵琶？"昭君婷婷袅袅地向前移动几步，缓缓跪下，用温驯柔美的声音从容禀奏道："掖庭待召王嫱——王昭君，参见皇上。适才小女子全神贯注于琵琶弦上，不知圣上驾到，未曾迎接，还请皇上恕罪。"

"哈哈哈哈……"汉元帝开心地笑了，"不知者无罪，何况美人正全神贯注于弹琵琶。这曲《阳春》可真美妙，寡人多年求之不得，原该去楚地寻求的，想不到今日得来全不费功夫。美人的技艺真可谓神哉！"

略一停歇，元帝似有所悟，不无双关地说道："这股和风吹拂了寡人心池的春水啦！"

说着，他上前几步，亲手去扶王昭君。一触到昭君的纤纤素手，元帝觉得自己的血液又开始澎湃了，像汹涌的春潮在心底泛滥起来。他忘情地抚弄着昭君的手说："美人祥和的春曲中，何以竟糅有哀怨悲苦之意？"

众宫女见到汉元帝后失仪，有的竟在心中萌发了对昭君的嫉恨，但却不敢表露丝毫，反将头压得更低。往日跟昭君要好的宫女们都在暗中替昭君高兴，因为适才昭君弹拨一曲《阳春》，明明一派舒泰、祥和之音，元帝却说其中含有悲怨，显然大有深意。然而不管是心存嫉恨的，还是替人高兴的，众宫女们有一点都知道得很清楚，此刻她们都是多余的人了。于是，不一会儿，偌大的别馆里就只剩下元帝和昭君两人了。昭君突然感到心跳得很厉害。元帝那温和柔软的大手并不是很烫，却烧炙得她喉头发干。于是，她试着去挣脱，而元帝却握得更紧了。

为了解除窘迫，昭君款款说道："陛下，昭君生长于村野，向知春草萌发，要经过破土之痛苦，柳芽初生，须经受寒风浸淫之磨难……"

"美人真是好见识。"元帝一听昭君出言不俗，心中暗暗高兴，"不过，爱卿的话似乎有弦外之音吧。"

"皇上圣明，不过……皇上恕罪，小女子才敢说出来。"

"恕你无罪，只管说来。"

昭君略为沉思，接着朗声说道："妾以为陛下圣明，原该明察秋毫，不至为宵小所困……"

元帝自登基以来，鉴于吕后之乱，早就定下不容后宫参政的戒律，更何况宫中之姝丽如傅昭仪、冯昭仪之类，竞相取媚于他，却从来不曾听过如此刺耳之言。元帝不觉把脸沉了下来："你来宫中几年？怎知寡人所行所为，为宵小所困？前年寡人将占地过宽的御苑发还给百姓种田；今年冬天甚至连宫中烧木炭种菜的温室也撤去不用，如今一日三餐，力戒靡费……诸如此类之事，不胜枚举。这可是为宵小所困之君王所能为的吗？"

昭君早有准备，她满脸娇怨地望着走到一边的汉元帝说："陛下息怒，妾言之有据，绝非信口雌黄。陛下请细思，妾入深宫已有三载，至今才睹天颜，是何道理？"

汉元帝心头一颤：是啊，昭君的美丽可谓是后宫佳丽三千之首，自己原是按图寻芳的，为何她的图像却不是最美的呢？元帝转过身来，直愣愣地看着昭君那一双含着幽怨之色的秋波，这是多么美的一双丹凤眼，像两汪清澈、含蓄的深潭，又像两颗飞动流彩的明珠。啊！他记起来了，那幅题名为王昭君的图像上画的人一目眇而不明，一目眊而无神。自己当时也觉得奇怪，这样的人何以能选入宫中。因而对此颇有印象。

可是，现在昭君的容貌与写真图相比，差距太大。莫非这其中还有别的什么隐情不成？

元帝心中的那点儿愠怒很快被一种油然而生的爱怜所替代。他笑了，亲切而潇洒的笑容里别有一番深意："美人，莫非有什么冤情？仔细说来，寡人自会替你做主的。"

望着元帝那柔和得如同烟笼寒水般的目光，昭君心里一动，熟思已久的一些话便冲口而出："陛下确曾躬行节俭，黎民苍生无不感恩。但是宫廷左右都隐藏着贪鄙奸佞的小人，纳贿弄权，无所不为，陛下却不察。"接着，昭君把画师毛延寿索贿不成就点破画像，掖庭总管将自己贬入别馆之事细细述说了一遍。

昭君入宫的遭遇，解答了元帝多年来积累在心中的疑问。这些年来，元帝按图召幸的美女总是不能满意，因为没有一个能称得上绝色，原来这其中竟然还有如此多的猫腻。元帝愈想愈怒，沉声喝道："来人！"两个小太监无声地闪了出来。

"快去将毛延寿的美人图尽数取来！"

"遵旨。"

在龙案上堆得齐胸高的画像中，元帝信手展开一幅，这是曾临幸过的玉娘，姿态端庄，秀美多姿，头发梳成新奇漂亮的

高髻云鬟。然而，元帝觉得她言语粗俗，举止轻浮，丝毫没有她那高雅的画像里应有的气质风度。只住了一宵，元帝便不思再召。

阿娇的这幅画牵出一连串不愉快的记忆：她虽然人美，脾气也好，但是却像是个泥捏木雕的人，全然不解风情，承欢侍宴，味同嚼蜡。

这一个叫香玉，艳艳的芳名，容貌、体态似乎也可称为美女了，谁知细细观看，厚厚的宫粉竟也掩不住脸上黑芝麻似的痣斑。

当然，最令汉元帝不能容忍的是，毛延寿竟敢公然在禁宫之内，将汉宫中最美貌的女子点破了像，真是可恶至极，胆大包天！元帝在心中怒骂着，举起所佩的玉环，使劲地敲击了一下。几个太监闻声立刻奔了进来，跪在地上。

汉元帝不疾不徐地说："奸贼毛延寿竟敢在后宫贪赃枉法，欺君罔上，传旨廷尉，速将画工毛延寿斩首、弃市，诛九族。"

石显一伙阉党，平素与毛延寿沆瀣一气，受了无数好处。此刻见元帝动了真怒，一个个噤若寒蝉，也不敢出来为毛延寿说句话，唯有先将元帝的圣旨按下不发，另一个太监立刻奔去毛延寿处透露消息。

昭君见入宫三年所受的冤屈得申，忙俯伏在地，叩头谢恩。元帝见传旨的石显已经退下，而俯伏在地的昭君眼角湿润，眼眶里滚动着两颗泪珠，真像是带雨的梨花，不禁在心中涌出万般怜爱。

"美人，快快平身，寡人还有许多话要跟你说。"元帝走过来，伸手将昭君拉起，揽在怀里。

昭君长这么大，如此被陌生异性揽抱还是第一次，而且是这样突然，她的心“扑通、扑通”一阵狂跳。待她渐为镇定的时候，才第一次认真地看清了这个掌握着人间生杀大权的真龙天子。元帝那带着笑的目光不停地在昭君身上滚动着，使昭君觉得有些不安和慌乱。不过，他那有力的大手，仿佛别有魔力，像块磁铁似的吸紧了昭君的手，彼此传递着温暖。渐渐地，昭君摆脱了窘境。

“美人，”元帝低沉而柔和地说，“家中还有什么人？有什么繁难的事，朕替你做主。”这亲切的问话，使昭君感到心头涌起一股暖流，陛下毕竟还是英明的……昭君想到这儿，含笑地说：“妾家中尚有隶属民籍的老父和未总角的小弟。”

元帝的眼里闪过狡黠的笑意：“美人，我现在就封你为明妃，你的老父还属民籍吗？”

“这……这……陛下如此深恩，妾身不知如何……”

皇家侍卫前去捉拿毛延寿，却不想毛延寿早已闻风而逃，投奔北番国去了。

当时称雄北番的是呼韩邪单于，他善理兵政，有精兵十万，国力在中原汉朝之上。北番国人以射猎为生，能征善战。

当年的冒顿单于曾围困汉高祖于白登山七天七夜，后来还是采用和亲之策才偃息了两国刀兵。自此，两国有了甥舅之亲，边境才安宁下来。只是按照旧例，每个单于即位，总要向汉朝求娶一个公主，毛延寿知道就在前些时候，呼韩邪单于还派遣了使节带了厚礼南下进贡，要求迎娶公主。汉元帝以公主年幼为辞，未曾答允。

呼韩邪单于求爱受挫，心里老大的不自在，不免生有怒意，心想：就算公主年幼不及婚嫁，那汉室后宫，佳丽粉黛不计其数，就不能送我一个以成和亲之策？偏偏硬生生把使臣给赶了回来，呼韩邪单于感觉脸面上颇有些过不去，便有发兵南侵之意，但又怕这样一来，延续了好几代的边疆友好关系会断送在自己手里。况且，一旦狼烟四起，于敌于己都多有不利，估量再三，也理不出个头绪，只好看形势发展再做定论。

这时候，看门守兵通报说有个汉朝大臣求见。呼韩邪单于令召其进宫，毛延寿施了些礼节以后，自报家门：“我是汉朝中大夫毛延寿，有要事特地前来报告大王。”呼韩邪单于打量了一番来者，见他风尘仆仆，疲倦中有掩饰不住的惊慌与奸猾。呼韩邪单于奇怪地看着来者手里捧着的一幅画像。这时，毛延寿又开口说道：“前些时候，大王派遣使者到汉朝求娶公主，汉王违反先例，不肯嫁女出塞。这图中的美人叫作王昭君，情愿代公主出番，嫁给大王。可是汉王又舍不得，不肯放她出行，我再三苦谏，要汉王不可重女色而失两国之好，汉王不但不听劝阻，反而要杀害我。因此，我带了这幅美人图，前来呈给大王。大王可根据画像，点名向汉王索求王昭君。”说完，把手中的画轴献给了呼韩邪单于。

呼韩邪单于命左右展开画幅，只见上面画着一个亭亭玉立、似仙如神的绝色女子，冰肌玉容，丰姿绰约，他惊呼道：“世间怎么能有这么漂亮的女子！”他被画中人深深地迷住了，心想：

如果能得到这样的美人做妻子，那才不枉此生。于是，他挥笔写成一封国书，派遣了一名官员，带了不少随从，前往汉朝索求王昭君出塞和亲。并且威胁说，若汉王不答应，不久之后，就要举兵南下，夺取大汉江山。使臣出发之后，呼韩邪单于为施加压力，亲自点兵带队，携带了刀枪和弓箭，以打猎为名，向边境移动，以便探察汉室的动静，必要的话，就兴兵讨伐，无论如何也要得到王昭君。

进入初夏，今年宫中的头一件大事是过五月初五端午节。早在十来天前，汉元帝和王昭君泛舟太液池时，昭君忽然记起再过几天便是五月初五了，这个日子在楚地非同一般，三闾大夫屈原，这个最为楚地百姓敬爱的先贤，就是在这个日子沉入汨罗江的。为了祭奠屈原，乡民们主动在这一天做糯米凉粽，抛入水中，表达自己的心意。元帝为了博美人欢心，便令宫中有头有脸的人物都要到渭河边，同祭奠先贤。

五月初五一早，昭君就起身梳妆了。汉元帝原已许诺，下了早朝就来伴她前往渭水，此刻红日已高三丈透，却也不见人影，莫非……

上次，呼韩邪单于陈兵于阳关，声称愿为汉婿，请汉朝公主下嫁。元帝好不容易才以公主尚幼为辞，推掉亲事，难道呼韩邪单于又出了什么新花样？自从上次没能抓住毛延寿，据说他已潜往塞外，昭君便感到事情还没有完，这两天又总是心惊肉跳的，不是个滋味。昭君心想：不会出些什么事吧？一想到毛延寿，昭君的心便乱了，最初见到他的情景又浮现在昭君的眼前。

毛延寿无声地笑了，语意深长地说：“画像至关重要的是点睛，留睛不点，是因为一点千金、一点万金啊！皇上身边的傅昭仪若非我当初赠她一双美目，现在如何能夺冯昭仪之宠？昭君姑娘乃明白之人……”

听到毛延寿这近似无赖的解说，看到他那卑鄙不堪的神情，昭君一下子全明白了。想不到天子脚下，也有人敢公然索贿，竟敢以画像不点睛为要挟，逼人行贿！昭君自幼饱读诗书，特别敬仰先贤屈原的刚正、廉洁，似这等肮脏的交易，昭君怎能容忍！她压住心头的愤怒，深沉地说：“原来点睛尚有如此多的奥妙，但我王嫱虽为一介民女，却也知道嗟来之食不可食的道理……”

毛延寿心中一惊，一股无名的怨恨如同阴冷的寒雾，在心底翻滚、膨胀起来。他立刻奸笑着说：“姑娘请留步，我让画师成全姑娘。”

只见画师立刻用画笔在左眼眶里点了个较小的墨点，然后将画笔在清水中浸了浸，稀释了笔尖上的墨汁，又在右眼眶里点上个较大的淡淡的墨点。

昭君顿时明白了毛延寿恶毒的用心。只见画上的美人左目小，作目眇之状，右目黯淡少神，木然无光，连普通之姿也没有。一种被侮辱的委屈、悲愤像潮水一样涌上昭君的心头，她强行压抑着，保持着自己高傲的神情，鄙视地扫了毛延寿一眼，转身走了。身后传来了毛延寿一阵刺耳的奸笑……

“爱妃可是身体不舒适？”一只温暖的大手按到昭君光洁的额角上，很久很久没有拿开。

昭君猛地吃了一惊，但随即想到必是元帝来了，正打算站起身来，另一只有力的大手又按在了她的肩上。

昭君抬起头看着元帝说：“妾并无不适。”

元帝点了点头说：“倒像是没什么，不过我已经进来很久了，你一直呆坐着，寡人能不忧虑吗？爱妃既有不适，宫中近来事情又多，今天就别出去了。”

昭君是个极敏感的人，见到汉元帝眼中所现出的阴暗忧郁之色，她心里隐隐作痛。她问道：“陛下，有何难以消解之事，这样不快活？”

今日早朝，北番呼韩邪单于的使者，手持昭君的画像，声称要娶此宫女为妻。满朝文武均知元帝已纳昭君为明妃，却无一人能分君父之忧，反而纷纷奏请将昭君送出掖庭和番，以保得自身的荣华富贵。元帝虽然力排众议，斥退了番使，但国势微弱，倘若呼韩邪单于再来强要昭君，唉，那便是心有不甘而无可奈何了。这种难言的抑郁最不易排遣，元帝本想一诉隐衷，可是话到口边，又想到此事与昭君关系甚大，况且她又是个极敏感的女子，何苦惹得她伤心、惶恐？她柔弱如此，何忍心去加重其负？为此，元帝极力做出眉目舒展的样子，笑道：“一切都好好的，你为何瞎猜？”

“难道是妾看错了？”昭君将信将疑。

“不过朝事纷杂，与你毫无关系，并非什么难消的心事。”这样的解说分明是欲盖弥彰，昭君心里明白朝廷必是发生了什么大事，而元帝又必有不可说的苦衷，自己就不该再追问了。昭君轻轻地吁了一口气说：“如此便好。”然后表现出一副深信不疑的模样。

然而，这些神情的瞬时变化，没能逃脱元帝的眼睛。一方面固然是因其阅人无数，经验丰富，另一方面便是因为昭君心地纯洁，不会撒谎。也许正因如此，元帝才更为喜爱昭君。美人冯昭仪也貌美，然而她的美艳中夹杂着一种极度的自私。一次，当供观赏的猛虎扑跃而出的时候，她竟藏于元帝身后，事后还说天子自有百灵护佑，所以要依靠皇上的神威化凶为吉。傅昭仪则是一个冰美人，在她身边常常感到一股冷气袭来，仿佛她那华丽柔软的皮毛下，藏着阴险的利爪，她争权夺宠，无所不为。而只有昭君，令元帝确确实实感觉到，她的心中唯一关切的只有他，她不自私，也无所求……

为了宽慰昭君，并证实的确没发生什么为难之事，元帝看看窗外的艳阳，踌躇半晌才问道："爱妃可还想去渭水祭祀三闾大夫？"

这弯子转得太快了，连元帝自己都感到太着痕迹。而昭君却似乎不曾察觉，高兴地说："我一直在等候陛下哩。"

见昭君这般高兴，元帝如释重负。

从渭水河畔归来，昭君似乎还处于极端的兴奋中，两杯淡淡的雄黄酒，激得她双颊粉生生、红嫩嫩的。元帝似乎也全然忘掉了朝堂上的不快，携着昭君的手，并肩立在窗前。御花园中芍药怒放，夕阳西下，一抹残红染上了天际。

元帝亲手放下窗帘，柔声对昭君说："天渐凉了，爱妃当心才是。"昭君嫣然一笑，素手微举，替元帝系紧了披风。

于是，元帝双手扶着昭君坐到锦榻上，将她的身子扳了过来，拥进宽大的披风里，在她的耳边低声吟道："言笑晏晏，信誓旦旦。”

他在昏暗的披风里，凝视着她那晶莹如一泓清泉的眼睛。听到了她悄悄地，却又十分明晰、庄重地回答：“山无陵，江水为竭，冬雷震震，夏雨雪，天地合，乃敢与君绝。”

正当元帝与昭君卿卿我我的时候，一个不男不女的嗓音在西宫殿外轻声地呼唤着：“陛下。”

半晌，才从大殿深处传来元帝阴沉的声音：“进来说话。”

“是。”

西宫殿内，红烛、宫灯把殿内照得一片通明。石显眨巴着狡黠的眼睛，跪在地上，一脸惶恐地说：“尚书令五鹿充宗为国事求见。”

“什么国事？”元帝瞪着眼问。

“小人不敢说。”石显极力回避着元帝的目光。

“有什么不敢说的？”元帝逼视着他，想了想，转而又道，“传他进来。”

“是。”石显匆匆退下。

“陛下，臣五鹿充宗前来叩见。”五鹿充宗已俯伏在地。

“平身。深夜进宫，有何急事？”

“北番呼韩邪单于的使臣因求婚不遂，已传信边关，数日内将大肆南侵。我大汉兵微将寡，炎刘江山危矣。臣因此夜不能寐，思之再三，觉得……”

“你的意思我已明白，先回吧，待我思量再定。”

“陛下！”五鹿充宗表现出一副忠臣以死谏之的神情，膝行数步，低着头说，“北番王派了使节前来，说毛延寿将昭君娘娘的画像献给了他。现在单于点名索要昭君娘娘去北番和亲，不然的话，他将率兵南下，侵犯我大汉江山。那时，汉室将朝夕难保了……”

“大胆！放肆！”元帝见隐瞒多时不愿让昭君知道的消息完全泄漏了，不禁勃然大怒，厉声呵道，“给我滚出去！”

这番对话对于昭君来说如同晴空霹雳，刹那间，她明白了元帝在退朝后，为何会有那些反常的神态和行为。昭君怔怔地望着妆台上的铜镜，然后慢慢地站起来，轻轻地推开正在为她整理云鬓的小宫女，走到窗边。尽管她努力抑制着内心的震动，但一双美目中，早已含满泪水，只消一句温柔的话、一个体贴的动作，就会把它碰落下来。

五鹿充宗退下后，元帝轻轻地握住她的手时，她再也憋不住了。元帝定睛细看时，美人苍白的面上，珠泪滚滚，一双温润如玉的小手变得异常冰凉。

“别哭了。”他一把抱住她，一只大手轻轻地在她那浑圆的肩头抚摸着，就像在抚慰一只受惊的小猫。见她还没有停止哭泣，他又用比较大的、强制的，然而仍是很温柔的声音说：“皓月，皓月，不要哭了，不要哭了，我的心都快被你哭碎了。这些混账大臣们，平时有食不完的皇家俸禄，享不尽的荣华富贵，一旦有点儿风吹草动，就危言耸听，非但不能分我忧虑，反而逼我遂番人心意，满朝文武都做了毛延寿。可恶，可恨哪！”

元帝宠爱昭君已久，这是昭君第一次听到元帝用小名呼唤她，这亲切的呼唤连同伴随而来的温馨的回忆，使她渐渐止住了哭泣，她抬起头来，说：“陛下可还记得之前说的话吗？”

这话叫元帝听起来有些刺耳，仿佛是有意在说“君无戏言”。可想想昭君的处境，元帝的心里又产生了一种莫名其妙的内疚。事情会朝哪方面演变，如何演变，元帝全然没有去想，也许是他根本不愿去想，他只是隐约地感觉到这件事一定不会如此简单地结束，但他却宁愿自欺欺人地认为事情已经结束了。上次呼韩邪单于要汉公主下嫁，不也是这样一推挡就没事了吗？目前最重要的还是想想如何抚慰美人。怎么能让一个柔弱的女子承担如此可怕之事的重压？元帝的内疚也许就是因为虽贵为天子，但仍不能保护自己心爱的美人而产生出来的吧。

“那怎么会忘掉呢？”元帝从自己身上解下来一对玉连环，仔细地将丝带系在昭君的身上，然后拉住昭君的手，将玉连环放进她的手中，亲昵地说，“长相随，毋相忘。”昭君听后破涕为笑，在那微笑的秀目旁，闪着朵朵晶莹的泪花。

元帝惊讶地发现美人带泪的微笑，是世间最最动人心弦的笑。他挥了挥手，几个宫女无声无息地走了出来，熄掉了宫灯和红烛。

一连好几天，汉元帝的心情都十分郁闷。那种整天皱着眉、苦着脸的神情，昭君看在眼中，总觉凄凄惨惨的，心里说不出是疼还是苦。几次弹奏琵琶、拟泛轻舟，怎奈他意兴阑珊，总是闷闷地答上一声：“罢了，爱妃不必费心。”今天，昭君下定了决心，非要强人所难不可。

“陛下，长久如此会闷出病来的，哪怕是有天大的不快，也得暂时抛开。”昭君用执拗不容改变的口气说，“今日是妾做东相邀，吃醉蟹赏菊，诸事齐备，陛下无论如何都得提起兴致陪我。”

北番呼韩邪单于将要牧马中原的消息，一经那些养尊处优的大臣们传播，全长安城都知道了。不明内情的百姓们都在指责是昭君迷惑了君王，才导致目前的处境。“女人是祸水”这个说法，在百姓们的心里又一次获得了验证。怕死的大臣纷纷开始进行游说:“咱们这里兵甲不利，又无猛将与北番相持，陛下若能割爱，则天下生灵幸甚！”“为人主者怎能不爱江山而爱美人呢？”这些话通过各种渠道、各种方式传播着，几乎无时无刻不包围着元帝。天平的两头分别是江山与美人，渐渐地，天平开始向江山这头倾斜。很明显，如果失去了江山，元帝就失去了至高无上的地位，美人怎么还能保住？相反，只要江山仍在，何愁没有美人来？然而，昭君的温柔、多情，无一不使元帝恋恋不舍；她那犹如远山的黛眉，盈盈好似秋水的眼波，无一不牵挂着元帝的心。于是，和番的事情便拖下来了。

今天昭君的要求看来是不好推掉了，也许借着酒劲，请昭君去和番的话容易说出口些。带着这样的想法，元帝点头答应了。

几杯酒一下肚，被这些日子憋得难受的王昭君，终于鼓起勇气开口相问了。“陛下，有句话妾不忍说出，然又不能不说。”她敛眉垂目，很吃力地说，“如果玉连环分开了，咱们该如何是好？”

“分开什么？”开始元帝有些茫然，细细想了想，才明白她语意所指，顿时神色沮丧，低下头来默默无语。

王昭君立刻觉得一颗心如同落在冰窖中一样。一国之主啊，啐口唾沫下地都会被人当成金子的天之骄子，竟然连一个柔弱的女子都保全不了！伴着这样一个昏君懦夫，自己还有什么幸福可言？但是也正因为元帝的不足为恃，昭君更深刻地认识到，等待元帝开口是没有希望的，必须自己拿主意，开诚布公地说个明白。“陛下，”她感到一股苦涩的泪直往肚里流，喉咙发干，语气也变得格外的生硬，“覆巢之下，必无完卵。北番一旦入侵中原，将使多少生灵涂炭，我大汉江山只怕……”

听到这话，元帝的脸色变得惨白：“我没想到自己完全信赖的这些朝廷命官，关键时候竟然如此懦弱无能、贪生怕死，而且还和北番一个鼻孔出气，也主张让你和番。我发怒道：‘养兵千日，用兵一时。空有满朝文武，就没有一个能退得了番兵吗？都是些畏刀避箭的，你们不想方设法出力退兵，却要妃子和亲！你们一个个白拿了皇家俸禄，却不为国效忠，为君分忧！太平时候，你们一个个到处卖弄自己的功劳，真有了事情，你们却畏首畏尾，一筹莫展，让我的爱妃去抵挡！’”

元帝向昭君讲述了起来……

关于和亲一事，大臣们见触怒了龙颜，一个个吓得战战兢兢，不敢轻易开口。五鹿充宗身为尚书令，对此有推卸不掉的责任，无可奈何只得壮着胆子继续说道：“他北番国说陛下过分宠爱明妃娘娘，荒疏了朝政，已经耽误了国事。要是陛下不把昭君娘娘让给他，他就要兴兵讨伐了。臣想陛下一定不会忘记纣王灭国是因为宠爱妲己吧？”

元帝听了这最后一句话，勃然大怒：“你怎么胆敢把我比作商纣王？我没有给爱妃盖什么摘星楼！你们怎么不学商代名臣伊尹？他帮助汤王建立国家，立下了汗马功劳。你怎么也不说咱们大汉开国功臣张良？是他辅佐高祖建立这等基业！你们锦衣玉食，乘肥马，卧轻衾，逢人就夸耀你们宰相王侯的功劳。现在国家有了危险，你们一个个只会愁眉苦脸，没了本事，倒叫她一个瘦骨伶仃的弱女子去经受塞外风霜，你们就不羞愧？”

这一顿痛骂酣畅淋漓，元帝发泄了心中的愤懑，又不禁暗自伤悲。自从那一个夜晚偶然见到了昭君后，他就始终如痴如醉，深情不减当初。昭君对他温存体贴，他对昭君更有说不尽的依恋。他无论如何也舍不得离开昭君，更不忍心让她到朔漠寒地。可是，高祖皇帝定的规矩又不能任意毁破，公主太小，只能嫁宫女和亲。现如今他番王点名索要明妃，我有意不给，可又抵挡不住他的武力要挟。元帝思前想后，感到明妃是没有希望留住了，就愣坐在那儿，半晌沉默不语，只能时而沉重地叹息两三声。

五鹿充宗见皇帝不再发作，也不言语，心里就有些发毛。再看皇帝的脸色，怒气并不像刚才那么盛，但分明又笼罩上了一种悲哀。五鹿充宗知道皇帝也做了最坏的打算，就进一步说：“陛下，咱这里兵甲不利，又没有猛将和他相抗衡，把娘娘嫁给他，偃刀息兵，也救了一国的生灵。”

元帝本来在情理上考虑已心有所动，但听见这五鹿充宗再三替北番说话，那好不容易强压下去的火气又禁不住爆发了：“昭君与你们有什么生死怨仇？你们为什么一定要把她送去塞外？你们白佩金章紫绶，朱门里头也只会依红偎翠。罢了，罢了，满朝文武不少都变成了投降求荣的毛延寿！我空掌着文武三千军，白白地拥有中原四百州，现如今倒真是千军易得，一将难求！谁能为我分愁解忧？”

五鹿充宗是不敢再冒风险了。这时石显发了言：“陛下，北番使节现在正守在殿外等待召见。”

“罢罢罢，唤他进来。”

北番使节见传唤，趾高气扬地上得殿来，全然不顾汉朝礼节，见了汉元帝，只打了一个拱手，就大声地说：“呼韩耶单于差臣南来奏汉朝皇帝，北国与南朝自来以结亲和好，我主番王曾两次派遣使节前来汉朝进贡求娶公主，两次都未被应允。现在毛延寿将王昭君的美人图献给了我主番王，番王特地派臣来求娶王昭君为王后，以息两国刀兵。陛下若不肯依从，俺番国有精兵百万，几日之内将南下与汉朝交兵，以决胜负。伏望汉皇允准昭君出嫁，以成两国之好。”

汉元帝听了这番威胁的话后，觉得很不快。他环视朝廷上下，见自己平时宠信的权臣一个个闭口不言，藏头缩尾，袖手旁观，好像利箭射穿了大雁的嘴，连咳嗽一声也不敢。汉元帝按捺住怒气，吩咐左右：“先带使臣到馆驿中歇息去吧，一个时辰之后再给使节回话。”

番使走后，汉元帝面对着一朝敛声屏气的文官武将，厉声痛斥：“真没想到你们竟这么平庸无能！一个番使就吓得你们面如死灰，噤若寒蝉，任凭北番如此猖狂。如今北番已陈兵塞外，你们文武大臣商量商量，有计出计，有策献策，看怎么才能退了番兵，免得让昭君和番。”汉元帝说罢，见左右仍是鸦雀无声，不禁怒喝道：“你们大概都是欺负娘娘软弱善良，要是当年的吕后在世，一言既出，看你们有哪一个胆敢违拗?！都像你们这样，那以后用不着文官武将来治理国家了，只需要一些漂亮女人就足以平定天下了。你们为什么总是不开口？有什么计策你们就快快讲出来，我这里又没有煎人的油锅，你们怕什么？我向来以为文臣能安社稷，武将能平定刀戈，谁想到你们只会三拜九叩，山呼万岁，弄得一路烟尘滚滚，朝廷上也只会诚惶诚恐，唯唯诺诺！”

昭君全神贯注地盯着他，真希望他能像他的祖辈汉武帝那样拍案而起，亲率六军奔赴疆场，用他那非凡的号召力，激起士兵们的勇气，将北番一举荡平。然而，她失望了，他的身体里虽然奔流着祖辈传给他的血液，却已被数十年的安逸生活冲淡了，淡得连抬起头来看一眼昭君的勇气都没有了。此刻，昭君最后的幻想也破灭了，她完全明白了元帝的心意。自古以来，君叫臣死，臣不得不死。何况自己一家老幼深受皇恩，绝不能因自己一人而使北番妄动刀兵，残害大汉百姓。这些昭君都思之已深。眼前昭君虽生而无味，但连死也得死到国外，真是自古红颜多薄命啊！

直到现在，元帝仍没有想到那迫近的离别，将是一种多么可怕、多么令人难堪的事。把自己的妃子献给敌人为妻，这对皇室的尊严、皇上的权威会产生多么大的影响！直到现在，元帝仍沉浸在幻想之中。很长时间没听到昭君的声音，他甚至能想象出昭君被惊骇呆了的模样，于是，他用梦呓般的声音说：“皓月，别这样，也许明天朝中会有哪位武将愿意领兵去征服北番的。”

“陛下是安慰我，还是试图安慰自己呢？陛下，不可自欺欺人了。妾既蒙厚恩，当以死报国。妾自愿前去和番，息得刀兵，亦可名留青史，望陛下多多保重！”昭君一口气说完了这些话，那潜伏的痛苦忽然像一股决了堤的急流，霎时就倾注到她的心头，昭君忙转身走了出去。

也不知过了多久，汉元帝才发现地上留下的玉连环坏了一个，他连忙一把抢在手中，哆哆嗦嗦地试图对接上，可是无论他怎样努力，碎了的东西是难以重新捏合的。终于，他像是才想明白这个道理，慢慢地站了起来，拍了拍双手。几名太监应声走了过来。元帝吩咐道："将娘娘送到驿中去，告诉番使，明早朕去灞陵桥送爱妃一程。"

这时，宫外清晰地传来凄清而单调的梆子声，它由远而近，又由近而远地逐渐消失在寂寞寒冷的夜空中，最后只留下一缕断断续续的回声在宫中颤抖着。

瑟瑟秋风，潇潇秋雨，吹得元帝心冷，滴得元帝心碎。眼前的三千文武，分明是木雕泥塑，迎接的番使，好似小鬼阎罗。

灞陵桥上，披貂裘、着胡裳的王昭君，怀抱琵琶，弹奏着一曲《哀郢》，琵琶声伴随着呜咽的流水，回荡在人们的心头。大汉的文武百官羞愧得头也抬不起来。琵琶声哀怨悲伤，如泣如诉。突然“嘣”的一声，琵琶弦断了。昭君从容地将琵琶递给身边的宫女，取过换下来的汉宫装，一件件地抛到灞陵桥下。

元帝觉得眼睛里迷迷蒙蒙的，脑子里糊里糊涂的，他不由自主地走上了灞陵桥，手中托着昨夜昭君遗下的玉连环，碎掉了的那部分已用黄金镶好。他将玉连环捧到昭君的眼前，却说不出一个字。

昭君的心里一热，不由得在心里叹了口气，轻轻地对元帝说：“环断了，即便接上也不再是原来的环了。”

元帝似乎没听懂，轻轻拉过昭君的手，将玉环放在她的手心里。这玉环还带着他的体温，昭君的心猛地跳了起来。她想想这段时间君王对她的爱，临别时他竟然还能来送自己，不禁握紧了这对玉连环，两行清泪无声地缓缓爬过那略显憔悴的面颊。元帝忙捧上一杯酒，发誓般地说：“爱妃，寡人一定会接你回来的。在这浊世之中，有谁能知道你我的心呢？”接着，他又加重了语气，显出少有的严肃和认真：“皓月，你我相处虽只有百日，却能托知己于形迹之外，寄神交于方寸之内。今日为形势所迫，自断一环，三年五载后，寡人必修好此环。”

自从得知汉元帝已打算送自己出塞和番后，昭君寄托在汉元帝身上的希望全都破灭了。但是，汉元帝显然十分精于制造这类动人心弦的情话，说得像蛛丝一样软绵绵的、黏糊糊的，剪不断，理还乱。他的神情又是那样的郑重其事，使昭君不得不相信。但是，当昭君投去无限深情的一瞥时，发现站在皇帝身后的五鹿充宗眼睛里含着一丝奸笑，跟在皇上身边的石显，似乎也在窃笑皇上志大才疏的空话。刹那间，昭君清醒过来了，汉元帝绝不是有中兴之志的皇帝，这一切不过又是一场自欺欺人的把戏而已。

“妾意已决，陛下请回吧。”昭君说完，将一杯酒全部倾倒于灞陵桥下。

番使毕恭毕敬地上前说道：“娘娘请起鸾驾，前方路远呀！”昭君点了点头，回眸细看，汉元帝的脸上竟也爬下了两行浊泪。更添人愁绪的是风云突变，刚才还是霏霏雨丝，此刻却如倾如注，天地一片白茫茫。

汉元帝目送昭君越走越远，心里生起无限感慨。五鹿充宗见皇帝在灞陵桥上不忍离去，不知趣地劝慰道："陛下，你也不必多挂念了，回宫去吧。"

汉元帝对五鹿充宗的唠叨和不解人情十分不高兴，就连讽刺带挖苦地对他说："你的公务太繁忙，又要掌握朝纲，又要治国安邦，又得费心思展土开疆。只是你不驰骋沙场，不然的话，一定能让我们领教'鞭敲金镫响，人唱凯歌回'的威风来。"

五鹿充宗对皇帝的责备充耳不闻，只是一再地劝皇帝回宫："陛下，娘娘已经走远了，不必苦恋着她。"

"你们说我不应该这么恋着王嫱，可怜她走的时候还连连地回头望她的君王和故土。要是也给你个知心人，"元帝又转向五鹿充宗，"当你们情深意长时，让她背井离乡，去胡地卧雪眠霜，在那时你也能像现在这样轻松地把她送走，我一定要封你做个王。"

五鹿充宗听了这番话，一时不再言语。元帝仍逗留在灞陵桥畔，他站在桥头上，极目远望昭君北行的方向。可是，已经看不见一点儿影子了。

塞外的秋色是那样壮美，天苍苍，野茫茫，风吹草低见牛羊。王昭君乍见这大草原的风光不由得耳目一新，特别是那些纵马奔驰的彪悍牧人，给昭君留下了极深刻的印象。看到这些射雕逐狼的健儿们如此骁勇，昭君想起了醉生梦死的大汉君臣，她更加明白了，呼韩邪单于绝非虚言恫吓，而汉元帝的诺言不过是像包着火的纸。夜已经很深了，寒风横过广漠的原野，不断地灌进她那暂宿的穹庐里，四周只听见秋虫的鸣叫声，案上的烛火摇晃跳跃着。

在烛火的阴影里，她仿佛看到了汉元帝的面影。她长长地叹了口气，她明白汉元帝所悦的是她的美色，所求的也只是她的肉体，她不过是皇上供养的一朵奇花异草，很难说有什么至情至爱。但离别时她亲眼看到过皇上的泪，也许皇上是有几分真情的吧，而且自己也曾为他付出过少女的爱恋。但那个从未见过面的番王呢？他也爱自己？就凭着毛延寿的一幅图？昭君觉得这些男人们真奇怪，为了一个女人几乎动起刀兵来，将来如果有比呼韩邪单于更有力量的人出现了呢？昭君不愿再想下去了，在这个世上，她被迫扮演了一个最可耻的角色，只是现在，这个角色该下场了，昭君缓缓地闭上了眼睛。

烛芯轻轻爆裂，发出“啪、啪”的响声，光焰陡长，刹那间十分明亮刺目。火光的跳跃中，一行浊泪不断地滴下来。秋夜的空气凝结得好像铅一般沉重，昭君拿过一双铜箸，细心地夹断烧残的烛芯。也许人生这样完结，倒是最好的。生命之火热烈燃烧，为人敬羡，不强过忍辱偷生，引来无数指责、叹息、唾骂吗？

静夜里，一阵阵梆子声在草原上回荡着，一片狗吠夹杂着几声狼嚎，显然汉番交界的那边不知聚集了多少人马。想到明天呼韩邪单于必会出现悔恨、失望的模样，昭君带着几分凄凉又有几分满足地笑了。

呼韩邪单于带了围猎队伍，早就站在边境上等得不耐烦了。日出时分，终于看见番使簇拥着昭君，跨过境地，进了番国。呼韩邪单于见到了王昭君，一眼销魂，十分欢喜，即封昭君为宁胡阏氏，做了正宫娘娘。

他命人在宫车中摆了酒宴，一面称谢汉皇以两国安危为重，送昭君出塞和亲，不忘旧时盟约，息了两国刀兵；一面向昭君敬酒，称颂她的明理知义。昭君脸上一直是淡淡的，这一会儿见呼韩邪单于把酒杯递了过来，也不推辞，问他："现在行到哪里了？"侍候在一旁的番使连忙回答："我们已经到了番汉两国交界的地方，南边归属汉家，江北就是我番国了。"昭君听到此言，心头一紧，对呼韩邪单于说："大王，我想借这一杯酒，望南浇祭一番，就算辞别了汉家，然后随你北去吧！"呼韩邪单于听了，自然应允。

昭君下了毡车，举杯来到了江边，含着泪把酒洒在江中，不胜凄凉地说道："汉皇陛下，妾身这一生到此就该了结了，与你相逢相守只有等到来世了。"说罢，纵身跳入了波涛翻滚的江水中。一直提着心在后面守候的呼韩邪单于，见状措手不及，只能大喊一声，众随从赶紧赶到江边，但已经晚了。呼韩邪单于化喜为悲，命人捞起尸体，就地厚葬在江畔，后人称之青冢。

"大王，"毛延寿慌忙赶上前来，屈膝又展开一幅美人图说，"这是汉元帝的冯昭仪，比王昭君更美。"

呼韩邪单于见如此这般地折腾，到头来美人没有得到，只落得与南汉结了怨仇，这样想着，便恨起了从中挑拨的毛延寿来。呼韩邪单于的眼里喷出被人作弄后，因难堪而产生的愤怒之火。过了良久，才冷冷地说："现在汉元帝一定很想见你。来人！"

"在！"几个凶悍的侍卫奔了过来。

“将毛延寿拿下，押回长安，解送汉朝处治。”

长安城的秋天，常常刮着漫天的西风，飞舞的黄叶，不时飘进汉元帝常住的宫中来。跟昭君分别已有不少日子了，然而汉元帝总是吃不香，睡不好。冯昭仪想乘机博取汉元帝的宠爱，可是她那俗不可耐的谈吐，使汉元帝大为反感。倒是傅昭仪聪明，仅在一旁冷冷地窥测着皇上的意向。

那只产自百越的能言鸟儿，看见每天给它添食的人换成了傅昭仪，竟不肯再吃东西，几天后就死掉了。这又让汉元帝更添了几分忧愁，他常常在深夜里，披衣而起，对着昭君的画像坐到天明。

又是一个愁人的黄昏，眼前那盆大立菊，在萧瑟的秋风中，有的已经开始枯萎了，枯萎的花朵变成一团一团的，垂在枝头上。这令汉元帝又想起了昭君说过的话：“菊花最贞洁，它宁可抱恨枝头死，也不愿随意嫁清风。”汉元帝深知昭君有菊花般的品质，有外柔内刚的性格，此去塞北，必无生还。因此，他特别地悔恨、悲伤。汉元帝慢慢地扫视着这个房间，悄悄地走遍每一个角落，缓缓地抚摸着昭君用过的每件家具、器皿。过去，他对这一切都视若无睹，而今人去楼空，他多么希望能在这儿找见昭君的痕迹，嗅到昭君的味道，看到昭君的倩影啊！

“来人，添些香来，朕今晚就在此处歇息。”汉元帝吩咐道。太监在铜鼎中添足了香料。一时间，香烟缭绕，昭君的画像也变得朦朦胧胧了。似水般的凉风，浸人肌骨，如霜般的月华，铺满了窗前空地，使那弥漫在宫中的烟雾变得像撒了一天的银粉一样耀眼，那颜色分明是梦的境界，充满了诗的韵味。

北风里，传来了阵阵音乐。啊，这不是琵琶声吗？弹的是什么曲调？很久没有听到这样使人心情恬静的声音了。烟雾中，一个人影随风而来，蛾眉轻蹙，秋波明净，莲步飘移，这不正是朝思暮想的昭君吗？汉元帝完全怔住了，他努力回忆她过去的浅笑、薄羞、轻愁、欢乐种种神态，但全然没有眼前的这种仙姿神貌。惊喜之余，汉元帝忍不住呼出声来："明妃，想煞寡人了。"不料，这声音连自己都听不见，他忙伸手去拉她，手却无法抬动。

昭君微微一笑，将手放到汉元帝的脸上摩挲着，吐气如兰，柔声说："陛下近日瘦损了许多，原该多加保重才是。"

"爱妃！爱妃！"元帝好似生怕又会失掉昭君似的，忙伸出一只手揽住了她的腰。她的腰仍是那样柔软，虽然身体似乎有点儿随风飘移，却是实实在在地存在着的。汉元帝立刻又用另一只手环抱着她的腰肢，凑在她耳边低声说："爱妃想寡人吗？"

昭君拿出那玉连环，放在汉元帝手中，低首答道："永不弃，长相随。"

她的脸在不知何时燃起的烛火下羞红了，这种娇艳真使汉元帝神思荡漾。恰在这时，一个粗大的声音响起："王昭君，如何趁我睡了逃回汉宫，快快跟我回去！"

"大胆狂徒，怎敢在宫中如此无礼！"汉元帝勃然大怒。然而，那番人却不理会，只管拖了昭君就走。

"爱妃，爱妃……"汉元帝猛然坐了起来，触手无物，便慌慌张张地叫了几声，几名小太监忙从外面跑了进来。

一只孤雁在夜空中哀叫着，带着一团黑影掠窗而过。“这讨厌的扁毛畜生竟将我的好梦打破了！”汉元帝一肚子的情话没能说完，心里恨透了这只雁儿，决定令人除掉它。

雁儿似乎知道了汉元帝的意图，又哀鸣起来，在静夜里，显得格外悲凉、凄惨，那颤抖的声音撞击着汉元帝的心，引起了巨大的共鸣。汉元帝的思绪又波动起来：“雁儿啊！可是那塞外北国的硬弓强弩，将你的伙伴射落？可知我同你一样，也是孤零零的呀！”汉元帝郁积了多日的烦闷终于找到了倾吐的方式。

鸿雁哀哀地又应了几声。

“啊？你是说昭君还活着？”汉元帝想到了降番的李陵，“这样活着不就是行尸走肉吗？那昭君……唉，还说雁过留声，留下这种声音，罢、罢、罢！快去吧。”汉元帝的脑海里此刻之间又掀起了巨大的波浪。

“陛下，不要思虑过多，龙体要保重呀。”石显跪下来，做出一副忠心耿耿的样子说。

汉元帝没有再出声了，但心底却暗暗地想道：“昭君如不能死节，我大汉的脸面将往何处放啊！”

天明了，五鹿充宗越班奏道：“王昭君死节于界河，番王呼韩邪单于令人将奸贼毛延寿送回，愿与我大汉和好如初，伏候圣旨。”

汉元帝一怔，立刻吩咐：“将毛延寿斩首，用其首奠祭明妃。”直到此刻，汉元帝心中的一块石头才算是放了下来。

长生殿

·作品评价·

《长生殿》是清初剧作家洪昇创作的剧本，讲述的是唐朝皇帝李隆基和贵妃杨玉环之间的爱情故事。这是一个由史实演绎而成的历代相传的传奇故事。作者洪昇用人间天上、现实与幻景交错的戏曲艺术手法，将这对帝妃之间“在天愿为比翼鸟，在地愿为连理枝”的生死恋情描绘得出神入化，凄婉动人。作品同时还反映了当时朝廷内外复杂的矛盾斗争，勾勒出家国兴衰的历史风貌，成为这类题材中成就最高、影响最大的戏曲作品。剧作一经问世，当即产生了巨大的社会反响，成为剧坛竞相传抄和演出的剧目。

[清]洪 昇

唐朝李隆基，在铲除韦后家族、粉碎太平公主的变乱阴谋之后，登上皇帝宝座，庙号玄宗。新登基的李隆基，依靠贤相姚崇、宋璟的鼎力辅佐，加上自身的聪明睿智和政治军事才干，事必躬亲，从谏如流，励精图治，使得塞外风清万里，民间粟贱三钱，开创出大唐四十年间经济、文化全面发展的黄金时代。

事业上名垂青史的一代明主唐玄宗，在家庭生活与婚姻上，却是一个世间罕有的、极大的不幸者。

开元二十五年（737），唐玄宗专宠的武惠妃病故。这是继元献杨氏皇后去世后第三位爱妃与自己永诀了！在事业顶峰上的李隆基，一直沉湎在对爱妃沉痛的伤悼之中。

朝廷大臣、内侍见皇上自从武惠妃薨后便无心上朝，终日恹恹，也探得其心病一二，知道后宫佳丽三千无人可替代惠妃，于是四处寻访，遍征窈窕。

内侍高力士，深得玄宗宠信。他想到一人定合皇上心意，那便是玄真观的女道士杨太真。此女年方二十，长得姿色冠代，风姿绰约，宛若仙子。她乃蜀州司户杨玄琰四女儿，名玉环，小字太真。少孤，为叔父代养。几年前，杨玉环作为玄宗太子的妃子选入宫中，谁知换庚帖时发现二人命相不合，星象法师又道寿王近年内不能妻娶。此事告知玉环后，她哭了整整三晚，恨自己命蹇时乖，发誓不再另嫁，便出家到玄真观当了女冠。那时太子年纪尚幼，斗鸡走马，不谙床笫之乐，也并未再提选妃之事。

高力士带上几个内侍小儿去道观亲自打探，发现数年后的玉环更是出挑得如玉柳琼花一般，艳丽照人。并听老道说她六根未净，凡心未泯，前番“不嫁”之誓，已不再提。高力士回宫后派人与观中道长交涉，征得太真同意，遂让其还俗，接入宫中，暂充玄宗宫嫔。

杨玉环进宫已有月余，退去道服，换上宫装，更拾掇得像带露桃花般妩媚妖娆。高力士深谙玄宗脾性，不将杨玉环径献皇上，而要让皇上亲自发现他身旁的这位天姿国色。杨玉环早起梳妆，忽睹镜中白嫩的月腮上飞上两朵红云，直觉得心儿“突突”乱跳。她长叹一声，放下玉钗，立起身来，徘徊到窗前，眼望室外贴地争飞的双燕和蜂翻蝶舞的宫苑，心想：自己在深闺时，得到家中亲人多少爱怜！学诗习画，鼓筝弹琴，精文艺，博经史，聪敏绝世。加上天生的美貌，丰腴的体态，西施、王嫱、丽华、飞燕，谁人可比？隐身道观时，也常于打坐静心的时刻，悬想自己并非俗身凡骨，他日定能亲近龙体……如今进得宫来，仍是面对青灯，与在道观打坐，有何两样！

杨玉环斜卧榻上，在室内闷想了一天。夜幕垂空，也不叫侍女掌灯。此时，皓皓明月从绮窗外窥进半个脸来，照在她素绢双心连环潜花蝉翼裙衫上。望着月儿，她喃喃念道：“不知江月待何人，空见长江送流水……”她猛地翻身起来，这月、这诗触响了她的心弦，遂急步走到古筝旁坐下，轻抚琴弦，将满腹心事付诸《春江花月夜》的清曲中……

流走的音调，扣响夜空的银辉，奔涌的春情，摇落宫槐的枯叶，如泣如诉，似怨似慕……

玄宗用过晚膳，高力士迎了上来："万岁爷，今日天气清和，是否到宫苑中散散心去？"

"也好。"玄宗迟疑片刻，随意答道，信步迈出大明宫。七月里，夜色融进灰暗的宫苑，忽闪忽闪的流萤在草丛花间穿游，夜蝉吟着单调的怨曲，虽没有白天噪耳，却也并不动听。"这哀蝉，据说是由齐王宫女怨魂所化，听它的鸣声，也甚是可怜。"高力士见玄宗沉默不语，想打破沉默。"天生万物，草长百虫，虫之鸣者，或为饮食饥渴，或为雌雄交媾，何哀之有？于人何涉？于宫女何干？"玄宗知道所谓齐女化蝉的传说，但由于心中烦闷，闻着蝉鸣更增燥热，就没好气地顶回高力士的话头。

主奴二人在朦胧月夜里已来到龙首山蓬莱池畔。池水澄碧，月光泛银，仿佛将夜声凝住。玄宗似乎听到缕缕琴音飘萦耳际，便问："高力士，何方传来琴音？"

高力士眼睛一转溜，想：莫不是杨玉环在弹筝？于是道："没准是新进宫嫔杨玉环在鼓筝哩。万岁爷，要不要去瞧瞧？"不等玄宗开口，他拽住玄宗就走。

玄宗问："哪个杨玉环？看你个奴才，又作怪！""就是蜀州司户杨玄琰的四闺女，万岁爷去看看便知晓了。"高力士那急切的神情，就像死囚获大赦却害怕赦书过期作废了一般。两人来到宫室左侧，乐曲已近尾声。突然，透过琴音，渐起一柔美圆润的女儿歌喉在合乐吟唱："……昨夜闲潭梦落花，可怜春半不还家。

江水流春去欲尽，江潭落月复西斜……”

“好一个江水流春！好一轮江潭落月啊！妙！妙曲！妙词！妙音！”善解音律的玄宗如闻仙乐，一路嚷着，趋进庭院。

筝声与歌声同时冻结。还陶醉在词曲中的杨玉环，被这突如其来的人声吓醒，圆睁水汪汪的杏眼，惆怅莫名地瞅着眼前这位伟岸英俊的不速之客。

这抬起的圆脸，似突然破开浓云的皎月，照得满室生辉。玄宗被眼前的神姿惊呆了：“这不分明是月里嫦娥吗？为何来到寡人宫邸？”他暗自寻思，顿觉四周云霞缭绕，身体失重，悬游、飘举在五里雾中……

“万岁爷，这便是新进宫嫔杨玉环。”高力士的介绍，将玄宗丢失的魂魄唤了转来。“还不快快拜见皇上！”高力士又提醒木讷着的玉环。

杨玉环舒直身体，缓移莲步，面部却无表情地趋前拜道：“贱妾不知万岁爷驾临，有失恭迎，万望恕罪。”

玄宗双手轻轻扶住，接触到杨玉环的手臂，玄宗心跳得厉害，隔着薄薄的素娟蝉翼裙袖，里面透出的一种撩人的触觉使他神魂摇荡。“哎呀，此人如此娇娜，哪里像肉身凡体！”正惊叹间，又闻一股香馥馥的气息扑鼻而来，心想：朕登基近三十年，诸国每年进贡各种香料无数，并未闻过此种奇香，这异香又是发自何处？

杨玉环见皇上久久不吭声又不动弹，悄悄抬起眼皮，眼光刚好与玄宗和善的目光相遇。她身体一热，不好意思地偏过脸去，道：“万岁爷上坐，贱妾为皇上看茶。”说罢，抽身欲走。玄宗顺势拽紧玉环手臂，拉近身旁："由侍女张罗，让朕好生端详端详这枝带雨梨花。"杨玉环弹筝时激出的泪滴，尚挂在睫毛。杨玉环娇羞地任玄宗牵着手，在身旁黑釉梨木圆桌旁的雕花扶手椅上坐了。玄宗抚弄着她那白腻嫩圆的纤纤手指，微笑着直盯住她上下打量。

"皇上就在此歇息，奴才先回宫了。"高力士见此情景，高兴地告退了。

翌日晨，玄宗被一阵蝉噪闹醒，见已是卯时三刻，早朝时辰已过，便干脆侧卧香榻，凝视着尚在沉睡的杨玉环，并细细品嚼着这一晚颠鸾倒凤的销魂细节。好个夺魂馆娃！玄宗心下叹怜道："难怪当年吴王夫差迷醉于钱塘西施，身死国灭而不悔！难怪盖世英雄西楚霸王项羽拜倒在虞姬石榴裙下，临死惟唱'虞兮虞兮奈若何'，对江山倒不十分在意！"这时睡美人翻了一个身，懒洋洋地将玉臂搭在玄宗身上，玄宗下意识地摸着那玉腕，陷入更深的情爱之欲海。这一夜，使他真正懂得了异性的魅力。在此之前，他不知道，人生除权力、社稷、朝廷、苍生，还有更令人陶醉和着迷的事情。他感叹自己，数十年间，忙碌于权力争斗、治国安邦、任人委职、察奸挫私，竟没有尽情度过一个良宵……幸时光之未晚，喜来者之可追。看今朝我皇唐一统，端冕中天，版图万里，山河永固，何不趁此升平盛世、韶华时光，及时行乐，终老温柔！想到这里，他张开双臂，想紧紧搂抱住眼前这团白香玉，一转念又怕惊扰佳人美梦，于是俯下身去，在玉环未着脂粉的白净脸颊上，轻轻一吻。

杨玉环坐在梳妆台旁，顾影自怜，想起经常忘记上早朝的皇上对自己的恩爱，不禁笑出声来。

转眼两年过去了，杨玉环几乎日日与玄宗为伴，夜夜与玄宗共枕。虽然如此，杨玉环内心里却渐渐蒙上阴影，她想：此身虽属皇上，但身份尚未分明。他日自己人老珠黄，天子见异思迁，自己怎么办？思前想后，胸气堵塞，纳闷烦躁，无心打扮。刚才的笑容，全让阴云锁了。

“万岁爷驾到！”门外内侍一声吆喝，惊得她胡乱插上玉钗、步摇，迎出门去。

“臣妾杨玉环见驾，愿吾皇万岁。”

玄宗拉住玉环的手细观面上：“玉环，是不是朕哪里有疏忽，惹卿烦愁啊？”玄宗见玉环今日乱服蓬头，不无诧异。

“启禀万岁爷，臣妾早起梳头，突感眩晕，复卧息一刻，已觉缓解。”以杨玉环的聪颖乖巧，找个掩饰的借口，倒还自然。

“这就便了，快快坐下梳栉，朕有喜事告卿。”

杨玉环听说“喜事”，只当后宫赐宴之类的热闹，也不在意，移步至菱花宝镜前坐下，摘下刚才胡乱插上的钗簪，右手握着西域进贡的象牙嵌玉佛手梳，左手慢拢光亮柔细如流瀑般的长发，打扮起来。

她从镜中看到皇上已款步走近身旁，一只大手从自己右肩头伸过来，在奁盒内拾起一支镶有蓝田翠玉的金步摇，慢慢举起，插在自己方才绾好的发髻右角。那手，又轻轻拂着光洁的秀发，往下摩挲，步摇上两排下垂的串珠，颤颤悠悠地直晃荡。她知道，那珠串晃动的节奏，正是自己加深了的呼吸节拍……

“爱卿，寡人将步摇插在此处，不知是否中意？”镜中已看不到玄宗的面孔，那起伏、宽厚的胸脯，占住了镜中余下的空间。

“皇上恩礼有加，臣妾万幸。圣上着春妙手，点铁成金，贱妾粗头，哪配布施春风？”玉环从容答对，使玄宗更生怜爱：看玉环外表，丰姿秀丽，谁道她内怀，亦秉性温和，知礼持重，不负寡人厚爱也！于是，玄宗拾起宫花、玉簪、凤翘、象牙篦等插戴到她头上，俯下身来，笑对镜中的玉环道：“朕已传旨内宫，今秋八月甲辰册封爱卿为贵妃，在华清池赐浴。”

“皇上万万岁！”杨玉环惊喜地回头，依偎在玄宗怀里。她突然感到，这个世界都是为她而存在了。

天宝四载（745）秋八月甲辰，在册封杨玉环的酒宴上，被琼浆激发得兴奋起来的玄宗，打量着新册封的贵妃娘娘，果然在三千粉黛中独领风骚。看看那些舒袖旋舞的天仙般的群伎，更觉得玉环凤翔鸡群，领袖嫔嫱。遂意、满足及雄性的冲动与酒性一道向上翻涌着：“娘娘，今日盛会，能为寡人献舞一曲否？”玄宗目光里流露出爱怜，低声恳求着。

杨玉环沉吟着起身，向玄宗施礼道：“蒙皇上错爱，臣妾献一曲《凤求凰》，不知若何？”

“《凤求凰》？好！好！”玄宗回头示意立在身后的高力士，“令梨园弟子改奏舞曲《凤求凰》。”

杨玉环在中庭旋舞，头上凤冠颤袅，珠翠喧哗；脚下如登祥云，飘然欲举；身边缭绫广袖，呼呼生风……高超的舞技，叫周围的舞女咋舌；优美的身段，令全场的看客炫目。玄宗眼睛一眨不眨地欣赏着，左手捻着下巴颏上的胡须，身体不由自主地向后拗过来，拗过去……

杨玉环舞罢，玄宗双手握住她略有汗渍的手，抚摩着道：“娘娘果然才调绝伦，当推宫中第一。想那飞燕纵能做掌上舞，焉能比拟朕家妃子于万一！”

杨玉环羞笑道：“万岁爷过誉了，愿妾此身，永持彤管侍君旁……”

撤宴之后，殿内银烛高烧，宫灯通明，玄宗携起玉环的手道：“朕与妃子同步阶前，玩月一回……”于是双双步出大殿，众人尾随而散。

中秋明月，将清辉遍洒人间。溶溶夜色，更添一种缱绻神奇的氛围。月下这对情侣，轻偎低傍，喁喁耳语，极尽绸缪缠绵之态。

玉环想：少时读《高唐赋》，羡那巫山神女，有幸为楚王亲荐枕席。我玉环此夕欢娱，擅宠瑶宫，褒封玉册，天颜喜对新妆，眨眼间人间天上判若两人，古今谁人能比？只是愿天长地久，皇恩不负有情人。

星汉斜倾，北斗柄移，月影照过宫墙。玄宗仰面看看明月，再看看怀中妃子，无限依恋地道：“时候不早，且回西宫罢。”玉环凝视皇上月光下那对眼眸，深情地点点头。

回到宫中，杨玉环一边品茗，一边回味着今天新承恩泽的余兴。玄宗此时仍兴致不减，情绪亢奋，他手持金钗、钿盒，笑吟吟来到玉环身边，道：“朕与妃子偕老之盟，今夕伊始。特携得金钗、钿盒在此，与卿定情。”

玉环见那金钗凤翥龙蟠，双头各一只春燕展翅欲飞，钿盒两扇团圆，百宝翠花攒簇，皆为价值连城的珍奇。玉环一时惊愕无语。

玄宗又道："今天将这钗斜插爱妃双鬟，这盒早晚深藏爱妃锦袖，让咱俩并翅高飞，牢扣同心结，生死永相恋！"

玉环感激地起身，接过钿盒、金钗道："谢皇上深恩！只恐寒姿，消受不起天家雨露，惟愿今生今世，情似金坚，钗不单分，钿盒永固！"

玄宗自册封杨玉环为贵妃后，更疏于朝政，每日里沉迷于花间樽前，以歌舞自娱。日子一长，连奏折也懒于批阅。玄宗将杨玉环的哥哥杨国忠封为御史大夫，将杨氏三姐妹敕封为韩国夫人、虢国夫人、秦国夫人。

一天，杨国忠在府邸无事闲坐，忽见干办张千匆匆进来禀报："大夫老爷，外有边将安禄山求见。"

"哪个安禄山？见我做甚？"杨国忠心想：我初至京城，并未结识什么边将，为何要求见我？

"老爷，这安禄山是我的结拜弟兄，现在张守珪麾下充任讨击使。只因前番奉命征讨契丹，一时恃勇轻进，被杀得大败逃回。张节度念其前功，宽恩不杀，解京请旨。现已下在御史台，听候发落。他担心遭斧钺之劫，故昨日买通解官，暂时放松，今日找到奴才，欲求大夫老爷开恩。"张千倒地跪下，继续道，"我这兄弟，现备下一份薄礼，还请老爷收纳！"说罢，递过礼单，只见上列：黄金百锭，白银千两，缭绫十匹，西域夜明珠一颗……还有麝香、鹿茸、珠宝、古玩一应珍奇罗列了一长串。

杨国忠看过礼单，转身去翻阅卷宗，翻到“犯弁安禄山”卷，匆匆阅过。知道这安禄山，因临阵失机，须解京正法。他想：胜败乃兵家常事，偶然失利，情有可原，就将他免死，这也是表示朝廷爱惜人才。便微微一笑，道：“让安禄山进来。”

张千一直注视着杨国忠的表情，见他发笑，以为要砸锅。谁料礼单果然赛过圣谕，赶忙出去引安禄山进见。

安禄山穿箭衣、戴毡帽，双膝双手着地，从门外一直跪拜爬行到堂前。这肥胖大汉乃营州柳城人氏，出身番籍，母亲阿史德求子轧荦山中，归家生下一子，因名禄山。后随母改嫁安延偃，遂冒姓安氏。此人胸藏异志，悍气千寻，深蓄不露，权谋机诈。此刻落魄谦恭的卑贱形状，又容易引起旁人的怜悯恻隐之心。

只见他向杨国忠连连叩首道：“犯弁安禄山，叩见御史大夫。”

“起来。”杨国忠见他如此狼狈，不禁心软。

“犯弁是应死囚犯，理当跪禀。”安禄山跪着不起。

“你的来意，张千已道过，且把犯罪情由，细说一番。”杨国忠审问罪犯，已越出职权范围，可他却摆出一副审判钦犯的架势，煞有介事，语调威严。

“御史大夫老爷听禀，犯弁遵奉军令，去征讨奚契丹……”安禄山又将如何轻敌冒进，如何深陷重围，全军覆灭，只身单骑突围幸免的经过复述一遍。

杨国忠捻着山羊须，边听边“嗯”，完了沉思片刻，道：“按失律丧师之罪论处，你已触犯巨典，军法当斩，恐难变更。”安禄山听见此言，号啕大哭。

“御史大夫老爷，若肯救援，犯弁就得生了。”

杨国忠笑道：“即令当今皇上对我言从计听，怎奈就里机关不易明言，人言可畏呀！”安禄山眼珠一转，从话里听出别有弦音，又叩头道：“全仗国舅大老爷做主，救犯弁一命。”

杨国忠道：“也罢，待我明日进朝，相机而行便了。如方便从事，便可保你生全。”

安禄山叩首不迭：“蒙老爷大恩，容犯弁犬马图报，就此告辞。”张千引安禄山去后，杨国忠还在寻思：我想安禄山乃边防小将，从未着有劳绩，今日犯了死罪，我若特地救他，必动圣上之疑。于是反剪双手，在厅中踱步。笑想：有了，那案犯卷宗内张节度曾提及安禄山通晓六番言语，精熟诸般武艺，可当边将之任。我就授意兵部，以此为辞，奏请圣上，召他御前试验，于中乘机取旨，岂不甚好！想到这里，他得意地笑了。

一日晌午后，玄宗与玉环在西宫前殿闲步消遣。忽然高力士来到跟前，启道：“万岁爷，国舅御史台杨大夫，遵旨试验安禄山，在宫门外回奏。”

“宣他们上来。”

杨国忠走进来禀道：“启禀陛下，蒙委试验安禄山，果系人才壮健，弓马娴熟，特此复旨。”

玄宗微笑：“朕昨见兵部奏称：禄山通晓六番言语，精熟诸般武艺，可当边将之任。今失机当斩，所以委卿验之。既然所奏不诬，卿可传旨禄山，赦其前罪，明日早朝引见，授职在京，以观后效。”

杨国忠领旨后退下，心喜。

天宝十一载，杨国忠任右丞相。翌年开春，玄宗降诏：“三月三日，朕与贵妃娘娘游幸曲江，丞相杨国忠并韩、虢、秦三国夫人，一同随驾。”

这天风和日丽，从清早起男女老少倾城而出，把城南朱雀桥堵个水泄不通。南起紫云楼、芙蓉苑，西至杏园、慈恩寺，香尘满路，金翠耀目，岸边万头攒动，水里浮花散绮……

安禄山骑着胡马走在熙熙攘攘的人群中，自从他获罪请托权门得解，又受到玄宗礼遇。适逢契丹犯境，他奉命出征，大获全胜，诏赐实封及铁券，位同诸王。

那日，玄宗见他大肚皮直垂过膝，笑问：“此中装的何物？”安禄山对曰：“有一片忠心！”

玄宗听了，十分高兴，自此愈加亲信，还答应以后要封他为王。安禄山听说玄宗与杨贵妃游幸曲江，三位国夫人也要随驾，就想好好地去饱一下眼福，于是这日早起，换了便服，单骑前来。他坐在马上，看到一路上如花美眷，肉腻骨匀，闻到满街上脂粉异香，撩人肺腑，心下叹道：“羡煞人也！”

倏忽前面人群骚动，人唤马嘶，路人纷纷闪过一旁，一彪侍卫前导吆喝：“闪开！闪开！”禄山立马道旁，翘首看时，原来是花枝招展的宫女们簇拥着一队车儿，款款移来。有人呼喊：“看，快看！三位国夫人来了。”

禄山听唤急忙忙揉揉双眼，引颈探望：嗬！果然三乘宫辇，雕轩绣幕，珠绕翠围，朱轮轧轧，珥佩叮当，兰麝氤氲，争妍夺俊。第一辆车里是韩国夫人，第二辆车里是虢国夫人，第三辆车里是秦国夫人。因是游春，车帘一律高挂，黛娥蝉鬓，各呈姿态，游人看得真真切切。马上的安禄山，张着大嘴，瞪着眼前的绝代丰神、国色天姿，几乎忘掉了自己的存在。那手，把马缰勒得过紧，马打了一个响鼻，他才猛然回过神来。他频频挥鞭，撵着香尘，馋涎欲滴。

忽地，一群武士拦住他的马头："丞相爷在此，什么人这等乱撞？"安禄山哪里理会，只顾眼盯着前面的油壁香车，策马前行。武士们跟在后面吵嚷着追了一阵，两腿赶不上四只马蹄，只得停下。三辆彩车在曲江临水曲榭旁停下。这时，高力士引一内侍骑马赶来。他们下马向三位夫人一揖，道："上口敕，韩、秦二国夫人，赐宴别殿。令虢国夫人到望春宫来，陪贵妃饮宴。"

高力士对虢国夫人道："请夫人上马。"

虢国夫人看看姐姐，对高力士道："内官家，为何催得这等紧急？"韩国夫人道："万岁爷有召，还不快去！"

秦国夫人也道："今日姐姐淡扫蛾眉朝至尊，也是我们姐妹的福分哪！"虢国夫人来不及细品妹妹话中的弦外音，已被高力士扶上马，向望春宫而去。

两位夫人望着虢国夫人远逝的背影，怅然若失。虢国夫人在杨家姊妹中排行第二，比玉环年龄大些，曾嫁给裴家，不幸丈夫早逝。她不爱化妆打扮，却保持了一种出水芙蓉般的清纯和美丽，别具一种柔而不媚、清傲不俗的神韵。杨贵妃经常在皇帝面前赞美自己的这个姐姐。

今日遇此机会，皇帝亲眼见到了虢国夫人的芳容，怦然心动，饮酒把盏，多次细细端详，面露爱慕之色。

这意外降临的恩宠，使虢国夫人倍感突然，内心难以平静：皇上对我关怀备至，毫不掩饰，势必要引起妹妹的嫉妒。妹妹素来骄纵任性，得势不饶人，她绝不容皇上的眼里再有其他女人，所以我还是谨小慎微的好。

果然，杨贵妃察言观色，看出了门道，早已按捺不住心中的妒火，一脸的怒色使娇美的面容变得很难看。

一时间，宴席上的气氛十分尴尬。皇帝感到很扫兴，心中大为不快，拂袖而去。

夜晚，杨贵妃守候在西宫，盼着皇帝前来，可一直到第二天天明，皇帝连个影子也没有，却等来了内臣高力士。

“贵妃娘娘，皇上有旨，令我送娘娘回丞相府。”

虢国夫人侍宴后，又被玄宗挽留留宿。虢国夫人推辞了万岁爷接她进大内的要求，回到自己府邸。想到两日来忽蒙天眷、瑶池承宠的幸福，久久不能平息激动的心情。

天刚蒙蒙亮，杨国忠便被侍从叫醒，原来高力士着宫车已将妹妹贵妃娘娘送进门来。这一惊吓，如落地惊雷，炸得杨国忠晕头转向。他丢魂失魄般扑出门去，急匆匆将玉环迎进后堂安歇，回过头才记起请高力士在厅堂坐了，还未上茶，慌忙奔出，便道：“敢问高公公，不知此事因何而起？”

高力士道：“此事我也未知内情，万岁爷素来对娘娘宠爱最深，昨日娘娘无端逆忤圣心，骤然间被谪出宫掖。丞相不要怪咱家多口，娘娘生性也忒娇痴了些，竟然猜嫌自家姐姐，唉！”

杨国忠听了此言，知道与诏敕虢国夫人侍宴有关，原本一家人的事，也不好多言，便对高力士道：“如今谪遣出来，怎生是好？还请公公拿个主意。”

高力士道：“丞相且到朝谢罪，相机而行便了。”杨国忠央求道：“公公，全仗你进规箴，开导开导圣上了。”

“这个自然，就此告别。”高力士正待转身，杨国忠一把拽住，吩咐家人捧出黄金百两，道：“下官与公公同行。”命家人一道上了高力士的车。在晨光熙微中，宫车离了丞相府，穿过章台路，辚辚驰向大明宫。

杨玉环乍出宫门，惊魂未定，只知掩面哭泣。她想：只道君心可托，百岁为欢，谁想芳容薄命，一朝逢怒，遂致促驾宫车，放归私第。唉！重门一出，如隔九天哪！越想越懊恼，愈想愈伤心。到了黄昏时刻，她的贴身丫鬟梅香再也看不过意，上前劝道：“娘娘，先别伤心了，这丞相府你我也许久未来，后苑正开了许多牡丹，出去散散心吧。”

玉环抬起泪眼：“我哪里还有什么心思看牡丹？梅香，此间何处望得见宫中？”

梅香：“不知道。”

这“牡丹”二字使玉环想起早些年在太液池旁、沉香亭栏杆边与皇上同观牡丹的游赏，心下愈发渴念大内，思念皇上。想起宫中的皇上，此刻还在生气，不禁又是一阵鼻酸，泪珠“吧嗒吧嗒”地落下，心中叹道：“目下九重宫阙，咫尺如隔红云。怎知昨宵还是凤帏人，今天转眼成了断肠人！欲回心转意，又怕皇上太忍心，早已绝恩情！欲不去想吧，这昨日的爱，尚留余温；眼前的景，更纠缠着相思的离魂！皇上啊，皇上！我恨无彩凤双飞翼，你那里是否也心有灵犀一点通啊？”

杨玉环正在悲切之时，高力士骑马飞奔而来。高力士走进屋里，说：“高力士叩见娘娘。”

“高公公，你又来干什么？”玉环问。

“小的恰才复旨，万岁爷细问娘娘回府光景，似有悔心，现今独坐宫中，长吁短叹，一定是思念娘娘，因此特来报知。”

杨玉环听说皇上并无召己之意，叹道：“皇上哪里还想着我，只是你高公公的好意罢了。”

高力士着急道：“小的愚不谏贤，娘娘未可太执意了。倘有什么东西，付于小的，乘间进上，或能感动圣心，也未可知。”杨玉环沉吟少顷，认为高力士此话倒真有些道理，以商量的口气询问道：“高公公，你教我进什么东西去好？”说罢，陷入沉思：我除了肉体之躯是父母所生，身上哪一件东西不是皇上所赐？算来只有这愁泪千行，像珍珠般乱滚，还是自家之物，又可惜不能穿上金线供于雕盘献给皇上。她站起身，在屏风左右徘徊，目睹屏风中映出的身影，忽有所悟。她抚摸着一头乌发，道：“这一缕香润的青丝，曾与皇上共枕相偎，也曾对皇上镜里撩云，皇上亲手在上面插上过凤翘、步摇……梅香，取镜台、金剪过来。”梅香立即捧上妆奁、剪刀，置于桌上。玉环对镜解开发髻，玉指轻捻慢拢着油亮的乌丝，心潮翻涌着：头发呀，头发！可惜你伴我芳年，剪去未忍，为向皇上表我衷肠，剪去也心甘情愿了！她举起剪刀，一咬牙，“咔嚓”一声，一绺青发已握在手中。

她眼里噙着泪花，盯着手中的头发，暗自祷祝："头发呀，头发！全仗你寄我的殷勤，表我的情愫了。"祷罢，她"扑"地双膝跪地，手捧青丝，边哭边拜："我那圣上啊！妾身只有这鬖鬖乌发数根，呈献到你面前，愿你能看到我的残丝断魂！"又转向高力士哽咽道："高公公，你拿去与我转奏圣上……"说到此又自语塞，泣咽少顷，继续道："说妾罪该万死，此生此世，不能再睹天颜，谨献此发，以表依恋。"

高力士立即跪下，接过头发，安慰道："娘娘请免愁烦，就等我的好消息吧！"然后离开丞相府，回到皇宫去了。

自从将杨玉环遣出后宫，玄宗成天便像一只呆鸟在笼里受罪一般，那身子不知往何处安置。玉环平日养熟了的鹦鹉，整天"玉环娘娘，玉环娘娘"地啼唤不休，更惹得玄宗欲打不忍，欲罢不能。往窗外瞧瞧，对景无非惹恨；在西宫内走走，触物思人，更难消遣。此时，他怪罪杨贵妃娇妒的愤恨已冰融雪消，悔恨不已。

一早，杨国忠就入朝谢罪，玄宗惭愧得无颜面见他而回避了。这让杨国忠心里像揣着十五个吊桶——七上八下。他怏怏地离了宫掖，以为是皇上大怒，要株连九族了哩。玄宗几次想召玉环回宫，又转念想：堂堂天子，朝令夕改，如何启齿？若是不召她进宫，这白天还不知如何度过，晚上更难打熬将息啊！他感到这一天日影老不见移动，叶间黄鹂在笑自己孤独，栏杆边盛开的芍药、牡丹、玫瑰又仿佛玉环的芳容在向他泣诉垂泪，好不悔煞人也！他这一腔苦水，满怀忧闷，真不知向哪里发泄。

一御厨内监上前禀道："请万岁爷用膳。"玄宗独自想心思，没有听到。

“请万岁爷用膳。”内监复请一遍，玄宗转过脸，满脸怒气，盯住内监厉声道：“谁叫你进来的？”

“万岁爷自清晨不曾进膳，后宫传催排膳侍候。”

“大胆！什么后宫？叫内侍！”二内侍应声而出。玄宗道：“拉这厮去打一百，发入净军所去。”那内监被推下，玄宗想：朕在此想念妃子，却被这厮来搅乱一番。眼前纵有天上琼浆、海外珍馐，我也不会知道是何滋味！除非意中人立于眼前，方能慰调我的饥渴。

这时，又一内监上殿禀道：“请万岁爷沉香亭上饮宴，听赏梨园新乐。”

“咄！说什么沉香亭不沉香亭，朕想你又讨打来了。”

内监叩首道：“非干奴婢的事，是太子诸王，说万岁爷心绪不快，特请消遣。”

“混账！朕心绪有何不快？叫内侍！”

二内侍闻声进殿。玄宗怒道：“把这厮拉下去打一百，发入惜薪司去。”这位宫人莫名其妙地又被拿下，玄宗怕还不妥，又叫道：“内侍，过来。”又进来二人。玄宗道：“派你二人看守宫门，不许一人擅入，违者重打。”见二人退下，玄宗才松了一口气。此刻他哪有心思听歌饮酒，户外玉栏杆依旧，却无人同倚，纵教坊谱出新声，朱弦已经绝响。知音人杳，玉笛蒙尘，此番孤独，唯有天知。

高力士肩搭秀发，兴冲冲往内宫闯，到了门口，被两个内侍一把揪住。高力士没好气地嗔问：“你怎么拦阻咱家？”

内侍道:“万岁爷十分着恼，把进膳的连打了两个，特派我俩看守宫门，不许一人擅入。”毫无办法的高力士只好坐在玉阶上打盹儿等着。

玄宗在宫内好生无聊，踱来踱去，不觉来到宫门，遥望宫外芳草摇绿，不觉又动了怜香惜玉之情。他忽然瞥见玉阶上坐着一人正打盹儿，细看时，却是高力士，便想：寡人在此思念妃子，不知妃子又怎生思念寡人哩！早间问高力士，他道妃子出宫，泪眼未干，教朕寸心如割。这半日间，无从再知消息，没想到高力士这厮，此刻竟在宫外睡起觉来。“内侍！”玄宗怒道，“将这厮打醒。”

内侍过去一顿拳脚，将高力士打得丈二和尚摸不着头脑。他揉开惺忪的双眼，见万岁爷立在一旁，又惊又喜，忙将那一绺长发捧上，献到玄宗面前。

“你这手中拿的什么？”玄宗没好气地问。

“启禀万岁爷，是杨娘娘的头发。”高力士躬着身，捧着头发的双手直哆嗦，不知是挨了打的缘故，还是过度兴奋所致。

玄宗笑道:“你又来戏弄我。”

高力士正色道:“万岁爷不知，娘娘说，自恨愚昧，上忤圣心，罪应万死。今生今世，不能够再睹天颜，特剪下这头发，着奴婢献给万岁爷，以表依恋之意。”说着，又将头发献上。

玄宗接过青丝，眼睛直勾勾看了半晌，“哎哟”一声，便哭了出来。他自语道:“记得几天前还在枕边闻到这乌发的香气，又谁知今朝却被剪下寄给朕。寡人与妃子，感情中断，也就如同这头发一般啊！”他捧着手中之物，看一回，哭一回，念一回，愁肠寸断，神散魂迷。

高力士在一旁实在看不过去，上前劝道："万岁爷，请休如此伤心，龙体要紧啊！小的想，杨娘娘既蒙恩幸，万岁爷何惜宫中片席之地，乃使沦落外边？只要春风肯教天上回，名花也便能从苑外移向宫内栽啊！"

玄宗听出高力士的话中之话，道："只是寡人已经放出，怎好召还？"高力士献策道："有罪放出，悔过召还，正是圣主明鉴，如日月经天哪！"玄宗点头。

高力士又道："今早单车送出，才是黎明，此时天色已暮，开了安庆坊，从太华宅而入，外人谁得知之？还请万岁爷鉴原，召赐迎回娘娘，别再犹疑了！"

玄宗见高力士摸透了自己的满腹心思，甚是高兴，便吩咐道："高力士，就着你迎接贵妃回宫便了。"

一顿茶的工夫，高力士带着内侍、宫女，由纱灯导引，将杨玉环送到宫中。

杨玉环缓趋殿前，禀道："臣妾杨玉环见驾，死罪！死罪！"说罢，热泪双流，俯伏在地。

玄宗道："平身。"高力士见状，悄悄退下。

杨玉环跪着未起，道："臣妾无状，上干天谴。今得重睹圣颜，死亦瞑目。"说到这里，哽咽着啼泣起来。

玄宗忍不住心酸，泪涌出来，离座走近玉环，将她搀起，道："妃子何出此言？"

杨玉环抬起迷蒙的泪眼，看着面前的玄宗，道："念臣妾如山罪累，荷皇恩如天容庇，从今往后，不敢忤旨。"

玄宗看着眼前的泪美人，又是心疼又是爱怜，哪还顾得许多，握着那玉腕道："寡人一时错见，从前的话，不必提了。"说着，掏出自己的丝帕儿，为她边拭泪痕边道："今日识破愁滋味，这感情更深。妃子，朕且把这一日的相思说给你听。"

这一日，长安街市上走来一位腰佩宝剑、气宇轩昂的汉子，此人名叫郭子仪，是华州郑县人氏，如今中了武举人。

郭子仪无事信步走在街头，见一酒楼，矗于通衢十字街口，绿杨掩映，清雅高华，门外高挑"新丰馆"青旗一面，迎风招展。郭子仪登了上去，决定买醉一回。

上楼四顾，时有阵阵好风吹来，顿觉神清气爽。周遭粉墙上，都画满了醉仙图，使人宠辱皆忘。

郭子仪临窗坐了，叫酒保取来三盅好酒，端上几碟菜肴，自斟自饮起来。楼下又一阵喧闹，他往窗外望去，只见一位肥胖大汉，身着王服，骑着大胡马，被一群武士簇拥前行。

郭子仪叫来酒保，问："那是何人？"

酒保笑道："你不见他那个大肚皮吗？这人姓安名禄山。万岁爷十分宠爱他，把御座的金鸡步障，都赐予过他，今日又封他做东平郡王。他方才谢恩出朝，赐归东华门外新第，打从这里……"

"呀！这就是安禄山吗？"郭子仪不待酒保说完，便吼出声来，"他有何功劳，被封王爵？唉！我看这厮面有反相，乱天下者，必此人也。"

郭子仪紧蹙双眉回到客馆，思潮汹涌，不可遏抑。忽听门外家将道："禀爷，朝报到来。"郭子仪连忙起身，接过朝报，念道："兵部一本，为除授官员事，奉圣旨，郭子仪授为天德军使，钦此。"

郭子仪仔细将朝报收了，吩咐家将，收拾行李，明日一早起程赴任。

杨玉环一觉醒来，回想梦中情形：梦中见自己来到月宫，见桂树之下，仙女数人，白羽为衣，红霓作裳，璎络飘拂，瑶佩叮当，奏乐甚美……此时她静心默想一回，音节宛然，遂命侍女永新收拾荷亭，只待细配宫商，谱成新曲。

水面清圆，荷风送香。玉环轻拿犀管，慢展鸾笺，细谱月里清曲。她一边制谱，一边琢磨：梦里声调虽出月宫，可曲中却应吐我心上灵芽，细微曲折处，须加细审，做到安插的每一字调停如法，一段段须融和入化。只见她停下玉笔，紧蹙蛾眉，十分踌躇，原来是有几声尚欠调匀。忽然，柳荫深处传来几声莺啼，她倾耳细听，兀地露出笑容，迅速将这数声莺啭谱入曲中，恰好与节拍吻合，心下好不舒畅。

谱已制成，竟不知是何时辰。玉环起身，伸个懒腰，问："万岁爷可曾退朝？"

侍女答道："尚未下朝。"

玉环想：待皇上退朝下来，我再与他一道定夺，岂不甚好？于是对侍女道："我去更衣，你在此守候，万岁爷到时告诉我一声。"

玉环前脚走，这边玄宗就一路觅来了。看到荷亭香案上摆满纸墨笔砚，不免犯疑，便问侍女：“娘娘在此玩些什么新花样？呵呵。”

“娘娘在此制谱，方才更衣去了。”

玄宗会心一笑，自语道：“妃子！妃子！美人韵事，被你都占尽了。但不知制甚曲谱，待寡人看来。”看了半晌，心下暗惊：“好奇怪！这谱连寡人也不知道。细按音节，不是人间所有，好像是从天上来的，果然曲高和寡。妃子，不要说你娉婷绝世，只这一点灵心，有谁能望你项背啊！”正在这时，忽听一声银铃：“臣妾见驾。”

玄宗立即回身，双手将玉环扶起：“妃子请坐。”待玉环坐下，玄宗又道：“爱妃，看你晚妆新试，妩媚益增。似迎风袅袅杨枝，又像那凌波弱步的宓妃。”

玉环柔声道：“陛下今日退朝，因何如此之晚？”

“妃子不知，只为灵武太守缺员，地方紧要，与廷臣议了半日，难得其人。朕特擢郭子仪，补授此缺，因此退朝迟了。”

“妾候陛下不至，独坐荷亭，闲学谱新声奏雅。”

“寡人适见此谱，真乃千古奇音，梅记《惊鸿》一曲，安可相提并论！”谁知玄宗正讲在玉环心尖上。她心头一热：好皇上，平素认你为知己，你果真是我的知己！我今生托君恩，死其何憾！但口中却道：“妾凭臆见，草草创成。其中错误，还望陛下更定。”

玄宗听罢，乐不可支，遂道：“让朕再同爱妃，细细点勘一番。”两人倚肩并袖，坐在几案旁斟酌起来。少顷，玉环灵机一动，道：“妾于昨夜梦入月宫，见一群仙女奏乐，尽着霓裳羽衣，

意欲取此四字，以名此曲，不知可否？”

玄宗一拊掌：“好个《霓裳羽衣曲》！非虚假，果然天香桂花才配如此妙曲。”说罢，他盯住玉环上下打量，心想：看她这仙姿月容，只怕前身原是月中天仙吧！又道：“此谱即当宣付梨园，只怕俗手伶工，未谙其妙。朕欲令永新、念奴，先抄图谱，妃子亲自指授。然后传与李龟年等，教习梨园弟子，不知爱妃意下如何？”杨玉环嫣然一笑：“臣妾领旨。”

玄宗携起杨玉环的纤纤玉指，边走边说：“天已薄暮，我们进宫去吧！”

晚风中，川上一弯新月。人声过处，惊起双眠于荷花池中的一对鸳鸯，扑棱两地分飞……

杨国忠官至右丞相，满朝文武无不奉迎巴结，亦步亦趋。偏偏有个安禄山，外表假装愚痴，内心暗藏狡诈。因骗得皇上信任，加封王爵，气焰日高，现在见了杨丞相傲慢无礼，出言顶撞，引起了杨国忠的恼恨。杨丞相多次面奏皇上说安禄山有反心，恐怕酿出祸端，让皇帝罢黜他。今日杨国忠再次到朝中上奏，忽然从中传出前呼后拥之声，定眼一看，正是冤家安禄山从朝中出来。

“啊，我当谁呢，原来是安禄山。在这九重禁地，你怎敢这么大声吆喝呢？”

“老杨，我这做郡王的大喊一声恐怕也没什么！”

“安禄山，你什么时候这般大模大样了？可别忘了来见我的时候跪在台阶下苦苦哀求的样子。是我上奏皇上，救了你这个刀下鬼。”

“哎，杨国忠你不要仗势欺人，装得道貌岸然，其实你卖官鬻爵，贪财好利，搜刮民脂民膏。论罪行你该有千条不止，别以为我都不知道。”

几句话一下子刺痛了杨国忠，他跳起来一把扯住了安禄山的领子：“你胡说，造谣诬陷，我要与你面见皇上！”

二人拉拉扯扯来到朝殿。

“臣杨国忠启奏皇上。安禄山口蜜腹剑，包藏祸心，对储君骜傲无礼，难容朝廷，望皇上罢斥凶恶，铲除祸根。”

安禄山也跪下上奏：“臣安禄山受恩于皇上，终生不忘。不过得罪了权要，恐怕孤立无托，早晚会落入他的圈套，难保性命。求皇上容我到边镇效劳，以守卫江山社稷之安全。”

皇上无可奈何地说：“既然将相不容，难以同朝共事，传我旨意，命安禄山出任范阳节度使，按期赴镇。”

出了朝门，安禄山哈哈大笑，他冷冷地说：“老丞相，自今日起你再休怪我大模大样了。朝门内任你张牙舞爪，边镇上我要尽情逍遥了。哼，等着瞧吧！”说完，扬长而去。

杨国忠气得半天说不出话来，心想：本想杀杀他的傲气，不料他却趁机抓了兵权，气焰更加嚣张。皇上啊，皇上，我早说安禄山有反心，你不肯听，等他这一去，做出什么事来，你后悔可就来不及了！

安禄山当上范阳等三镇节度使后趁机做大，反心日炽。不过他还念着当朝皇上对他宠幸无双，自己亦富贵已极，不想立即谋反。谁知杨国忠嫉妒他的宠荣，老是与他作对，人家又是当朝丞相、国舅老爷，胳膊怎能扭得过大腿！

到了范阳后，他便有计划地任用亲信，扩充实力，奏请三十二路将官一概俱用番将，玄宗竟也准了他的奏。如今大小将领，皆属安氏，他任意所为，全无顾忌了。

郭子仪自拜灵武太守后，更加忧心国事，他想：此间灵武，乃是朝廷股肱之地，防守宜严。前次在长安，见到安禄山以后，他便常耿耿于怀，其人面有反相，包藏祸心，不想圣上竟命他出镇范阳，分明是纵虎归山。

近来听说安禄山奏准许易番将，愈发添其爪牙，他所辖三十二路部将朝夕厉兵秣马，习武演猎，似有异图。

炎天暑热，叫人好生烦躁！杨玉环早起后就站在绮窗前，远望骊山前驿道，盼着道上扬起尘土，好早早吃到新贡荔枝，消暑解渴。

这鲜荔枝，原来玉环小时候就爱吃。自从玉环被册封为贵妃，玄宗见她有此嗜好，便每年派西川道使臣专程进贡涪州荔枝。

一次，海南道亦贡上鲜荔枝，玉环吃后，觉得味儿甘甜，胜过涪州所产。她说与玄宗听，玄宗立即诏敕海南与涪州并进。

这荔枝偏生娇贵，存放三天，其味大减。驿使只得星夜兼程，逢驿站便换马换人，一路上还得拣便道狂奔，不知跑死了多少马匹。

夏季五六月份，天气炎热不堪，田野几乎被太阳晒成了一片焦土。有一个七十岁的老汉蹒跚来到田间地头，他是金城东乡一个普通的庄稼人，一家八口种着几亩薄地，全家把这点地看成命根子一样。听说近日有给贵妃娘娘进鲜荔枝的使臣经过，为赶时间，他们到处抄近路，踏坏了不少庄稼禾苗。老汉不放心自家的几亩地，特来田边看守。

有两个算命瞎子，一男一女，像是母子二人，听到有人过来，便问道："大哥，这是什么地方？""这是金城东乡与渭城西乡交界。"

"这么说，快到长安城了，我们有钱可挣了。""娘，到前面，我租头驴子给你骑。"

"儿子，先歇歇吧，我的脚走疼了，实在走不动了。"

突然，一阵急促的马蹄声自远而近，直奔庄稼地而去。老汉慌忙大喊："长官，往大路上走，不要踏坏了禾苗！天啊，你看一片田禾都被踏烂了，眼看着没用了，不要说一家性命难保，官粮紧急，到时让我拿什么交差啊？"老汉大哭起来，泪水濡湿了一大把胡子。

"哎呀，儿子，你在哪儿？怎么不说话，是被踏伤了吗？"女瞎子大叫道，"啊，不好了，我的儿，头上湿漉漉的，是踏出脑浆来了。救命啊，救命！"她一把抓住了过路行人："求求你，叫那骑马的人来偿命。"

"唉，那人是进贡鲜荔枝给杨娘娘的，一路上不知踏坏了多少人，都不敢让他偿命，何况一个瞎子呢！"

"难道人就这样白白死了吗？连个埋的地方都没有。天哪，我好命苦。"围观的人也落下泪来。

再说那两匹马相跟着一前一后进了前面的驿站。"驿子，快快换马，别耽误我们赶路。"

驿子慌忙迎出来，结结巴巴地说："二位长官，马……只有一匹。"

"怎么回事，驿马都哪里去了？"

"回长官，驿马连年都被进鲜荔枝的骑死了，驿官怕打，逃走了。现在驿中钱粮没有半分，瘦马只有一匹，不如二位同骑这匹马去吧。"

"打死你个臭东西，敢要奸放刁，耽误了娘娘的事，拿你偿命！"

那驿子跪下叩头说："打死我也没用，只有一匹马。我把衣裳脱下来与你们当杯酒吃吧！"

"谁要你的衣裳，赶路要紧，以后再找你算账，走！"两匹马风风火火赶往华清宫去了。

唐玄宗携杨玉环在骊山避暑，那日正好是玉环生日，玄宗下诏在长生殿中设宴。

杨玉环盛妆艳抹，凤冠霞帔，婷婷袅袅，出现在廊沿。她款步踏上玉墀，再也没有了初次上殿的窘迫感和怯生感。你看她，双唇微抿，步态均匀，神色从容：

"臣妾杨氏见驾。愿陛下万岁，万万岁！"

玄宗温柔地回道："与妃子同之。"

玉环立起身来，坐在一旁，玄宗发话道："今日妃子初度，朕特设长生之宴，同为竟日之欢。"杨玉环微启樱唇，轻声柔语道："薄命生辰，荷蒙天宠。愿为陛下进千秋万岁之觞。"

高力士出现在阶前："酒到。"杨玉环从宫嫔所捧金盘中接过酒，向玄宗跪拜后，献上。玄宗一饮而尽，旋即从身旁内侍所捧金盘中接过酒，递与玉环。玉环跪下，双手接酒，一饮而尽。饮完叩头呼“万岁”。起身，坐在玄宗身边。

一个内监捧竹篮上前道：“启万岁爷，涪州、海南进贡的鲜荔枝在此。”杨玉环顿时双颊露出两个笑窝，樱唇也湿润了起来。

玄宗亦笑逐颜开：“快取上来。”

高力士接过荔枝篮，揭开黄色封皮，双手捧到玄宗面前，玄宗挑出一对并蒂果，递给玉环，道：“妃子，朕因你爱食此果，特敕地方飞驰进贡。今日寿宴初开，佳果适至，当为妃子再进一觞。”

杨玉环立即跪下，双手接过荔枝：“谢万岁！”玄宗扶她起来，扭身道：“宫娥，进酒。”一队天仙般的宫娥飘然上殿，各持酒盘，上前进酒，金鼓喧阗，磬声悠扬。

酒过三巡，玄宗微有醉意，吩咐道：“高力士，传旨李龟年，押领梨园弟子上殿承应。”高力士早已令李龟年等候在殿下，领旨后径去殿下引李龟年等人进殿。

“乐工李龟年，押领梨园子弟，叩见万岁爷、娘娘。”这李龟年不过二十七八岁的年龄，生得眉目清秀，却胸宽腰圆。他上前见过礼，立在一旁听旨。

玄宗道：“李龟年，《霓裳》散序昨已奏过，《羽衣》第二叠可曾演熟？”

“演熟了。”李龟年俯首答道。

玄宗正待发话，杨玉环插话道：“妾启陛下，此曲散序六奏，只有歇拍而无流拍。中序六奏，有流拍而无促拍，其时未有舞态。”

李龟年道：“昨晚我等演习至夜半，至《羽衣》三叠，名曰

‘饰奏’，一声一字，都将舞态含藏。”

杨玉环听此，欣慰地一笑道：“其间有慢声，有缠声，有哀声，应清圆，骊珠一串；有入破，有摊破，有出破，合袅娜氍毹千状；还有花犯，有道和，有傍拍，有间拍，有催拍，有偷拍，多音响，皆与慢舞相生。你等都记住了？”

李龟年点头道：“记住了。”玄宗便命令李龟年道：“用心去奏。”一面转过头对杨玉环说：“妃子方才一言，曲尽歌舞之蕴呐！”杨玉环嫣然一笑，道：“妾制有翠盘一面，请试舞其中，以博天颜一笑。”玄宗听罢大喜：“妃子妙舞，朕已领教，今日得再睹仙姿，幸哉幸哉！”杨玉环于是告退更衣。玄宗对高力士道：“传旨李龟年，领梨园子弟按谱奏乐。朕亲击羯鼓节之。”高力士领旨退下。

殿中已设好翠盘。京都一流舞伎郑观音、谢阿蛮与宫中舞女等身着细纱绯红舞衣、白袍，执五彩霓旌、孔雀云扇，簇拥着身着花冠、白绣袍、璎珞、锦云肩、翠袖、大红舞裙的杨玉环，云也似的飘进翠盘。音乐戛然停止，殿内寂然无声，仿佛檐前一万只吵吵嚷嚷的麻雀突然停止喧哗，静得令人发慌。只见旌扇徐徐散开，露出独立盘中的玉环。玄宗高扬鼓槌，“咚”一声，击在跪着的高力士捧执的鼓上，顿时乐声复起。随着“咚、咚、咚……”这有节奏的鼓点，玉环在盘中，缓舒柳腰，轻展玉臂，风似的旋舞起来。她时而腾跳，时而侧卧，时而劈腿，时而翻腰……璎珞在身旁闪动，翠袖在空中慢卷，白袖旋似一朵轻云，红舞裙绽开一朵石榴。周遭罗绮花飞，乱人眼目；霓旌回绕，乱落天香。盘中的玉环，像一朵红云，像一枝梨花，像雨后晴空的一道虹霓，像瑶台天仙自月中飞降人间，更像一枝带露荷花在田田荷叶上开放。

玄宗鼓一停，万籁俱寂，宛如大海凝清光。杨玉环舞住敛霞裳，慢慢移出翠盘，来到玄宗座前，跪下说道："臣妾献丑，有污圣目，还请恕罪。"

玄宗立即起身扶起玉环，携着她的手道："妙哉，舞也！逸态横生，妙姿百出。宛若环风回雪，恍如飞燕游龙，真独擅千秋矣！宫娥，拿酒来！待朕与妃子把杯。"宫娥捧上酒盘，玄宗擎一杯，微笑着递给玉环，道："请启檀口轻尝，休得留残，酬谢你舞怯腰肢，累坏筋骨。"

杨玉环纤手接过酒盅，道："谢万岁！"随即一饮而尽。玄宗动情地看着她拿酒盅的模样，心想：到底天生丽质，只这持杯的姿势，便有万种风流教人神魂摇荡啊！

玄宗又笑玉环道："朕有鸳鸯万金锦十匹，丽水紫磨金步摇一事，聊做缠头。"又从怀中取出香囊，递给玉环道："还有自佩瑞龙脑八宝香囊一枚，解来助卿舞佩。"

玉环接过香囊道："谢万岁！"玄宗携起玉环的手，一同走出大殿。

农历七月七日，是天上织女、牛郎渡河相见之日。佳期如梦，柔情似水，织女好不容易盼到了这一天。她梳妆打扮好后来到宫外，只见银河无浪，喜鹊已架起长桥。星空中新月纤纤，秋凉阵阵。

织女渡过桥来等待与牛郎相会。星河之下，隐隐有香烟一簇，飘扬腾空。织女非常奇怪，问身旁仙女这是何处。仙女回答说是唐天子的贵妃到宫中乞巧来了。织女想：难得她一片诚心，待牛郎来了，一起到此一看。

杨玉环在宫中乞巧，长生殿里香烟缭绕，烛光掩映，香案上已摆好巧筵，永新、念奴将捧的瓶花、化生金盆放置桌上。杨玉环到香盒里拈了七根香，跪拜在香案前，细声祈祷："妾身杨玉环，虔爇心香，拜告双星，伏祈鉴佑。愿钗盒情缘长久订，莫使做秋风团扇遭屏弃……"

玄宗此时已悄悄来到她背后，见她拜倒在瑶阶，暗祝声声，却听不甚真。永新见玄宗独自来到，十分惊讶，道："呀！万岁爷到了。"

玉环急忙转过身，向玄宗施礼。玄宗扶起她，问："妃子在此，作何勾当？"

玉环答道："今乃七夕之期，陈设瓜果，特向天孙乞巧！"

玄宗笑道："妃子天生手巧，何须更乞？"

玉环低头羞笑，玄宗牵过玉环的手，一同坐下，道："妃子，朕想牵牛、织女隔断银河，一年才会得一度，这相思真非容易啊！天上云寒露冷，又加上经年孤零零的，难为他们了！"

玉环道："陛下言及双星别恨，使妾凄然。只可惜人间不知天上的事，如打听，肯定会为了相思而成病呐！"说到此，玉环又是一阵心酸，眼泪径自流了下来。玄宗见状，着急地抚着她的手问："哎呀，妃子为何又掉下泪来？"

玉环哽咽着道："妾想牛郎织女，虽则一年一见，却是地久天长。只恐陛下与妾的恩情，不能够似他们长远！"

玄宗自己也惘然，但仍安慰道："妃子说哪里话？不信你去问问双星，朝朝暮暮，怎似我与卿的恩爱啊！"

玉环沉吟片刻，道："臣妾受恩深重，今夜有句话儿……"说到这里，又自咽住。

玄宗见她今夕忧心忡忡，刚要说话又吞下，好不奇怪，便道："妃子有话，但说无妨。"

玉环变饮泣为呜咽，哭着对玄宗道："妾蒙陛下宠眷，六宫无比。只怕日久恩疏，不免白头之叹！"说到此，她扶住玄宗的手腕，将头埋在他怀中，泣道："论恩情，若得一个长久时，妾死也应；若得一个到头时，纵死也瞑目了！"

玄宗也被她感染，鼻子酸酸的，眼眶湿润了，举袖为玉环拭泪，并道："妃子，休要伤感！朕与你的恩情，怎是等闲可比！"说到此，他抓住玉环的手，放在胸前，道："我俩做酥儿拌蜜胶粘定，再不离开须臾！"

玉环扬起眉，看着玄宗的眼睛道："既蒙陛下如此情浓，趁此双星之下，乞赐盟约，以坚终始！"

玄宗道："朕这就和你焚香盟誓去。"

一片明河，当殿横斜。玉环香肩斜靠着玄宗，手牵着手，下阶而行。此时，玉环穿的是单薄的罗衣，已不能抵御秋夜的凉气，不禁打了一个寒颤。玄宗燃着四炷香，递给玉环两炷，两人并排站定，玄宗向天一揖，拜道："双星在上，我李隆基与杨玉环……"玉环的声音掺进道："……情重恩深，愿世世生生，共为夫妇，永不相离！有渝此盟，双星鉴之。"

玄宗又一揖道："在天愿为比翼鸟。"

玉环拜道：“在地愿为连理枝。”

两人同拜合道：“天长地久有时尽，此誓绵绵无绝期。”拜罢双星，玉环起身向玄宗复拜道：“深感陛下情重，今夕之盟，妾死生守之矣。”

玄宗扶起玉环，道：“长生殿里你我私下定盟立誓，银汉桥边的牛郎星、织女星可以作证。”

玄宗与杨玉环相互依偎着，竟没有一条缝儿。织女、牛郎把这一幕看在眼里。织女说：“牛郎，你看唐天子与杨玉环香肩偎依，好不恩爱！我与你既然掌管恋爱之事，何不保护他们？”

“织女说得对。只是他们二人劫难将至，免不了生离死别。如果他们以后不背盟约，我们可以为之绾合。”

“牛郎说得有理。夜色已深，我们回宫去吧。”

安禄山的叛军一路杀来，潼关告急，一封封羽檄飞报西京。安禄山叛军已临潼关城下。

安禄山当上范阳节度使后私结塞上诸番，招降纳叛，已屯集精兵百万，自认大事可举。只因唐玄宗待他不薄，思量等他身后方才起兵。谁知杨国忠逢人便说安禄山反形大著，请皇上急加诛戮。玄宗虽没听，但这安禄山想：我在边关，杨在朝内，若不早图，终恐遭其暗算。于是他假造敕书，说奉密旨，召禄山入朝诛戮国忠，乘机攻打西京，夺取唐室江山。攻下潼关后，安禄山亲自披挂上马，命令三军趁热打铁，以“破竹之势”杀奔西京长安。

一叶飘落，天下皆秋。这日天淡云闲，玄宗见御园中秋色斑斓，桂花初绽，便与贵妃娘娘同来游赏。

突然，一阵急匆匆的脚步声传来。杨国忠远远见了玄宗，便道："陛下，不好了！安禄山起兵造反，杀过潼关，不日就到长安了！"

玄宗大惊失色："守关将士何在？"

"守将兵败，已降贼了！"

"啊！这……这……这如何是好？"玄宗又对杨国忠道，"卿有何策，可退贼兵？"杨国忠沉吟少顷，道："当日臣曾再三启奏，禄山必反，陛下不听，今日果应臣言。事起仓促，怎生抵敌？不若权时幸蜀，以待天下勤王。"

玄宗道："依卿所奏，快传旨，诸王百官，即时随驾幸蜀便了。"杨国忠领旨匆匆离去，玄宗又对高力士道："快些整备军马，传旨令右龙武将军陈元礼，统领羽林军士三千护驾前行。"高力士也领旨急忙退下。

天还未亮，一队人马，护送着皇辇凤车出了长安西城门。陈元礼骑在高头大马上，指挥着三千羽林军西行。行了一程，队伍在马嵬驿停下，高力士走近銮舆，道："来此已是马嵬驿了，请万岁爷暂驻銮驾。"

玄宗搀扶玉环下得车来，进了驿亭，三千禁卫军此时围住陈元礼炸开了锅："禄山造反，圣驾播迁，都是杨国忠弄权，激成变乱，若不斩此贼臣，我等死不护驾。"

陈元礼急忙道："众军不必鼓噪，暂且安营。待我奏过圣上，自有定夺。"

此时激怒的军士哪里听劝，大家齐声喊叫："杨国忠专权误国，今又私通吐蕃，我等誓不与此贼俱生！"

另一个声音又起："要杀杨国忠的，快随我等前去……"只见一大群军士，提刀拽棍，去追杀杨国忠。杨国忠拔腿便往驿亭跑，没出十步，被一大汉赶上，一枪搠倒，又有几人追上，将他乱刀砍死，血肉模糊，惨不忍睹。

驿亭中的玄宗听到外面喊杀震天，大惊，问高力士："外面为何喧嚷？快宣陈元礼进来。"高力士出去片刻，与陈元礼一道来到驿亭，陈元礼叩首道："臣陈元礼见驾。"

玄宗问："众军为何呐喊？"

陈元礼答："臣启陛下，杨国忠专权招乱，又与吐蕃私通，激怒六军，竟将杨国忠杀死了。"

玄宗大惊："竟有这等事？"

杨玉环听罢，立即扭过头去，悄悄痛哭起来。玄宗沉吟少顷，道："这也罢了，传旨起驾。"他是怕耽误久了，又有变故，顾不得休息，只盼早到蜀州。

陈元礼出去，对乱糟糟的人群喊："圣旨道来，赦汝等擅杀之罪，作速起行。"

众军又高呼："国忠虽诛，贵妃尚在。不杀贵妃，誓不护驾！"

陈元礼又回到驿亭，禀道："众军道：国忠虽诛，贵妃尚在，不肯起行。望陛下割恩正法。"

玄宗不听则已，听后，吓得面如白纸，倒在椅上，两眼发怔。半晌，嘘出一口气来，道："这话如何说起？"

杨玉环听到堂兄的凶讯惊魂尚未定，又听此言，不觉真的害怕起来。她走近玄宗，牵住他的衣服，像是孩子在暗夜行走紧靠着大人，又像雏鸡当老鹰临空时躲在母鸡翼下寻求庇护一般。怯生生的眼珠，一时也停止了转动。

玄宗镇定一下自己，正声对陈元礼道："将军，国忠有罪，应当处置，如今已被劫杀。妃子在深宫，整天随驾行止，有何事引起六军猜疑？"

陈元礼道："圣谕极明，只是军心已变，如之奈何？"

玄宗正色道："卿家，你还是得去劝劝大家，这么闹下去成何王法？"只听得亭外又是一阵阵狂吼乱叫。

陈元礼道："陛下啊，听军中恁地喧哗，教微臣怎么弹压啊？"

杨玉环经过刚才这一番折腾，仿佛突然明白了许多事情。她听着皇上与陈元礼的对话，又听到驿亭外军士近于疯狂的吼叫声，反倒一点儿都不害怕了。她已想到以一死来了此残局，可一想到死，她又害怕起来，因为她向天孙起过誓，要与万岁爷长久到头，死才甘心，死才瞑目。我这一死时如何"长久"？如何"到头"啊？想到这里，她又伤心痛哭。

玄宗、陈元礼都沉默不语。亭外的喊叫声一阵阵的，像大海的急浪有节奏地起伏着，拍打着杨玉环心灵的长堤。她咬咬牙，哭着对玄宗道："陛下啊，事出非常，如此变故，臣妾实惊诧万分！已痛兄遭杀戮，奈臣妾也获罪愆，只怕是薄命应受折罚。望吾皇且让奴一人先去，只有一句伤心话要说与万岁……"

玄宗摇手打断她的话道："妃子且自消停。"

外面喊声又起："不杀贵妃，死不护驾！"

陈元礼又上前道："臣启陛下，贵妃虽则无罪，国忠实其亲兄，今在陛下左右，军心不安。若军心安，则陛下安矣。愿乞三思。"

玄宗沉吟无语，意乱如麻。玉环牵住玄宗衣服哭道："叫妾怎生割舍得了陛下啊？"

外面喊叫声一阵高过一阵，杨玉环心惊肉跳，不知如何是好。玄宗忽地紧紧搂住玉环，哭道："贵妃！让我好为难啊！"

高力士匆匆进来禀报："万岁爷，外厢军士已把驿亭围了，若再迟延，恐有他变，您看如何处置？"

玄宗对陈元礼道："你快去安抚三军，朕自有道理。"陈元礼立即奔出驿亭。玄宗与玉环抱头痛哭，他想：我堂堂天子，今日竟庇护不了一个女人，这天子还不及莫愁的男人啊！玉环忽地跪在玄宗面前，泣道："臣妾受皇上深恩，杀身难报！今事势危急，望赐自尽，以定军心。陛下得安稳至蜀，妾虽死犹生。看来除非臣妾一死，否则是不能平息这军中的哗变的。"说罢，失声痛哭地扑倒在玄宗怀里。

玄宗也泣道："妃子说哪里话？你若捐生，朕虽有九重之尊，四海之富，要他做甚！朕宁可国破家亡，也决不肯抛舍你啊！任他们闹去，我这里装聋哑。若再闹进驿亭，朕代你玉殒黄沙。"

玉环却道："陛下虽则深恩，但事已至此，无路求生。若再留恋，倘玉石俱焚，益增妾罪。望陛下舍妾之身，以保宗庙社稷。"

高力士听玉环出此言，也涕下沾襟，跪在玄宗面前，道：

“娘娘既慷慨捐生，望万岁爷以社稷为重，勉强割恩吧！”说完哽咽着在一旁涕泣。

此时，驿亭外呼声大作，似有穿墙裂顶之势。玄宗顿足捶胸痛哭道：“罢！罢！妃子既执意如此，朕也做不得主了！高力士，只得但……但……但凭娘娘吧。”他哽咽着退到一旁。

玉环“扑通”跪地，向玄宗一揖道：“万岁爷！保重！”便泣不成声了。

高力士立即奔到门外，高喊：“众军听着，万岁爷已有旨，赐杨娘娘自尽了。”

高力士返回驿亭，扶起倒地痛哭的杨玉环：“娘娘，请到后边去！”他们来到驿亭后的一座佛堂，杨玉环走到佛爷座前，虔诚地拜了三拜。

高力士道：“娘娘，有什么话儿吩咐奴婢？”

玉环道：“高力士，圣上春秋已高。我死之后，只有你是旧人，能体圣意，你须小心侍奉。再为我转奏圣上，今后休要念我了！”说罢，又啜泣起来。

高力士哭道：“小的记住了！”

玉环取出金钗、钿盒，道：“这金钗一对，钿盒一个，是圣上定情所赐。你拿它与我殉葬，万万不可遗忘！”

高力士双手接过钗、盒，道：“小的晓得。”

陈元礼领军士拥进佛堂，厉声道：“杨贵妃既奉旨赐死，何得停留，稽迟圣驾？”

一军士喊：“交给我们吧。”一伙人就要拥上。高力士上前拦阻道：“众军士不得近前，杨娘娘即刻归天了。”

这边杨玉环徘徊庭院，见一株梨树枝叶婆娑，心想：这一株梨树是我杨玉环赴死之处了。于是从腰间解下白练，北向再拜道："臣妾杨玉环叩谢圣恩，从今再不得相见了！"蓦地，她脑中闪过初次上天子朝堂，受皇上册封那天的情景，她一步步向玉墀登上去，好艰难的行程啊。这下好了，不怕孤单了，不怕寂寞了。她慢慢站起，将白练搭在最粗的那根横斜的枝丫上。她想到六十四位宫嫔簇拥着她，飘进翠盘，在《霓裳羽衣曲》的伴奏下翩翩起舞时的场景，她舞得那么自如，那么专注。那白色的绸袍，变成一朵白云，变成一条白练，她将它打了一个结，将那有一张绝世美丽脸蛋的头，放进圈内，她笑了……

高力士哭泣着，双手捧着那条白练，来到玄宗跟前："启万岁爷，杨娘娘归天了！"

玄宗呆坐在那儿，像并没听到有谁说话。高力士又上前几步，跪在玄宗面前，双手将白练高举，道："杨娘娘归天了，自缢的白练在此。"玄宗看到白练，忽然失声痛哭："哎哟，我的妃子，真是痛杀寡人啊！"

高力士献上金钗、钿盒："这金钗、钿盒，是杨娘娘吩咐殉葬的。"玄宗看到钗、盒，哭得更伤心，却不去接。高力士心想：我也伤心，可却没像万岁爷这般剜心割肺。这滋味，我这辈子是无法消受了。玄宗哭着，脑子里却想着前些日子两人在长生殿发的誓言，谁知须臾成永诀，今生今世再也别想见到她了。

高力士究竟想得周到，问："这仓促之间，怎生整备棺椁？"玄宗止住啼哭，道："权将锦褥包裹，须要埋好记明，以待日后改葬。这钗、盒就系娘娘身上吧！"

陈元礼进得驿亭，跪禀道："请陛下起驾。"

玄宗咬牙顿足道："哼！我便不去西川，又将如何？"

高力士已牵马到门外候着，内侍扶玄宗坐上马，玄宗行几步一回头，走走停停，离了马嵬坡。

玄宗骑在马上，行进在西风古道上，只见草木凋零，万象萧索，远处枝头的寒鸦，全不是旧时颜色。他想起王昌龄"玉颜不及寒鸦色"的诗句，不禁又想起贵妃的惨死，叹道："恨朕之不明，纵国忠构衅，禄山谋反，空教我噬脐莫及啊！可怜我那冤死的妃子啊，她的魂魄怎得安宁？"

马嵬驿土地神奉西岳帝君之命，在此等候杨玉环的魂魄。原来贵妃玉环系蓬莱仙子，今死在马嵬地界，西岳帝君特令土地神将她肉身保护，魂魄安顿，以候玉旨。

杨玉环过寒烟，穿蔓草，在乱葬岗里寻找自己的肉身。只见一株秃了枝叶的半截杨树上刮白了树皮处写有一行字，走近一看，念道："贵妃杨娘娘葬此。"

她悲哀地想：原来把我就埋在此处了。她扶住树干，望着新垒的土堆，怔怔地发呆。想当日是如何的娉婷袅娜，今日却落来这么个"好"窠巢！又想：我临死之时，曾吩咐高力士，将金钗、细盒与我殉葬，不知曾埋下否？如旧物在尘埃中遗失，则我这真情将如何寄托？就是果然埋下了，还只怕这残尸败蜕，会浸蚀分开同心并朵呀！想到这里，杨玉环"呜呜"地啼哭起来。

土地神听到哭声，走上来问道："那啼哭的可是贵妃杨玉环的魂魄吗？"杨玉环吃了一惊，敛泪哽咽地答道："奴家正是。

您是哪位尊神？乞恕冒犯。”

土地道：“我是马嵬坡的土地。你本是蓬莱仙子，因微过谪落凡尘。今虽是浮生限满，可旧仙山红云隔断。吾奉西岳帝君敕旨，先为你解下冤结。”说完，在玉环颈上取下那根无形的绳索。

玉环拜道：“多谢尊神！只不知奴与皇上，还有相见之日吗？”土地答道：“此事非我所晓。”

玉环不禁又低头悲泣，土地见状，告辞道：“贵妃，且在马嵬驿暂住幽魂，我走了。”不见了土地，玉环更感寂寞，只得步入佛堂，暂且栖息。

安禄山起兵范阳，长驱直入。皇帝逃到川中去了，锦绣江山就落到了他的手里。安禄山做梦都盼着这一天。

坐在皇帝的宝座上，听着众臣山呼万岁，安禄山按捺不住心中的狂喜。他下令大设宴席，与百官在凝碧池上庆贺胜利。

为贪图高官厚禄，许多官僚苟且偷生。主子换了，他们也摇身一变，个个溜须拍马，阿谀奉迎，极力讨好安禄山。

安禄山端坐在龙椅上，挺着大肚子，大口喝酒吃肉，吩咐梨园弟子奏乐。一曲完毕，博得满堂喝彩。有一个官员献媚说：“想当初唐天子不知费了多少力气才教成此曲，现在却留与主上受用了，这真是您老的福气啊！”

安禄山听了得意地哈哈大笑，又连干了两杯。乐工雷海青也被召来弹奏。他虽然出身低微，从未读过书，却有一身硬骨头。为了出口恶气，当场痛骂安禄山的罪行，他边弹边唱，哭着走上殿来：“幽州鼙鼓喧，万户蓬蒿，四野烽烟。叶堕空宫，忽惊闻歌弦奇变，真个是天翻地覆，真个是人愁鬼怨。”

安禄山生气地一拍桌子：“你是什么人？敢在此擅自啼哭，搅乱我太平盛宴。”

“哼！安禄山，你本来是失机边将，罪该斩首。皇上免你死罪，让你报效朝廷，你却忘恩负义，兴兵作乱。这滔天罪行，罄竹难书。什么太平盛宴，恐怕今天就是你的死期！”说着，抡起琵琶向安禄山砸去。

安禄山气得哇哇乱叫：“拉下去，斩首！”

士兵一拥而上，夺下了琵琶。雷海青奋力挣扎，指着安禄山的鼻子骂道：“上天有眼，罪恶多端的人不得好死。”他被士兵连拉带拽，拖出帐外。

“主上息怒，乐工无知，胡言乱语，不足介意。”下人安慰道。安禄山脸色铁青，牙关紧咬。他恼恨地说：“一个小小乐工，竟胆大包天，这些人都该通通杀死。”

玄宗到成都后让位于太子李亨，成为太上皇。李亨登基后整饬军队，廓清朝纲，发扬韬励，甚有作为。他还特拜郭子仪为朔方节度使，领兵讨贼。

郭子仪出兵不几日，大挫叛军气焰，捷报频传金阶。消息传到成都，整天紧锁愁眉的玄宗也舒展开眉头，喜郭子仪兵威大振，荡平叛乱指日可待。只是眼下他只有一事常萦怀抱，就是妃子自缢马嵬，玄宗认为非但是自己昧了她的誓盟，负了她的恩情，她的死，也是以社稷安危为重，为国捐躯，当以国殇祭之。可如何表白，却颇踌躇。想了数日，决定特敕成都府建庙一座，又选高手匠人，将旃檀香雕成妃子生像，入庙供奉。

眨眼数月过去，这一日高力士出现在门口，禀道："启万岁爷，杨娘娘宝像迎到了。"

坐在窗下发呆的玄宗惊醒，他忙起身道："快迎进来。"

二宫女、二内侍捧香炉、花瓶，引着四个工匠抬杨妃像进屋，后面鼓乐喧阗。杨妃像在玄宗面前放稳后，二宫女跪下，扶木像向前略倾，道："杨娘娘见驾。"

玄宗道："平身。"二宫女站过一旁。

玄宗迎上去哭道："我那妃子啊！别离数月，忽得再睹娇样，待我与你叙冤情，说惊魂，话愁肠……"他双手摸着木像的脸颊，哭道："怎不见你的笑脸？"

他仔细辨认，上下抚摸，恍然大悟："呀，原来是用香檀做成的一尊神像。"又不禁号啕起来。他边哭边数落道："羞杀咱掩面悲啼，恨当初救不得月貌花庞，怪只怪朕当时全无主张。我当时若肯将身去抵挡乱兵，陈元礼他未必敢直犯君王！纵然犯了又何妨？倒好让咱俩双双赴泉台，也省得如今独自虽存，余生有何风光？妃子啊，我那苦命的妃子，这人间天上，绵绵此恨怎能偿呀？"

玄宗跪在像前哭得死去活来，高力士、宫女、内侍，一齐失声痛哭。忽然，一宫女惊叫道："呀！万岁爷，你看娘娘的脸上，真的流出泪来了。"大家一齐抬头细看，神像之上果然满面泪痕，正串珠似的向下涌流。

玄宗用衣袖为神像拭泪，哽咽道："这纷纷点点，分明是牵衣请死愁容貌，回顾吞声惨面庞。想那时情状，休说是木人堕泪，便叫那金铜仙人也铅泪如洗啊！"

天边，山抹残霞，水泛青光。杜宇声里，半壁残阳如血。这天，织女带上仙女、仙官各二人，就近日织成的天锦，进呈天帝。凤舆在天街轧过，冰轮闪辉，瑶佩叮当，银河一缕，碧落映空。行至路中间，只见一道怨气，直冲霄汉。织女好不惊怪，问仙官道：“你看这非烟非雾，怨气模糊，下界是何地方？”

仙官俯视少顷，禀道：“启娘娘，下界是马嵬坡。”织女道：“吩咐暂驻云车，即宣马嵬坡土地前来。”

仙女让织女在天街驿亭坐了，眨眼间，仙官已将土地引上天来。这土地一路眨巴着眼睛，不知所措，问仙官道：“你天上宣差，有俺什么地头事务？”

仙官冷冷答道：“织女娘娘呼唤你哩。”

听说是天孙织女唤自己，他更奇怪了：“我又不曾在银河边掌渡司桥，难道她要到我坡前去觅路寻途找牛郎？或者是她从云中驾过时，怪我接待不周，要将我卑职勾除？”

土地见了织女，一头栽倒便拜：“马嵬坡土地叩见娘娘，愿娘娘圣寿无疆。”

织女道：“土地，我在此经过，见你界上有一道怨气直冲霄汉，是何缘故？”

土地拂拂双膝站起来禀道：“娘娘听启，这是唐天子的贵妃杨玉环，幽魂不散，和着怨屈飘上了天际。”

织女“哦”了一声，道：“原来是杨玉环，记得天宝十载渡河之夕，见她与唐天子在长生殿上，誓愿世世为夫妻。如今已成怨鬼，甚是可怜。”

土地又将玉环那日的死状细说一遍，并说若不是她慷慨赴难，大唐中兴难睹。

织女却愤然道："只是以天下为主，不能庇一妇人，长生殿中之誓安在？李三郎好薄情啊！"

土地道："娘娘，那杨妃倒并不怨皇帝违情忤义，只痛情意两断不再续，常日里悲忆当初。"

织女问："她可说了些什么？"

土地道："她道是恩成空，爱成空，只是那长生殿里的誓非空；情可辜，意可辜，那金钗、钿盒的信难辜。"

织女道："她既已悔恨从前的罪过，还记得长生殿中之誓，有此真情，殊堪鉴怜！"

土地又道："再启娘娘，杨妃近来，更自痛悔前愆。"织女道："何以见得？"

土地道："她夜夜向星扪心泣诉，对明月叩首悲啼，自悔愆尤深重，要祈求罪孽消除。"

织女沉思道："原来如此，既悔前非，诸愆可释。务当保奏天庭，令她复归仙位便了。"

土地心下暗喜，却又道："娘娘，虽保奏她再居仙班，她却还有万缕痴情，只恐到仙宫后又伤孤独，还愿帮他们永证前盟夫妇。"

织女叹道："此儿好痴情啊！你且回本境，吾自有道理。"土地拜过织女，被仙官送回地面。织女吩咐起驾，凤舆驶过云头，向璇玑宫而去。

安禄山当上皇帝不久就想到要立太子，由于宠着段夫人，遂决定立她的儿子庆恩为太子。他的长子庆绪得知消息，怒不打一处起，恶却向胆边生。他与安禄山的义子李猪儿商定，今夜入宫行刺。

李猪儿身材短小，能飞檐走壁，从小在安禄山帐下行走，安禄山见他人长得俊俏，性格聪明，就把他当亲生儿子一般看待。

一日安禄山醉后，忽然现出猪首龙身。安禄山自道是个猪龙，必有天子之像。因此众人便将其义子顺口唤作“猪儿”。李猪儿没想到其义父如今果然做了皇帝，只叹自己福浅，为何竟是义子，不是长子。谁知太子定下，却是比自己小得多的庆恩，心头这股妒气不知往哪里喷吐才快。适逢大将军安庆绪与他商定行刺其父的事，他想：这大将军平素待我却真如亲兄弟一般，嘘寒问暖不提，行军打仗亦百般照顾。想这安禄山，受了唐天子那样的大恩，尚且兴兵反叛，休怪俺李猪儿今日反面无情。此时已是二更天，李猪儿怀藏匕首，乘夜深人静悄悄摸着宫墙往里溜。

李猪儿溜过御桥，直奔后殿。后殿的正门、侧门均已上锁，他找了个僻静处，翻身跳过苑墙。进得后宫，尽皆熟路，他径自摸到安禄山安歇的便殿旁藏匿起来。蹲了片刻，只听得脚步杂乱，宫灯亮光一路照来，几个宫女、内侍扶着醉醺醺的安禄山东倒西歪地进了便殿，安禄山倒在床上呼呼睡去。

李猪儿侧身进了便殿，见看守的宫女、内侍也各自沉睡，他更放心了。他走上去将银灯剔亮一些，蹑手蹑脚地走近龙床，揭起鲛绡帐……忽听安禄山一句梦呓，吓得他赶紧趴在床下。外面打更的正报四更，他趁这更声，紧握尖刀往安禄山心窝狠命刺去。只听那胖汉大叫一声，跌滚在地，手脚乱跳一阵，再无动静。

在安禄山死后，郭子仪一举收复西京，玄宗离蜀东归长安。驻跸凤仪宫时，他便传旨令马嵬地方官建造妃子新坟，并派高力士星夜前往，催督工程。待圣驾抵达马嵬坡时，诸事已准备停当，玄宗遂传旨另备珠襦玉匣，亲临迁葬。

玄宗先来到佛堂，在梨树下伫立流泪。看着这江山如故，人事全非，好不凄惨啊！他面容憔悴，枯瘦的手像太祖殿供奉的肉身菩萨，皮包着骨头。那套龙袍罩在身上，空空荡荡，风一起，像会把那袍连人一道吹上九天云头。

马嵬驿丞带上四百名女工，扛着锄头、铁锹、畚箕等物列队来到。高力士禀道："启禀万岁爷，女工们到齐了。"

玄宗哽咽道："传旨，军士回避。高力士，你去监督女工，小心开掘。"大家七手八脚，锄舞锹扬，掘下去三四尺，并不见尸骨踪影，众人惊愕不已。

一位细心女工道："大家别挖，看那是何物？"她弯腰拾起，道："呀，好香！是一个香囊。"

高力士立即抓过一看："是娘娘的！"他哭哭啼啼地将香囊捧去交给玄宗，说道："启万岁爷，墓已启开，却是空穴，连裹身的锦褥和殉葬的金钗、钿盒都不见了，只有一个香囊在此。"

玄宗接过香囊，大哭："啊呀！这香囊乃当日妃子生辰，在长生殿上试舞《霓裳羽衣曲》时我赐予她的。我那妃子，你如今身在何处啊？"转念又想：那身体便与锦褥一道化尘，怎那硬撑撑的钗、盒也无寻处呢？便问道："高力士，你可能是记错了吧？"

高力士道："奴婢当日曾削杨树半边，题字为记，如何得差！"

玄宗道："莫非是被人发掘了？"

高力士道："若经发掘，怎得留下香囊？"

玄宗沉默了，只是发呆。高力士道："奴婢想来，自古神仙多有尸解之事，或者娘娘尸解仙去，也未可知。即如桥山陵寝，只葬黄帝衣冠。这香囊原是娘娘临终所佩，将来葬入新坟之内，也是一般了。"

玄宗沉吟片刻，道："说得有理！高力士，就将这香囊裹以珠襦，盛以玉匣，依礼安葬便了。"

高力士接过香囊，匆匆去张罗下葬的事。玄宗回到佛堂，感叹唏嘘，坐立不安。

玄宗自返还长安后退居南内，每日只是思念妃子。在马嵬改葬时，他指望一睹遗容，不想变为空穴，只剩香囊一个。深居南宫，大殿空寂，宫草萧瑟，倍添孤独。听窗外冷风掠雨，点点滴滴，敲打在阶前的梧桐叶上，面对半壁愁灯，一阵阵凄凉袭来，好不酸楚。

玄宗冥想无聊，数着帘外萧萧飒飒的梧桐雨，疏还密，高复低，数出凄凉万种，挑逗出愁绪无限。渐渐地，他曲肘假寐于几案，竟昏然入梦。

二内侍佩剑进前禀道："启禀万岁爷，奴婢奉杨娘娘之命，来请万岁爷。"

玄宗惊问道："此话从何说起？"

内侍道："当日乱军起衅时，娘娘悄悄换装从人丛里隐逃了，因此流落在外。"

玄宗惊喜道："原来杨娘娘不曾死！如今却在哪里？"

内侍道："她整日里思念陛下，便在驿亭充个扫地的杂工。"

玄宗挥泪道："朕百般思念妃子，哪晓得却在驿中。你二人快随朕前去，连夜迎回。"

二内侍将玄宗引出内殿，却被一将军拦住，道："陛下久已安居南内，因何深夜微行？"

玄宗一惊，道："何处泼官僚，竟敢挡驾？！"

那人道："臣乃陈元礼，陛下快请回宫。"

玄宗怒道："咄！陈元礼，你当日在马嵬驿中，暗激军士逼死贵妃，罪不容诛！今日又要来犯驾吗？"

陈元礼答道："陛下若不回宫，只怕六军又将生变。"

玄宗怒喝："咄！陈元礼，你欺朕没了权柄，退朝闲居是不是？来呀，内侍，快把这乱臣贼子的首级给斩了。"

两内侍抽剑上前斩下陈元礼的首级，三人飞奔至马嵬驿。

玄宗问："内侍，娘娘在哪里？"却无人回答，他左顾右盼，只见荒郊清冷，寒蛩悲吟，阴风飒飒，并不见人影。忽听得一声锣响，一霎时驿亭也不见了，却来到曲江池上。好一片大水，惊涛汹涌，浊浪排空。忽见大水中，浮出一头怪物，猪首龙身，张牙舞爪，奔突而来。那项带铁链的怪物跳上岸来，直扑玄宗。忽又是一阵锣响，二金甲神手执铜锤急匆匆赶来，喝道："咄，孽畜，休得无礼！"说话间，几铜锤已落在怪物的脑门上，怪物大叫一声，扑地跪下，呼哧呼哧，翻眼珠望着二神。二神牵过怪物颈项铁链，怒道："你这孽畜，何时逃出，到此惊犯圣驾，还不快去！"

一神牵猪龙，一神在后面赶打着离开了曲江池。玄宗惊叫：“哎呀，吓杀我也！”

高力士慌忙跑来，扶住他道：“万岁爷，为何梦中大叫？”玄宗定了定神，把刚才梦中所见的说了一遍。

高力士说：“万岁爷，那是梧桐树叶上的雨声。”

玄宗叹一口长气，道：“只道是谁惊我残梦，原来是乱雨萧萧。”

高力士说：“明天把那梧桐树锯倒。”

“高力士，朕方才梦见两个内侍，说杨娘娘在马嵬驿中来请朕去，多应芳魂未散。朕想昔时汉武帝思念李夫人，有李少君为之招魂相见，今日岂无其人？你待天明，可即传旨，遍觅方士来为杨娘娘招魂。”

临邛有位道士姓杨名通幽，籍隶丹台，能呼风掣电，御气天门，摄鬼招魂，游神地府。一日在街头看到官府榜文，道是太上皇帝思念杨妃，遍访异人招魂相见，他于是揭了榜文，应诏来到长安。玄宗见他后大喜，特敕于东华门内，依科行法，三天内法坛已结就，今晚登坛宣召。

杨通幽带上两个道童，一童持剑，一童捧水，登上法坛。这法坛在半空中绕鸾吟凤啸，两壁厢列虎伏龙眠，涵太极，攒阴阳，一尘不染，巍峨峥嵘，气象萧森。坛下磬钟齐鸣，法鼓频敲，仙乐婉转，道士双引着鸾旌，高蹈阔步，升上坛顶。道童献上香，道士拈香念念有词，香烟缭绕，结祥云，腾宝雾，直冲霄汉。

道童献上鲜花，道士接过，散向空中，口中念道：“俺特地采蘅芜，踏穿阆苑。显神奇，要将她残英再接相思树；施伎俩，管教她落花重放并头莲……”

道童献上灯，道士接灯念道：“这灯呵！烂辉辉灵光常向千秋照，灿荧荧心灯只为一情传。他要续痴情，接上这残灯焰……”

道童献上法盏，道：“请吾师咒水。”

道士双手捧水，念道：“这水呵！曾游比目，曾泛双鸳。你漫道当日如鱼得水，难逆料幻泡浮沤浪易掀。他只道曾经沧海难为水，怎如俺这一滴杨枝彻九泉……”

供膳已毕，道士吩咐道童帮自己穿上招魂衣，悬上遗照图，扫净龙墀，高褰凤幄。此刻，高力士来到坛下，跪禀道：“高力士奉太上皇之命，谨送青词到此。”

道童接过青词，递与道士。道士挥动拂尘，转动法器，口中念念有词。少顷，空中来一骑马符官，问：“仙师，有何法旨？”

道士将符章递去，道：“有烦使者，将此符命，速召贵妃杨氏阴魂到坛上来。”

符官道：“领法旨……”便一阵风似的消失了。等了半晌，符官单骑回马来报：“复仙师，小圣人间遍觅杨氏阴魂，无从召取。”

道士迟疑片刻，道：“也罢。小童，你去禀告高公公，贫道即在坛上，飞出元神，不论上天入地，好歹寻着娘娘。不出三日，定有消息回报。”

道童帮他穿上鹤氅，只见他在坛上打坐毕，闭目叩齿俄顷，那元神已出窍，到处遍求娘娘魂魄去了。

杨通幽元神先来到酆都城，他敲开森罗殿的大门，道：

“判官在吗？”判官蓦地跳出，跟了几个小鬼，判官问：“仙师何事？”

杨通幽道：“贫道特来寻觅大唐贵妃杨玉环鬼魂。”

判官道：“这个好办，凡是宫嫔妃后，地府另有文册。仙师请坐，且待呈簿查看。”小鬼送上簿册，判官递与道士：“自己看吧。”

杨通幽从头到尾翻了一遍，却并无杨太真的名字。杨通幽道：“地府既无，贫道去了，不免向天上寻觅一遭。”

杨通幽飞到天上，在天门刚巧碰上织女。他上前施礼道：“织女娘娘，小道杨通幽叩首。”

织女道：“通幽免礼，到此何事？”

杨通幽道：“小道奉大唐太上皇之命，寻访玉环杨氏之魂。适从地府求之不得，特来天上找寻，还请天孙指点。”

织女听罢，冷冷地道：“通幽，那玉环之魂，原不在地下，也不在天上。”

杨通幽惊道：“那就怪了！”

织女道：“通幽，杨妃既无觅处，你自己去复旨便了。”

杨通幽为难道：“娘娘，复旨不难，只是我已夸下海口，说三日内保准找到，那太上皇一心盼着我的回音呐！”

织女道：“那李三郎马嵬坡下已教杨妃玉碎香消，还讨甚情来？”

杨通幽道：“娘娘，休冤屈了人啊！想当日乱纷纷乘舆值播迁，翻滚滚羽林生闹喧。那时刻将骄兵顽，哪里由得天子做主啊！事过之后，皇上后悔不迭，至今念及，常是涕泪交并，那伤心悲泪真个要把沧海填哪！”

织女道："如今死生久隔，岁月频更，只怕此情也渐淡了。"

杨通幽道："天孙哪里的话？那上皇每日里像鹦鹉一样，将娘娘芳名在口里念叨。坐着时呆想，睡梦里惊觉，痴心一点没变。这不，他使我上穷碧落下黄泉，盼重觅芳魂，好了此一生的心愿。"

织女沉吟道："前夜我与牛郎在斗牛宫相会，谈了一宿玉环与李三郎七夕盟誓的恩怨，牛郎曾为李三郎辩白。今听他说来，果如此情真！煞亦可怜人也！"

杨通幽见状，进言道："天孙娘娘呵，小道生怜太上皇灵心一点，真情一片，因此不辞往返，甘肩辛苦为他觅芳魂。谁知她做长风吹断鸢，莽桃源寻不出花一片。若不找到贵妃娘娘，怎教俺黄冠独自还呢？"

织女听他说得情辞恳切，也动了怜悯之心，遂道："通幽，你若必要见她，待我指一个所在与你去访寻。"

她叫杨通幽过来，附耳低语如此如此。杨通幽听罢笑拜道："多谢娘娘指引！"说罢起身，御着天风往东海蓬莱仙山飞去……

这边杨通幽刚走，织女即着人召取太真来到璇玑宫，她要细探其衷曲，好点拨指引。

太真驾香车，强驱愁绪来天上，愁眉紧锁地拜谒织女道："娘娘在上，杨玉环叩见。"

"太真免礼，请坐了。"

"适蒙娘娘呼唤，不知有何法旨？"

"一向不曾问你，可把生前与唐天子的恩情，细说一遍与我知道。”

杨玉环听到“唐天子”三字，那眼泪就不自觉涌了出来，道：“娘娘听启……”玉环将生前与玄宗的往事如数家珍般细说了一遍。

织女问道：“你们七月七日长生殿发的山盟海誓我是听到的，怎生他突然心如铁，马嵬坡便忍心将你抛撒了呢？”

玉环痛哭流涕道：“岂是他情薄啊！那兵刃纵横，社稷阽危，蒙难君王，怎护臣妾？妾甘就死，死而无怨！与皇上毫无干系！”说罢，热泪纵横，哀痛欲绝。

织女道：“如今你已证仙班，情缘宜断。若一念牵缠，怕无端又令从此堕尘劫。”

玉环上前再拜，禀道：“娘娘在上，倘得情丝再续，情愿谪下仙班，又何惜人间自受折罚？”

织女感动得眼眶里泪珠直转，双手扶起玉环道：“太真，我久思为你重续前缘，只因为马嵬之事，恨唐帝情薄负盟，难为作合。方才见道士杨通幽，说你遭难之后，唐帝痛念不衰，特令通幽升天入地，各处寻觅芳魂。我念他如此钟情，已指引通幽到蓬莱山了，还怕你不无遗憾，故此召问。今知两下真情，合是一对。我当上奏天庭，使你两人永远成双，以补从前离别之恨。”

玉环感激涕零，拜谢道：“多蒙娘娘怜念，只求与上皇一见，于愿足矣。”

织女道：“也罢，闻得中秋之夕，月中奏你新谱《霓裳》，必然邀你。恰好此夕正是唐帝飞升之候，你可回去，令通幽届期径引上皇，到月宫一见，何如？”

玉环道："只恐月宫之内，不便私会。"

织女道："不妨，待我先与嫦娥说明。你等相见之时，我就奏请玉帝到来，使你情缘永证便了。"

玉环再拜道："多谢娘娘！就此告辞。"

杨通幽穿山越海，来到蓬莱山上，见彩云明灭处，一座参差巍峨的宫殿宝光四射，璀璨辉煌。门洞正上方，银榜飞草"玉妃太真之院"六字。他知道便是这儿了，于是取出琼簪轻叩洞门。

门"吱呀"一声开了，探出一个美丽绝伦的仙女，问道："你是何人？"

道士拜道："贫道杨通幽稽首。"

"到此何事？"

"大唐太上皇帝，特遣贫道问候娘娘。"

"娘娘到璇玑宫去了，请仙师少待。"

"原来如此，我且在这瑶阶上伫立一会儿。"

须臾，风吹佩环叮当作响，玉环香车已来到殿前，见了道士，玉环问仙女道："道士何来？"

杨通幽正要上前搭话，被仙女拦在了后面，仙女道："禀知娘娘，他是唐家天子派来的使者，衔命来此山的。"

玉环道："既是太上皇使者，快请相见。"说着，径自先进了宫，在殿上坐下，仙女引杨通幽进殿。

杨通幽拜道："贫道杨通幽稽首。"

玉环道："仙师请坐。"杨通幽坐在一旁，玉环问："上皇安否？"

"太上皇朝夕思念娘娘，春风秋雨，无非即景伤心，因而成疾。”

玉环“啊”了一声，哭道：“谢君王钟情如此！漫自将咱一点旧情，也请你回示于上皇。”

杨通幽道：“贫道领命，只求娘娘再将一物，寄去为信。”

玉环道：“当年承宠之时，上皇赐有金钗、钿盒，奴家生生死死，未曾暂离。如今就分钗一股，劈盒一扇，烦仙师代奏上皇，只要两意能坚，自可前盟不负。”说着就分开金钗，劈开钿盒，拿出一半交给仙女，道：“侍儿，将这钗、盒送于仙师。”

杨通幽慎重地双手接过，认真收藏起来。玉环道：“请仙师受我一拜。”

杨通幽赶紧回拜道：“不敢！”又道：“贫道还有一说。钗、盒乃人间所有之物，献与皇上，恐未深信，须得当年一事，他人不知者，传去取验，才见贫道所言不谬。”

玉环心想：这也说得有理。她低头沉思片刻，道：“哦，有了！记得天宝十载，七月初七日，上皇与妾并肩立于长生殿阶下，因感牛郎、织女之事，秘密盟誓道，愿世世生生永为夫妇。”

杨通幽道：“有此一事，贫道可复上皇了，就此告辞。”

玉环道：“且住，还有一言。今年八月十五日夜，月中大会，亦是上皇飞升之候，我在那里专等一会儿，敢烦仙师届期指引上皇到彼。失此机会，便永无再见之期了。”

杨通幽领命辞拜了玉环，元神立即回到神坛，他将钗、盒交到高力士手中，叮嘱了一番。高力士道：“你来得正好。上皇自你去后，相思透骨，病体越重，让他盼得好苦啊！”于是，匆匆赶进南宫，将钗、盒捧与上皇，告诉他贵妃娘娘在蓬莱山太真仙院，日日牵记君恩，下望尘寰，热泪双流。

玄宗接过钗、盒摸了又摸，看了又看，道："这钗、盒乃人间之物，怎到得天上？前日墓中不见，朕正疑心，今日如何却在她手中？"

高力士道："万岁爷休疑！那仙师早有虑及，向娘娘问得当年一件秘事在此。"

玄宗急道："是哪一件？你可说来。"

高力士道："娘娘把天宝年间长生殿里的事从头说了一遍。"

玄宗道："此事果然有之。"于是，捧着那金钗、钿盒，不住流泪叹息。

高力士道："万岁爷，且省愁烦。娘娘说，今年中秋之夕，让仙师引着万岁爷，到月宫里与娘娘相会。"

玄宗喜道："既有此话，何不早说，如今是几时了？"

高力士答道："如今七月将尽，中秋之期只有半个月了，请万岁爷将息龙体。"

玄宗道："妃子既许重逢，我的病一点也没有了。"

这年中秋之夕，碧天如洗，银汉无尘，一轮金黄的圆月，将夜空照得通体透明。

玄宗等了整整半个月，这十五天好像比他一生中度过的日子还长。好不容易熬到黄昏，他一直盯着东山，终于看到山阙处泛出微微黄光，露出金黄月牙，那月牙慢慢浮升，最后一个圆球终于跳上了暗蓝色天穹。他嘘了一口气，急忙唤内侍更衣。

出了宫门，杨通幽迎面赶来，向玄宗拜道："上皇，贫道稽首。"

玄宗道："仙师少礼，你看这碧澄澄天淡云闲，光皎皎月明星稀，好不爱煞人也！"

杨通幽道："上皇趁此月色，就此同行。"

玄宗担心道："仙师，天路迢遥，怎生飞渡？"

杨通幽道："上皇，不必忧心。待贫道将手中拂子，掷作仙桥，引到月宫便了。"说罢，将拂子往空中一掷，倏忽一道天桥从空出现。道士却忽然不见了。玄宗唤了几声，不见回答，只得独自上桥而行。

每岁中秋，嫦娥必在广寒宫请宴，邀众仙毕集，听乐赏舞。月中一向有《霓裳》天乐一部，中秋必奏。昔日为杨贵妃于梦中闻得，遂在人间谱出，其音反胜天上。近日贵妃已证仙班，嫦娥遂教人向蓬莱山觅取其谱，补入钧天，拟于今夕奏演。昨日天孙已向嫦娥借用月府，让唐皇与贵妃二人相会，重续良缘。

嫦娥想到自己的丈夫后羿，感慨颇深，欣然应允。此时，她由众仙女簇拥，来到宫前，吩咐道："仙女们，等太真到时，教她在桂荫下稍待。等上皇到来见过，然后与我相会。"四位仙女，一边两个，立在宫门守候。

玉环挨到月出，收拾停当，驾香车来到广寒宫门。见了仙女，玉环问道："月主娘娘在哪里？"

仙女道："娘娘吩咐，请玉妃少待。等上皇来见过，然后相会。请稍坐。"

玉环姗姗弱步，来到桂树荫下，在玉兔捣药的玉凳上坐了。只见吴刚在挥汗砍斫桂枝，比平素更加卖劲，玉兔也不再捣药，帮衬他拣捆枝条。

如果今日不如此拼命砍斫桂树，这玉轮清光怎么会如此之多呵！玉环遂想：在人间只喜中秋月光分外明朗，原来还是吴刚哥与玉兔弟的劳绩。又感叹唏嘘了一回。

玄宗忧心忡忡地步上月阶，早被仙女发觉。一仙女迎上去道："来的是上皇吗？"

玄宗抬头答道："正是。"眼睛却搜寻着什么，仙女看出他的心思，道："玉妃到此久矣，请进相见。"

玄宗蓦地来了精神，急匆匆冲进宫门，边跑边唤："妃子，妃子，你在哪里？"

坐在玉凳上发呆的玉环，听到玄宗的声音，赶紧起身，迎上宫门，口中唤道："陛下，我在这里啊……"玉环止不住热泪涌流，见到玄宗，扑了上去，两人抱头痛哭……

玄宗道："我的好妃子，想当日玉折香摧，都只怪我失了主张，累你冤海深沉，命殒黄泉。到今日悔不欲生，诉不出相思千缕万缕，割舍不断，欲理还乱呀！"

玉环道："陛下，说哪里话！是妾薄命，遭魔障，累君播迁西蜀。蒙君王不弃，念切思专，碧落黄泉为奴招魂。"

玄宗道："寡人回驾马嵬，将妃子改葬。谁知玉骨全无，只剩香囊一个。后来朝夕思念，特令方士遍觅芳魂。"说罢，取出钗、盒，道："看到这钗、盒，又听提起乞巧盟言，朕心下才稍安。"

玉环亦取出钗、盒，道："妾的钗、盒也带在此。"两人互相交换，抚摸着，观赏着。看到同心钿盒，比划着双飞并头的钗上燕，两人都悲泪涟涟。

玉环道：“幸蒙天孙鉴怜，许令断缘重续。今夕之会，得来不易啊！”

玄宗道：“是啊。得谢苍天可怜你我，千秋万古为你我证奇缘。”

玉环道：“这要多谢嫦娥的帮助。”

玄宗立即松开紧握着的手，拜道：“月姐拜揖。”

嫦娥回拜道：“上皇稽首。”

玉环拜嫦娥道：“娘娘稽首。”

嫦娥双手扶起玉环，道：“玉妃少礼，请进殿坐了。”

一行步上广寒宫正殿，分宾主入座。嫦娥道：“上皇、玉妃，恭喜仙果重成，情缘永证。往事休提了。你们两人，经历了别离生死的磨炼，对这‘情关’的真面目，也该体味得清楚了。让你们相逢在月儿团圆的宫殿，望能理会天孙的良苦用心啊……”

“玉旨降。”仙女的声音打断了嫦娥的话。只见织女手捧玉旨，降下祥云，来到宫中。玄宗、玉环跪拜接旨。织女宣道：

“玉帝敕谕唐皇李隆基、贵妃杨玉环：咨尔二人，本系元始孔升真人、蓬莱仙子，偶因小谴，暂住人间。今谪限已满，准天孙所奏，鉴尔情深，命居忉利天宫，永为夫妇。如敕奉行。”

玄宗、玉环再拜道：“愿玉帝圣寿无疆！”

两人起身后，织女握住玉环的手，对二人道：“上皇、太真，你两下心坚，情缘双证。如今已成天上夫妻，不比人世了。”

嫦娥兴奋道：“群真既集，桂宴宜张。聊奉一觞，为上皇、玉妃称贺。看酒过来。”仙女们捧酒，仙乐骤起。

仙女们奏起了美妙的《霓裳羽衣曲》。杨玉环、李隆基二人手挽着手，缓缓地向忉利天宫走去。

月主嫦娥和天仙织女遥遥地向这一对有情人祝福，为他们永久的重逢，为他们美好的新生，更为他们那惊天动地的爱情。

精忠旗

·作品评价·

《精忠旗》为明朝冯梦龙所作，写南宋抗金将领岳飞被卖国贼秦桧谋害的故事，是我国古典戏曲中比较优秀的悲剧作品。南宋抗金将领岳飞被卖国贼秦桧谋害，岳珂为岳飞之后，忠心爱国，并立志替先祖翻案雪耻。后来岳珂取得证据可替岳飞翻案，但为顾全先皇颜面，终以鲜血毁证物。此举感动皇帝，皇帝下旨恢复岳家名声，岳珂继承祖志，名留青史。

［明］冯梦龙

北宋末年，国势强大的金国兵分两路，杀向中原。粘罕率领西路大军从大同府出发，经朔州、代州，直取太原；斡离不率领东路大军从平州取道燕京南下。一时间，中原大地烽烟四起。金军一路南下，势如破竹，连克燕京、太原，强渡黄河，攻下郑州，很快就包围了北宋京都汴梁。

早在金兵南侵之初，宋徽宗赵佶畏惧金人，急忙把皇位传给了儿子赵桓，也就是之后的宋钦宗。如今，金军兵临城下，大宋江山眼看就要落入他人之手，徽宗、钦宗的心里自然似油煎一般。钦宗一面召集文武大臣商议退敌之策，一面派人趁着夜色，缒城而出，给稽留相州的弟弟康王赵构送去一封蜡丸密信，赐封他为天下兵马大元帅，又封原磁州知州宗泽为副元帅，命二人赶快集结人马，火速前来救援。

宗泽麾下有员战将，姓岳名飞，字鹏举，乃汤阴县永和乡岳家庄人。在岳飞降生之时，有一只大鸟从空中飞鸣而过，转瞬之间就杳无踪迹。他的父亲深感惊异，便取了这个名字，希望他长大以后鹏程万里，远举高飞。

岳飞从小聪明好学，崇尚正义，倾慕关羽、张飞等英雄。等到八九岁的时候，喜欢舞刀弄枪，拜在恩师周侗门下开始习武。

不出几年，岳飞练得一身真功夫，举箭能够百步穿杨，一条长枪使得无人可敌。他习武期间喜读《春秋左传》，钻研了《孙子兵法》。岳飞深明大义，志存高远，只望此生驰骋疆场，杀敌报国，建功立业，名垂青史。他投到宗泽麾下后，由于英勇善战，屡建功勋，深受宗泽器重。

岳飞在家中听说金兵逼近京师，心中十分焦急，赶紧派牙将张宪前去打听消息。

张宪走后，岳飞一直心神不定。他的眼前，仿佛出现了京师战场的一幕幕情景，耳边也似乎传来了一阵阵厮杀声。他伫立窗前，往京城方向极目远眺。

死灰色的天空下已是一派肃杀的冬景。村外的小河早已干涸，光秃秃的岸边只有几棵枯草在寒风中颤栗。河东的大片土地已经沦陷于敌手，无数的百姓正在惨遭蹂躏。现在，京师告急，二圣有难，国家危在旦夕。自己虽然忠肝义胆，壮怀激烈，通晓兵法，人强马壮，却身处异地，只能干着急。上不能保圣驾于京城，下不能救生民于水火，真是空有一身本领，辜负了三尺宝剑。即便痛饮千盅酒，又怎能浇去心头这万般愁！想到这里，岳飞不觉悲从中来。

他的眼光落在壁间悬挂的宝剑上，想起今天已是朔望之日，又该设案祭奠恩师了，便唤来家人问道：“祭礼可已安排停当？”

“启禀老爷，早已完备多时了。”

岳飞摘下宝剑，来到周侗的灵位前，只见香案上已摆好了香蜡纸钱、干果点心等祭品。他拜了数拜，手捧宝剑道：“恩师在上。我岳飞乃男子汉大丈夫，本当横刀立马，勇往直前，捐躯边野，报效朝廷，立千秋之伟业，垂万世之芳名，岂能做纸上蠹鱼、草间狐兔，饱食终日，虚度此生！如今，金兵南侵，正是我出力的日子。若能击退敌兵，解救国难，也不枉恩师教诲一场。但愿恩师英灵未泯，保佑岳飞马到成功！”

话音刚落，张宪已急匆匆地闯了进来，见了岳飞，倒头便拜：“老爷，大事不好了！”

岳飞吃了一惊，问：“出了何事？”

张宪说：“金兵已攻陷了京师。”

岳飞大惊失色，忙问：“皇上怎样了？”

“金人强迫皇上、太上皇去青城受降。如今，两位圣上已经北去，下落不明。”

闻此凶信，岳飞顿觉五内俱焚，不禁仰天长啸：“没想到国家竟遭此大难！苍天无情，竟让金人得逞。两位圣上已身陷囹圄，为臣的还有何面目见人？圣上啊，这都是因为文官爱钱，武官怕死，才有今天。百年江山，毁于一旦，怎不叫人痛心疾首、肝胆俱裂呀！”话未说完，已泪如泉涌，泣不成声。

张宪在一旁也涕泪涟涟。见岳飞恸哭不已，他又劝道：“老爷不要伤心太过，保重身体要紧！”

岳飞强忍悲痛，擦去眼泪，然后解开衣袍，露出脊背上“尽忠报国”四个字，说：“如今金人已攻陷京师，二帝都被拘留，我难道能坐视不理，任其所为吗？”

中原大地，天寒地冻，凛冽的北风刮在人们的脸上、手上，好似刀割一般。

金军攻克东京，大喜过望。本拟继续挥师南下，夺取整个大宋江山，但因数月征战，人困马乏，另外也担心九省兵马前来勤王，断其归路，便押解着徽、钦二帝及数千宗戚男女、文武官僚、侍女仆人，携载着无数的战利品，浩浩荡荡地班师回朝了。

君臣在俘虏营里吃尽了苦头，食不果腹，衣不蔽体，危在旦夕。他们事事要看眼色，处处须赔笑脸，被金兵呼来喝去，任杂役取乐玩耍，哪还有半点昔日风采、皇家威仪！

吏部侍郎李若水，性情刚烈，对国家忠心耿耿，如今也成了金军俘虏。他走一路，哭一路，骂一路。骂奸臣卖国求荣，骂金人背信弃义。金军早就听说李若水的忠名，对他另眼相看，未加责难，意在收服其心，令其归降。但是，越这样，李若水就越苦恼，越愤懑，越是哭，越是骂。一路黄沙，一路风尘。

二帝被掳到北国，受尽了侮辱。这天，金国百官又开宴庆功，金主吴乞买吩咐："叫宋王跳舞，与本王作乐！"过来两个番兵，将他父子剥去衣冠靴袜，头上与他戴上狗皮帽子，身上穿上青衣，后边挂上个狗尾巴，腰间挂着铜鼓，带子上面挂了六个大响铃，双手绑上细柳枝。另有金兵把银安殿的砖地烧热，小番把徽宗、钦宗二帝抱上去，放在热地上。徽、钦二帝烫着脚底，疼痛难熬，不由乱跳起来，身上铜铃、锣鼓顿时发出响声。金邦君臣见状哈哈大笑。

站在下边的李若水见此大怒，赶紧上来把徽宗皇帝抱了下去，然后又上来把钦宗皇帝也抱了下去。李若水走上前来，指着金主骂道："你们这些囚犯，不知天理，竟敢把中原天子如此凌辱，待九省大兵到来，杀进黄龙府内，把你们杀个干干净净，方出我心中之气！”金主恼羞成怒，吩咐小番把他的手指剁去一个，李若水继续大骂不止，金主又叫人将他手指剁去一个。如此剁了数次，十个指头全被剁去。李若水双手没了指头，还是大骂。金主命人割去他的舌头。李若水言词含糊不清，仍大骂不止，番兵于是上来将李若水剁成肉泥。徽宗、钦宗二帝见此，后悔不该听信奸臣之言，贬黜忠良，以致现在君臣受辱。金主传旨："将徽宗、钦宗二帝发往五国城，拘在陷阱内，令他们坐井观天。"

徽、钦二帝被俘后，康王赵构遂于1127年称帝，建立南宋。赵构虽有收复中原之心，却无重整山河之志。他怕金兵再次南下，又怕两河义民聚众造反。赵构虽有李纲、宗泽、韩世忠、岳飞等忠臣良将鼎力相助，奋勇杀敌，却听信黄潜善、汪伯彦、康履、王渊等一帮奸臣之言，不断南迁，最后定都于临安（今杭州市），只望偏安一隅，与金人平分天下。

金军元帅兀术见南宋定都临安，尚有半壁江山，生怕夜长梦多，留下后患，便准备大举进攻，占领江南，然后一统天下。兀术一面积极备战，一面伪装友善讲和。为达到不战而胜的目的，他在被俘的宋朝官员中精心物色和议之人，以便放归南朝，暗中行事。他选中了宋朝的第一大奸臣秦桧。

这天，兀术传令秦桧之妻王氏进宫，将她领入后房，说："我与夫人萍水相逢，却情深似海。现在我们两国兵革未休，百姓有何罪过要忍受战乱之苦？两国和好，才是万全之策。这件大事非你丈夫不能成功，夫人才智过人，还望多为秦先生出谋划策。为了国家大事，我只好忍痛割爱，乞望夫人原谅。”王氏听后，也难舍难分，说：“中原男人缺乏男子汉的阳刚之气，侍候太子，才知道人间有真正的男人。妾知太子以大义为重，只要太子还时时想起我就行了。”两人恩恩爱爱，倾诉衷肠。兀术拿出一颗宝珠赠给王氏，说：“日后你看见这颗明珠就好像看到了我。议和若能成功，我们后会有期。”过了几个时辰，又请秦桧相见。兀术说：“久慕先生大才，一向因事在外，不得与先生相叙。古人曰‘树高千丈，叶落归根’，若思念家乡，我差人送你回去。”秦桧不知兀术是何用意，便说：“狼主对下官恩重如山，我愿侍奉狼主终生。”兀术说：“先生的忠诚，我岂能不知道？但两国通和非你不可，因此只得借重先生。”秦桧大喜，叩头谢恩：“我若得了富贵，情愿将宋室江山送与狼主。”从宫中出来，秦桧按兀术的军师哈迷蚩的主意，到了五国城，尽心侍候了徽宗、钦宗半个月，讨得了二帝的欢心。一日，秦桧对两位皇帝说：“蒙狼主大恩，放桧回去省亲，二帝如有旨传与皇上，我定送到。”二帝大喜，咬破中指，写血诏一封送与秦桧，上面写有“以社稷为重，勿忘国耻，励精图治”及“秦爱卿忠心耿耿，堪当重任”等语。秦桧暗自得意，辞了二帝，带着血诏来见兀术。兀术很高兴，大排筵宴为秦桧饯行。次日，兀术亲率百官为秦桧夫妇送行，三十里一营，五十里一寨，安排秦桧夫妇安歇。直到眼看到了宋朝的潞州，兀术才与秦桧分手。秦氏夫妇拜别上马，往潞州而来。

秦桧夫妻来到关下，与守关军士说明。军士报与守关总兵，总兵一一问了来历，然后放秦桧夫妻进关，又差人送他们往临安而去。不几日，秦桧夫妻到了临安，至午门候旨。高宗传旨宣他们进金銮殿，秦桧说："二圣有诏书与陛下。"高宗闻言，连忙接了诏书。然后秦桧说了自己多年来在北国如何尽心服侍二帝，高宗听后降旨："今得卿家还朝，才知道二圣的消息。卿家保二圣在外多年，患难不改，今封为礼部尚书之职，妻王氏封二品夫人。"秦桧谢恩退朝，到礼部衙门上任。不久又提为参知政事，不出一年，秦桧竟然官至宰相，权倾朝野。

秦桧夫妇离开金邦后，兀术更加紧备战。他命令部将把三匹马连在一起，取名拐子马；又制造铁盔铁甲，装备各军，取名铁浮图，每日操练，直至精熟为止。待时机成熟，即率领几十万大军向南宋扑来。其来势之猛、进展之迅速，不仅出乎南宋的意料，也超过金军自己的预测。转眼之间，安徽、山东、江苏的大片土地丢失。建康、常州等重镇也相继失守，南宋又到了生死存亡的关头。

东京失陷后，岳飞率领岳家军多次与金兵交战，因战功卓著，岳飞被宋高宗构封为武昌郡开国公。当建康、常州等重镇失守后，高宗下旨封岳飞为少保兼河南河北诸路招讨使，迎战金兵。岳飞闻旨大喜，再三谢恩，马上命令长子岳云整顿行装，准备出发。然后来到后院与家人话别。

岳家军听说又要出征抗击金兵，士气大振，个个摩拳擦掌，奋勇当先。岳飞去宫里辞别了高宗，直赴兵营。他把众将召至帐下，昂声说道："众位将军，寻常用兵，必见胜负；今日胜负，不比寻常。我岳飞心存报国，志欲平边，今日钦召御敌，可谓天从人愿。此番出征，定要直捣黄龙，复还二圣！……"说完率军出征。

岳飞自出征以来，每战必胜，每攻必克，不断北进。先是驻军安徽广德，后则移师江苏宜兴。近闻金军大举南下，常州城中兵力空虚，便率部奇袭，一举夺回重镇。金军元帅兀术闻报大惊，即刻回师，在常州城外与岳军展开了激战。岳家军四战四捷，缴获刀枪马匹、旗鼓铠仗无数。兀术连连损兵折将，士兵丧失了斗志，只好退兵建康。

岳家军一路追杀，眼看就要到建康府了。岳飞召集众将议道:“兀术撤退到建康，必从牛头山经过。牛头山地势险要，正好设伏。可先选百名精兵，身着黑衣，乘着夜色混入其阵，伺机搏杀，金军必然自相攻击。届时伏兵齐出，必可获胜！”然后，命令岳云、张宪速做准备，自己率领众将抄近路赶到牛头山埋伏起来。

牛头山地处建康府西南面，西瞰长江，东眺秦淮。因其双峰并峙，状如牛角，中间夹着一条曲折蜿蜒的小道，故而得名。

儿术率兵到达牛头山的时候，已经是傍晚，部将劝兀术依山扎营，次日再过，以防伏兵。兀术急于返回建康，执意不肯，训斥道:“休要草木皆兵！难道这里也有岳飞不成？”遂命令众兵手持火把，连夜通行。

金军如同一条火龙行进在牛头山的峡谷里，路旁的奇石怪树如同鬼影令人胆寒。这时，一声暗号，潜入金军的岳家精兵拔出刀来，见人就砍，逢马便斫，金军顿时大乱。金军自相残杀，死伤无数。待金兵有所醒悟，正要重整旗鼓时，只听得一声炮响，埋伏两旁的岳家军如潮水般地杀下山来。金兵顿时溃不成军，各自逃命，兀术只好带领一队亲兵，杀开一条血路，直向秦淮河边奔去。

厮杀中，岳飞吩咐岳云、张宪：“‘射人先射马，擒贼先擒王。’你二人须得仔细，千万不要放过了兀术。”

二人得令，在金军中左冲右突，结果遍寻无果。待追赶到秦淮河边，兀术已乘船过河，逃回建康府去了。

清晨的朝霞映红了天边，初升的太阳将秦淮河水染得通红。岳飞命令部队清点战果，打扫战场，并在秦淮河边安营扎寨，稍事休整，以便攻取建康。

这一日，岳飞与众将正在帐中商议军事，一位白发老头闯进辕门，声称要见岳飞。军校领进营帐，岳飞一看，原来是岳府管家，忙问道：“老人家为何到此？是不是家中有什么变故？”

管家说：“夫人、小姐一切安好，请老爷放心！只是秋去冬来，风刀霜剑，老爷领兵在外厮杀，夫人、小姐不免挂念。前几日，小姐放下书卷，歇了拳脚，寻出金针彩线，找来玉尺铁剪，起五更，睡半夜，眼中布满红丝，手上磨出血泡，为老爷赶制了战袍一件。今日特遣老奴前来送上，为老爷挡风御寒。”说罢，呈上战袍。

岳飞展开战袍，只见袍上绣着绿叶红花、青松白鹤，中间绣着“尽忠报国”四个大字，金光闪闪。岳飞大喜，当即披在身上，赞道：“我儿好孝顺，只是辛苦她了。”

管家说：“小姐还绣了岳字旗一面，也遣老奴送上，以壮军威。”说罢，又呈上战旗。

岳飞展开战旗，只见旗上绣着苍山猛虎、云海蛟龙，一个斗大的“岳”字赫然醒目，众将不觉齐声叫好。

管家补充道：“小姐说，金军最怕此字，一见就走，所以绣上。”岳飞命人立即将旗悬挂在营帐外面。数日后，岳飞率军渡过秦淮河，进占建康府。在建康城，极目所至，竟然一片荒凉！原来，兀术逃回建康后，即开始掳劫人员，搜刮财物，准备渡江北去。撤离之前，又命金军一把大火，将建康城烧为灰烬。可惜千年石城，六朝古都，虎踞龙蟠，无尽繁华，竟然毁于一旦！眼见处处瓦砾，缕缕余烟，岳飞不禁痛心疾首，扼腕叹息。

岳家军屡战屡胜、连复失地的捷报传至临安，朝廷大喜过望，百姓奔走相告。高宗赵构特派内侍前往军中抚慰，并赐以御笔手书“精忠岳飞”四个大字的旌旗一面，战鞍、绣鞍各一对，龙涎香一千支，龙茶、龙宝丹各一盒，铁简一对，黄金千两，白银五万两，钱三十万贯，奖掖三军。

岳飞集合全军将士，展开精忠旗，激情洋溢地说：“我军素怀抗金灭寇之志、保家卫国之心。如今偶获小胜，朝廷即恩宠有加，实令人惶恐之至。今见此‘精忠’二字，更是羞惭万分。想古往今来多少风流人物，‘精忠’二字，我等如何敢当？从今以后，我等只管努力向前，奋勇杀敌，定要光复中原，迎还二帝，以报圣恩。他日出征，岳字旗即由先锋打着前行，这御赐精忠旗便当帅旗，竖立中军。”

岳家军将士听罢这番话，群情激昂，欢声雷动。欢呼声中，精忠旗在建康城头冉冉升起，迎着寒风，猎猎飘扬。

塞外风寒正浓，燕京还在冰天雪地的时候，地处江南的临安已经莺歌燕舞，柳绿花红。秦府院内草木青青，流水潺潺，一派春意盎然的景象。可是秦桧的心里却是阴沉沉的，数月以来，金兵一再溃败，岳家军捷报频传，搅得他心烦意乱，坐卧不安。

这一日，春光明媚，秦桧看过几本奏章，心中颇觉烦闷，便来到水榭"知春亭"上，与夫人一边闲聊，一边赏春。

王氏说："相公近日来心情可有所好转？"

秦桧说："已畅快了许多。"

王氏劝道："胜败乃兵家常事，相公又何必耿耿于怀？岳飞今日得胜，又怎保他日不会落败？如今且看他逞能一时，倘若兵败，相公只管问罪便是，岂不爽快？光阴似箭，日月如梭，你我还是尽情享乐，莫要辜负了这大好春光。"

秦桧点头道："夫人说得有理。今日无事，春光正好，我便与夫人吟诗填词，聊以取乐，如何？"

王氏说："如此甚好。"即刻命人取笔研墨，准备纸张。

眼见湖光粼粼，春色满园，秦桧心中喜悦，大笔一挥，填写《西江月》一首："东风起，莫教吹皱湖心水。湖心水，春花秋月，镜中相似。韶光易去凭谁止，欢场无尽心难死。心难死，子规何事，教人知止。"

王氏称赞说："好个'欢场无尽'！相公真不愧为前科状元，才思敏捷，不亚于李、杜。"

秦桧兴致大增，说："夫人，今日令人准备酒席，再去西湖闲要一回，如何？"

王氏说："酒席早已完备，只等相公吩咐了。"

秦桧大喜，说："如此，便打轿到西湖去。"

西湖位于临安城区西面，水光潋滟，山色空蒙，晴日方好，雨天亦奇。那三秋桂子、十里荷花，曾令金主投鞭渡江；其烟柳画桥、云树堤沙，则让宋王乐不思蜀。净慈寺与雷峰塔，各自有神奇的传说；贾公亭和望湖楼，又令人发思古之幽情。还有双峰插云、三潭印月、花港观鱼、柳浪闻莺、平湖秋月、断桥残雪、苏堤春晓、曲院风荷，无一不妙，无一不绝，处处留人，处处醉人！待落霞与孤鹜齐飞，湖水共长天一色，则真不知是天上人间、画里梦里。

秦桧夫妇来到西湖，只见绿映红，红映绿，明又秀，秀又明，水面初平，云脚方低，早莺争树，新燕啄泥，乱花渐迷人眼，浅草才没马蹄，船儿闲荡湖中，游人出没岛里，心中愁烦顿时一扫而空，喜得来看了东边，忘了西边，才上白堤，又奔苏堤。

在湖畔游乐多时，秦桧放声大笑，说："我笑岳飞之流目光浅短，气量狭小，定要弄什么干戈，抗什么金人，真是自讨苦吃！似今日之乐，他如何体会得到！"

这时，一个探子来禀报："老爷，岳元帅大败金兵，如今又杀过郾城去了。"

"什么？"秦桧的笑声戛然而止，过了半晌，他才大喝一声，"这不是报军情的所在，谁叫你来了？快给我滚出去！"

秦桧又惊又恼，又恨又怒，就好似打翻了五味瓶，心里有一种说不出的滋味。原指望和议成功，南朝称臣，也好报效金人，了却心事，长守相位，永享荣华，却不料偏偏杀出个岳飞，大唱反调，从中作梗。先是主战，后又发兵，如今更是连战连胜，一发不可收。照此下去，莫说和议不成，只怕相位也难保，还谈什么权势！还谈什么富贵！还谈什么良辰美景！真是不如意事常八九，可与人言仅二三。

西湖依旧春光明媚，可秦桧已经没有了半点兴致，他恨声说道：“我这里议和，他那边不依不饶，又叫人如何快活？只有去掉这眼中钉、肉中刺、心头魔，方可消我怒气，解我怨恨。夫人，你可有何妙策？”

王氏沉吟片刻，说：“要想一劳永逸，除非杀掉岳飞。相公，你可叫人再去打听，倘若再胜，必设计召回才是。”

秦桧点头道：“言之有理，待你我回府，再仔细商议。”

岳飞率军攻占河南郾城后，即以此为向北进军的大本营，先后派张宪收复河南许昌，牛皋拿下河南淮阳，王贵取下中原重镇郑州，郝晸攻克洛阳，并派梁兴、董荣等将联络河朔忠义民兵，相继克复山西垣曲、翼城、赵城诸县，取得了宋朝抗金以来前所未有的胜利。

兀术探听到岳军兵力分散，郾城只有岳飞带少数人马驻守，就将几路兵马合而为一，亲率龙虎大王、盖天大王等将领及一万五千名骑兵，径取小路，直趋而来。

岳飞闻报，召集守城将领议事。岳飞神色严肃，说：“众位将军，兀术欺我兵微将少，拥兵前来。今番交战，敌众我寡，不比寻常。我等须以一当十，以十当百，一往无前，用心杀敌。若有退者，立斩不赦！”

众将禀道：“听说金军身着重铠，马裹皮甲，箭射不透，刀砍不伤，号称‘铁浮图’；又将三马相连，贯以韦索，如墙而进，势不可挡，号称‘拐子马’。如此强敌，不知该怎样对付？”

岳飞微微一笑，说：“这也容易，昨已传令，步卒每人须备麻扎刀一把，藤牌一面，可已准备停当？”

众将说：“俱已准备停当。”

岳飞说：“既如此，入阵以后，切勿仰视，只砍马足。那马既然相连，一匹倒地，其余皆不能行，定可令他溃不成军，坐以待毙。”众将闻言大喜。

第二天，两军对垒，旗甲鲜明，刀枪密布。三声鼓罢，岳飞和兀术来到各自阵前。兀术不可一世，手指岳飞说：“岳少保，宋朝二帝被困，宗庙已毁，又何必自不量力，重整旌旗！你虽获小胜，却怎挡我十万铁骑？况今日兵少将寡，困守孤城，危在旦夕，何不早日撤军，免招大祸？”

岳飞大声喝道：“无耻金蛮，休要逞强！快快还我两宫，还我山河，退守塞外，永不犯边。否则，定叫你上天无路，入地无门，尸横遍野，片甲无存。”

兀术高叫一声：“岳飞，今日即让你领教我拐子马、铁浮图的厉害。”

岳飞冷笑道：“纸壁蒿墙，何足挂齿。”

兀术马鞭一挥，金军立即展开圆锋当头、两翼夹攻的“三生阵”，向岳家军冲杀过来。岳飞即令岳云等将分击两翼，自己亲率侍卫军直插虏阵。

岳家军士兵上用藤牌挡住刀枪，下用刀斧砍削马脚，手拽脚踢，拼命厮杀。金军一马倒地，则连带数骑，前后践踏，阵脚大乱。岳飞几进几出，寻找兀术决战，却因金兵众多，难以靠近。

鏖战数十回合，直杀得山川失色，日月无光，人成血人，马成血马。金军死伤过半，终于力不能支，溃败而去。岳飞又率军掩杀数十里，方才回城。

兀术领着残兵败将，拼命逃窜。奔跑多时，来到一座山前，但见山势低缓，杂草丛生，一股山泉顺流而下。兀术等人口干舌燥，腹中饥饿，便在此下马，稍事休息。

金兵或倚或坐，或站或卧，或吞干粮，或饮泉水，有伤的呻吟，无伤的喘息。只有兀术，人不离鞍，手不离斧，命随从取来装有奶茶的皮水壶，对嘴便喝。眼见虎狼之师顷刻土崩瓦解，心中好不伤悲。此番兴兵以来，全靠铁浮图、拐子马攻城略地，一扫江南，宋军官兵碰着则死，撞着则伤，恰似秋风卷落叶，热汤浇冰水。没想到今日遇到岳飞，竟被杀得丢盔卸甲，七零八落，真是好不晦气。

正自思量，忽觉山头草木晃动，不禁大惊，叫了声“山上似有岳军伏兵”，策马便跑。随从仔细一看，忙叫道：“禀元帅，那是山羊一只，已经远去。”

兀术驻马凝望，果然有一只山羊在腾挪跳跃，心中方定，遂对众人说：“如今之事，也出于无奈。我等还是暂且撤回，待重整兵马，再来不迟。”说罢，即催促众人上马赶路。

众人说：“我等闻见‘岳飞’二字便心惊胆寒。军中之人，早已不叫其名，只叫其岳爷爷。元帅起兵再来，只愿不要撞着此人才好。”

兀术等人一路狂奔，急急如丧家之犬。途中忽听得有人高声喊道：“太子，且不要走，我有话要说。”

兀术吃了一惊，问道："我正嫌马慢，何人大胆，敢来阻拦？"随从四下眺望，说："禀太子，远处来了个秀才。"

兀术心想：我一生与中原那孔夫子无缘，这秀才找我何事？还是赶路要紧。遂不加理睬，继续驱马前行。

只听那秀才又叫道："太子，岳少保即将退兵，又何必如此匆忙？"一听此言，兀术猛然收住马缰，停下队伍。待秀才走近，兀术疑惑道："先生说哪里话？那岳少保骁勇善战、用兵如神，以五百骑破我十万众，一年里攻下我数十城，如何便退？"

书生笑了笑，说："太子有所不知，如今南朝，权臣当道。岳飞屡胜，他们岂肯善罢甘休？"

兀术说："难道先生不曾听说'撼山易，撼岳家军难'？我十万大军尚不能取胜，几个酸儒还能成事？"

书生又笑道："太子说山岳难撼，却不知这山岳也将倾倒。"

兀术忙翻身下马，作揖道："还望先生不吝赐教。"

书生不紧不慢地说："太子，从古至今，未有权臣在内而大将能立功在外之事。岳少保自不例外。其功劳越大，罪过也越大。若自身难保，还谈何成功？"

兀术只觉喜从天降，拊掌笑道："唉呀呀！竟有这等事，真是天助我也！可喜，可喜！哈哈……多谢先生指教，兀术茅塞顿开！侍从，快取金币酬谢！"

书生说："我只是与太子点拨机关，指条明路，何用礼物酬谢？快拿去，小生不收！"

兀术又说："既如此，先生且留下姓名，还望后会有期！"

书生大笑道："我辈乃世外之人，何须妄留姓名！"说罢，竟飘然而去。

眼见这奇人奇事，兀术不禁叹道：“这书生乃当世奇才，却难以报效，故而前来指点。可见宋朝，贤人皆隐，天数将尽。”又吩咐道：“快叫营中书记毕邪气拿笔砚来，我要修书一封与秦丞相，叫他讲和罢兵，召回岳飞。岳少保啊岳少保，此番定教你身败名裂，性命难保。”

毕邪气写完书信，摇头晃脑地念道：“秦丞相台鉴：一别数年，音讯杳无，想念何如！闻先生官居相位，钟鸣鼎食，大权独揽，炙手可热，实可喜可贺！只是前议通和一事，至今未果，反倒日见增兵，大动干戈。久闻中原崇尚孔孟，好讲仁义，还望先生知恩图报。今日祸根，首推岳飞，折我兵将，夺我城池，岂能轻饶？惟愿及早图之，方可消恨！”

兀术听罢，称赞说：“写得好，写得好！还要麻烦先生，修书一封与丞相夫人。”接着，便附在毕邪气耳边密语。

毕邪气心领神会，说：“晓得了。”又修书一封，呈与兀术。信上写道：“夫人妆次：山盟海誓，犹自在耳；情真意切，可曾忘怀？今日出师不利，连遭败绩，只怕是凶多吉少，欢聚无日。夫人知书识礼，聪慧过人，还须规劝丞相，早图良策。待召回岳飞，去掉大患，你我自可重续前缘，再结欢好。”

兀术看罢，夸奖道：“越发写得好了！”然后命人将两封书信用蜡丸封了，派哈迷蚩前往临安府送信。兀术心中暗道：“我这一纸书胜过十万兵。岳飞，我倒要看看你如何来对付？”

哈迷蚩奉了兀术之命，身改装束，怀揣蜡丸，风雨兼程，不一日即赶到南朝京城临安。来到秦府，只见一个衣着鲜丽的侍女站立门前，美目盼兮，巧笑倩兮，似在等候什么人。哈迷蚩迎上前去，丢个眼色，转身就走。侍女心有所动，竟随他来到一个僻静处。

哈迷蚩见四下无人，遂问道："请问大姐可是丞相夫人身边的人？"侍女说："正是。大哥唤奴家到此何事？"

哈迷蚩又问："夫人待你可好？"

侍女说："怎么不好？我与夫人前后相随，形影不离。夫人有事，先将我唤；夫人有话，便对我说。你看奴家这身衣服，还是夫人所赐。只是，这与你有何相干？"

哈迷蚩低声说道："我乃金国元帅兀术帐前哈迷蚩。今奉元帅之命，前来送信与夫人。"侍女大吃一惊，扭身要走。哈迷蚩拦住去路，说："大姐不用惊恐，只管将信送与夫人便是。"

侍女惊魂未定，担心地问："我若送信，可算通敌？"哈迷蚩笑道："两国交兵，多有书信往来，哪有通敌一说！"

侍女又疑惑地问道："金元帅既有书信，为何不送丞相，反倒送与夫人？"

哈迷蚩说："这里还有书信送与丞相，我知丞相今日入朝未归，待他回府，我自会投书。只是夫人深居后院，难得一见，故请大姐传进去。"

侍女更觉奇怪："丞相与夫人本为一家，各致一函，却是为何？"哈迷蚩说："我乃奉命行事，元帅如此吩咐，我即照此办理，哪敢多问！"然后，掏出蜡丸和一根十两的金条，交与侍女，说道："此金即送与大姐，尚祈笑纳。书信即望送与夫人，只是须得小心，莫教丞相知道。”

侍女心里越发不解，但又不便深问，遂将金条、蜡丸藏在袖里，辞过哈迷蚩，返回府中，前来拜见王氏。

自从离别兀术，返回南朝，王氏也伤心了好些日子。虽然旧情难忘，朝思暮想，怎奈山高水远，鞭长莫及，只好悲泪空垂。幸喜秦桧官居宰相，位极人臣，夫贵妻荣，十分风光，虚荣心得到了极大满足，精神上有了新的支撑，也就恪守妇道，尽力辅佐夫君。金兵南侵以来，王氏也常常关心战事，惟愿和议成功，只恨岳飞一味厮杀，屡战屡胜。前日从西湖归来，即与秦桧商议，要设计召回岳飞。只是事过多日，尚不见秦桧动手，心中不免有些焦急。今日秦桧入朝奏事，王氏即叫贴身侍女箜篌在外厅等候，只待秦桧回来，就要再商计策。

王氏见侍女转来，忙问道：“箜篌，可是老爷退朝归来？”

侍女答道：“禀夫人，老爷尚未退朝。只是适才门前来了个汉子，相貌古怪，语音别扭，自称什么哈迷蚩……”

王氏一怔：“哈迷蚩？是兀术身边的军师。”

侍女说：“他说金国元帅兀术遣他前来，有信送与夫人。”说罢，偷偷看了看王氏。

王氏心中一阵狂跳，赶紧说道：“小声些！书信可曾拿来？”侍女原以为夫人会有所责难，没想到闻言即喜上眉梢，一副神神秘秘的样子，心中更是疑窦丛生。她取出蜡丸，交与王氏，然后侍立一旁，观察动静。王氏打开蜡丸，展开书信，一边看，一边想：我与太子已别多年，只以为鱼书难寄，情义已绝，不料他竟仍对我情意绵绵。其实，只为眼前这荣华富贵，即当力主议和。

只是太子今日一输再输，如何是好？恐怕只有催促丞相早定良谋，莫让他吃亏才是。她一边想，脸上就一会儿红，一会儿白，一会儿喜，一会儿悲。

不多时，秦桧回到府中，见了夫人，喝退左右随从侍女，低声说道："夫人，适才回府，门口有个汉子拦路献上一颗蜡丸，神色诡秘，举止有异。大庭广众之下，老夫也不便多问，就赏了几个银钱，打发他去了。依我看，只怕是太子那里来了书信，催你我二人赶快行事。"

王氏忙说："那相公就打开蜡丸，看他有何吩咐。"

秦桧破丸展信，轻读一遍，说："果然不出老夫所料。只是近日探子又报，说岳飞已将太子围困在朱仙镇，不日即可擒获。你我纵有妙计良策，也怕是远水解不了近渴了！"

王氏一听，心急如焚，急忙催促道："相公，如今情况危急，你还有何顾忌？无论如何，也要用个法子，使众人都罢战主和！"

秦桧说："容老夫再想想。"思索片刻，拊掌笑道："有了。传圣旨、发金牌，速召岳飞班师回朝。一面不成，则发五面；五面不成，则发十面。他若再去进兵，便以抗旨论罪，定教他功亏一篑，枉自辛劳！"

王氏大喜，说："此计大妙！相公果然老谋深算，运筹帷幄之中，决胜千里之外。只是事不宜迟，夜长梦多，还须火速派人前去。"

朱仙镇离汴京仅四五十里之遥。前几日，兀术在此与岳家军大战一场，险些被捉。幸得金军大队人马赶来增援，方才保住性命，逃进汴京。岳家军进驻朱仙镇，收拾兵甲，屯集粮草，准备攻取旧都。

这日清晨，雨过天晴，一碧如洗。镇内镇外，断壁残垣随处可见，血腥尸臭依稀可闻，只有孑然长在路旁的几朵野花，迎风摇曳，贪婪地呼吸着战后的新鲜空气，显出一点生机。

岳飞练武完毕，凝目远眺，不禁心潮澎湃，浮想联翩。十年征战，万里戎机，殚精竭虑，出生入死，耗费了多少银两，牺牲了多少将士，方才暂扫胡尘，略收失地，赢得了今天的局面。即便如此，故都还在敌手，二帝尚未还京，百姓皆盼重返家园，重见天日，又怎能踌躇不决，负国负民！盼只盼，早破鞑虏，早建奇功。岳飞一时感慨万分，提笔写下了《满江红》：

怒发冲冠，凭栏处、潇潇雨歇。抬望眼，仰天长啸，壮怀激烈。三十功名尘与土，八千里路云和月。莫等闲、白了少年头，空悲切。

靖康耻，犹未雪。臣子恨，何时灭！驾长车踏破，贺兰山缺。壮志饥餐胡虏肉，笑谈渴饮匈奴血。待从头、收拾旧山河，朝天阙。

这天，岳飞与众将正在营中商议调兵一事，准备直捣黄龙，忽听见有人报圣旨到。

岳飞忙把钦差迎进来，跪听钦差宣旨："奉天承运，皇帝诏曰，因我国和大金国议和成功，敕命岳飞见诏，领兵班师回朝，加封官职。”岳飞磕头已毕，送走钦差，呆呆发愣：和金国议和了？叫我和众将回朝？恐怕议和是假，投降是真。我一撤兵，兀术打进来，国土又遭沦陷，百姓又受涂炭；不撤兵吧，为抗旨不遵，这如何是好？正在进退两难之际，士兵来报：“元帅，钦差大人又到！”岳飞一惊，刚要出去迎接，钦差迈步进来了：“岳元帅，万岁的金牌，催你火速回京。”说完，高举金牌，叫岳飞来看。这金牌，是由纯金打造的，上刻二龙戏珠，写有“钦命”二字，光华夺目，是皇上亲调大将用的。出示金牌，就好比皇上亲自来了，见到金牌如见皇上，如果违抗，有杀头之罪。岳飞忙接过，又报金牌来催，不一时，一连接到十二道金牌。内使说：“圣上命元帅速速起身，若再迟延，即是违抗圣旨了！”岳飞默默无言，走进帐中，叫过施全、牛皋及众将，说道：“皇上命我进京，怎敢抗旨？但奸臣在朝，此去吉凶未卜，如果我有不测，众弟兄们要同心协力，为国家报仇雪耻，迎得二圣还朝，那时我岳飞死也无憾了。”说罢，将帅印交与施全、牛皋收了，领了王横和四名家将起身。众将和一些军士齐出大营跪送，岳飞又用好言抚慰一番，上马起行。朱仙镇上的百姓，听说岳飞要走，一路携老挈幼，头顶香盘，挨挨挤挤，众口同声挽留元帅，哭声震地。岳飞挥泪对众百姓说：“不要这样！不要这样！我不久就会回来，扫清金兵，你们一定会得到安宁。”百姓无奈，只得让出一条路让岳飞过去。众将送了一程，岳飞说：“诸位将军，各自请回吧！”众将洒泪与岳飞告别，直到看不见岳飞了，才各自回营。

岳飞刚刚收兵南返，兀术就整顿大军，再次攻占了岳军收复的失地。宋军撤的撤，跑的跑；百姓死的死，逃的逃。举国上下，无不痛骂国贼秦桧。

秦桧见十二道金牌成功召回了岳飞，不禁喘了一大口气。为防备岳飞等人日后滋生事端，秦桧又密奏高宗，剥夺了韩世忠、张俊、岳飞三员大将的兵权，任命韩世忠、张俊为掌管军国要政的枢密院正使，岳飞为副使，明升其官，实则架空。高宗担心三大将功高震主，即准其所奏。秦桧如愿以偿，更是得意。然而，只要岳飞一日在世，他的心里就一日不稳，投降金人也就只是镜中花、水中月。所以，他的下一步，就是要除掉岳飞，以绝心腹大患。

新任枢密使张俊，乃陕西凤翔府成纪县人氏，原为绿林中人，颇负才名，后因勤王有功，遂不断升迁。他为人心胸狭窄，嫉贤妒能，对岳飞的声名功绩更是看在眼里，气在心里。岳飞与他小有过节，他就耿耿于怀，伺机报复。虽说身为大将，曾带兵抗金，但如今却趋炎附势，投靠了秦桧，口口声声要议和。他深知秦桧最恨岳飞，就常在秦桧面前煽风点火，肆意贬损，一来可以打击岳飞，二来可以讨好秦桧，可谓一举两得。这日，听说秦桧召见，他急忙趋身前往。

张俊得知秦桧也恨死岳飞后，献计道："晚生有一计，定可无风三尺浪，叫岳飞有口莫辩，死无葬身之地。"

秦桧忙问："什么样的妙计？"

张俊顿了顿，随后缓缓说道："岳飞部将王贵、王俊，都与他父子有仇。王俊素有泼皮之称，无信无义，极有用处。王贵虽然勇猛，却心有怨气。待将他二人唤到此处，太师即恩威并重，

叫他捏造一段话，指控岳飞。然后，先将张宪捉来严刑拷打，逼其招供，再拿岳飞父子，使其自相攻击，破绽百出，皇上也不会怀疑了。”

秦桧听后连声说：“妙啊！妙啊！只是那告密文状怎么写？”张俊即从怀中掏出一纸，呈与秦桧，说：“恩相不用费心，晚生早已写好在此。”

秦桧看罢，拊掌大笑：“真是妙不可言！妙不可言！那二人何在，就烦请枢密使唤他们前来。”

张俊即刻叫人将王贵、王俊传到相府。秦桧见王俊油头滑脑，王贵憨直莽撞，心中暗想：这老官儿还真有眼力。随后说道：“我久闻二位生性耿直，怀才不遇，招人怨尤，几乎性命不保。如今张枢密使竭力推举，他日必可飞黄腾达，青云直上。”

二人忙说：“不敢。”

秦桧神色严厉，问：“你二人可是前来告密的，快说上来。”王俊应声道：“是来告密的。”

王贵则摸不着头脑：“有何密告之事？”王俊又说：“是告密的。”

王贵大惑不解：“你要密告什么？你说。”

王俊白眼一翻，竟说：“还是你先说，我一时说不出来。”张俊见二人争来争去，便低声向秦桧禀道：“晚生尚未能向他二人说明。”然后，对二人厉声道：“就是张宪屯军襄阳，图谋不轨，逼皇上归还岳飞兵权之事。你二人已有告密书信在此。”

王俊叩头道：“对，对，是有告密信，是有告密信。”王贵则是惊诧不已：“哪有什么告密信？”

张俊亮出纸来，说："这不是告密信，又是什么？"

王贵、王俊一起在诬告信上签了字，出了相府。秦桧与张俊手拿书信，相视而笑。秦桧迫不及待地说："如今就烦请枢密使速将此信报与朝廷，待将张宪拿来，屈打成招，不怕岳飞不认！此事也烦请贵衙门办理，不知尊意如何？"

张俊自然满口答应，即刻辞别秦桧，打道回院。他也不管枢密院从无捉人的旧规，即命人写下堂牒，去拿张宪。他更无视枢密院从无审理案情的先例，又派人先去大理寺狱中取来刑具备用。待一切安排妥当，他仿佛听见了张宪受刑时的惨叫，看见了岳飞父子受审时的窘况，脸上不禁浮现出快慰而又阴险的微笑。

岳飞父子很快也被捕入狱，与张宪关在一处。只见张宪脖颈上套着枷锁，手脚上戴着镣铐，衣衫破碎，赤脚露体，浑身上下血迹斑斑，岳飞父子不禁心如刀绞，泪流满面。想那张宪跟随岳飞多年，忠心耿耿，与岳飞情同父子。他在战场上威风八面，英勇无敌，今日落入小人之手，竟被折磨成如此模样，真令人悲叹不已。

秦桧传一道假旨，命大理寺李若朴勘问。李若朴接了圣旨，供在公堂，即去狱中提出岳飞审问。岳飞来到堂上，见中央供着圣旨，连忙跪下说道："犯臣岳飞朝见，愿我皇万岁万万岁！"拜毕，然后与李若朴见礼说："大人，犯官有罪，只求大人从公审问！"李若朴吩咐请过了圣旨，然后正中坐下，问道："岳飞，你官居显爵，不思发兵扫北，以报国恩，反按兵不动，坐观成败，又克减军粮，你还有什么可辩解的？"岳飞说："大人差矣！若说按兵不动，犯官现败金兵百万，正要北上，恢复中原，忽奉圣旨到朱仙镇养兵。我有韩世忠、张信、刘琦等人为证。”李若朴说：“那么克减军粮一事呢？”岳飞说：“岳飞一生爱惜军士，如父子一般，所以人人效力。克了何人之粮，减了何人之草，也要有人指实。”李若朴说：“现有你手下军官王俊告帖在此，说你克减了他的口粮。”岳飞说：“朱仙镇上共有十三座大营，三十万人马，为何独克减王俊名下之粮？望大人详察！”李若朴听了，心中暗暗想道：“这桩事，明明是秦桧这奸贼设计害他。我如今身为法司，怎能助纣为虐，陷害国家栋梁？”便说：“元帅暂请下狱，待下官奏过皇上，候旨定夺。”岳飞谢了，狱卒复将岳飞送入狱中监禁。

李若朴回到家中，闷闷不乐，仰天叹息道：“得宠思辱，居安思危。岳飞做到这样大的官，有这等大功，今日反受奸臣的陷害。我不过是一个大理寺小官，在奸臣掌握之中。若是屈判岳飞，我良心何忍？况且留下恶名，让人千载唾骂。若不从奸贼计谋，我必遭他迫害。真是进退两难！不如弃了这官职，隐姓埋名，远走他乡。”当夜，李若朴暗暗吩咐家眷，收拾行囊细软，解下束带，脱下罗袍，将印信放在桌案之上。他守到五更，带了几个家眷偷偷跑了。

到了次日清晨，大理寺吏役才知道李若朴挂冠而去，慌忙报进相府。秦桧大怒，要将衙吏治罪。众人再三哀求，秦桧方才饶恕，就令这些人限期将李若朴拿到。

秦桧见李若朴不肯依附他，想了一会儿，便对家仆说：“你悄悄去请了万俟卨、罗汝楫二位老爷来，我有话说。”家仆领命，去请二人。

万俟卨原是杭州一个通判，罗汝楫是个同知，这两个人经常在秦桧门下走动。听说是宰相相请，连忙坐轿来到相府，进书房参见。秦桧赐座，命家仆上茶。二人恭敬地问道：“丞相唤卑职等，不知有何吩咐？”秦桧说：“老夫相请二位到此，非为别事，只因老夫昨日差大理寺李若朴审问岳飞罪案，不想李若朴挂冠逃走，现在正缉拿治罪。老夫明日奏明圣上，升你二位抵代此职，严刑拷打，审实了岳飞的罪，害了他的性命！若成此大功，另有升赏。不可违了老夫的心意。”二人齐声说：“丞相的命令，卑职怎敢不遵？这事包在我二人身上，保证断送岳飞的性命。”三人合计到深夜，万俟卨、罗汝楫才坐轿回府。

第二天，秦桧将万俟卨升为大理寺正卿，罗汝楫升为大理寺丞。在朝官员无一人敢吱声。二人走马上任，提出岳飞审问。岳飞来到大堂外，往里一看，堂上坐着他们两个，却不见李若朴，便问：“怎么不见李老爷？”狱卒说：“李老爷不肯审问这案子，弃官走了。秦宰相升万俟卨、罗汝楫做了大理寺长官，命他们来审问岳帅之案。”岳飞心想：罢了！罢了！今日必死在这二贼之手。他走上堂对着二人说：“大人在上。岳飞没有公服，恕不施礼了！”万俟卨说：“胡说！你是朝廷的叛逆，我奉旨审问，见了我为何不跪？”岳飞说：“我有功于国家，无罪于朝廷，审问什么？”罗汝楫说：“现有你部下王俊告你按兵不举，克扣粮草，诈称无粮。”岳飞说：“既有告人，可叫他来面证。”万俟卨说：“王俊是北边人，到临安来，不服水土，吃多了海蜇胀死了。人人说你是条好汉，这小小的杀头罪就认了吧，何必有许多牵扯？”岳飞说：“胡说！这叛逆的大罪，如何能屈陷在我身上?！”二贼说:“既不招，先给我打四十杖！”左右一声吆喝，将岳飞扯下来，重重打了四十杖，打得岳飞鲜血迸流，昏去复醒，就是不肯招认。二人又将岳飞拷问一番，用檀木拶指，命二人用杖敲打，打得岳飞头发散开，就地打滚，指骨尽碎！岳飞只是呼天捶胸，哪里肯招？二贼只得命狱卒仍旧带去收监，明日再审。

二贼退回私宅，商议了一番，弄出一套新刑罚来，叫“披麻问”“拷皮问”。次日，他们又带岳飞出来拷问。万俟卨说:“岳飞，你为何意图谋反，按兵不动？快快招来，免受刑罚！”岳飞说:“我一生立志恢复中原，昭雪国耻。在朱仙镇上与韩世忠、张信、刘琦三位元帅，力扫金兵百万。若再宽几日，正好直捣黄龙，迎请二圣还朝。不想圣旨召回兵马，连用十二道金牌召我回京，哪有按兵不动之事？十三座营头，三十多万人马，若有克减军粮，怎能安然如此？岳飞一片忠心，惟天可表，叫我招什么?！”万俟卨说:“既不招，夹起来。”左右即将岳飞夹起，又狠狠打了一顿。岳飞疼得浑身打颤，额角上的汗直流，脸色苍白，呼吸急促，大叫道:“既要我招，取纸笔来，待我亲写招状。”二贼大喜，叫典吏拿过纸墨笔，递与岳飞。

岳飞接过来，写成了一张招状，递与二贼。二贼接来一看，只见招状上写道：武胜定国军节度使、神武后军统制、湖北京西路宣抚使兼营田大使、节制河北诸路招讨使、开府仪同三司、太尉、武昌郡开国公岳飞招状：飞生居河北，长在汤阴。幼时攻读诗书，壮年掌握军兵。正值金兵入侵，犯我中原，二帝被擒于金国，坐井观天，百姓流离，惨遭涂炭。我岳飞不忘国耻，誓愿报国，立志杀退金兵，直捣黄龙，迎请二圣还朝，使天下百姓安居乐业，无忧无患。青龙山八百破十万；爱华山打得兀术心惊胆战；黄天荡、牛头山，挺枪跃马勇往直前，敌军闻名丧胆，望风逃窜；朱仙镇上大获全胜，兀术退出中原。正要直捣黄龙，不想圣旨已下，叫我歇马边关，连用十二道金牌，召我回京。假说封功受赏，实则奸贼弄权，设计诬我谋反，将飞押入牢监。千般拷打，我对朝廷无怨；万种严刑，只为圣主被瞒。今岳飞死去，肝胆对天，并无反意，志在河山。天公无私，必诛卖国奸臣；地府有灵，定替岳飞申冤。所供之词，句句实言。

万俟卨、罗汝楫看完大怒，喝叫左右使用"披麻问""拷皮问"。差人把岳飞的上衣扒下来，岳飞的后背上露出了"尽忠报国"四个大字，字迹清晰。差人一看，眼泪都下来了：岳元帅尽忠报国，铭刻在身，怎会造反？今天奸贼对他要用酷刑，怎好下手？但身不由己啊！

差人把烧开的鱼胶刷在岳飞身上，烫得岳飞直咬牙！然后又把麻披一条一条地粘在他身上，晾凉后，万俟卨问："岳飞，你招不招？"岳飞说："助纣为虐的奸贼，我死必为厉鬼，杀你二贼！"二人大怒道："你性命只在顷刻，还敢胡言！给我扯！"左右一声答应，就把麻皮一扯，连皮带肉扯下一块。岳飞大叫一声："痛杀我也！"立时晕去。

岁月流逝，秋去冬来。一弯冷月，照在临安府城头，照在西子湖畔，照在大理寺狱中，也照在岳飞未眠的清癯的脸上。他被捕入狱，已两月有余。虽然秦桧、万俟卨一伙伪造招状，将其定为死罪，却遭到许多大臣的反对。秦桧、万俟卨慑于众怒，只好将他收押在监，迟迟不敢下手。

两个多月的牢狱生活，已使岳飞苍老了许多。一头的黑发，已变得有些灰白。平整的额头，也出现了道道皱纹。就连炯炯有神的双眼也因常常失眠而布满了血丝，显得疲惫而忧郁。

入狱之初，岳飞尚对自己的冤案抱有幻想，只望有朝一日真相大白，自己能洗清罪名，平反昭雪。但眼见秦桧、万俟卨等奸臣弄权，视国法为儿戏，肆无忌惮地诬陷残害忠良，便知希望渺茫，凶多吉少。

为了表示内心的愤怒，他曾绝食数日，迫使秦桧、万俟卨一伙对他的刑讯逼供有所收敛。如今，他已将生死置之度外，心里最觉遗憾的，无非是二帝未还，失地未复，功业未成，壮志未酬。他有时把盏盈泪，悲叹南朝；有时仰望长天，遥思北地。

这天，岳飞父子和张宪正在牢房发愁，忽然狱卒把牢门打开了，从外边领进一人。这人猫着腰，低着头，看不清脸面，头上戴着个破帽子，衣衫褴褛，看见了岳飞，“扑通”跪下，抱住岳飞的腿放声大哭：“老爷，您冤枉啊！我来救您啦！”岳飞听声音耳熟，仔细一看，认出来了，原来是自己的偏将——张保。他现在是濠梁总兵。岳飞见了张保，大吃一惊：“张保，你不在濠梁当官，怎么到这里来了？”张保泣不成声。岳飞鼻子一酸，眼泪下来了。岳云和张宪急忙过来，看见张保，心中难过，也都哭起来。张保说：“元帅，我已经弃官带着全家到岳家庄去了。夫人叫我来看您。老爷，您为啥受这等窝囊气？那昏君有什么可保的？听谗言不纳忠言，宠信奸贼秦桧，咱们干脆反了吧！我背着你，张宪和岳云断后，咱们冲出去！”岳飞连连摇头：“张保，你随我多年，岂不知我的秉性？若要出去，除非有朝廷的圣旨召我出去，我决不能越狱私逃。你今天来看我，我就很感激了，又送来了酒饭，我把东西留下，就算蒙情了。你赶快走，回头照看妻子，免遭是非！”“大帅，我怎能忍心叫他们把你折磨死啊！跟小人走吧！”说罢，张保跪下了。

英雄有泪不轻弹，只是未到伤心处。此时张保的眼泪像泉涌一般，说如果岳飞不走，自己死也不出去。岳飞说：“那你把张宪带出去。”张保一听，觉得有理，岳元帅不肯走，不如叫岳云和张宪走，能保住岳家和张家的后代。张保跪爬到二人跟前：“岳少爷、张将军，你们跟我走吧！出去后到朱仙镇找牛二爷，再来救元帅。”岳云用力挽起张保：“我爹爹既不出去，我们哪能走呢？为臣尽忠，为子尽孝，理所当然。谢谢你的好意，我们不能走。”张保见岳飞、岳云、张宪三人执意不走，便把带来的酒壶和酒杯拿出来，满满地倒上一杯酒：“大帅，自从您把我收在身边，对我有天高地厚之恩。我是个粗鲁人，对您侍候不周，您请多原谅。我这次辞官不做，就是想和大帅永远在一起。没想到您蒙受了这么大的不白之冤，恨我张保不能为大帅分忧解愁！这杯水酒您喝了吧，算我略表敬意。”说完，跪在岳飞面前，将酒双手举过头顶。岳飞泪如雨下，单腿点地，双手接过酒来，一饮而尽。

张保又给岳云、张宪各敬一杯：“二位公子，小人也奉敬你们一杯！”二人接过酒来，默默地看了张保一眼，也一饮而尽。张保站起身来，倒退着走出牢门。到了门口儿，张保说：“大帅、公子，我张保不能服侍你们始终，但也不忍见老爷、公子受屈。

你们既是为了忠孝，都不肯走，我哪能贪生怕死，畏刀避剑？待我先行一步，咱们阴司再见！”说完，张保一头撞在围墙之上，脑浆迸裂而死。

岳飞一看，心痛得昏死过去，岳云和张宪失声痛哭，请别人收了张保的尸首。

转眼之间，已到了腊月二十九日。临安城内，张灯结彩，披红挂绿，笑声飞扬，欢歌不尽。这家嫁女，那家送礼，东家迎亲，西家唱戏。还有打酒的、割肉的、制新衣的、买爆竹的，一派热热闹闹过新年的景象。就连多年不见的雪花，也飘飘扬扬，自天而降，好似前来人间做客一般，把原本流光溢彩的临安府，装扮得银光闪闪，白白净净。

秦府上下也杀猪宰羊，装饰一新。秦桧满脸喜色，从朝中回到家里，匆匆来见王氏。

王氏问：“相公今日为何这般欣喜？”

秦桧笑道：“夫人，今日朝中所议二事，皆遂老夫心愿，怎能不喜？”

王氏问：“所议何事？”

秦桧说：“一是和议。平日里因愁和议不成，便吩咐众人上奏，哪里用得着老夫？但既然天下皆知和议出自我，必定会来与我争论。我想，不如将金人的利害说与皇上，使之闻战则惧，闻和则喜。待皇上和意已决，谁要再战，便是与皇上作对。如此一来，则可拉大旗作虎皮，拿鸡毛当令箭，即便有误，也有圣旨可推，老夫也不担担子。这条计，不但可使宋朝倚重，也可使金人感恩，老夫则可长保相位，岂不美哉、乐哉？”

王氏赞许说：“此计果然甚妙。那二帝本是赵家的二帝，河北本是赵家的河北，相公何须管那闲事。只是后来又怎样了？”

秦桧接着说：“不料有几个不识时务之人，今日又在皇上面前七嘴八舌，讲什么父仇未报、国耻当雪，把皇上也说得犹豫起来。”

王氏脸露不屑的表情：“那皇上的耳根也太软，怪不得多谋无断。相公又是如何处置的？”

秦桧沾沾自喜道：“我对皇上说，此事乃行险侥幸之计，绝不可办。万一不能取胜，反而得罪金人，那时仇上加仇，耻上加耻，岂不更糟！就这几句，又把皇上说得频频点头。看来，这和议迟早可成。”

王氏说：“真是恭喜相公，贺喜相公！只是还有一喜，不知又是什么？”

秦桧缓口气，说：“即是岳飞一事。前几日，皇上闻知岳家父子入狱，虽大为惊骇，却并未深究。今日朝上，有人说岳飞这员大将，金人最为惧怕，不宜加罪，几乎又把皇上说得回心转意。老夫奏道：‘岳飞自比太祖，肚里早想黄袍加身。他又指斥皇上不修德勤政，岂不是大逆不道？修书谋反，则更是逆子叛臣。’皇上闻言，当时就默不作声，颇为相信。后来，即命老夫全权处理，不再过问。夫人，这难道不是喜上加喜？”说罢，又哈哈大笑。

王氏也喜上眉梢，说：“如此说来，真是喜事，只是相公有何打算？”秦桧说：“我想，若不趁此下手，更待何时？老夫此时即去书房静坐一会儿，考虑考虑。一应大小事情，让下人不许通报。”秦桧来到小阁上，坐于东窗之下，一边望着满天的雪花，一边想：量小非君子，无毒不丈夫。皇上虽对岳飞一事未持异议，但要除去岳飞，恐还得花点心思，费点手脚。只恨这判词尚未周全，怎么是好？

这时，一个丫鬟手捧柑子，进到书房，说：“禀老爷，这是闽中新献来的柑子，夫人命送与老爷尝新。”

秦桧让丫鬟将柑子放在桌上，又挥挥手令其退下。然后，自己剥了一个柑子，一边吃一边用指尖来回划着柑皮，心想：新柑，新柑，岂不是心甘之意？难道是叫我放了岳飞，善罢甘休？不好，不好！这是哪个不晓事理的东西献的，真是该打！岳飞梗阻和议，我岂能心甘？岳飞不死，我又岂肯心甘？只怕我要容他，他也不会容我。可我不容他，这判决之词又全不分明，纰漏甚多。我如今要尽快议和，就冤枉了他，原也无妨。只是如何措辞，方能堵住众人之口？他想来想去，也一时拿不定主意。

王氏见秦桧一去不复返，也没有一点儿动静，不禁想去问个究竟。她来到书房，开门一看，只见秦桧正坐在东窗下出神。她连叫数声，秦桧竟然不应，指尖仍缓缓地划着柑皮。

王氏轻轻走上前去，手抚其背，问道：“呀，相公为何在此苦苦沉吟？”

秦桧一惊，见是王氏，便告道：“夫人，我想岳飞一案很是棘手，难以了结。告他父子谋划兵权，说是有信，可又没有；不救淮西，其来往日月甚明，不过是附会之说，何况尚有御笔亲书为其作证。……我如今用什么堵塞众人之口，方好杀他？”

王氏见秦桧犹豫不决，便笑道：“原来如此。不料相公也这般瞻前顾后，裹足不前。就自冤枉，又有何妨？你如此怕人谈论，哪个又来饶你？不如就把岳飞杀了，也省了一桩心事。即使有人说三道四，又岂奈我何？相公，岂不知捉虎容易，放虎难啊！”

秦桧恍然大悟，说：“夫人言之有理！我这就吩咐狱吏，命其即刻报死，又有何不可？”说罢，指尖一用力，将柑皮戳破。

王氏道：“正该如此！”然后，起身回避。

秦桧一声呼唤，一个两鬓苍苍的听差闻声而至，问道：“老爷有何吩咐？”

秦桧说：“此刻差你干一桩事，不得泄露他人，事成之后，我这里定有重赏。”

听差随口答应道：“这打什么紧，老爷有事，尽管吩咐便是。”秦桧随手抽了一张纸片，写了不多的几个字，交与听差，小声说道：“此事你可知晓？”

听差应声道：“小人长了这一把年纪，这些小事难道也不晓得？不就是送张字条！”

秦桧大喜，说：“好，好！有用，有用！你快去快回。”老听差收了字条，转身就走。还未下楼，突然想起一件事，又急忙转回书房。

秦桧见听差瞬时即回，惊问道：“怎么这就办停当了？”

老听差吞吞吐吐道：“小人尚有一事不明，所以又转来问个明白。”

秦桧大惊，忙问：“却是何事，快快禀来！”

老听差满脸尴尬，说：“老爷吩咐小人快送去，小人应了就走。可老爷又不曾吩咐明白，所以小人不知该将字条付与何人？”

秦桧又气又恼，骂道：“你这蠢材，竟这样不中用！适才不懂装懂，此时又来询问。送往大理寺狱中去。”

老听差口中说声：“晓得了。”起身便去。未走两步，又转身回来。

秦桧问道：“怎么又转回来了？”

老听差讨好地说：“小人不知送往大理寺狱中做些什么，还望老爷说个明白，也好给老爷用心办理。”

秦桧怒喝道：“怎么这般啰嗦！你送去便是，问这许多干什么？岂不是讨打！”

老听差不敢再说，抬脚就走，心中嘀咕道：“这是怎么说？不知什么事，也不说个明白，好个老爷，动不动就一声喝。”遂冒着大雪，往大理寺而去。

听差去后，王氏又与秦桧商议道：“相公杀了岳飞，那岳云、张宪怎么处置？”

秦桧想了想，说：“待岳飞死后，若无异议，再去下手杀那两个不迟。”

王氏责怪道：“相公，你又来了！常言道：‘杀人见血，斩草除根。’依妾身之见，索性一不做，二不休，就假传一道圣旨，把那两个押赴市曹处决，岂不爽快？”

秦桧拊掌大笑：“我也算家有贤妻！我千思万想，不得要领；夫人只消三言两语，就一针见血。我即刻就拟道圣旨，交与万俟卨办理。夫人，快去准备酒席，今日须与你痛饮三杯！”

一阵寒风，吹开窗户，夹带着雪花扑了进来。秦桧只觉身上一冷，心中一惊，不禁一阵哆嗦。就好像担心被人窥见自己的秘密一样，他下意识地急步上前，将窗关死。然后，坐在桌前，伪造起圣旨来。

绍兴十一年（1141）农历除夕夜，大理寺狱中的堂官，接到听差送来的字条，哪敢怠慢，即刻唤来值夜的禁子隗顺，说："今有秦丞相的手书密旨，命我等毒死岳飞，今晚三更时就要回报。此事交你速去办理，不得有误。"

隗顺一听，顿时惊倒，半晌方说："哎呀！岳老爷是忠臣，怎叫我做这伤天害理之事？"

堂官道："丞相之命，谁敢违抗？！你休得多言，速去准备便是。"

隗顺心发慌，脚发软，浑身上下，冷汗直冒，心想：这如何是好？这如何是好？我若不从，必然性命不保，妻室儿女，又去依仗谁？我若从了，又怎忍心害了岳老爷的性命？恨只恨，那奸贼太凶，奸计太狠，我这无名小卒，又岂有回天之力？唉，事已至此，也无可奈何。只可怜岳老爷一生忠义，今朝却含冤而死，万事皆休！遂垂头丧气，领命而去。

他将值夜的另一狱卒找来商议。狱卒一听大惊道："这事怎么做得？还是待我写个退状，辞了这禁子，回家去吧！"

隗顺说："此事我也想过。早辞倒也好了，此时怎么退？那秦丞相好不凶狠，还不拿你我问罪？依我之见，倒不如将此事明与岳老爷说了，也免得他以为是我等的主意。"

狱卒无奈，只好说："罢了，罢了！岳老爷，眼见保不住你了！"两人叹息多时，心里十分沉重，竟至相对无语。眼看三更将至，只好提着毒酒，来见岳飞。

牢房里，岳飞尚未安眠，他望着漫天飞舞的雪花，感触良多，思绪也上下翻飞，飘忽不定：那已离开多年的家乡，如今只怕也是冰天雪地，白茫茫的一片。村外的小河，曾带走了多少儿时的幻想、欢乐与忧伤，此时也应当冰冻三尺，成了一条玉带。只是国家早破，故乡也陷入敌手，至今尚未收复，叫人好不痛心！眼看新年将至，家中的妻子儿女，又该是何等可怜！往年，此时已是旧瓶装新酒，新桃换旧符；如今啊，只怕是凄凄惨惨，冷冷清清。叹我岳飞，本是忠良，翻为楚囚，好似笼中之鸟，有天不能高飞；仿佛网中之鱼，有水不能遨游！盼只盼，他日冰融雪化，云开雾散，我岳飞还可出头！

他见隗顺等二人手提酒壶，缓缓而来，颇觉奇怪，便问道："二位深夜前来，有何要事？"

隗顺等二人相视无语，只是叹气。岳飞见他二人愁容满面，欲语还休，又催问道："二位有话便说，不须迟疑！"

隗顺等二人掩面而泣，说："这事叫我等也难以开口。"

岳飞见状，心里已明白了八九分，说："有何不好开口的？无非是要我一死罢了！难道我岳飞是怕死的不成？"

隗顺等二人跪道："岳老爷，这也不干我等的事，适才接到秦老爷的手书，吩咐我等结果你的性命。我等无奈，只好前来与你明说，大家做个商议。"

岳飞长叹一声，说："原来如此，我岳飞只一死便了。原指望拨云雾以见青天，出樊笼而雪国耻，如今看来，只好有待来生了！”

隗顺哭道：“岳老爷，怎么时至今日，你还只想着报国啊？”岳飞悲愤满腔：“我岳飞，生为宋朝人，死为宋朝鬼，只要一息尚存，就当报效国家。只可惜我生不逢时，有家难回，有国难报！秦桧啊，我到了阴间，也与你势不两立！”

狱卒道：“岳老爷，如今已是三更了，不是我等狠心催逼，只是秦老爷的脾性，你是晓得的。”

岳飞点点头说：“不须多言。待我拜辞了二帝与主上，便喝了这酒！”

狱卒骂道：“那种东西，就不辞他，又有何干？！”

岳飞面朝北方哭拜道：“二帝啊，国破君危，尚祈珍重！”又面朝宫中哭拜道：“主上啊，奸贼误国，臣死含冤！且待来生，再效犬马！”

然后，他站起身来，咬破手指，在墙上写了“天日昭昭！天日昭昭！”八个血字，便端起毒酒，一饮而尽！可惜一代名将，千古忠臣，就这样冤死狱中，年仅三十九岁。

恰在此时，那漫天飞扬的大雪，竟也住了。远远近近，阒寂无声，山川万物，黑白相映。这寒冷的雪夜，竟成了死的世界，了无生机。

隗顺见岳飞已死，便对狱卒说道：“岳老爷已经死了，还是请岳小将军和张都统来此说个明白，莫使二人疑心是我等的主意。”

狱卒说：“言之有理，我这就去请。”

不一会儿，岳云、张宪随狱卒前来，待问明情由，不禁抚尸痛哭。其情之哀，其状之惨，其声之悲，其辞之切，实令两个狱卒不忍目睹，不堪耳闻，也不禁抽泣起来。

岳云哭道："爹爹啊，爹爹！你英雄一世，却惨遭暗算，壮志未酬，性命已休。到如今，你的热血已经流尽，你的冤骨有谁来收？孩儿今日哭爹爹血泪交流，只不知何时能黄泉聚首？"

张宪哭道："我那元帅啊！你一心只为君王，关心社稷安危，何时有什么私愤？又与那奸贼有什么冤仇？不想未战死沙场，却捐躯牢囚。这真是千古伤心事，千古伤心事啊！"

隗顺见二人悲痛欲绝，上前边扶边劝道："快起来！快起来！死人不能复生，二位还须节哀！唉，只怕是连你二位也难保哩。"

这时，忽听得有人报："万俟老爷来了。"隗顺与狱卒吓得来一脸惨白，手忙脚乱地将岳云、张宪往外推："快回去！快回去！"

岳云、张宪怒火万丈，说："万俟卨来了又怎样？我们在此哭一哭，难道也不许？"

隗顺忙说："万俟老爷前来验尸，若见你二人在此啼哭，岂不要拿我二人是问？我等又如何吃罪得起！"说罢，即让狱卒领二人速回各自的牢房。岳云、张宪前脚刚走，万俟卨后脚就到。他围着岳飞的尸首转了三圈，奸笑几声，便匆匆前去秦府禀报。临行之际，竟命隗顺将尸首扔至一边，不须料理。

隗顺犹豫再三，心中不忍，便找来白布，将尸首裹好，又乘夜半无人，负尸出狱，准备偷葬城外。

他踏着积雪，穿过大街小巷，又找了个缺口，越出临安城头。他走走歇歇，歇歇走走，终于来到离城已远的九曲丛祠，到了北山之下。待他放下尸首，已大汗淋漓，气喘吁吁。

等气息稍定，隗顺即刨净积雪，掘开地面，挖了个土坑，将尸首放了进去。他将岳飞平日佩带的玉环系在其胸前，又将大理寺的一个铅筒放在上面，便于日后辨认。他一面填土埋坑，一面流泪。待埋好尸首，堆好坟头，又将附近的两株小橘树移植冢上，以便将来寻觅。

收拾完毕，隗顺跪拜坟头，撮土为香，祷告道："岳老爷啊，你英灵若在，则请听我言：你精忠报国，头颅可抛，性命可捐，这荒郊野岭，该也不会忌惮。我今日负你出来，掩埋于此，不怕天寒地冻，只怕仇深坟浅。这玉环，就好似忠臣之心，无瑕无疵；这橘树，就如同志士之德，天地可明！常言说得好，善有善报，恶有恶报。这天大的冤枉，终会昭雪，到时必然求尸改葬。那奸贼秦桧啊，莫看今朝当权，只怕是月满则亏，总有一天，会遭劫难。岳老爷啊，我定将今日之事告诉子孙，以结善缘。但愿他日报官寻取，也不枉我一片苦心了。"

说完，又哭了一回，方才离开。

他走了一程，回头再望，但见山石嶙峋，树木杂乱，四野冷清，一片荒凉，只有那一堆新土，两棵橘树，在白色的雪地里，显得格外醒目，耐人寻味，令人深思。

岳飞死后第二天，万俟卨奉秦桧之命监斩岳云、张宪。清早起来，他便差人前去城内十字路口清扫积雪，布置法场。巳时刚到，便身穿大红棉袍，来到大理寺，当堂判了两个"斩"字，然后点齐兵丁和刽子手，绑押着岳云、张宪，赶到法场。

过年之际，临安城内人来人往，热闹非凡。百姓听说岳飞已死，岳云与张宪也要处斩，都惊骇不已，前来观看。不一会儿，即人头攒动，压肩迭背，将法场围得水泄不通。

万俟卨一来着急，二来怕乱，明知时辰未到，却迫不及待地要开刀问斩。狱官禀道："万俟老爷，午时尚早，还须等一等才好。"万俟卨不耐烦地道："管他午时不午时，早些又有何妨？斩了吧！若是迟了一刻，秦丞相那里如何交代？就将二人罪状晓谕众人，即刻开斩便是。"

狱官不敢再说，当众宣道："犯人一名岳云，与都统制张宪，虚报军情，威吓朝廷，图谋不轨，奉圣旨斩！犯人一名张宪，得岳云手书，谋据襄阳，迫还岳飞兵权，奉圣旨斩！"

狱官话音刚落，就听人群中一片哗然。岳云、张宪破口骂道："万俟卨奸贼，天网恢恢，疏而不漏，你助纣为虐，残害忠良，必然不得好死！"

万俟卨气急败坏，命刽子手道："快斩了！快斩了！"

刽子手闻令，手起刀落，将岳云、张宪斩首。可怜二人一生忠勇，今朝冤死，张宪刚三十出头，岳云年仅二十三岁。

杀害岳云和张宪之后，秦桧派兵查抄了岳府，只有老管家怀抱岳珂从后门匆匆逃走。当天下午，岳雷、岳霖、岳震、岳霆四位公子就分作两批，由差人押解，前往岭南。数日之后，岳雷、岳霖被秦桧收买的押役杀害于半路之上，岳震病死于雪地之中，而岳霆则投潭自尽。满门忠义，除岳珂一人得逃，全部被害。

桃花扇

·作品评价·

《桃花扇》是中国清代著名的传奇剧本，作者是孔尚任，是他经历十余年三易其稿而完成的。此剧以名士侯方域与秦淮名妓李香君的爱情故事为主线，将他们的爱情与国家兴亡交织在一起。该剧围绕着侯、李爱情这一中心线索，融入了大量反映南明兴亡斗争的场景，刻画了众多面目各异的人物，史诗般地再现了明末社会一系列重大的历史事件，诸如崇祯死难、福王即位、阉党专权、江北四镇自相残杀、东林复社反清活动、史可法壮烈殉国等，堪称是一部名副其实、可歌可泣的明亡痛史。

[清] 孔尚任

明末1643年的仲春，在南京的国子监内，松柏笼烟，笙歌飘荡，热闹非凡。原来这一天是一年两度的祭祀孔圣人的日子。管理国子监的坛户，天刚亮便早已在大堂之上摆好了祭品。入监读书的几千名学生会集在坛前，毕恭毕敬地准备给孔圣人叩头行礼。更为引人注目的是，南京城里的复社的一些社友也借机来此相聚。

祭孔典礼开始后，众儒生学士按礼排班，鞠躬俯伏，拜了四拜，接着是行“唱礼”“焚帛”。礼毕之后，号称“复社五秀才”的吴应箕、杨维斗、刘伯宗、沈昆铜和沈眉生，以及其他相随而来的复社社友聚在一处寒暄起来。

吴应箕突然发现人群中夹杂着一个满脸胡须的黑胖子，顿时怒目圆睁，大声喝道：“好你个阮胡子，你也配参加祭典！岂不唐突先师，玷辱斯文，快快给我滚出去！”

被称为阮胡子的人见已躲藏不住，只好站出来振振有词地说道：“我乃堂堂进士出身，有何罪过，不容我参加祭典？”

“你的罪过，路人皆知，蒙面丧心，还有何面目入庙?！”吴应箕越说越气，“难道前几年散发的‘防乱’揭帖，还不曾说着你的病根吗？”

“我来祭奠圣人，正是为表白心迹……”

阮胡子还想狡辩，被吴应箕接过话茬：“你的心迹，谁人不晓，待我替你道来。你是魏忠贤的干儿子，与贼子崔呈秀沆瀣一气，尝粪吮痈，是个落井下石、造谣告密的狗杂种！”众人大声嘲笑。

“诸位不谅我的苦衷，竟至横加辱骂！我阮大铖本是赵忠毅先生的门人。魏党横暴之时，我为救助东林诸君子，才屈节投靠。你等无知小儿岂能对我横加指责?！”阮胡子索性回骂起来。

“你这等阉党儿子，也敢在文庙之中公然辱骂我辈，真是反了天了！大家一起揍他一顿！”五位秀才和众学士怒不可遏，一拥而上，揪住阮胡子，又是掌嘴，又是扯胡须，把他打得狼狈不堪，抱头鼠窜。

吴应箕兴奋地对大家说道：“今日此举，替东林雪愤，为国子监增光，好不痛快！今后大家定要齐心协力，多加提防，勿让这种狗东西兴风作浪！”

为何复社诸君子对这位阮大铖有如此仇恨？原来他一直是复社的死对头。说来话长，早在明天启年间，朝廷中出现了以江南士大夫为主的正直官僚党派东林党，跟东林党作对的是齐、楚、浙三党的腐败官僚。为保住自己的地位，腐败官僚联合起来，一起拜明朝的特务机关——东厂的太监魏忠贤为干爹，拜熹宗的奶妈“奉圣夫人”——客氏为干娘，企图靠走内线来除掉东林党。阮大铖便是其中之一。

熹宗帝听信魏忠贤和客氏的谗言，不再信任东林党，东林党人因此或免职，或下狱。魏忠贤的气焰日益嚣张。东林党的高攀龙、杨涟、左光斗等人义愤填膺，上本参奏了魏贼二十四条大罪状，要求熹宗立即斩掉魏忠贤，以谢天下。

魏忠贤得知后恼羞成怒，与阮大铖、崔呈秀等干儿子定下毒计，炮制了“六君子冤案”，使左光斗等人惨死于酷刑拷打之中。

除掉了六君子，魏忠贤依然不罢休，还派人四处捕捉东林党人。阮大铖一肚子坏水，他参照水浒一百零八将，编了一本“点将录”，列出了一百零八名东林党人，逐一搜杀。东林党人一时之间被残害无数，而魏党的党徒纷纷升官发财。阮大铖也位列九卿，做了炙手可热的光禄卿。

东林党遇难后，张溥、夏允彝等人又联合南北正直文人，组织起复社，以继承东林传统。天启七年（1627），熹宗死了，朱由检继位，即崇祯皇帝。崇祯帝眼看魏党势力过盛，为防意外，便设法除掉了魏忠贤、崔呈秀和客氏等罪魁祸首。阮大铖等一帮干儿子也被罢官免职。

阮大铖凭借发迹时聚敛的钱财，再加自幼通音律、精词曲的一技之长，跑到南京库司坊盖了座“石巢园”，养了一个戏班，专演自己所作的《燕子笺》《春灯谜》等传奇剧本。

复社同仁断定阮大铖一旦东山再起，会成为另一个嫉贤妒能、杀害忠良的魏忠贤。于是，吴应箕等人发了一道“防乱”传单，公布阮大铖的罪状，揭露他倒行逆施的野心，一下子把阮大铖搞得臭名昭著。石巢园刚刚兴隆起来的生意，也因此日渐冷落。

阮大铖毕竟是个见风使舵的官场老手，沉默几年后，他发现崇祯帝也不过是个朝三暮四的人，便想趁机东山再起。今天他来国子监，正是为试探复社风声，不料想露了马脚，白挨了一顿痛打和辱骂。

回家后，阮大铖整天恨得咬牙切齿，恨不得立刻飞黄腾达，以报仇雪恨。这日，他正闷在家里想入非非，忽然门房送来一张帖子，阮大铖打开一看，惊喜道："啊呀！这不是赫赫有名的宜兴公子陈贞慧（字定生）吗？他怎肯向我借戏班？"于是急忙问道："那来人如何说？"

"来人说，还有两位公子，叫什么方密之、冒辟疆，都在鸡鸣埭上吃酒，要看老爷新编的《燕子笺》，特来相借。"

陈贞慧是当时有名的贵公子，与侯方域、方密之、冒辟疆合称"四公子"。阮大铖平日难得相识，不想今日他竟肯上门借戏，真是天赐良机！于是，阮大铖催促戏班人员马上梳洗打扮，速去演戏。然后，又悄声吩咐一个家丁："你到他们席上，听他们看戏之时，议论些什么，速来报我。"

戏班走后，阮大铖的笔砚至交杨龙友来访。他也是听闻《燕子笺》已授梨园，特来先睹为快的，不想戏班已被公子们借走，只好将就道："那就把戏文的抄本让我拜读拜读吧。"于是，阮大铖安排家人摆上酒果，二人边喝边谈戏。不一会儿，随戏班前去偷听的家丁急匆匆赶来，回禀道："戏刚演了三折，公子们大加赞赏。"

"太好了！他们竟然赞赏起来。"阮大铖高兴得手舞足蹈，又问道，"他们怎么说的？"

"他们说您果真是才子，文采飞扬，妙笔生花！"

"啊呀！竟令他们如此倾倒，真是难得！他们还说什么？"

“他们还说，您论文采真乃天仙谪人间，应主骚坛。”

“太过誉了，我怎敢当！往后看，还不知怎么样哩。你再去打听，速来回话。”阮大铖受宠若惊，却假装谦逊起来。

家丁走后，阮大铖感叹道：“不料这班公子倒是我的知己，难得，难得。来，来，来，我们俩满饮此杯！”

“请问借戏的是哪班公子？”杨龙友问。

“是宜兴陈定生、桐城方密之、如皋冒辟疆，学问都是了不得的，他们竟服了小弟。”

“对呀，这班公子是不轻易赞许别人的。可见这本《燕子笺》的词曲的确妙不可言，令他们不得不佩服！”杨龙友顺水推舟，也赞赏了一番。

过了一会儿，家丁又跑回来，说道：“禀老爷，小人看戏演了半本，酒席将完，忙来回话。”

“那些公子又讲了些什么？”阮大铖早已急不可耐。

“他们说老爷堪称南国才士、玉堂人物……”

“啊呀呀！句句赞俺，令人好不惶恐！他们还说什么？”

“还说……还说……”家丁吞吞吐吐，突然不敢往下讲了，经阮大铖厉声催促，才往下说道，“还说可惜投靠了魏、崔，自摧名节……”

阮大铖一听这话，如同被当面泼了一头冷水，恼火地问：“还说什么？”

“小人不敢再说了。”

“尽管讲来！”

“他们说老爷甘做魏贼的干儿子，不识羞耻，倚仗人势，连猪狗都不如……”

“哎呀！别说啦！”阮大铖气得直拍桌子，“气死我了！好心借他们戏班，不谅老夫一片苦心也罢，反倒恶谑毒讪，骂不绝口。今日受此欺侮，如何忍受？”

“请问仁兄何处得罪了他们？”杨龙友问道。

“连我自己也不知。那日好好地拜祭孔子，挨了几个秀才一顿狠打；今日好好地借戏，又受这几位公子一顿狠骂。今后若不想个法子，叫我如何出门见人！”说罢，阮大铖唉声叹气，满面愁容。

“仁兄不必气恼，小弟倒有一个主意，只不知仁兄肯否依从？”杨龙友急忙献策。

“如有妙法，我怎能不依？”

“仁兄知道，吴应箕是秀才领袖，陈贞慧也是公子班头。只要这二位肯‘罢兵’，凭他千军万马都要解甲休战的。”

“言之有理。但不知谁能从中解劝二位？”

“别人都不行，只有河南侯方域与此二人是文酒至交，他们对其从来言听计从。昨天，我听说侯公子闲居南京，急于寻一位秦淮佳丽做小妾。小弟已替他物色好一个，就是媚香楼的歌女李香君。此女子色艺双绝，必能中侯公子之意。仁兄如能替侯公子出一笔纳妾之资，讨其欢心，然后再托他在吴、陈面前加以调解，必能一举双擒！”

阮大铖听这主意不错，当即应允，唤人从库房拿出三百两银子送给杨龙友，希望他速办此事。

说起侯方域，确是当时颇有名气的人物。他祖籍是河南归德，是当地的望族大姓。祖父做过太常寺卿，父亲侯恂曾任户部尚书，也是东林党的骨干。只因这几年起义军横扫豫陕，把豪绅权贵搅得鸡犬不宁，于是侯方域来南京避难。无奈旅居寂寞，使得这位贵公子心烦意乱。为聊慰苦寂，侯方域常常在秦淮两岸的花街柳巷中流连，以期遇上个钟情的姑娘。正好在一次聚会中，侯方域听杨龙友盛赞李香君妙龄绝色，并愿为他从中周旋，侯方域自然动了心。

清明节这一天，侯公子独坐无聊，突然想起杨龙友提起的李香君，便想前去拜访。他来到秦淮水榭附近，正要打听媚香楼坐落何处，正好碰见柳敬亭无事闲逛。这柳敬亭是一个说书艺人，颇有一副侠肝义胆。前些年阮大铖建石巢园大宴宾朋，见柳敬亭技艺不凡，便意欲笼络成门下客，可是柳敬亭看到“留都防乱”的传单之后，知道了阮大铖的真面目，立即与阮大铖断绝了往来。为此，复社诸君颇为敬重他，常常集结在一起听他说书献艺。柳敬亭是个说书艺人，对秦淮花巷自然了若指掌，此时听说侯公子要访李香君，便自告奋勇，亲为指点。

二人三转两转，便来到绿树掩映、花团锦簇的媚香楼门前。可是敲了一会儿门，里面的人却说：“贞娘、香姐都不在家。”贞娘就是香君的干娘李贞丽，年龄不过三十，也是个姿容俏丽的妇人，与杨龙友素有往来。

“哪里去啦？”柳敬亭大声问道。

门里人回道：“在卞姨娘家做盒子会哩。”

敬亭一拍脑门儿：“哎呀！我竟忘了，原来今日是盛会。侯公子，走，咱们到暖翠楼去！”

他们边走边闲谈。方域疑惑地问道：“为何今日要做盛会？”

敬亭道：“相公有所不知。这院中的名妓们都各自结成手帕姐妹，就像男人们结成香火兄弟一般，每逢佳节，就要聚会聚会。”说罢，敬亭又把盒子会的来由细讲给侯方域听。原来，每逢赴会之日，名妓们每人携带一盒儿，内装时鲜瓜果、新奇海味。到会上，大家一边吃喝，一边比较技艺。有的弹琴，有的拨阮，有的吹箫，有的唱曲……直闹到深夜方休。

“如此有趣，也许男人入会吗？”方域笑着问道。

“不许！她们最怕男人混进去胡闹，所以总是锁着楼门，只许男人在楼下赏鉴。如果你赏鉴中意，就把你自己的一件东西抛到楼上，楼上也会抛下些果子来。如若双方合意，就会另约你饮酒的。”

正说着，已到了卞玉京住的暖翠楼楼下。刚进门，杨龙友与李香君的师父苏昆生便迎上前来，方域道：“不想在此遇着杨兄。”

“愚兄特为侯相公喜事而来，相公也来了，岂不更好？”杨龙友高兴地说道。

方域环视一遍，赞叹道：“好个暖翠楼！只是为何不见李香君？”

“现在楼上。”杨龙友指了指上面，“你听，她们竞技了。”

果然，楼头笑语喧哗，乐声飞扬。先是笙笛齐奏，侯公子赞曰“鸾笙凤管云中响”；继而琵琶声起，侯方域又叹“弦悠扬”；接着云锣鸣响，公子再叹“玉叮当，一声声乱我柔肠”。突然，婉转缠绵的箫声传来，侯公子再也按捺不住，大叫道：“这几声箫，恰如翱翔双凤凰，吹得我销魂飞魄，小生忍不住要打彩了。”说着，便解下手中折扇上的一枚玉扇坠，喝了一声彩，抛上楼去。不一会儿，楼上抛下一件东西，杨龙友接住，递与侯方域。原来是一条冰绡手绢包着一些红艳艳的樱桃。

方域说道：“不知是哪个掷来的？若是香君，岂不可喜！”

杨龙友细看手绢，高兴地说道：“看这手绢，十有八九是李香君的。”

又过了片刻，只见楼门打开，两位美人翩然而出。侯方域正看得眼花缭乱，龙友忙给他介绍：“那位是香君，这位是贞丽。”侯方域连忙给贞娘行礼道：“小生河南侯朝宗，一向渴慕，今方遂愿。”抬头再看香君，生得婀娜多姿，仪态万方，果然是妙龄绝色，名不虚传。“玉京在楼上主持盛会，不能下楼奉陪，贱妾代为作东吧。”贞丽说着，就把大家请进一间雅致的客厅，吩咐摆上酒菜。

贞丽提议道：“今日大家欢聚，何不行个令儿畅饮一番？”

柳敬亭当即赞同：“听凭主人行令。”

贞丽刚要推辞，苏昆生道：“这是院中旧例，你就主持吧。”

贞丽便取出骰盆，命香君把盏，宣令道：“酒要依次流饮，每一杯干完，各献所长，便是酒底。幺为樱桃，二为茶，三为柳，四为杏花，五为香扇坠，六为冰绡汗巾。”说罢，便令香君先敬侯相公酒。方域饮干后，贞丽掷色，见是“香扇坠”，便说：“侯相公速干此杯，请说酒底。”

侯方域把第二杯酒一饮而尽，略一思索，说道：“小生作首诗吧。”随口便吟道：“南国佳人佩，休教袖里藏。随郎团扇影，摇动一身香。”

杨龙友拍手赞道：“好诗！好诗！”

柳敬亭则一语双关地戏谑道：“好个香扇坠，只怕摇摆坏了……”

酒席之上，香君与方域虽说初次见面，但彼此慕名已久，虽说言谈不多，却都含情脉脉，相见恨晚。

自此以后，侯方域三天两头地拜访李香君。两人很快便坠入情网，大有海誓山盟之意。杨龙友急于成全此事，便极力劝说方域早日成亲。待侯方域说出囊中羞涩的苦衷后，龙友一拍胸脯，表示一切妆奁酒宴的费用全包在他身上，并与贞丽商量，择定三月十五日为成婚佳期。

到了三月十五这天，媚香楼格外热闹。大门口张灯结彩，客厅里摆上酒宴，请来的乐班不断地吹吹打打。李贞丽素日为人豪爽，结交广泛，今日又是她唯一的养女与世家公子侯方域成亲，所以秦淮两岸的名妓、戏班都请到了。卞玉京、寇白门、郑妥娘一班名妓，丁继之、钱仲文、张燕筑一班梨园高手，都带来了拿手绝活儿，轮番表演，热闹非凡。

杨龙友受阮大铖之托，也早早带着家人抬着为香君置办的妆奁衣物来到这里。贞丽一见杨龙友这般慷慨相助，忙喜笑颜开地迎上前去：“老爷作伐已令妾身感激不尽，如何又这般破费！”然后，命人把箱笼、首饰和衣物送入洞房，请香君打扮起来。接着，杨龙友又掏出三十两银子，命人交与厨房，吩咐“一应酒肴，俱要丰盛，为新人助一宵之乐”。贞丽乐得合不拢嘴，对杨龙友这番盛情美意千恩万谢。

院中规矩，不兴拜堂，只吃喜酒。大家行令吃酒，觥筹交错，不觉已至深夜。陪客丁继之要催新人入洞房，沈公宪阻拦道："且不要忙，侯官人乃当今才子，香君是绝代佳人，今日饮了合欢酒，岂能没有定情诗？"大家齐说有理。下人忙不迭地磨砚铺纸，方域道："不必用诗笺了，小生带有宫扇一柄，就题赠香君，永为订盟之物吧。"大家又齐声说好。于是，香君上前捧着砚台，方域挥毫写道：

夹道朱楼一经斜，王孙初御富平车。
青溪尽是辛夷树，不及东风桃李花。

大家又夸赞了一番，然后吹吹打打，把一对新人送入洞房。第二天一大早，殷勤的杨龙友就赶来贺喜了。一对新人刚刚起床，好不容易才梳洗完毕，把杨龙友请进客厅。

龙友道："恭喜！恭喜！"边说边作了一揖，然后又对着香君赞道："香君新婚之后，益发艳丽了！侯兄真可谓艳福不浅呀！"

方域深情地望着香君道："香君本乃国色天香，今日插了几朵珠翠，穿了一套绮罗，十分花貌，又添二分，果然愈发可爱。"

李贞丽在旁插话道："这都亏了杨老爷慷慨解囊，全力帮衬。杨老爷做成了大媒，还送了那么多妆奁，今天一大早又来登门贺喜。我们正不知该怎样报答杨老爷呢！"

香君听了此话，不觉一怔，奇怪地问道："杨老爷虽说是马督抚的至亲，但久居南京，也颇拮据，为何轻掷金钱，来填烟花之窟？这份厚礼在奴家是受之有愧，在老爷是施之无名。今天我想问个明白，以图他日相报。”

侯方域见香君问得有理，在一旁应和道：“小弟与杨兄萍水相交，昨日受此厚赠，心下亦觉不安。”

“这……这事……”杨龙友脸上露出尴尬的神色，嗫嚅了半天才吞吞吐吐地说，“既蒙问及，我只得以实相告。这些妆奁酒席，约用二百余两银子，皆出自怀宁之手……”

“哪个怀宁？”侯方域忙问。

“就是曾做过光禄卿的阮圆海。”

“阮圆海，就是那个阮大铖吗？”方域大吃一惊，“他为何这般费心机？”

“不过想结交侯兄吧。”

“虽说阮大铖和家父是同榜进士，但小弟鄙视其为人，早已和他断绝来往。他今日无故攀交，令人不解，还望您以实相告。”

“圆老心里有一段苦衷，意欲对侯兄表白。圆老本是东林党首领赵忠毅的门人，后来结交了魏党，其实是为了从中救护东林党人。不料魏党一败，东林反视之如寇。近年复社诸生散发传单诋毁圆老，不久前又在国子监大肆殴辱他，这不是同室操戈、兄弟相残吗？圆老故交虽多，但都因其形迹可疑，无人代为申辩。圆老每日在家对天而泣，呼曰：‘同类相残，伤心惨目，非河南侯君，谁能救我？’近日听侯兄喜期已至，圆老心中高兴，便托小弟辗转攀交。”

方域听罢，点了点头，道：“原来如此。我看阮大铖的处境也的确可怜。再说，即使真是魏党，现在悔过自新，我们也不该绝之太甚，何况情有可原呢？陈定生、吴应箕都是我的至交，明日相见，我从中多加调解即是。”

“果真如此，真乃吾党之大幸，圆老也会感激不尽的。”龙友说着，心里不禁窃喜。

不料，香君在旁边把凤眼一瞪，怒声道：“官人怎么可以这样说话！阮大铖趋附权奸，丧尽廉耻，妇人女子，无不唾骂。他人攻之，官人救之，官人这是把自己放在何等地位？我看官人之意，不过因他助了你几百两银子的妆奁，便要徇私废公。哪知道这几件钗钏衣裙，原放不到我香君的眼里。”香君说罢，便从身上脱下锦缎衣裙，从头上拔下珍宝首饰，噼里啪啦地摔了一地。

贞丽叹道：“把好好东西，都丢一地，可惜！可惜！”

侯方域被香君一席话说得无地自容，叹道：“好！好！这等见识，我倒不如，香君真乃我侯方域的畏友也！”然后又转身对龙友道：“老兄莫怪，并非小弟不领情。香君一女流之辈尚能如此明辨忠奸，洞察是非，我等读书人岂能不懂名节，为女子所笑？复社诸友之所以平日看重我侯生，也只为这点义气。我若依附奸邪，那时群起来攻，自救不暇，又怎能救别人呢？”

“圆老一番好意，最好勿要如此鲁莽。”龙友满面羞惭，却还不死心。

“我即使再愚蠢，也不能从井救人。”

“既然如此，那我只好告辞啦。”

这时，下人已把衣裳首饰收进箱笼，方域道：“这些箱笼都是阮家之物，香君不用，留之无益，杨兄取走吧！”

杨龙友乘兴而来，败兴而去，悻悻地告辞了。

香君怒气未消，方域近前道：“香君天姿国色，摘了几朵珠翠，脱去一套绮罗，十分容貌，又添十分，更觉可爱。”

自此后，方域、香君更加恩爱。平日里，二人或者游山玩水，或者与复社朋友聚会闲谈。香君因“却奁”之事，备受复社朋友敬重。阮大铖再次受挫，对香君、方域恨之入骨，幻想有朝一日反攻倒算，以雪耻辱。

转眼已是八月间。

这一天，侯方域闲来无事，便到柳敬亭家听他说评书来了。不料柳敬亭刚刚说了个开头，杨龙友突然冲了进来，对侯方域叫道：“眼下是何等时候，侯兄还有心思听评书！”见方域仍在疑惑，便又接着道：“侯兄还不知道吗？左良玉率兵东下，要抢南京。南京兵部尚书熊明遇束手无策，故此托弟前来，恳求妙计退兵。”

原来，这几年南方张献忠的农民起义军声势浩大，朝廷的政策又不见成效，只搞得府库空虚、黎民饥困，镇守武汉三镇的大将左良玉所率兵马三十余万，连兵饷都开不下来了。不久前，左良玉从湖南借了三十船粮食，不到一月全部吃光。士兵们饥肠辘辘，怨声载道。左良玉眼看大军不攻自破，只好一面赶快从江西借饷，一面准备撤离汉口，就食于南京。

风声传到南京，大小官僚们万分恐慌，都以为左良玉要夺取南京，称王称霸。南京兵部尚书熊明遇突然想起左良玉有个恩人，就是侯恂，左良玉便是侯恂一手提拔重用的。眼下侯恂的儿子侯方域正客居南京，岂不正好利用一下？于是，熊明遇委托杨龙友前来找寻方域，恳求妙策。

侯方域心里纳闷，对龙友道："我一介书生，能有何良策退此大兵？"

"久闻令尊大人乃宁南侯左良玉的大恩人，若能请令尊大人修书一封，必能化干戈为玉帛。不知侯兄意下如何？"

"这等好事，怎肯不做？只是家父罢职闲居，即使发书，未必有用。再说往返路途要三千多里，远水难解近渴呀。"

"侯兄素称豪侠，遇此国家大事，怎忍坐视不管？你何不代写一封，且救眼前之危。日后禀明令尊大人，料也不会责怪的。"

侯方域看确实别无妙计，只得修书一封。龙友看了，赞道："写得激切婉转，有情有理，叫他不好不依，又不敢不依。"龙友忽然又想起送信人也该是侯家的方才不露破绽，否则，左良玉看出漏洞，反而弄巧成拙。

二人正为此一筹莫展，柳敬亭上前自告奋勇，要冒充侯家门客前去下书。龙友见他是个说书艺人，不谙兵道，便有些不放心。敬亭看出他的意思，满不在乎地说："不瞒你说，我柳敬亭九尺男儿，也不是酒囊饭袋，那些随机应变的机灵，左冲右挡的膂力，都还有些的。"很快大家收拾停当，送敬亭上了去武昌的路。

柳敬亭刚到武昌城，突然被两个巡逻的士兵抓住。敬亭笑道："啊呀！怎么提起我来了？真是两个没眼色的花子，怪不得饿得东倒西歪。"

二人惊问道："你怎晓得我们挨饿？"

"不为你们挨饿，我来这里做什么？"

“这么说来，你莫非是江西解粮来的？”

“不是解粮的，是做什么的?！”

两名士兵赶紧告饶，送敬亭到了帅府辕门。左良玉一听江西解送粮食的人到了，当即传令进帐。不料来人并无公文，不像是解送粮食的公差，便强压怒火问道：“可带有书信？”

柳敬亭忙取出书信，道：“归德侯老先生有书函一封，敬奉将军。”

“侯先生是我的恩师，你如何认得？”

“我是侯府门客，怎么不认得？”

左良玉听了，连忙接过书信，打开一看，原来是劝他镇守武昌，不可移兵内地。他叹了口气道：“我左良玉一片忠心，天日可鉴。只是这武昌城屡经战火，十室九空，三十万大军短粮缺草，日日鼓噪，连俺也做不得主了。”

柳敬亭怒道：“元帅说哪里话？自古道‘兵随将转’，再没个‘将随兵移’的道理！”说罢，便将手中的茶杯摔于地下。

左良玉见状勃然大怒：“你敢在本帅面前如此放肆？”

敬亭却笑道：“晚生怎敢无礼，只是一时说得高兴，顺手把杯子摔出去了。”

“顺手摔出去？难道你的心做不得主吗？”

“正是！要是心能做得主，也就不叫手下乱动了！”

左良玉听出敬亭是借题讽谏，不禁笑道：“你讲得蛮有道理。只因兵士们饿急了，只好答应他们往内地就食，这也是没办法的事呀！”

敬亭还未听完，便说道：“晚生远来，也饿急了，元帅竟不问一声儿？”

左良玉忙道：“我倒忘了，叫左右快摆饭来。”

敬亭却一个劲地直揉肚皮，连叫：“饿死了！饿死了！”

左良玉急催手下人：“可恶奴才，还不快摆！”

正催着，敬亭已站起身来，叫道：“等不及了，我到内里去吃吧！”边说边往后堂走去。

左良玉怒声喝道：“你怎能进我内里？”

“饿急了！”敬亭扭头回答。

“你饿急了，就许往内里跑吗？”

“哈哈……饿急了也不许往内里跑，原来元帅也明白这个道理呀！”

左良玉听罢，不觉哑然一笑，道：“好一个舌辩之士，句句说着俺的错处。”于是，左良玉决定不再东下就食了。因见敬亭是个难得的人才，左良玉便有意把他留在军中，敬亭见左良玉是个忠义之士，也就答应下来，不回南京了。

却说南京这边，阮大铖趁着熊明遇召集大小文武官员商议对策，同时也征求闲罢官绅意见之机，生出一条毒计，诬告侯方域，说这次左良玉妄图东下，都是侯方域暗中勾结所致，并煞有介事地说道：“侯方域与左良玉平日交往甚密，时常私通书信，若不除去此人，今后必将危害朝廷。”

淮安漕抚史可法极力辟谣，说：“侯方域是复社中有名的正直之士，绝不会干这种勾当。阮大铖不要胡言乱讲，坑害忠良。”

凤阳督抚马士英却非常相信阮大铖的谗言，竟私自决定捉拿侯方域。杨龙友当时也在场，眼看此事已无可挽回，便急忙悄悄地跑到媚香楼通风报信来了。

到媚香楼时，天色已晚，龙友慌里慌张地拉住侯方域，上气不接下气地说道：“你还不知，大祸临头了。”

侯方域急问道：“有何等祸事，令杨兄如此慌张？”

“今日清议堂议事，阮大铖当着众人，说你与左良玉素有私情，常有书信来往，准备做他的内应，一举拿下南京。当事的老爷俱有拿你之意。”

“我与阮大铖素无深仇，为何下这般毒手？”侯方域大吃一惊。

“还不是因却奁一事怀恨在心。”

香君见事已至此，便与杨龙友一起催侯方域速速出逃。侯方域眼望香君，脸上露出难舍难分的样子。

香君正色劝道：“官人素以豪杰自命，为何突然学起小儿女的情态来了！”侯方域便下决心马上逃走，只是未曾遭此等磨难，再加遍地烽烟，干戈四起，不知往哪里去。

杨龙友灵机一动，想出个主意：“议事之时，我见史可法大人极力为侯兄辩解，还说与尊府原有世谊。”

侯方域一想，说道：“不错，史可法是家父的门生。”

“那你为何不随他到淮安暂且避难，然后再从长计议呢？”

侯方域连声称谢，问明史可法的寓所，便打点行李，准备前去投奔。

临行时，侯方域紧紧攥住香君的一双素手，深情地说道：“暂此分别，后会不远。”

香君挥泪道："满地尘烟，恐怕难以预料……"侯方域一步三回头地走了。

贞丽这时才想起埋怨杨龙友："这桩祸事都是从杨老爷身上起的，还求杨老爷操心了结。"

杨龙友劝慰道："贞娘放心，侯郎既去，就与你不相干了。"

崇祯十七年（1644），李自成率领的农民起义大军接连取得胜利，把进攻的矛头直接指向了明王朝的统治中心——北京。一路上，起义军所向披靡，势不可挡，终于在三月十九日占领了北京。崇祯皇帝走投无路，自缢于煤山。

这消息传到南京后，顿时掀起了一场轩然大波，文武官员惶惶不可终日。社稷不能一日无主，南京城和江南各地的公卿大臣们纷纷哭闹了一阵后，便开始了迎立新帝的派系斗争。

明朝的国都本来就是南京，为控制全国政局，明成祖朱棣把国都迁到北京，南京便改为留都，所以南京和北京一样，也设置六部九卿、各等官衙。如今北京已陷落，皇帝也自缢身亡，南京便自然是国都了。那么，该让谁继承皇位呢？老奸巨猾的阮大铖见这正是自己梦寐以求的出山机会，便绞尽脑汁寻找靠山。于是，他与马士英商量，提议拥立福王朱由崧任"监国"之职，代理皇位。

但这福王是无恶不作的霸王，他在洛阳一带霸占民田，奸淫妇女，百姓早已对他恨之入骨。如果由他代行皇帝之职，与阮大铖、马士英等一班人串通一气，忠良必遭不测，百姓将更遭殃。因此，马士英一到南京提出由福王监国，便遭到史可法的反对。此时，史可法已升任南京兵部尚书，执掌兵权。

侯方域自逃离媚香楼后，便在史可法府里主掌文书，因他是河南人，对福王家的老底更为清楚，便给史可法列出福王有“三大罪，五不可立”。史可法见他论理透彻，句句铿锵，便命他回信给凤阳总督马士英，反对拥立福王。

马士英遭拒绝后忙找阮大铖商量对策。阮大铖到底老奸巨猾，一计不成，又生一计。他见史可法虽为兵部尚书，但南京一带的军队实权却掌握在江北四镇手里，这四镇总兵就是黄得功、刘泽清、刘良佐和高杰。于是，二人暗中勾结四镇总兵谋划迎君事宜，同时拉拢南京的一批官僚政客联名上书，终于把荒淫无道的福王朱由崧推上了皇帝宝座。南明政权就这样在一群腐朽势力的拥戴下诞生了。

由于史可法极力反对拥戴福王，朱由崧登基后，便在马、阮的怂恿下，把史可法挤出朝廷，委派他到扬州任督师，以抵御大举南下的清兵。

而那班昏庸官僚则纷纷封官加爵。阴险谄佞的马士英被擢升为内阁大学士兼兵部尚书；江北四镇总兵也加封公侯；阮大铖一直在幕后操纵，鬼点子出得最多，也在马士英的周旋下恢复了光禄卿的原职；杨龙友因迎驾有功，也补了礼部主事。

史可法虽被排挤出京，却以国事为重，不计个人得失。一到扬州，史可法便下令齐集四镇，整师誓旅，以雪君父之仇。

侯方域道：“高杰镇守扬、通要塞，兵骄将傲，那黄得功、刘良佐、刘泽清平日常有怨言。今日相见，万一兄弟不和，发生内讧，恐为渔人之利。”

史可法道：“言之有理。今日相见，俺自有一番劝慰之言。”

四镇总兵奉命参谒史可法，行礼完结，依次坐定，高杰在首位。果然，还未商议调兵之事，四总兵便吵作一团。原来，高杰本是李自成手下大将，后来投降朝廷，官至总兵，现今驻扎在扬州，对三镇总兵傲不为礼。黄、刘三人不忍为之下，骂高杰“不过是投诚草寇，有何战功，今日公然坐俺三镇之上”。高杰更是针锋相对，口出狂言。当下双方便剑拔弩张，几乎动起手来。

史可法见四首领只顾争定位次，全不把国难放在心上，不禁黯然神伤，只好劝慰了一番，令三镇总兵暂且回防地，听候调遣，并下令命高杰做了帅下先锋。

不料想三镇总兵都是些“国仇犹可恕，私恨最难消”的主儿，第二天便把三处兵马合成一处，杀向扬州。高杰自恃兵多将广，大小三军排开阵势。双方锣鼓齐鸣，拼命厮杀起来。史可法听后焦急如焚，忙命侯方域传令四镇休战。

侯方域手持令旗，来到阵前，高声断喝：“内阁大元帅有令：四镇造反，皆督师之过。请先到帅府，杀了元帅，再攻南京，夺取宫阙。不必在此混战，骚害百姓。”

黄得功、刘良佐两镇已经败走，刘泽清与高杰还想分辩，侯方域严厉地说道：“不奉军令，妄行厮杀，都是反贼。明日奏明圣上，你们自去分辩吧。”各镇只得罢兵休战。

史可法以大局为重，责怪高杰不知礼体，挑嫌起衅，命他向三镇服礼，等和解之日，再行处分。

高杰想：我乃元帅标下先锋，元帅不加护庇，反让与三镇总兵道歉。是可忍，孰不可忍！一气之下，不但不去服礼，反而率领奉镇全部人马，南下渡江，要抢占苏、杭二州。

高杰率兵来到长江北岸，谁知苏州巡抚郑瑄早已操舟架炮，堵住江口。三镇也已会齐人马，南来迎战，三镇前哨已到高邮。高杰进退维谷，万般无奈，只好来到史阁部辕门，求见元帅。史可法命他进帐，高杰惭愧道："小将高杰，罪该万死，求元帅开恩饶恕！"

史可法怒斥高杰一言不合，竟自造反，及至渡江不成，又投辕门。忽而造反，忽而投诚，把造反投诚视同儿戏。史可法本想依法处置高杰，但又想到国家危亡之际正需用人，便同意侯方域的意见，命其北上，坐镇开封、洛阳，阻挡挥师南下、欲渡黄河的清军，将功赎罪。高杰本心不愿离开扬州，无奈三镇兵马一直围追堵截，必欲置之于死地，他只好唯唯称诺，回营准备北上。

史可法沉吟了一会儿，对侯方域道："北上防河一事，是关键的一环，我看高杰有勇无谋，倘有疏忽，后果难以设想。河南是你的故乡，何不随军前往，既遂还乡之愿，又好监军防河，且为黎民造福，岂不是一举三得？"方域哪有不从，保证随军北上，不辱使命。三镇总兵见高杰一部拔营开往河南，移防要塞，便也消了怒气，各自带兵回营了。

边关危机，将士们在外驰骋疆场、浴血奋战，而南京城里，南明朝廷上上下下却仍是一个纸醉金迷的花花世界。马士英大权在握，与阮大铖等狼狈为奸，一面呼朋引党，一面搜捕清流，把个南京城搞得乌烟瘴气。

李香君自与方域别离后，终日闷闷不乐，甘守空房，连用琴棋伴客的生意也拒不接手。她干娘见她断了生意，自然恼火，无奈香君软硬不吃，宁死也不违意。

这日，香君正在楼上摩挲香扇，睹物伤情，寇白门与沈公宪突然来访。一进门，沈公宪便满脸笑容地对香君道："恭喜！恭喜！"

"喜从何来？"香君莫名其妙。

"听礼部杨老爷说，有一位漕抚大人田仰要出三百两白银，娶你做妾，托俺前来做媒，岂不可喜可贺！"

这位田仰，本是个酒色之徒，只因是马士英的亲戚，福王登基后便一步登天，被提升为淮扬漕抚。这田仰春风得意，想在上任前先在南京娶上一位漂亮的小妾。杨龙友是风月场上的常客，又是他的同乡，田仰便交给杨龙友三百两白银，嘱他一定代为物色一位美妾。这杨龙友本是个好事之徒，又见田仰官高财足，便一口应承下来。想来想去，青楼色艺皆佳之人，莫过于香君，杨龙友便欲到媚香楼撮合此事，但又想到自己本是香君与侯方域的大媒，不好当面开口，便托寇白门与沈公宪代为周旋。

寇、沈二人满以为这等好事，香君定会喜不自禁，一口应承。不料香君得知二人来意之后，斩钉截铁地说道："奴身已嫁侯郎，断无改嫁之理！"

沈公宪劝道："这是杨老爷的好意，怎能拒绝？"

"我香君不图富贵，此话休和我讲！"

"你不嫁人，明日拿去学戏，连个男人的面也难见到。再说，三百两白花花的银子，难道买不去你这黄毛丫头吗？"寇白门道。

"奴便终身守寡，有何难哉，只不嫁人。你要银子，你便嫁他，不要管人闲事。”香君索性反唇相讥。

二人见香君铁了心，雷打不动，只得怏怏地走了。杨龙友得知此事后，心里好不气恼。

转眼已是十月。这日马士英闲来无事，又见花园中红梅早放，便设席万玉园中，宴请亲戚故旧。礼部主事杨龙友、佥都御史赵其杰、漕抚田仰、光禄卿阮大铖等一班狐朋狗友皆应邀前来。酒过三巡，阮大铖提议去秦淮河叫几个歌伎来唱曲儿助兴。

马士英问道："龙友最谙此道，你看旧院里哪个歌女最为出色？"

"小弟物色已多，最佳者莫过李香君。她最近刚学会《牡丹亭》，唱得蛮不错哩！"

马士英马上吩咐差人前去传呼。这时，阮大铖眉头一皱，转身问杨龙友道："不久前，田仰要用三百两银子娶作小妾的，莫非就是这个李香君？"

"正是。"

"为何没娶去呢？"

"可笑这个呆丫头，非要为侯方域守节不可，死不嫁人。我颇费了一番周折，还是没成，好不扫兴。"

"竟有这等大胆女子！"马士英听了勃然大怒，"一个漕抚大人，拿了三百两银子竟买不来一个歌伎，岂有此理！"

阮大铖本觉对侯、李二人还诬陷不够，今见马士英心怀怒气，便添油加醋地说道："这都是侯方域教坏的。田大人是您的至亲，竟被一个歌伎羞辱，可不是小事呀！"

正在这时，差人回报说，李香君推托有病，不肯下楼。

"哼！好大的胆子！"马士英暴跳如雷，"好吧，叫长班家人，拿着衣服彩礼，甭管她肯不肯，抬上轿，径直送到田仰府上就是！"

阮大铖得意地露出一丝奸笑。杨龙友却若有所思，赶忙告辞。阮大铖出来对杨龙友说："马相国为自己的乡亲动此义举，龙老也该帮一帮才是。"

杨龙友反问道："我能帮什么？"

阮大铖冷笑一声："旧院是你熟游之处，你帮忙把那丫头拉下楼来，打发起身，岂不更好！"

杨龙友道："唉，也不要太难为人家……"

阮大铖把眼一瞪，怒气冲冲地说道："这还便宜了她！想起上次之事，就是处死这贱人，也难消我心头之恨！"

杨龙友想了想，便赶紧追上那帮差丁，闹哄哄地一同来至媚香楼。先见到了贞娘，等说明来意后，贞娘惊问道："田家亲事，久已回断，如何又来纠缠？"

一差丁见贞娘年轻貌美，以为定是香君，便端银送上前去，说道："请李香君受田家彩礼。"

贞娘往后退了一步，说道："待我进去商量商量。"

"相府要人，还容你商量，快快收了银子，出来上轿，不然的话……"另一差丁吹胡子瞪眼地耍威风。

杨龙友哭笑不得，怕差丁果真动手抢人，便说道："她怎敢不去？你们在外等候，待我拿银进去，催她梳洗。"几个差丁正愁没空胡闹，便推推搡搡地寻花问柳去了。

香君在里屋听见吵闹声，便走了出来，得知又是来逼婚的，惊道：“吓死我了，又是哪个该杀的？”

“还是田仰，又借着相府的势力，硬来娶你。”贞娘说完，又转身对杨龙友怒道，“杨老爷从来疼俺母女，为何今日下此毒手？”

“实在不干我事，那马士英知香君拒绝田仰，大发雷霆，命一班恶仆登门强娶。下官怕你们受气，特为护你母女而来。”

贞丽一时没了主意，央求道：“既然如此，多谢您了！还求老爷救人救到底呀。”

“依我看，三百彩礼，也不算吃亏；香君嫁个漕抚大人，也算一桩美事。你有多大本事，能敌他两家势力呢？”

贞丽原本就胆小怕事，见事已至此，只得对香君道：“杨老爷言之有理，看这局面，拗不过去了，孩儿还是趁早下楼吧。”

“妈妈说的哪里话！当日杨老爷做媒，妈妈主婚，把奴身嫁与侯郎，满堂宾客，无人不晓。”香君越说越气愤，转身进内屋取出那柄宫扇，胸脯一起一伏地继续说道，“这件定情物，这首定情诗，杨老爷也看过的，难道忘了不成?！”

龙友面露尴尬之色，红着脸说：“侯公子避祸他乡，假若三年不归，你也只是等他吗？”

“不要说三年，即便是等他十年、百年，我也不嫁田仰。”

“啊呀！好刚烈的脾性，又像是摘翠脱衣、骂阮大铖那番光景了。”

“可不正是！阮、田同是魏党，阮家妆奁尚且却之，倒去嫁给田仰吗？”

杨龙友见此情景，急得直搔头皮，这时楼下传来吆喝声：

“夜已深了，快些上轿，要不我们可就动手啦！”

杨龙友气恼地说道：“这傻丫头，难道不知马士英的厉害，如果违抗他意，被抓进教坊司，打死也是没人过问的。”

“事到如今，也顾不得她了。”贞丽把心一狠，招呼几个老妈子道，“你们都下手，帮她梳头穿衣。”

几个人上前便硬给香君换衣。“妈妈，您好狠心！”香君哭喊了一声，手持白绫子宫扇乱打起来。杨龙友见几个老妈子不得近前，便亲自动手，几个人强拉硬扯，好不容易给香君套上一件嫁衣，接着便要往楼下拽。

香君绝望地哭叫道：“我就是死，也不下此楼！”喊罢，用尽平生力气挣脱众人，一头撞倒在墙边，顿时血流满地，昏了过去，连诗扇上都溅上了鲜血。

贞娘惊叫：“啊呀！我儿苏醒，竟把花容碰了个稀烂。”急忙命人把香君抬回卧房，小心护理。这时，楼下差丁又吆喝起来：“夜已三更了，诓去银子，不打发新人上轿，我们可要上楼动手啦！”

杨龙友向楼下喊道：“她母女二人难分难舍，非常可怜，再略等片刻。”

贞娘急得团团转：“孩儿碰坏，外边声声要人，这如何是好？”

杨龙友道：“那马士英的脾气，你是知道的，如若不从，你母女二人性命难保。”

“求杨老爷救俺哟！”贞娘哭丧着脸说道。

杨龙友看了贞娘一眼，一拍脑袋，想出了个权宜之计，说道："娼家从良，本是好事，况且嫁与田府，坐享荣华富贵，香君既没造化，你便替她享受吧！"

"呸！"贞娘啐了龙友一口，"这如何使得？"

"明天早晨，相府便来捉人，看你使得不使得？"

贞丽想了半天，实在别无好法，只能替香君走一遭了。杨龙友见贞丽同意，长舒了一口气，催她抓紧梳洗打扮，贞丽又担心被别人识破，杨龙友拍胸保证："我说是香君，谁能辨别。再说，你又生得花容月貌，看上去不过二十几岁，刚才那些差役不是还直喊你香君吗？"

贞丽打扮完毕，含着眼泪告别了满头血痕的香君，正要下楼，突然想起了什么，悄声吩咐一个老妈子："三百两银子，替我收好，不要花费了。"然后便凄惨惨地坐上轿，被差役们前呼后拥地抬走了。

杨龙友不禁心下窃喜：贞丽从良，香君守节，马士英逞了威风，阮大铖泄了私愤，将李代桃，一举四得，真是个妙计！

半月有余，香君头部的伤总算好了，只留下一道胭脂似的伤疤结在眉梢。这日，她起身心事重重地坐在妆台前，想自己虽用苦肉之计，得遂全身之节，却是孤身只影，无人做伴，好不凄凉！一会儿又想到侯公子匆匆避祸，不知流落何所；贞娘替儿承受灾祸，床榻依然，归日未卜……想着想着，不觉又取出侯公子的定情诗扇。展开一看，只见上面浓浓淡淡地落上点点血迹，香君长长叹了一口气，自言自语道："侯郎呀侯郎，我这都是为了你，才血溅诗扇，保全名节！"就这样，香君一阵心酸，一阵凄苦，不免困倦起来，竟趴在妆台上睡着了。

这天，杨龙友路过媚香楼，便想上来探望香君，正遇上前来传递消息的苏昆生，便一同走到楼上。见香君困睡妆台，一脸倦容，眼角还留有泪痕，二人不忍打扰，正要转身下楼，杨龙友一眼望见那柄宫扇压在香君身下，便上前轻轻抽出，二人端详着诗扇，摇头感伤了一番。

杨龙友轻声说道："这是侯兄与香君的定情之物，如今染上香君的鲜血，斑斑点点，红艳非常，倒别有一番意义呢！何不添些枝叶，替她点缀起来？"

昆生连声称此主意好。杨龙友本是个才艺出名的清客，书画尤佳。只见他采摘了些盆草，挤出鲜汁以充绿色，然后挥毫点染，几笔下来，点点血痕奇迹般成了几段鲜艳的折枝桃花。

昆生不禁拍手大笑："真乃桃花扇也！"

这下把香君惊醒了，香君连忙起身让座。杨龙友笑着把扇递给香君，说道："下官有画扇一柄，奉赠予你。"

香君接过扇子，伤心地说道："这是我的旧扇子，被血迹弄脏了，看它何用？"

"扇上的几笔妙染，何不赏鉴呢？"苏昆生在一旁插言道。

"何时画的？"香君这才注意到扇上的桃花。

"得罪得罪。"杨龙友道，"方才被我胡乱点染坏了。"

香君仔细看了半晌，叹道："唉，桃花薄命，扇底飘零。多谢杨老爷为我写照了。"

杨龙友悲伤地叹了一声，道："这柄桃花扇在手，你难忘侯郎，难道就这样做个入月嫦娥不成？"

"我与侯郎山盟海誓，侯郎不至，我宁愿关门到老。"

"香君这般忠贞不贰，真是今世少有哇！"杨龙友转身又对昆生道，"昆老念师弟之情，何不寻着侯郎，将香君送去，也省却俺一番牵挂？"

苏昆生忙说道："我今天正是为侯公子而来。经多方打听，得知侯公子随史可法大人到了扬州，现在又跟随高杰去防守黄河去了。我准备过两天回河南老家一趟，顺便找寻侯公子。香君可有书信否？"

香君听到侯方域的消息，心中不觉一喜，千言万语涌上心头，但一时又无法表达。她想了一会儿，便道："罢，罢！我的千愁万苦，俱在扇头，就烦请师父把它捎给侯郎吧。"说罢便小心地将扇封好，递与昆生。

"好，好！这封书信却也别致！"昆生感叹不已，嘱托几句，便与杨龙友一起告辞了。香君见妈妈不在，师父又去，妆楼独闭，不免又哭泣起来。

第二年新春正月，福王朱由崧正式称帝，年号弘光。一帮腐败官僚随着也纷纷加官晋爵，好不热闹。阮大铖也被再次提挈，到内庭供职。为感谢皇恩浩荡，阮大铖趁新春热闹季节，把自己所作的四种传奇献给皇帝。皇帝龙颜大悦，立即传旨，命礼部采选宫女，要把《燕子笺》早日排演，以成"一代中兴之乐"。阮大铖担心传奇被俗手搞坏，损害文名，又奏了一本，说什么"生口不如熟口，清客强似教手"，不如从秦淮歌伎中物色演员。弘光帝当即应允，命令大肆搜罗秦淮歌伎，挑选了十余名征入宫中。阮大铖亲验色艺，觉得这些歌伎的技艺平平，很不满意。

原来，几名出色的歌伎因是杨龙友的老相识，被杨龙友几番求情，免选入宫。

马士英听说后大发脾气，说道："教演新戏是圣上心事，难道不选好演员，倒选坏的不成？"

杨龙友吓得再不敢造次。教坊司又出动人马，征调李贞丽、卞玉京、寇白门、郑妥娘等一班名伎，以及丁继之、沈公宪、张燕筑等著名清客一并入宫。这些人自料有杨老爷护持，都没有防备，只有卞玉京和丁继之早已看破世情，穿上道袍，到栖霞山出家做道士去了，其余几位全被搜捕带到礼部。

这天降了一场大雪，马士英、阮大铖、杨龙友一伙官僚在赏心亭设宴赏雪。阮大铖命人把候选的歌伎们招来助兴。

马士英却说："今日雅集，用不着她们，打发她们去礼部过堂去吧。"

阮大铖失望地说道："特令她们到此伺候酒席的。"

马士英道："那就留下那个年纪小的吧。"这留下的正是冒名李贞丽的香君。她被强行捉入宫中，早已满腔怒火，今见一群公卿大臣不思边防危急，只顾花天酒地，更是怒火满腔。只听座上呼道："李贞丽，过来斟酒唱歌。"香君摇头不语。马士英道："为何摇头？"

"不会！"

"哎呀，样样不会，怎称得上名伎？"

"我本不是什么名伎。只因战乱频频，国破家亡，致使母女失散，夫妻分离，才坠于烟花巷中……"

杨龙友听香君含沙射影，深知她动起怒来会不顾一切，赶忙阻拦道：“今日老爷们在此行乐，你不必只是诉冤了。”不料香君非但不住口，反而接过话茬继续说道：“我的冤苦本不值一提，可是国难当头，明朝江山只剩半壁，百姓指望靠你们振兴家邦、恢复国土，可你们这班昏官，全然不思危亡，整日征歌选舞、花天酒地。明朝江山危在旦夕呀！”

马士英没料到区区一个歌伎竟敢在他面前慷慨陈词，毫不顾忌，气得拍案大叫道：“这妮子胡言乱语，太放肆了！”

阮大铖道：“听说李贞丽原是东林党张天如、夏彝仲所结交的名伎，自然是无法无天，该拉下去痛打一顿。”

杨龙友眼看香君要受皮肉之苦，忙上前遮掩道：“我看这妮子年纪如此小，未必就是和东林党有旧交的那个李贞丽。”

“就是那个李贞丽又怎样?！”李香君气愤至极，索性拼死骂个痛快，“东林诸君，仁义之士，俺青楼姐妹谁不敬重！而你阮大铖不过是魏忠贤的干儿子，今日狗仗人势，兴风作浪，丧尽天良！”

这下可把阮大铖骂到了痛处，只见他暴跳如雷，脸色铁青，大声道：“好个大胆的娼妇！竟敢当着内阁大老爷的面撒野，罪该万死！”说罢，就要命人痛打香君。

马士英虽也恼羞成怒，但想到自己毕竟是一朝阁老，这点风度还是不能丢的，因此一时没了言语。

杨龙友趁机劝道：“阁老之尊，娼女之贱，天地悬绝，何必介意呢！”

马士英听后，便乐得个顺水推舟，阻止了阮大铖，命道：

“也罢！拉下去，送到内宫做粗使宫女吧！”

杨龙友私下暗想：可怜香君才下楼来，偏偏冤家路窄，撞上两个对头。这场是非实属难免，若非我从中遮掩，只怕香君凶多吉少哩！

就这样，香君被罚进内宫。有一次，弘光皇帝要亲自挑选旦角，见香君声容俱佳，便派她做了正旦。香君见自己深陷内宫，不知何日得与侯郎团圆，心中充满辛酸。

侯方域自头一年夏便随高杰北上，移防开封、洛阳，战火连绵不断，也是半年多了。果然不出史可法所料，一到河南，高杰便与睢州镇将许定国发生了矛盾。原来，这个许定国也是个卖官鬻爵、中饱私囊的昏官。他自称手下拥有雄兵十万，等到高杰检阅时，才发觉全是些老弱病残，其中很多还是临时拉来充数的百姓。许定国一直在用虚报兵额的办法，冒领军饷，假公肥私。高杰见此光景，大发雷霆，竟不顾“强龙不压地头蛇”的古训，狠命把许定国责骂了一顿。因此，许定国对高杰恨之入骨。

这一日，许定国与手下人设下计谋，邀请高杰进睢州城饮酒，预备席间以放炮为号，取高杰首级。侯方域料到许定国此举其中有诈，再三劝阻高杰勿要自投罗网。可是高杰自恃威名盖世，傲慢地说道：“即便是黄、刘三镇，也对我甘拜下风，许定国不过走狗小将，有何等本领，倒教我防备他起来！”便带上一队亲兵应约而去。

果然，饮宴之间，炮声一响，刀斧手从暗中杀出，把高杰和所带亲兵杀个精光。许定国怕高杰手下大队人马前来报仇，索性派人带着高杰首级，献与清军，然后又领清兵连夜踏冰渡河，把高兵杀得大败。

侯方域见大势已去，无奈何，只得匆匆带上几个贴身仆人，取水路逃往南京。一路走来，到处烽烟滚滚，战火频频。这晚，当船行至吕梁滨一带时，风浪大起，船行不动，只得在一处泊船之所，停靠下来，准备风停再走。侯方域半躺在船舱里，想起了香君的诸种好处，恨不得插翅飞回媚香楼，重温旧梦。侯方域在这里想心事，邻船船舱中，一男一女则絮絮叨叨，半夜未停。侯方域突然听出那男子的声音，好似苏昆生，妇人的声音也颇耳熟。侯方域急忙冲着隔壁冒昧地大喊一声："苏昆生！"

那男子果然应声道："哪个唤我？"

侯方域喜出望外，急忙冲出船舱，苏昆生也迎了出来。

"原来是侯公子，我正到处找你，不料在这里相遇，谢天谢地！"苏昆生高兴万分，继续说道，"快过船来吧，这里还有一个老相识呢！"

侯方域走进对船舱内，只见香君的干娘贞丽站在那里掩面抽泣。侯方域惊问道："贞娘如何到此？我的香君又在哪里？"

"唉，一言难尽呢……"贞丽泣不成声，便把香君的遭遇从头哭诉了一遍。苏昆生接着把那柄鲜血染成的桃花扇交给方域，方域早已哭得如泪人一般。待心情稍稍平静后，侯方域又问二人如何流落至此。

原来，李贞丽被逼嫁到田仰家后，田仰的大老婆是个十分悍妒的妇人，当夜便命几个老妈子把她揪出洞房，痛打一顿，然后又逼田仰将贞丽赶走。田仰无奈，便把贞丽赏给帐下一位老兵。

这位老兵常常乘报船到沿河一带递送文书。这天傍晚，老兵上岸送信未归，李贞丽在船上突然听到河里传来高呼“救命”的声音，只见一个老汉拼命在水里挣扎。贞丽心善，忙请船夫把落水之人打捞上来，不料竟是苏昆生。

苏昆生那日辞别香君后，便骑上毛驴往河南来，到了吕梁滨时，正好碰上一伙溃逃的败兵。几个败兵见他一个孤老头子，不容分说，便把他拉下毛驴，扔进河里，然后抢过驴子，扬长而去。可怜那年事已高的苏老先生危急时刻还不忘香君的重托，唯恐河水打湿扇子，竟把包袱顶在头上，在冷水中挣扎半日，多亏贞娘相救，否则早溺死在水中了。

三人相遇，悲喜交集，一夜长谈，不免一阵辛酸，一番感叹。次日清晨，侯方域和苏昆生含泪辞别了贞娘，一同往南京来。到南京时已是三更时分，二人在旅店住了一夜。

第二天一大早，侯方域便留下昆生照看行李，独自一人急不可耐地来到媚香楼。进了大门虚掩的院子，只见树上黄莺啼鸣，紫燕飞转，满地芳草萋萋，苔藓片片。

侯方域心想：香君定是春眠未起，何不悄声上楼，看她醒来如何惊喜，便轻声走上楼梯。到了楼上，顿觉景物全非，一座梳妆绣楼四壁挂满了字画，几案上边摆满了丹青笔墨。侯方域心下疑惑：莫非香君为我守节，不肯做那青楼生意，故而留心丹青，聊以排遣春愁？再来到香君卧房前，却见门扉紧闭，一番久无人住的光景。正在吃惊，一位陌生中年男子推门进来，见到侯方域，惊问道：“你是谁，怎么擅自上我寓楼？”

侯方域反问道：“这是俺香君的妆楼，你怎么住在这里？”

“我是画士蓝瑛，杨龙友是我的老朋友，是他让我暂寓此楼的。”

“原来是蓝田老，小生一向久仰！”

“请问您尊姓大名……”

“小生乃河南侯朝宗，也是龙友故交。”

“哎呀！文名震耳，今日才得幸会。请坐，请坐！”蓝瑛惊道。

侯方域还未坐稳，就急忙问道：“请问蓝田老，香君到哪里去了？”

“听说被选入宫了。”

“怎么？”侯方域吃了一惊，“她被选入宫了？几时去的？”

“这倒不知。”蓝瑛摇了摇头。

方域想起当时定情之日，桃花盛开，映着簇新的一座妆楼；今日重来，又值桃花盛开，不料却人去楼空。对景触情，侯方域不禁泪流满面。这时，杨龙友正好来探望蓝瑛，见侯方域在此，也是一惊。侯方域把别后的情况对龙友细讲了一番，又问道：

“香君几时进宫的？”

“正月初七被选入宫的。”

“何时才能出来？”

“唉，遥遥无期啊……”

“那我只好在此等她了。”

“此处有何留恋，侯兄还是另寻佳丽吧！”杨龙友忧心忡忡地劝道。

“香君对我如此忠贞不贰，我怎忍心负她呢？先得到她一点消息，再走也放心呀。”

这时蓝瑛刚好为锦衣卫仪正张瑶星先生画完一幅《桃源图》，便想请方域题咏几句，为画生色。方域略微一想，提笔挥毫而就：

原是看花洞里人，重来哪得便迷津。

渔郎诳指空山路，留取桃源自避秦。

杨龙友细读一遍，看出诗中对自己有微怪之意，慨叹一声道："侯兄，还是不要埋怨了。实不瞒你，当今马士英、阮大铖当道，专以报仇雪恨为能事，我虽是他们的至亲好友，但也不敢当面直谏。正月初七那日，恰好唤着香君为酒席唱曲斟酒。香君的脾气你是知道的，她不但拒绝使唤，还手指马、阮一场好骂。亏得我在旁边劝了马士英几句，她才免遭毒手。现在选入内宫，总算保全性命。侯兄虽急于见到香君，但阮大铖一直对你耿耿于怀，伺机报复，你还是先到别处躲避一下吧。"

侯方域谢过了杨龙友，回到住处，对苏昆生把香君的遭遇讲了一遍，又提起马、阮之党四处搜捕东林、复社诸君子之事。二人决定先离开南京，到宜兴好友陈定生处暂且躲避一下，然后再慢慢打听香君的下落。

次日一大早，苏昆生与侯方域便匆匆离开了旅店，走到大街上，路过蔡益所书店，忽见门口廊柱上贴着新选书文的封面广告，上面醒目地写着：复社文开。下面还有一行小字：陈定生、吴次尾两先生新选。侯方域偶见两位老友的名字，一阵惊喜，心想：这个书店，定生、次尾常常来，何不进去一问？便走进书店，向老板打听。不出所料，老板告诉侯方域，二位先生正在后院选编文章，侯方域和苏昆生便高兴地进了后院。

说来也巧，阮大铖最近新任兵部侍郎，弘光皇帝特赐蟒袍玉带，喜得他得意忘形，不可一世。这天他忽然心血来潮，要到这条街上拜访几位同党，并吩咐手下人不必打道，尽着老百姓来瞧，以显他的雄风。

路过蔡益所书店时，阮大铖一眼便瞅见封面广告上的“复社”字样，立刻命长班揭下来，仔细一看，暗想：哼！复社乃东林后起，朝廷正在捉拿，还敢留他选书！便命人传来店老板审问。店老板吓得筛糠一般，分辩道：“与小人无关，相公们自己愿来的，现正在里面选书哩。”

阮大铖一听吴、陈两位仇人俱在后院选书，顿时一阵狂喜：国子监挨打之辱，今日终于可以报仇了。于是一面派人把书店团团围住，一面吩咐长班速速通知锦衣卫前来捕拿。三位公子便这样不明不白地被抓走了，阮大铖听说侯方域也在里面，更是喜出望外。

陈、吴、侯三人被押去受审，审问官是仪正张瑶星先生。这位张瑶星是个正直之士，素恶魏党。前几日，阮大铖一手炮制了“周、雷”案件，把东林党中颇有名望的礼部主事周镳、按察副使雷縯祚定为“逆党”，逮捕入狱。张瑶星深知其冤，但马、阮必欲置之于死地。因此，张瑶星自恨爱莫能助，但又不忍眼看忠义之士被屠戮，便想辞官归隐，以明志向。正踌躇间，忽闻又有三名“周、雷”同党被抓获，候他审问定罪。

张瑶星审了半天，才知所谓三名“逆党”都是复社英少，尤其是侯方域留在《桃源图》上的题诗早令瑶星倾倒，此刻又见他们皆以国事为怀，嫉恶如仇，刚直不阿，更是肃然起敬，便意欲将三公子当庭释放。

谁料阮大铖决意对东林、复社斩草除根，不但怂恿马士英要求皇上处死周、雷二人，他自己也处心积虑，妄图把所有的东林、复社君子一网打尽。他在奏本中道：“照得东林老奸，如蝗蔽日；复社小丑，似蝻出田。蝗为现在之灾，捕之欲尽；蝻为将来之患，灭之勿迟。”并编有一本《蝗蝻录》，上列收捕的名单。弘光帝马上准奏。一时间校尉四出，正人君子、名士清流或被捕入狱，或逃回老家，或遁入山林，南京城便成了马、阮一党的天下。

张瑶星眼看世道如此黑暗，一气之下，抛掉乌纱，带着一个贴身仆人悄悄跑到栖霞山当了道人。

且说苏昆生见侯方域被阮大铖捉去，东林复社诸君也相继捕的捕，逃的逃，急得心焦如焚。他突然想起，宁南侯左良玉与侯方域一家交情甚厚，焉能见死不救？便不顾路途遥远，溯江西上，赶到武昌。

谁知，在武昌一住三日，左良玉的门房总说主帅不在家，拒不通报。这天，左良玉在长江操练人马，苏老闻知后，便来营房附近等左良玉回营。等到掌灯时分，仍不见人影，昆生不耐烦了，便信步走进江边一座酒楼内，买了点酒菜，自斟自饮起来。他见窗外皓月当空，春夜迷人，不觉来了兴致，便自得其乐地哼起了小曲儿。

店主人跑来埋怨道：“客官还是安歇吧。现在正是戒严之时，万一元帅听见，连累小店，可如何是好？”

不料昆生哈哈笑道：“俺是元帅老乡，巴不得叫他知道，才好请俺进府哩！”这时，只听窗外马蹄声由远而近，昆生想这必是左良玉回营了，于是乘着酒兴又击案放声唱了起来。这下果然惊动了巡逻士兵，几个士兵跑了过来，不由分说，抓住昆生，便带到左良玉帐下请元帅发落。昆生见到左良玉，便一五一十地把侯公子如何遇难，自己来求元帅，因无门求见，故意犯法之事细细讲了一遍。

左良玉道：“侯公子是俺世交，既来求救，必有手书，取来我瞧！”

苏老道：“那日阮大铖亲领校尉，立拿入狱，哪里来得及写信？”

左良玉想起柳敬亭也是方域旧友，便唤出来辨认真假。敬亭出来一见是昆生，喜出望外，对左良玉道：“这是俺的盟弟苏昆生，天下第一个唱曲的名手，谁人不晓！”

左良玉敬佩地说道：“想不到你这唱曲之人，竟是一副侠义心肠！”

苏昆生便又把马、阮一党在南京所做的桩桩罪恶一一道来。左良玉听罢怒发冲冠，对前来议事的九江督抚袁继咸、湖广巡按黄澍说道：“我辈戮力疆场，只为报效朝廷，不料奸党横行霸道，杀害正人，日日卖官鬻爵，演舞教歌，一代中兴之君，行的竟是亡国之政！只有一个史阁部，忠心耿耿，却遭马、阮排挤。剩俺单身只手，怎去恢复中原？！”

黄澍对朝内诸种丑行早有耳闻，今见元帅气愤至此，哪里按捺得住，便力劝左良玉挥师东下，清除奸党，另立英明国君。左良玉担心内战会致使清兵乘虚而入，便决定写上一本，参奏马、阮，同时再拟一道檄文，声讨二贼，迫使弘光帝重整朝政。

奏章和檄文写好后，左良玉正寻思差遣何人担此重任，柳敬亭自告奋勇，要去投送檄文和奏章。左良玉等人不禁赞叹道：“柳先生真乃荆轲之流，可敬可佩呀！”当即设下壮行酒，送他上路了。

柳敬亭走后不久，左良玉思虑过甚，竟一病不起。军中事务暂由左良玉之子左梦庚代理。左梦庚年少气盛，瞒着父亲与黄澍等将领商量了一番，便立即整顿兵马，祭旗誓师，决意罢黜昏君，清除奸党。三十万大军就这样浩浩荡荡地沿江而下了。左良玉病卧船舱，对此事并不知晓。

马士英、阮大铖在南京得到左军东下的消息后，急得像热锅上的蚂蚁。为了保住自己的狗命，阮大铖提议调遣黄、刘三镇重兵入卫京城，扼守长江。这黄、刘三军是抵御清兵南下的主力，如果撤军南下，清兵定会长驱直入，后果不堪设想。阮大铖见马士英有些犹豫不决，阴险地笑道：“当务之急是抵御左军东下，左良玉一旦攻进南京，另立新君，你我死无葬身之地。至于清兵渡河，实乃疮疥之患。只要能打败左良玉，即使清兵占领南京，我们还可以迁都杭州，像南宋君臣那样，逍遥一生呢！”

马士英本是个混账透顶的奸官，一听这话，便宽了心，咬牙道：“说得也是。大丈夫轰轰烈烈，宁可叩北兵之马，不可试南贼之刀。我主意已定，立调三镇重兵，阻挡左军东下。”

这样一来，防御清兵的战线顿时空虚，只剩下史可法所率领的三千孤军把守扬州了。

再说左良玉大军进抵九江，在坂矶遭到黄得功的截杀，左梦庚率军硬拼蛮干，大败而归。左良玉慌忙带病召见九江督抚袁继咸，袁继咸责怪左良玉不按所定计策行动。二人正在商议军情，忽见九江城头火光冲天，原来是左梦庚违约攻城，逼袁造反。

左良玉怒道："我儿陷我为反叛之臣，我有何面目再向江东！"说罢就要拔剑自刎。袁继咸和左右侍从慌忙上前阻挡住。左良玉重病在身，此时气上加气，大叫一声："袁兄，袁兄，我负你了！"说罢吐血而死。左军失去主帅，左梦庚有勇无谋，接连几战后，损兵折将，再也无力前进了。

清兵闻知南明内乱骤起，前线空虚，乘机发动了大规模进攻。十几万清兵团团包围了扬州的史可法部。史可法只有三千兵马，如何抵挡得住？军中上下一片恐慌，史可法焦急如焚，竟从眼中哭出了血泪。众将领个个惊得目瞪口呆，深为感动，纷纷发誓，要替元帅死守这座扬州城。史可法于是吩咐手下人马，一千迎敌，一千内守，一千外巡，接着命令道："若上阵不利，退而守城；守城不利，转而巷战；巷战不利，短兵相接；短接不利，自刎殉国。"

众人振臂高呼："誓死保卫扬州城！"

四月底，清兵大举攻城，扬州守军浴血奋战，但终因寡不敌众，被清军攻陷，史可法与全军将士壮烈捐躯。

扬州失陷的消息传来，本已是风雨飘摇的南京顿时乱作一团。弘光皇帝急忙派人找马、阮商量，谁知二贼此时已躲起来了。弘光帝眼看没人护驾，自己已成了孤家寡人，好不凄凉，只得急匆匆带着几位嫔妃，骑马潜逃。

马、阮二贼早已偷偷把珠宝细软收拾停当，如今见皇帝已逃，天下大乱，此时不跑，更待何时？于是也匆匆带上几百人挑着金银珠宝、细软箱笼，料理着家眷溜出城门。老百姓早已恨透了这班昏官，他们刚出城不远，便被寻声而来的无数村民冲散，马、阮二贼趁着天色昏黑，混进人群，抱头鼠窜，险些把狗命丢掉。

这时，城内也早已混乱不堪，李香君和众歌伎趁着混乱纷纷逃离皇宫。关在监狱的侯方域等人也被人放了出来。柳敬亭奉左良玉之命来城投书之时，也被马、阮关进狱中，正好与方域在同一牢房，此时便与方域结伴而逃。

香君逃出皇宫后，因脚小走不快，不久便与寇白门、郑妥娘等走散了，只得独自赶回媚香楼。楼内只有蓝瑛一人在静静地作画，听见敲门声，打开一看，问明是香君，连忙让进屋。两人正说着话，突然杨龙友匆匆赶来。原来，他得知清兵马上就要攻进南京，特来收拾寄存在此的书画古玩的。

香君一看是杨龙友，急忙上前请安，杨龙友边收拾东西边说道："多日不见，今天我又要与你远别了。"

香君问道："老爷要到哪里去？"

杨龙友道："回敝乡贵阳去。"

香君掩泪道："侯郎狱中未出，老爷又要还乡，撇下俺孤身一人，谁来照看？唉，天下大乱，即使父子也相顾不得的。"

正在这时，苏昆生匆匆闯进屋内，见香君、杨龙友都在，不免一喜，忙问："侯相公怎么不在？"

杨龙友道："侯兄还不曾出狱。"

"侯公子已逃离牢房，我就是从那儿赶来的。"

苏昆生接着把赴武昌求左良玉解救侯方域，以及左良玉如何暴卒，自己连夜回京寻侯方域诸事讲了一遍。

杨龙友早已不耐烦，见苏昆生在此，正好脱身，便道："香君，有你师父做伴，不必愁了。"说罢便约蓝瑛一同出逃，蓝瑛冷冷地说道："小弟家在杭州，怎能同你一道？"

香君对昆生道："我与侯公子海誓山盟，不料祸不单行，双双遇难。还求师父可怜，领俺寻访。"

"侯郎既然不在狱中，定是出城去了，到哪里寻他呢？"昆生锁眉寻思道。

"走遍天涯海角，俺也心甘！"香君决意找寻侯方域。

蓝瑛上前安慰道："侯公子既然不在狱中，定然无恙。如今西北一带俱是兵马，想他不可能渡江北上，也许就在东南山中。"

昆生道："香君既一心找寻侯郎，我老汉也要到山中避难，索性领你前往。"

蓝瑛早已看透世情，近日正打算到城东栖霞山张瑶星那里拜师修道，便提议一同前往栖霞山。三人商量妥当，便收拾行李，匆匆离开了媚香楼。来到栖霞山中后，蓝瑛便与二人分手了。

昆生、香君到一所庵前敲门借宿，不料竟遇到了卞玉京。她出京后就来栖霞山这葆真庵里做了庵主。故人相见，悲喜交集，自然是一番垂泪长谈。昆生、香君便暂且住在庵里。昆生闲不住，便每日到山里打柴，顺便到处打听侯公子的下落。

这日傍晚，玉京和香君正在庵里一边闲谈一边做着针线活儿，突然听见敲门声。玉京走出屋，来到院子，隔门问了一声，知是两个借宿的客人。卞玉京听声音都是男子，心想庵里比不得青楼，索性连门也没开，就回绝了。

殊不知，敲门借宿之人正是香君日盼夜想的侯方域，另一个便是柳敬亭。二人逃出大狱后，本想去投奔史可法，但还未过江，就听到史可法为国壮烈捐躯的噩耗，二人大哭了一场，别无去处，便辗转奔波了一路，来到了栖霞山。眼看天色渐黑，想找个地方借宿一晚，不料被庵主人冷言拒绝。

二人只得转身而去，再寻庵观。走到路上，只见一位老道人迎面走来，二人正要上前打听住处，却见来人正是南京戏班的名角丁继之。年初出家后，丁继之便来这里的采真观入道修炼。于是，方域和敬亭高兴地随丁继之到采真观安顿下来。这样，香君和侯方域虽近在咫尺，却如远在天涯，音信全无。

转眼到了七月十五日，这天栖霞山白云庵的道人张瑶星要广延道众，大建经坛，修斋祭奠史可法、左良玉等为国殉难的忠臣烈士。一大早，栖霞山各庵道人和避难名流以及附近村民捧酒带香，纷纷前来，祭坛前人山人海，万头攒动。张瑶星的两个弟子蓝瑛和蔡益所早已把经坛斋供铺设齐整，香案上摆设着史可法、左良玉等一班文武的牌位。缕缕香烟随着飘动的黄幡袅袅升腾，使祭奠氛围更加庄严肃穆。

张瑶星率领众人礼拜奠酒，齐声举哀。一时间，哀声动地，恨火冲天，白云庵内外沉浸在国破家亡的痛苦之中。接着，张瑶星更衣登坛，宣讲道法："窃惟浩浩沙场，举目见空中之楼阁；茫茫苦海，回头登岸上之瀛洲。念尔无数国殇，有名敌忾……"

他的声音低沉浑厚，语调铿锵，在栖霞山谷中久久回荡。当讲到马、阮二人时，张道人神色激动地说道："南无天尊！南无天尊！善有善报，恶有恶报。那马士英已遭雷击死于台州山中，阮大铖跌死在仙霞岭上！一个个皮开脑裂……”

众人听至此处，无不拍手称快，大呼：“真是天理昭彰！”正在众人欢呼之际，侯方域突然发现不远处有一女子，模样极像香君。他又惊又喜，不顾一切地挤到近前，可不正是香君！侯方域一把拉住香君的胳膊，惊叫道：“香君！香君！你怎么到了这里？”香君看到站在面前的侯公子，惊喜得几乎说不出话来，好半天才镇定下来，热泪滚滚地说道：“啊呀！是侯郎，可想死俺了！”

侯方域深情地端详着香君，见昔日灿如桃花的容颜而今略添憔悴，不由生出千般爱怜。他把随身带来的桃花扇送到香君手中，哽咽道：“看这扇上的斑斑桃红，叫我怎样报答你呀！”

卞玉京在旁见到这番光景，急忙拉了拉香君的衣角，示意她暂且节制一下，无奈两人早已忘却身在何处，完全沉浸在重逢的幸福之中，竟毫无察觉。

张瑶星正在慷慨激昂地布道，突然发现一男一女在人群中卿卿我我，愤怒地喝道：“咄！何处儿女，敢到此处调情?！”说着，张瑶星跳下祭坛，冲到二人面前，劈手夺过桃花扇，撕得粉碎，怒叱道：“这里是清净道场，怎容你们戏谑混杂?！”

蓝瑛也走了过来，认出了侯方域，忙对张瑶星说道：“啊呀！这位是河南侯朝宗相公，师父原认得的。”

张瑶星一怔，随即也认出了侯方域，问道：“这女子是谁？”蓝瑛急忙介绍道：“弟子也认得，她是旧院李香君，侯兄的聘妻。”

这时，张瑶星才稍稍消了怒气，对方域道：“你就是侯世兄，幸喜出狱了。俺就是因为你才出家的。”

蓝瑛高兴地对侯方域说道："我这次特领香君来山中寻你，不想果然遇着。"

香君说道："苏师父也一直陪着我找寻侯官人。"

侯方域激动万分，拉着香君对大家说道："众位不避患难，帮我们夫妻团圆，等我们夫妻还乡，一定重重报答。"

张瑶星一听这话，顿时又沉下脸来，说道："你们絮絮叨叨说的都是哪里话？当此天翻地覆之时，竟还迷恋情根欲种，岂不可笑！"

"先生此言差矣！"侯方域不以为然，辩解道，"从来男女室家，人之大伦，离合悲欢，情有所钟，先生如何管得呢！"

张瑶星听后，不禁怒道："呸！两个痴虫，你看国在哪里？家在哪里？君在哪里？父在哪里？难道偏偏这点花月情根，你就割不断吗？"

一席话说得侯方域无言以对。他不禁想到，自己身为世家之后、复社少年，在这国破家亡的时候，非但没像史可法、左良玉那样血染沙场，相反却苟且偷生，迷恋儿女私情。

想到这里，侯方域大汗淋漓，如梦方醒。他向张瑶星深深一拜，谢道："弟子悔悟了，多谢师父指点迷津。"香君也若有所悟地点头称谢。

不久以后，侯方域、李香君遵循张道士指示，一往南山之南，一往北山之北，修真学道去了。那段儿女之情就这样被深深地埋进了亡国之根中。

赵氏孤儿

·作品评价·

《赵氏孤儿》是元代纪君祥所作的一部著名历史剧。故事的原型初见于《春秋左氏传》，汉司马迁的《史记·赵世家》中有更详细的记载，后来刘向的《新序》《说苑》亦有记载。赵氏孤儿一案是我国春秋史上的一大冤案，案情曲折悲壮，经过纪君祥的加工后则更加生动。《赵氏孤儿》作为我国古典戏曲的著名剧目，在国外也产生了相当大的影响，早在18世纪就已传入欧洲，被译成法语和英语等。法国作家伏尔泰还将其改编成话剧，名为《中国孤儿》，在法国上演，产生了很好的效果。这部剧本的作者纪君祥，又作纪天祥，大都（今北京市）人，元代著名的戏剧家之一，生平事迹不详。他一生大约创作了六种杂剧，都已散失，仅存《赵氏孤儿》一种。

[元] 纪君祥

春秋时期，晋国晋灵公在位时，他信得过的只有一文一武两位宰辅。文的名叫赵盾，是个忠诚为国的良臣；武的唤作屠岸贾，却是个诡计多端的奸佞之辈。两人不和已有多年，屠岸贾常有害赵盾之心，无奈一直未能得手。他曾暗中派遣一位名叫鉏麑的武士刺杀赵盾，不料想那鉏麑身带短刀越过赵家院墙后，竟触树而死。正在屠岸贾费尽心机欲置赵盾于死地，又苦于没有机会下手之时，西戎国向晋国进贡了一条性情凶猛的猎犬，名字叫神獒。晋灵公看其凶猛，便将这条狗赏赐给了屠岸贾。

屠岸贾望着这条身高足有四尺的狗，禁不住喜出望外，眼珠子一转，便生出了一条暗害赵盾的毒计。

屠岸贾将那条狗锁入一座空房子里，一连三五天什么东西也不喂它。另在后花园里扎下一个草人，紫袍玉带，象简马靴，打扮得跟赵盾一模一样。而在那草人的腹中则悬着一副羊心肺。

屠岸贾等那狗饿了几天后，再把它牵出来，走到赵盾模样的草人前，将紫袍剖开，让饿极的猎狗饱餐一顿，然后又将狗锁入空房中。等又过了三五日，再牵出那条狗，来到后花园。那饿狗一看见草人，便扑将上来，抓撕开紫袍，将草人腹中的羊心肺狼吞虎咽地饱餐一顿。

这样训练成功后，屠岸贾认为谋害赵盾的时机成熟了，便进朝入见晋灵公，对晋灵公进谗言道：“国内如今有不忠不孝之人，生有欺君犯上之心。”

灵公一听此话，不禁勃然大怒，便问：“何等人竟敢如此胆大妄为？”

屠岸贾望着灵公，狡黠地说：“西戎国前些时进贡来的神獒，十分灵异，它能认出这个人。”

晋灵公闻言大喜，笑道：“听说当初尧舜治国之时，有獬豸能辨邪恶之人，没承想今日我晋国竟也有能识奸佞之神犬！屠卿，这神犬现在哪里？快将它牵来，好叫它帮我找出那大逆不道者。”

屠岸贾便将神獒牵到大殿之上。那日，赵盾身着紫袍玉带，正站在灵公坐榻的一边。那神獒见了，张开血盆大口狺狺然朝着赵盾扑咬过去。

灵公言道：“屠岸贾，你且放开那神獒，它莫不是看见佞臣了吧！”

屠岸贾松开手中的铁链，那神獒冲着赵盾便扑了过去，吓得赵盾慌忙躲闪，绕殿而行。神獒猛吼着在后面追扑，眼看就要扑到赵盾身上。这时节，看恼了大殿中的一个人，这人便是殿前太尉提弥明，只见他举起手中的瓜锤，一个箭步来到神獒跟前，手起锤落，只一下便将那恶犬打倒在地。提弥明丢开手中瓜锤，伸出一只手揪住那狗的脑勺皮，另一只手扳住狗的下巴，运足力气，一下将那恶犬的头部掰成两瓣。

赵盾连忙趁机逃出殿门，直奔向他的驷马车辇，欲乘车逃奔，谁料马车竟动弹不得。原来，诡计多端的屠岸贾事先已暗暗派人将赵盾的马车做了手脚，从四匹马中摘走了两匹，车轮也卸掉了一个。这时，屠岸贾带着几个兵士已跟出大殿，向赵盾这边吆喝着追来。就在这千钧一发的紧要关头，从旁边突然闪出一个彪形大汉，只见他飞身来到赵盾车前，一手托扶着缺轮的车身，另一只手挥鞭驱策马匹，马车迅速启动起来，一溜烟向远方驰去。

这个将赵盾救出危境的大汉是什么人呢？

原来，这个人名叫灵辄，赵盾曾经对他有救命之恩。曾有一日，赵盾因外出劝农来到郊外，见到一饿夫奄奄一息地躺在桑树下。赵盾上前问其缘故，那壮士说他叫灵辄，因为饭量大，每顿能吃一斗米，主人家养不了他，便将他赶了出来。他欲摘桑葚吃了充饥，主人又说这是偷东西。因此，他便仰面躺在桑树底下，等那桑葚掉在口中便吃，若掉不到口中，宁愿饿死，也不上树采摘。赵盾听了，觉得这人是条有志气的汉子，便吩咐手下人给他些酒饭，让他好好吃了一顿。那灵辄吃了酒饭，浑身充满了力气，心中对赵盾不胜感激，但面对救命恩人，他一句话也没说，只是深深地鞠了个躬，便转身离去了。没想到他竟在今日如此紧要关头挺身而出，救了赵盾的性命，也算报答了赵盾的恩情。

再说那屠岸贾见赵盾跑了，为达斩草除根的目的，便又在灵公面前进谗言，将赵盾家族三百口满门抄斩。只因赵盾的儿子赵朔娶了灵公的公主，身为朝中驸马，官拜都尉之职，屠岸贾不好擅自杀戮。他便又心生恶计，诈传灵公旨意，派遣一人带着弓弦、药酒、短刀三样朝典，到赵朔府上，意欲逼赵朔自尽。

赵朔获悉家族已被屠岸贾满门抄斩，心中又惊又怒。他知道屠岸贾决不会善罢甘休，迟早会对自己下毒手，自己必定是凶多吉少。这一天，赵朔来到公主旦儿面前，对她说："我有一句话，你务必要牢牢记在心里。如今你身怀有孕，万一将来我有个什么闪失，若是日后添个女儿，便也罢了，若是生了男儿，那就现在给他取个小名，叫他赵氏孤儿。等到将来长大成人，一定要叫他为我父母报仇雪恨！"

公主听着听着，便泪如雨下，夫妻俩禁不住抱在一起，哭作一团。这时，屠岸贾派遣的使者带着兵士来到府中，径直闯到屋里，见了赵朔和公主，便展开假文书宣读起来，令驸马赵朔和公主跪地听命。使者言道："因为你一家不忠不孝，欺主坏法，将你满门抄斩，尽行诛戮，尚有余辜。姑念赵朔有一脉之亲，不忍加诛，特赐三般朝典，随意取一而死。公主囚禁在府，断绝亲疏，不许来往。赵朔，圣命不可违拗，你早早自尽吧！"

赵朔从地上起来，意味深长地对公主说："公主，我方才嘱咐的话，你一定要牢牢记着，切莫有所遗忘。"

公主泣不成声："我记住就是了。"赵朔便毅然决然地从三种朝典中取了短刀，突然转身，挥刀向颈项抹去，只见脖颈处顿时血流如注。赵朔仍然站着，手里的刀"哐啷"一声掉在地上，他一双眼睛盯着公主，目光里流露着一种倔强和期待的神情。过了将近一袋烟工夫，赵朔才"扑通"一声，倒地气绝而死，只是那双眼睛仍然大大地睁着，吓得使者和几个兵士早呆在了一旁。这时，公主扑了上去，趴在丈夫身上，哭得撕心裂肺，痛不欲生。

转眼间就到了公主分娩的时候，屠岸贾做贼心虚，生怕公主生下儿子，日后成为自己的祸根，便差了下人时时打探，日夜监视公主的动静。这天，兵卒来报告屠岸贾，说公主产下个男婴，名叫赵氏孤儿。屠岸贾闻言心中一悸，只见他贼眼眨了眨，眼珠子在眼眶里骨碌碌转了几圈，便向下人吩咐道："传我的命令，差韩厥将军守住公主府门，不搜进去的，只搜出来的。若有胆敢盗出赵氏孤儿者，全家处斩，九族不留。再给我遍告诸将士，有违命误事者，定从严治罪，决不轻饶。"老贼心中暗想：赵氏孤儿就是我的仇人，等他长到满月，定要用钢刀铡死，那时候，才算是真的斩草又除了根。

公主府上，旦儿公主怀抱着即将满月的婴儿，想起丈夫临死前的遗言，又思忖着府门外的兵将把守严密，不免忧虑重重。她满面愁容，心中万分焦急，怎么也想不出有什么办法能将这婴儿送出去。忽然间，她想起了门下有一个草泽医生程婴，因家属名单上没有他的姓名，得以幸存下来。他现在常出入府内，每月给公主传茶送饭。公主想至此，极度紧张的心情才稍稍有所缓解，她忙命丫鬟唤程婴前来。

程婴听说公主有请，还以为是公主产后身体有什么不适，想要服儿服汤药，便提了药箱子，赶忙来到公主房内。见过礼，程婴恭恭敬敬地站在那儿，轻声问道："公主今日呼唤小人，有何吩咐？"

公主回答说："想俺赵家三百口死得好惨，如今只剩下这新添的孩儿。他父亲临死时曾嘱咐说要是生了男孩儿，望他能长大成人为赵家报仇。你一向在俺赵家门下走动，赵家也待你不薄，今日唤你来不为别事，只是想请你设法将这孩儿掩藏出府。"

程婴一听，心中一动，他回答说："公主可能还有所不知，贼臣屠岸贾知道你产下了赵氏孤儿，四处都张贴了榜文，但有掩藏赵氏孤儿的，全家处斩，九族不留。再说，公主府门处有士兵把守，我怎么将那孩儿掩藏出去？"

公主道："常言说遇急思亲戚，临危托故人。你若是能救得这孩儿出去，也算是给赵家留得了一条根，你也就是我们赵家的大恩人！"

说着说着，公主"扑通"一声跪到地上："程婴，你可怜可怜俺赵家三百口的寄托，如今都在这孩儿身上了。我给你跪下了，你要不答应我，我就不起来。"

程婴见状慌忙上前搀扶："公主快快请起，我答应就是。"

俄顷，程婴又面露难色，他小声嗫嚅道："不过……若是屠岸贾知道是我掩藏这孩儿，我全家要满门被斩不说，也怕难保全这孩子的性命。"

公主听了这话，横了横心，眼噙着泪对程婴说："程婴，我如今让你放心地去。既然他爹已经死了，我也就随他爹去吧。"说着，从腰间扯下一条裙带，当着程婴的面便自缢身亡。程婴见状，不敢再作停留，打开药箱，将赵氏孤儿从床上抱起，小心翼翼地放进箱子，孩子的身子用些生药遮盖住，匆匆出了公主房间，急急忙忙向府门外走去。

把守府门的韩厥将军，与程婴曾经相识，当他看见程婴提着药箱从公主府里神色慌张地出来，便上前拦住问道："你到公主府里干什么去了？"

程婴回答道："给公主煎汤下药来着……"

“下的什么药？”

“益母汤。”

韩厥突然手指药箱问道：“这箱子里装的是什么东西？”

程婴心中不免一阵着慌，他稍稍镇静一下，忙答道：“都是些生药。”

“都是些什么生药？”

“桔梗、薄荷、甘草一类的生药。”

韩厥一句紧似一句地盘问道：“里面可有什么夹带？”

“没有什么夹带。”

只见韩厥朝着程婴似乎有些不耐烦地挥手说道：“走吧，走吧，你就快些去吧！”

程婴巴不得听到他说出这样的话，心中暗喜，赶忙拔腿就走。

刚走出几步，忽听韩厥在他身后高声叫道：“程婴回来！”

程婴收住脚步，不禁满腹疑虑，一边儿磨磨蹭蹭地回到韩厥面前，一边暗里思忖着：莫非他韩厥看出了什么破绽吗？韩厥一双明亮有神的眼睛盯着他，直截了当对他说道：“你这药箱子必然有诈！我一说放你过去，你便脚步如飞，如离弦之箭；一喊你回来，你却慢慢腾腾。你以为我不知道你，哼！你本是赵盾家堂上的宾客，想你先前曾受到赵家不少恩惠，知恩图报乃是人之常情，可是今日，只怕你知恩报恩容易，要出得这府门就难了。若将你带回去审个究竟，只怕你报恩不成，反而会丢了性命。”说到这儿，韩厥回头向身边的几个士兵吩咐道：“小校退后，喊你们时再过来不迟。”

几个小校答应了一声，便远远地退到一边。这时，韩厥走到程婴面前，突然伸手猛地夺去了程婴挎在小臂上的药箱，将盖子打开，只见赵氏孤儿安安静静地躺在箱底，身上杂乱地铺着些生草药。韩厥伸手轻轻拨开草药，看见婴儿的额头上汗水津津，唇边还沾着些乳汁泡沫，一双水灵灵的大眼睛扑闪着，像是在寻找着什么似的。韩厥便又盖上药箱，看着程婴，一语双关地说："刚才你说里面都是些桔梗、甘草、薄荷之类的药，我怎么看见了人参呢？"

程婴知道他已看见了赵氏孤儿，吓得面如土灰，赶快跪下，只得将实情全部告与韩厥知道，并请求将军手下留情，放他一马。那韩厥虽是屠岸贾的麾下，但却是个性情秉直、是非分明的勇义之士，平日里对屠岸贾丧尽天良的行为早已是看在眼里，恨在心里。这时，他望着跪在地上的程婴，暗暗思忖：我若是把这孤儿和老程婴一起献给老贼，请功领赏，却不说利己害人，只可怜那赵家三百口的冤仇哪里还会有人记得！恶毒的老贼若是见了这孩儿，定会连皮带肉捻成齑粉。我韩厥若昧了天地良心来做这样伤天害理的勾当，岂不是枉为了堂堂正正的好汉？想至此，他毅然对程婴说道："快起来去吧，屠岸贾那边我自去回话。"

程婴听了大喜，忙从地上起身，拜谢了将军，转身便走。程婴没走出几步，又转身回来，重新在韩厥面前跪下。韩厥见状，正色道："程婴，我韩厥说放你出去，难道会要你不成？可快快起身去了吧！"

程婴起身，走了没几步又转了回来，再次跪下。韩厥不禁心生诧异，问："你怎么又回来了？"

程婴回道：“如果我出了府门，你去报与那屠岸贾知道，他必然又派你来拿住我，这婴儿还是难以活命。你不如干脆现在就提了我去请功领赏，我情愿与这赵氏孤儿一块儿死去。”

韩厥听言顿足叫道：“程婴，你去得好不放心哪！既然你为保护忠良后代肯舍弃身家性命，我韩厥又何惧为正义捐献出这七尺之躯！你须将这孤儿带去深山处，好生教导他。日后他长大成人，你教他学得一身本领，好为国斩除奸佞，为他赵家祖辈报仇雪恨，也便告慰了我韩厥的亡魂。”说完，一头向府门石阶撞去，流血身亡。程婴见韩厥将军自尽而死，便赶忙带着药箱子，风一般逃离了公主府。

屠岸贾得知公主和韩厥都自尽命亡，赵氏孤儿被人盗走后，恼羞成怒，又生出一条毒计。他诈传灵公旨意，命下人四处张贴榜文，扬言若三日之内搜不出赵氏孤儿，就把晋国境内所有半岁以下、一月之上的婴儿都抓到他府上杀死。

榜文一贴出，可急坏了程婴，慌乱之中，他突然想起了隐居在太平庄的公孙杵臼。

公孙杵臼原也是灵公手下的谋臣，位居中大夫之职，与赵盾是一殿之臣。他因遭屠岸贾陷害，差点儿丢了性命，加之年事已高，便辞官归田，在太平庄上过起了闲逸的隐居生活。程婴提着药箱来到公孙杵臼的柴门前，想着先进去试探一下老人的口气，便把药箱在门口草棚下小心放好，只身来到公孙杵臼门前，让家童通报公孙老人，说程婴求见。

不一会儿，家童回来请程婴进去。程婴进了院子，见公孙杵臼已从屋里迎了出来。公孙杵臼将程婴让进屋内坐下，老人用手捋着长长的胡须，问道：“程婴，今日你有何事，有闲暇来到寒舍？”

程婴应道：“在下知道宰辅隐居在这太平庄上，特来拜访。”公孙老人接着问道：“自从我罢官以来，众宰辅们可好？”程婴长叹一口气，说：“唉，如今是屠岸贾专权蛮横，与往常大有不同啊！”

公孙老人道：“那么众宰辅们也该多向主公劝谏劝谏。”程婴再叹一口气，说：“这样的贼臣逆子自古有之。就是那唐虞盛世，也还有四凶呢！”

老宰辅愤愤然数落道：“就是那圣世四凶，也比不得这贼臣屠岸贾。这千人万人骂的佞臣，不忠不孝，不仁不义，不廉不公，只把赵盾全家杀尽灭种！”

程婴正发愁如何把话引上正题，见公孙老人先提到了赵盾，忙接腔道：“老宰辅，幸亏皇天有眼，那赵家并未绝种哩！”

公孙老人有些狐疑地问道：“赵家满门被斩，就是那驸马赵朔也被赐死，公主也自尽了，哪里还有什么根种呢？”

程婴道：“有些事您老还有所不知呀！前些日，公主被囚禁在府中，曾生下一子，唤作赵氏孤儿，他不是赵家的种又能是谁家的？怕只怕屠岸贾知道，又要杀掉，那样赵家可真是要绝种了！”

公孙杵臼赶忙问道：“如今那孤儿身在哪里？不知可有人救他出来吗？”

程婴见老宰辅语气急切，大有仗义保孤之意，便把事情的前后经过详详细细地说给公孙杵臼听。没等他说完，公孙老人便从座椅上急忙站起，问："那孤儿现在何处？"

程婴道："就在你家门口草棚下放着哪！"

公孙老人急得跟什么似的，对程婴说："哎呀，你怎么不直接把他抱进来呢？莫非还信不过我怎的？你现在速去抱他进来，别吓着孩子。"

程婴很快就提着药箱回来了。他打开药箱，轻轻抱出赵氏孤儿，递给公孙杵臼。那孩子正睡得香着哪！公孙老人双手接过孩子，禁不住老泪横流，万千感慨一齐涌上心头。他望着熟睡的孩子叹道："这孩子未生时绝了亲戚，怀在娘肚里时又灭了祖宗，即便日后能长大成人，恐怕也是凶多吉少啊！他父亲身亡，娘亲毙命，哪里是一个什么将来的勇士，我看倒是纯然一个克父母的黑头虫。"

程婴在一边儿插嘴道："赵氏一家可全靠着他报仇哩！"公孙老人抹了脸上的泪，叹了口气，说："你说他是个报父母仇的真男子，我看则是个妨祖宗的小逆种！"最后两个字老人说得很重，仿佛他面对的不是赵氏孤儿，而是无恶不作的屠岸贾。

两人把孩子在床铺上安置好，重新坐下时，程婴接着说："那屠岸贾为达到斩草除根的目的，现已到处张贴了榜文，要将国内半岁以下、一月之上的婴儿全部赶尽杀绝。我带着这孩子，来到你府上，一者为报赵家过去对我的优待之恩，二者想救晋国众多小儿之命。我如今四十五了，近日也添一子，刚出满月。我且将他当作赵氏孤儿，麻烦你去报告屠岸贾，让他将俺父子俩处死。那样你老宰辅好抚养这赵氏孤儿长大成人，给他一家三百余口报仇雪恨。"

公孙老人听了这一席话，十分感动。他沉吟了良久，突然抬起头来望着程婴，故作糊涂地问道："程婴，你今年多大年纪了？"

"四十五。"程婴应声答道。

公孙老人接着说道："这孩子算来至少得二十年才能长大成人，报这血海深仇。再等二十年，你才六十五岁。我今年七十，到那时应该是九十岁了，到时候我还能不能存于世上，就很难说了，怎么能保证抚养这赵氏孤儿长大，怎么能让他报这深仇大恨呢？"

公孙老人盯了程婴一会儿，接着说："这样吧，程婴，你既然为救孤肯舍得你亲生骨肉，那就把你小儿交付于我，你去报告屠岸贾，说我窝藏着赵氏孤儿，到时候，我和你的亲生小儿一块赴死！你则将那赵氏孤儿好好抚养成人，报得冤仇，这才是上策。"

程婴听后心中一愣，沉默片刻，细细想了想公孙老人的话，又觉得有点道理，便说："老宰辅说得倒是，可是，那不就无辜连累了你老人家吗？还是……还是你去报告屠贼，说我藏着孤儿，让我们父子俩一起被处死吧！"

公孙杵臼见程婴有些优柔寡断，执意不听他的话，便动怒道："我主意已决，一言为定，你不必多说，按我说的办好了。"

程婴满面愧疚地说："老宰辅，你好好的在家中，都怪我程婴不识进退，平白将你连累了，我实在是过意不去。"

公孙杵臼道："你这是哪里话？我已是七十岁的人了，死是常事，也不在乎它早晚，再说你为正义救孤，连亲生儿子都牺牲了。”

程婴见老人主意已定，也不再争执，便又说道：“若老贼拿住你，必会严刑拷打，三推六问。你年老体弱，若是抵不住把我招了出来，我程婴丢命事小，要紧的是赵氏孤儿也存活不了，你老宰辅的命也就白搭上了。”

公孙杵臼见程婴仍然心有疑虑，便拍胸言道：“我公孙杵臼一向是一诺千金，纵然是刀山火海在前，也休想叫我改变初衷，你就放心吧！只要你能把那孤儿抚养成人，报了他一家三百余口的血仇，除掉那贼臣，安我国民，强我晋邦，我就是在九泉之下也会呵呵大笑的。”

程婴听了老宰辅这一席感天动地的话，便全然放了心，急忙把赵氏孤儿抱回家中，又将自己刚满月的亲生儿子悄悄送到了太平庄公孙杵臼住处。

一切安排停当，程婴第二天一早便来到屠府门前，对看门小厮说：“快去禀报你家主人，说我知道赵氏孤儿藏在哪里。”小厮忙去报告。屠岸贾听说后喜出望外，忙召程婴进去。

屠岸贾用一双贼眼看着程婴，问道：“你是什么人？”

“小人是草泽医生程婴。”

“赵氏孤儿现在何处？”

程婴说：“在太平庄公孙杵臼家里。”

“你怎么知道？”

“小人与公孙杵臼曾有一面之交，昨日我去探望他，进了门，看见房中被褥上躺着一个小孩儿，看样子刚刚满月。我想他已年纪七十，从来无儿无女，这个婴儿能是从哪里来的？我问他那是不是赵氏孤儿，他顿时吓得脸变了颜色，一时竟答不上话来。以此我断定那孩儿必是赵氏孤儿，所以前来禀告大人。”

屠岸贾突然大怒，手拍得桌案山响，大声吼道：“大胆程婴，你这区区野间匹夫，竟然敢来瞒骗于我！你与那公孙杵臼往日无仇，近日无冤，你为什么来告他藏着赵氏孤儿？你知罪吗？快快给我从实招来！若老实交代则万事全休，或有半点儿假话，小心你的身家性命！”

程婴见狡猾的老贼还不上圈套，并用威言来吓，便从容不迫地答道：“元帅息怒，元帅息怒，听小人将事情的缘由详细说给你听。我与公孙杵臼确实没有什么仇隙，只因跑了那赵氏孤儿，元帅您传下令来，若找不到赵氏孤儿，要将普国内婴儿尽行杀掉。我一来是为救普国内小儿之命，二来小人今年四十五了，近生一子，刚刚满月。元帅有军令，如果找不到那赵氏孤儿，举国上下的婴儿得全部杀死，小人盼儿子自亦不免，那样小人不就绝后断根了吗？我想若有了赵氏孤儿的下落，不但一国小生灵得救，连我的儿子也能平安无事，所以我才来将实情禀告元帅。”屠岸贾听了这番话才彻底消除了疑心。于是，他亲自率领将士，由程婴带路，直奔太平庄而来。

公孙杵臼远远看见尘土飞扬，一队人马风驰电掣地从远方而来，知道程婴已骗取了屠贼的信任，屠贼带兵来捉拿他了。老人死意已决，此时又暗暗对自己说：“一定要稳住阵脚，任凭那屠岸贾如何拷打，怎样盘问，也不能说漏了半点风声。”

来到太平庄上，屠岸贾命令手下人将整个庄子团团包围起来，自己则带了士兵径直来到公孙杵臼处，破门而入。几名小卒将公孙老人从屋里押了出来，带到屠岸贾面前。

屠岸贾先“嘿嘿”恶笑了两声，然后气势汹汹地问道：“公孙杵臼，你知罪吗？”

老人义正词严地回答道：“我公孙杵臼早已解甲归田，与庄民们和睦相处，既不打人家大人，又不害别人小孩儿，没干过一件亏祖宗、昧良心的事儿，我何罪之有？”

屠贼见老人话中有话，一时气得哇哇乱叫：“你……你……我知道你与赵盾曾是一殿之臣，如今你竟敢违抗我的命令，窝藏赵氏孤儿。快快给我交出来，我饶你不死！”

公孙杵臼佯装害怕，回答道：“老元帅，就是我有熊心豹胆，也不敢私藏那赵氏孤儿。”

屠岸贾脸色一变：“看来你不受皮肉之苦，是不会招了？给我拿棍子来，狠狠打这老家伙！”

两个兵士上前将老人按倒在地，手挥木棒，噼里啪啦打了起来。老人在地上疼得额头上沁出了黄豆般大的汗珠，他咬紧牙关，眼里喷射着仇恨的怒火，望着屠岸贾，吓得屠贼禁不住倒退了两步。他挥手示意两个兵士停下来，问道：“招还是不招？招了可免受这皮肉之苦。”

公孙老人道：“若真有此事，谁见着了？”

屠岸贾指着身旁的程婴，道：“现有程婴作证。”

公孙杵臼为了进一步骗取屠岸贾上钩，便装出愤怒的样子对着程婴大骂：“我道是哪个黑心昧情的东西，原来是你这挨千刀戮、万刀刮的，你还算是人吗？”

程婴望着地上的老人，心情十分复杂地低头不语。只听公孙老人转向屠贼骂起来："屠岸贾，你这老贼，你杀了赵家满门良贱三百口，只剩下这小小孩儿也不放过，要取他无辜性命，你将来一定会遭报应的。"

屠岸贾"嘿嘿"干笑两声："老匹夫，你把那小孽种藏在了何处？快招出来，饶你这条老命。"

公孙老人又说："我哪里知道他藏在何处，是程婴他信口雌黄，胡说八道。"

屠岸贾见公孙杵臼就是赖着不说实话，气得腮帮子一鼓一鼓的，只见他贼眼珠子转了几转，突然转身对程婴说："这老家伙赖肉顽皮，就是不招，程婴你上前与我重重打来！"

程婴没想到老贼会来这么毒辣的一手，不免有些惊慌，忙说："元帅，小人是草泽医生，撮药尚嫌腕弱无力，怎挥得动那杖棒？"

屠岸贾一瞪眼："程婴，你不行杖，莫非是怕他攀出你有同谋之罪不成？"

程婴无奈，只得从地上一堆木棒中拣起一根，走到公孙老人身边。这时，只听屠岸贾在身后大声道："程婴，我看你拣那细木棒子，莫非怕打疼那老家伙，攀出你吗？"

程婴只得回来，换了一根粗一些的木棒，再次走到公孙老人面前。只听屠贼又喊道："程婴，你刚才只拣细棒子，现在又拿起那么粗的棒子，莫非是怕供出你，想三下两下就把他打死不成？"

程婴道："我拿细棒也不是，拿粗的也不是，我到底该怎么办呢？"

屠岸贾说："你就给我拿着那不粗不细的棒子打。"程婴只好又换了一根棒子，朝着老人的身体一下一下地打去。那棒子像是打在他自己的身上一般，每打一下，他的心就跟着痉挛一次。屠岸贾带着一脸奸笑，弯下腰去，问公孙老人："老匹夫，你可知道是谁在打你吗？"

老人明知故问："谁？"

屠岸贾道："是程婴！"

公孙杵臼假作愤怒地大声对程婴说："程婴，我与你无冤无仇，你为何对我这般歹毒?！"

程婴心中一阵悲痛，但为了不至于引起屠贼的怀疑，他只能假作劝说道："你快招了，也免受这皮肉之痛。"

只听公孙老人突然叹道："唉！我们两人商议好了要救那孤儿……"话音未落，屠岸贾忙追问道："除了你，还有一个是谁？老老实实说出来，我饶了你这条老命。"

公孙老人突然又改口道："你要我说是哪一个，我就说是哪一个！"

屠岸贾气得乱跳，他转身向程婴问道："莫非那一个是你不成？"

程婴指着公孙老人道："你这老头儿，不要净胡说八道冤枉好人。"

只听公孙老人趴在地上说："我这把老骨头，哪经得住你们这般毒打，打得我胡说八道起来。"

屠岸贾见老人又变了卦，气得一双贼眼圆睁，恶狠狠地说："你这老不死的东西，竟敢耍弄本帅，若还不快快从实招来，我非扒了你的皮不可！程婴，你给我用力打这老东西。”

就在这时候，只见一名小校抱着一个小孩，匆匆跑到屠岸贾的面前报道：“报大元帅，小的从房后土洞里搜出了赵氏孤儿！”

屠贼一见大喜，只见他上前一步看了看那刚刚满月的婴孩，鼻子里哼了一声，转脸对趴在地上难以动弹的公孙杵臼说：“你这老家伙，你说没有窝藏赵氏孤儿，这小崽子是谁？”

这时，公孙杵臼在地上开始破口大骂：“屠岸贾，你这丧尽天良的奸贼，之前害死了赵家三百口良贱，如今又要加害这无罪的孩子，你不得好死！”

老人边喊边挣扎着要起来去夺那婴儿，被两个兵丁过来死死按住。屠岸贾“嘿嘿”冷笑两声，听起来让人不寒而栗。屠岸贾命小校将怀中的婴儿放在地上，然后走到婴儿面前，突然从腰间抽出佩剑，恶狠狠地向婴儿砍去。可怜那孩子哭都没来得及哭出声，便命归黄泉了。程婴眼睁睁地看着自己的亲生儿子惨死在屠岸贾的剑下，不禁心如刀绞，眼前一阵发黑。他竭力控制着自己，不让眼泪流下来，心里切齿骂道：“屠岸贾呀屠岸贾，终有一天，这滔天血债你要用狗命来偿！”程婴万分痛苦地将头扭向一边，再也不敢正眼看那躺在血泊中的婴儿。屠岸贾一连在婴儿身上砍了三剑，才收起剑来，扭曲的脸上一片阴鸷，甚是吓人。

公孙杵臼从地上挣扎着站起来，指着屠岸贾破口大骂：“屠贼，上有苍天，下有黄土，你走着瞧，我公孙杵臼就是变了阴魂，做了厉鬼，也不会放过你。”说完，转脸用极富深意的目光看了看程婴，然后突然挣脱身旁的兵士，向着门前的石阶一头撞去……

屠岸贾贼心得逞，这时又“嘿嘿”干笑了几声，脸上恢复了平日那一副阴险的奸猾相，带着手下兵马，打道回府了。路上，他拍了拍程婴的肩膀说：“多亏了你程婴报信，要不然我怎么能这么轻易便杀了赵氏孤儿！”

程婴强压住心头怒火，回道：“元帅，小人原与赵氏无仇，只是一来为普国众生着想，二来若不搜得那赵氏孤儿出来，我的孩儿也无法存活。”

屠岸贾呵呵笑了笑，接着对程婴说：“程婴，念你对本帅的忠诚，从今以后，你就是我的心腹之人，就留在我家中做个门客吧，抬举你那孩儿长大成人，在你面前习文，送到我跟前演武。如今我已年近五旬，尚无子嗣，就将你那孩儿给我认个义子吧！我年纪大了，以后我的官位家产，也可留给你那孩儿，你意下如何？”

程婴闻言，稍做思量，便装出一副受宠若惊的样子回答道：“多谢元帅抬举，只是我那孩儿生来命贱，只怕高攀不起呀！”

屠岸贾脸上堆起假惺惺的笑容说：“哪里哪里，既然说好，那你就别再推让了。”

程婴只好应诺，连连称谢。

就这样，程婴做了屠岸贾的门客，赵氏孤儿也便成了屠岸贾的义子，唤作屠成。

光阴似箭，日月如梭。二十年时间很快就过去了，那屠成聪明异常，也长了一副将相之貌，官名唤作程勃，整日跟着屠岸贾演习武功，练得十八般武艺样样精湛无比，远在屠岸贾之上。屠岸贾看在眼里，喜在心中，并常常思忖着，有这样一个文武双全的义子，早晚行个计谋，瞅个适当时机，便杀了灵公夺了位，以满足自己的权力欲望。程婴呢，则感到赵氏孤儿报仇雪恨的时机已然成熟，整日想着找个合适机会，把程勃的真实身世告诉他本人，也好让他为赵家报仇。他想出一条计策，将当年屠岸贾对赵家行凶的前前后后做成案卷，一桩桩、一件件都绘成图画，准备设法讲给程勃听。程勃白日随着义父屠岸贾演习武艺，晚上随父亲程婴读书学文，他一心想的是扶助义父，辅佐灵公，好好治理晋国江山，富国强民。

这一天，程勃演习完武艺，回到父亲程婴处。程婴正坐在桌前翻看那本绘了图画的案卷，看到伤心处，禁不住两行热泪顺颊而下，他心想：如果亲生儿子活着，现在也是二十岁顶天立地的一条汉子了！就在这时候，听到外面有人报程勃回来了，程婴赶忙合上图画卷宗。

程勃进得屋来，对他说："见过父亲，孩儿从校场回来了。"

程婴脸色仍阴沉着，头也未抬道："快吃饭去吧！"

程勃见爹爹面色郁悒，似有什么事窝在心里，不禁想：爹爹平日见我回来每次都是眉开眼笑，今日却这般冷漠，而且脸上好像流过眼泪，莫非有什么不快的事吗？想到这儿，程勃上前一步，急切地问道："爹爹，你今日面色忧郁，脸上还有泪痕，莫非有人欺负了你不成？快告诉孩儿，我一定不会轻饶他。"

程婴闻言，挥手叹道："你还是吃饭去吧，即使说与你听，你也做不了什么主！"说着，不禁心中又是一阵酸楚，伸手抹了一把眼泪。程勃见状，心中纳闷至极，他走出屋门，心里仍然感到极为蹊跷。他长这么大，从未见过爹爹有过这么重的心思，他感到今日家里好像要发生什么事似的，心里不觉更加惴惴不安，便又踅回屋内，对程婴说：“爹爹，我今日不饿，孩儿只想知道爹爹到底有什么心事！”

程婴又道：“孩儿真的想知道？”

程勃望着程婴，使劲点了点头。程婴站起身，把刚才掩上的卷宗递给程勃，对他意味深长地说：“那么好吧！孩子，你先好好读读这卷宗，我到后堂去去就来。”说完，站起身出了屋子。

屋里只剩下了程勃一个人。夜色渐渐深了，烛台上的蜡烛闪着更加明亮的光芒。程勃感到爹爹的心事一定与这卷宗有关，便急忙将它摊在桌案上打开来。只见第一页上画着两个人，分别穿着一红一紫两身锦袍，那穿红袍的手里牵着一条凶猛的猎犬，恶犬对着穿紫袍的咆哮着要扑将过去。程勃感到很纳闷，便急切地往下看，他接着看到一名彪形大汉手拿瓜锤打死了那恶犬。又一张上面画着一个人，一手扶着半边没有车轮的马车，刚才那个穿紫袍的坐在车上，慌忙逃跑，车后不远处，有不少追兵。他又看见一个人自己撞死在槐树下，接着又看到一个年轻的将军面对着弓弦、药酒、短刀三件物什，年轻将军用其中的短刀自刎身死。程勃的心里已经乱成了一团乱麻。他又看到画上有一个年轻妇人怀里抱着个婴儿，又将孩子交给了一个手提药箱的医生，然后用裙带自缢身亡了。程勃不禁叹道：“这么多人平白无故地死了，好可怜呀！”接着他又看到适才那个穿红袍的人毒打一位白须老汉，不禁又气上心头，想道：“这个穿红袍的匹夫好狠毒啊，把个白须老汉打得遍体鳞伤！若是受苦的这一家与我关亲，我非杀了这穿红袍的恶棍不成。可惜那血泊中躺着的也不知是谁家的亲人，这被杀的也不知是谁家的先祖。”程勃心中的疑团愈结愈多，也愈结愈重。他想：爹爹为何要让我看这一卷案宗？为何爹爹今日满面愁容，落泪不止？莫非这画中的事情和人物与我家有什么关系吗？等爹爹回来，我一定要问个明白。

程婴在窗户那儿偷偷看着屋内的程勃翻看完了画卷，觉得时机已经成熟，便转回身推门进来。程勃见爹爹进来，忙从书案旁站起身，急不可待地问道：“爹爹，你让我看这画卷，孩儿看了只是觉得蹊跷，莫非这卷宗上的一切与孩儿有什么关系吗？请爹爹快快说与孩儿知道。”

程婴示意他坐下，然后长叹了一口气说：“这些事真的与你有关哩！”程勃不禁心中一惊：“请爹爹快快讲！”

程婴再叹一口气，接着说：“这事说来话长，你且慢慢听着。这是二十年以前的事了。那穿红袍的和穿紫袍的原本是一殿之臣，一同辅佐着国君，只因两人不和，便成了对头。那穿红袍的是个心狠手辣的贼臣，他想先下手为强，便生了杀害对方之心。那画上触槐树而死的名叫鉏麑，是穿红袍的委派的刺客。没想他带着短刀越墙而过后，突然良心发现，便撞树自尽了。又一日，西戎国进贡了一种神獒，是一只身高四尺的凶猛恶狗，晋灵公将它赐给了穿红袍的人。没想到那穿红袍的又生了一条毒计，在后花园扎下一个草人，与穿紫袍的一样打扮，腹中挂一副羊心肺，将那狗饿了几日，便放出来扑咬草人。如此演习百日后，便向灵公进言说国内有不忠不孝的佞臣，那神獒能认得出来。灵公竟信了谗言。一日，那穿紫袍的正立殿上，那恶犬认为是草人，便猛扑过去，赶得穿紫袍的绕殿而躲。旁边恼了一人，乃是殿前太尉提弥明。他挥起瓜锤，打死了那狗。那穿紫袍的逃出殿，上了车，却没料辕马被摘、车轮被卸，车子不能前行。这时，旁边转过一壮士，一臂扶轮，一手策马，那车轮磨衣见皮，磨皮见肉，磨肉见筋，磨筋见骨，磨骨见髓，那壮士捧毂推轮，救了老宰辅逃往野外。这壮士便是被那穿紫袍的在乡间搭救过性命的灵辄。”听到这里，程勃打断了父亲的话，问道：“那穿红袍的如此恶毒，他到底姓甚名谁？”

程婴回道：“我忘了他的姓名了。”

“那穿紫袍的又叫什么？”程勃又问道。

“这穿紫袍的姓赵，是赵盾丞相，他和你关亲哩！”程婴回答说。

程勃道：“孩儿也曾听说过有个叫作赵盾的丞相，只是没大在意罢了。”

程婴望着他说：“今天我要详细说给你听，你要好好记在心上啊！”

程勃说：“那卷宗上还有故事呢，你倒一起说给孩儿听听。”

程婴稍微顿了顿，整理了一下思绪，接着往下说道：“那穿红袍的把那赵盾一家三百口满门良贱都斩尽杀绝了，又诈传国君的旨意，将弓弦、药酒、短刀三种朝典赐给赵盾的儿子赵朔。赵朔身为朝中驸马，当时公主正好身怀有孕，赵朔死前对公主遗言：‘若我死后，你添的是个小厮儿，可名为赵氏孤儿，给俺家三百口报仇。’说完便取短刀自尽了。驸马死后，那穿红袍的将公主囚于府中，派韩厥将军把守府门，专防有人偷藏了孤儿出去。公主有个门下心腹之人，唤作草泽医生程婴。”

听到此，程勃吃了一惊，忙问道：“爹爹，莫非那就是你吗？”

程婴摇一摇头：“天下同名同姓的人多着哪！那是另一个程婴。”

程勃有些狐疑地“噢”了一声，只听程婴继续说道：“公主将婴儿交给程婴后，便也自尽身亡了。程婴抱着孩儿来到府门，撞见韩厥将军。那韩厥将军搜出孤儿，被程婴说了几句，便也撞石阶自尽了。”

这时，程勃接语慨叹道：“这将军为救赵氏孤儿，自尽身亡，可真是好男子啊！”

程婴接道：“是，是，是！你且听我往下说。谁料想那穿红袍的得知情况，便欲将国内所有婴孩都拘到他府里，挨个儿剁上三剑，那便跑不了赵氏孤儿。”

程勃闻听此言，愤然插嘴道：“那穿红袍的好狠啊！”

“你才知道他狠呀！你接着往下听。其时那草泽医生程婴也生了个儿子，刚刚满月，程婴便心生一计，抱着赵氏孤儿送到太平庄上公孙杵臼处。公孙杵臼原与赵盾也是一殿之臣。程婴来到他那儿对他说：‘老宰辅，你收着这赵氏孤儿，并去报告穿红袍的，说我藏着赵氏孤儿，好叫他将俺父子俩一起杀死，保住这忠良的后代，抚养他长大，为家人报仇。’公孙杵臼却道：‘我如今已经年迈，你既舍得你孩儿，就把他抱到我这里，假装是赵氏孤儿。你报告那穿红袍的，我好与你孩儿一块儿去死。你留着那孤儿，养育他成人。’”

程勃禁不住问道："那程婴怎舍得他亲生骨肉来救护那赵氏孤儿？"

程婴道："反正他连自己的性命都要舍掉哩，何况他的孩儿？就这样，他把小儿子送到公孙杵臼处，然后去报告了穿红袍的。穿红袍的将公孙杵臼三推六问，吊拷虐打，找到了那假赵氏孤儿。那假赵氏孤儿被穿红袍的当场剁了三剑，公孙老人也撞石阶而死。"说到这儿，只见程婴停了一会儿。他望着程勃，轻叹了一口气，接着说道："如今这事儿已过去了二十年光景了，那赵氏孤儿也已长成二十岁的汉子了，却不能给他父母报仇雪恨，还说这事干什么呢？"

只听程勃义愤填膺地说："若他已长成堂堂七尺之躯，学得一身武艺本领，却不能为祖上雪耻报冤，他还有脸活在人间吗？"

程勃说完，忽然将脸转向程婴："爹爹，你说了这半日，孩儿我听得如梦里雾里，这到底是怎么回事呀？这些人到底跟我有什么关系呢？"他用一双急切又充满疑虑的目光望着程婴。

程婴见时机已经成熟，突然拍案而起，用一双炯然有神的眼睛紧盯着程勃的脸，大声说道："原来你还糊涂哇，那穿红袍的不是别人，正是祸国殃民、灭绝人性的屠岸贾。那赵盾是你的爷爷，赵朔是你亲爹，公主是你亲娘，我就是那程婴，那赵氏孤儿，就是你，就是你呀！"老人颤抖着伸出手，直指向程勃。

程勃闻言，仿佛巨雷轰顶，五内俱焚，只听他大喊一声："气死我也！"便浑身战栗，眼前一阵发黑，身子晃晃悠悠就要晕倒在地。程婴见状，忙上前一步搀扶他坐在椅子上，一边摇晃

着他的身子，一边儿轻声唤道："小主人，你醒醒。"过了片刻，那程勃方才清醒过来，睁开眼睛，眼里冒着愤怒的火焰。他声音颤抖，像是对程婴，又像是对自己说道："听爹一席长话，我才大梦初醒。我空长了二十年的青春岁月，白生了堂堂七尺男子汉之躯。原来自刎的是亲生父亲，自缢的是生身娘亲，遭戮的是祖上亲人。"

他顿足而起，手按佩剑把柄，对程婴道："这样的事情，就是铁石心肠的人听了，也会放声痛哭。我一定要生擒了那老贼，要他偿还我一朝的臣宰和那各宅的家属之命。"说着，他眼里奔出两行滚烫的热泪，"扑通"一声跪在程婴脚前："您老不说，孩儿我怎生知道？爹爹在上，请受孩儿一拜。"说完，"砰砰砰"叩了几个响头。

程婴禁不住老泪横流，一边赶快上前搀扶他起来，一边说："今日总算是保住了你赵家的枝叶根脉！"

程勃从地上起来，忙扶程婴坐下："若不是爹爹照看，把孩儿好生抬举，孩儿的性命早在二十年前便已丧身沟渠了。恨只恨那屠岸贾，阴险狠毒，他要把俺赵家一姓戮尽，我今天非还他个九族屠光！"

程婴忙说："你且莫大惊小怪，叫那屠贼知道了。"

程勃不屑地哼了一声："今日我和他血海深仇，不共戴天！"他指着那仍翻开着放在桌案的画卷，说："看，这一个，那一个，都是为谁而死？只有我却安然无恙地活着。想起那老贼，我的心里怎能不怒焰冲天！爹爹放心，到明日我去见过主公和那满朝的卿相，一定要请命亲手杀死那老贼。我不怕他牵着神獒，拥有家兵；我也不需用一兵一卒。我只将猿臂轻舒，便可踢翻他的玉勒雕鞍辔，扯下他的金花皂盖车，将他拖下来，摘了他斗来大的印一颗，剥了他花来簇的几套服，用麻绳将他绑在将军柱上，用铁钳拔出他那斓斑舌，用锥子生挑他贼眼珠，用尖刀细剐他浑身肉，使钢锤敲他臭骨髓，使钢铡切掉他狗头颅。我真是有眼无珠，妄认二十年仇人做义父。”然后，程勃双手相拱，抱在胸前，向着空中说道：“爹啊，娘啊，放心吧，孩儿一定会报得这深仇大恨，用那狗贼的命来祭奠你们的亡灵。”然后，爷儿俩稍微冷静了一下，坐下来细细合计了第二天的报仇行动，只等天亮，便去拿那屠贼狗命。

第二天一大早，程勃与程婴就来到灵公殿内，把事情的前前后后详细报告给晋灵公。灵公闻言勃然大怒，声言一定要治屠岸贾的死罪。可他转念又细细一想，又恐那屠岸贾如今重兵在握，若明拿实办，怕一时情急，激成兵变。因此，灵公便命程勃先悄悄拿了屠贼，然后再将他满门良贱尽行处决，并对程勃、程婴说，成功之后一定重重封赏。

程勃得命后，便收拾停当，身佩宝剑，混杂在都城闹市的人群之中，等候着屠岸贾。程勃知道，屠岸贾每天午时从元帅府回屠府私宅时必经此处。

屠岸贾在元帅府中，心里思忖着有朝一日杀了灵公，晋国便就成了他屠家的天下。到那时，山珍海味可尽情享受，三宫六院的嫔妃可尽兴淫乐。骑在马上往私宅走去时，他还做着有一天当国君的美梦，心里好不自在。

正是正午时分，闹市中熙熙攘攘，车水马龙，好不热闹！

埋伏在人群中的程勃远远看见一行人马浩浩荡荡、闹闹嚷嚷地走过来。前头开路的士卒吆三喝六，驱赶着人群。屠岸贾骑在一匹枣红马上，腆着胸脯，一副得意扬扬、威风凛凛、不可一世的样子。仇人相见，分外眼红。程勃的胸中腾地燃起了冲天怒火。等那队人马行至闹市中心，埋伏在路旁的程勃突然拔地而起，在空中翻了几个筋斗，然后不偏不斜正好落在屠岸贾的马前。

这屠岸贾正扬扬自得地策马而行，忽然发现一个身影凌空而降，不禁倒吸了一口冷气，心内先慌了七分。等他勒马定睛一看，在他马前仗剑而立的乃是义子屠成，便稳住了惊慌神色，正色喝道："屠成吾儿，你不去校场演习武功，来此做甚？为何拦住爹爹的坐骑？"

程勃气得眼冒金星，青筋暴跳，浑身骨骼关节咯咯作响，只听他"呸"的一声，大骂道："你这狼心狗肺的老贼，还不快快下马受擒！谁是你的义子，我乃是二十年前你要赶尽杀绝的赵氏孤儿。你将俺全家三百口杀戮殆尽，今天我要生擒你这老匹夫，碎尸万段，为俺赵家报仇雪恨，为晋国铲除祸害！"

屠岸贾一听，脸色大变，不知所措。他定了定神，再定眼仔细看了看站在马前的程勃，眉宇间那威武的英气倒真有几分像当年的赵盾，老贼不禁心中一惊。他知道自己敌不过程勃，便又"嘿嘿"干笑了两声，笑得十分尴尬，对程勃说："屠成吾儿，莫听信他人胡言乱语，有什么事情咱们回家慢慢商量。"一边儿说着，一边猛地拨转马头，想趁机逃脱。但见程勃又一个旱地拔葱，跳起足有丈把高，抓住惊魂未定的屠岸贾的衣领，只轻轻一拎便将其提离了马背，两人一起落在了路中间。屠岸贾见逃跑不成，便想负隅顽抗，伸手去抽腰间的佩剑。程勃看在眼里，飞起一脚，踢在屠岸贾的剑柄上，只听“唰”的一声，那把剑离了剑鞘，在空中划出一道白线，径直落在路边的民房顶上了。屠贼还想抵抗，程勃一个有力的反腕，将胳膊扭在背后，掀翻在地。程勃用手中明晃晃的剑直指向他的咽喉。屠岸贾吓得面如死灰，再也不敢动弹了。几个卫士想上前救他，见此情景，也都吓得呆若木鸡。这时，早躲在一边的程婴从人群中出来，拿出事先准备好的绳子将屠岸贾结结实实地绑了起来。

正在此时，只见两匹快马飞速赶到。原来是奉灵公之命前来的晋国上卿魏绛和张千，他们带来了灵公的文书。二人飞身下马，见程勃已捉住了屠岸贾，便当众宣读了灵公旨意：“屠岸贾祸害百姓，陷害忠良，扰乱朝纲，现令将其满门抄斩，以安吾民吾邦。将屠岸贾就地处死。”屠贼一听，立时吓得瘫作了一团。围观的百姓高兴得欢呼起来，他们对屠岸贾早已是恨之入骨了。

程勃就在闹市内就近找了一根杀狗用的木柱子，将屠岸贾绑在了上面。老百姓将这里围了个里三层外三层，有的骂屠岸贾死有余辜，有受过屠贼迫害的，这时一边流泪一边向屠贼啐着唾沫，有的还用东西投掷他。程勃先向天深深拱了拱手，意在告慰父母在天之灵，然后从腰间抽出一把解腕尖刀，向屠岸贾一刀一刀割下去，疼得屠岸贾杀猪似的乱叫一气。程勃想起父母的惨死，想起为救自己被屠岸贾逼死、杀死的无辜生灵，心中的怒火再也按捺不住，他手起刀落，直扎进屠贼的胸膛。一股腥臭的鲜血溅了出来，屠岸贾像条死狗似的哼了一声，便彻底断了气。

这时，魏绛和张千又宣读了早已准备好的灵公的嘉奖令：

"程勃孤儿义胆，将屠贼处死，可复姓，特赐名赵武，袭父祖爵位。韩厥后人仍为上将。赏程婴十顷田庄。公孙杵臼立碑造墓。提弥明等一概给予表彰。"老百姓们发出一片欢呼之声。程婴、程勃忙跪下谢灵公隆恩。

从此，赵武便担任了晋国的大将，带兵率将，一心辅佐着晋灵公治国安民。程婴则领了封赏，过起了无忧无虑的晚年生活。

清忠谱

·作品评价·

《清忠谱》，中国明末清初传奇作品，由李玉所作。反映明代天启年间阉党魏忠贤等人对东林党人的迫害史实，成功地塑造了颜佩韦等“五人义”的市民形象，他们舍生仗义，毫不畏惧，可歌可泣，与胆小怕事、迂腐可笑的请愿书生形成鲜明对照。特别是剧中描绘了广大人民群众积极参与抗争的场面，在舞台上展示了市民暴动的壮烈景象。这在中国戏曲史上属于首创。

[清]李　玉

明朝天启五年（1625）冬天，天气异常寒冷，阵阵狂风卷着雪花袭击着长江两岸的大地。苏州城东南隅小巷深处的一所宅第里，有一个人正凝视着漫天风雪，神情忧郁肃穆、庄重坚毅。他就是大名鼎鼎的周顺昌。

周顺昌，字景文，别号蓼洲，明神宗万历四十一年（1613）中进士后，授官福州理刑，后来升为吏部员外郎。他天生一副忠义心肠，冰心独抱，嫉恶如仇，为官极清廉。在福州的七年中，惩恶扬善，除旧布新，使福州风气大为改观。到京城做吏部员外郎时，也是克己奉公，杜绝一切馈赠请托。当时正是魏忠贤为首的阉党专权之际，他们狼狈为奸，胡作非为，弄得天下小人横行，正人气短。就在周顺昌完成当年吏部的铨选任务，请假回籍时，阉党中的倪文焕上疏驱逐东林党，周顺昌因受牵连被削籍回苏州老家居住。

周顺昌几乎一夜无眠。天色刚刚发白，他就披衣起床，打开了客厅的窗子，潮冷的空气立刻扑到他脸上。

午后，窗外下起了大雪，北风夹着雪片灌进屋子，令人从身上到心里都感到彻骨的寒冷。周夫人从内室出来，关上窗子，埋怨他不该如此不爱惜自己的身体。

周顺昌说：“我生平不肯趋炎附势，见到这么美的冰花玉树，兴致颇高，怎舍得关上窗子。”

周夫人说：“你看孩子们，冬天没有厚点的棉衣穿，吃饭的时候不见一星儿肉丝，这么数九寒天里，你还有什么兴致呀！”

这时，吴县县令陈文瑞冒雪前来拜访。

周顺昌说：“这么大的雪，父母官来有何事呀？”

陈文瑞说：“奉了毛一鹭的公文，迎接大太监李实，时间还早，就先到老师这里坐坐。”

周顺昌十分气愤，说道：“区区一个太监，也要县令出城迎接，魏阉的气焰也太盛了！”

陈文瑞关切地劝他生火御寒，他却说：“我这几根穷骨头是冻惯了的，不用那烟火来熏灼！”

两人饮酒嗟叹，话正投机，李实的船到了，陈文瑞只好告别周顺昌，前去迎接。陈文瑞刚走，周顺昌又得到了一个不幸的消息：文震孟因弹劾魏忠贤，被革职还乡了。

苏州城内店铺林立，市面繁华，人们熙来攘往，有做生意的，有代人写字的，也有赋闲听书唱戏的。官员的大车辘辘碾过，读书人穿着长衫溜达，粗汉和武士端着膀子横冲直撞，各色人等都可以见到。

周文元凭一副拳头打出天下，在李王庙一带占着赌摊抽头。他听说玄妙观前有个叫李海泉的说书艺人，《岳飞传》说得很好，就把他请到这里开设书场，每天收入一二千钱。扣除饭钱和书钱，剩下的足够他喝酒赌博之用。

昨天，说书人说到金兀术攻破鄜延州，今天要说童贯起兵。说书人刚到，颜佩韦等人也来了。周文元一边撑布篷，一边叫打杂的仆人快些搬桌椅木凳，请众人入座。书场内吵闹得厉害，有人站起来大声制止说话，可是根本就没有人听他的。这时，说书人一拍醒木，开始说书，书场刹那间静了下来。

“徽宗无道坐龙亭，宋室乾坤不太平。蔡京、王黼真奸相，杨戬、高俅两贼臣；朱勔弄权花石运，童贯称王掌大兵……”

颜佩韦是个性格单纯直爽、嫉恶如仇的人，平生侠义，意气粗豪，不能容忍一点不平事。他敬爱岳飞，极力赞扬岳飞的为人为臣之道，因此就极为喜爱《岳飞传》，随着故事的曲折发展，他的表情也在不断变化，时而恼火，时而高兴，时而愤怒。

正说到韩世忠大败金兀术，却被童贯诬为“按兵不动，丧师辱国，失守封疆”，准备押送京城受审时，颜佩韦呼地站起来把桌子一拍，大声叫嚷道：“这是说的什么书？胡说，胡说！”

众人都惊呆了，这人怎么啦？乱嚷嚷什么？

“可恨，真可恨！童贯这阉狗，这样作恶，让我怎么忍受得了?！”颜佩韦气得面孔通红，直喘粗气。

说书人说：“说书从来都是有好人有坏人，你何必这样大动肝火呢？”

颜佩韦脖子一梗：“像这样的恶人，还说他干什么?！”

说书人见这个人一脸真诚的气愤，感到既好气又好笑，便说：“既然他是恶人，你不听他就是了。”

没想到这句话惹恼了颜佩韦，他一脚踢翻了桌子，扑上来就要打说书人，众人连忙阻拦。说书人感到这人真不可理喻，一边说着“可笑，可笑”，一边随着另外几个人到寒山寺说书去了。

周文元本来站在一旁看热闹，觉得这打人的汉子憨直得可爱。说书人赌气一走，他才突然明白：好好一个书场，硬是叫这个家伙给搅散了。他可不是省油的灯，撸撸袖子就要打颜佩韦。

颜佩韦毫不示弱，说道：“你还要打我吗？真是买干鱼放生——不知死活了！”颜佩韦一拳打过来，周文元急忙躲开，冷不防脚下一滑，摔倒在地。颜佩韦用脚踏住周文元的胸膛，又举起了拳头。周文元顾不上脸面了，大声喊叫。这时，颜佩韦的母亲急急忙忙赶来了。

“还不放手！打死了人，不要偿命吗？”她指着颜佩韦斥责道。

颜佩韦赶紧放了周文元，给母亲跪下，听母亲训斥：“我常嘱咐你，不可打架，你怎么就是不听呢？下次再也不要这样了！”

周文元、杨念如、马杰、沈扬都佩服颜佩韦，说这个人既忠义又恭孝，是个好人，心里有结识之意。

几个人互要了姓名，遂在颜母主持下，尽释前嫌，结为兄弟。颜佩韦三十岁，年龄最大，尊为兄长；杨念如次之，二十五岁；接下来是周文元、马杰、沈扬，年龄都在二十三四岁上下。五个人对天盟誓：“不求同年同月同日生，但求同年同月同日死。”然后一起送颜母回家。

文震孟是文天祥的后代，天启二年（1622）中状元，传家忠孝，文章节气，绝世无双，全国上下都认为他是国家的栋梁，又在京城为官，必定能面奏皇帝，剪除逆贼。想不到文震孟的奏章刚刚报上去，皇上严厉指责的圣旨便下来了，还罢黜了他的官职。

文震孟被免职后，到竹坞别墅去了。周顺昌决定亲自到竹坞去，一来问问朝政怎样，二来会会好友，三来大家可以吐吐心中不平之气。他沿小路步行，沿途四面青山，一溪绿水，景色宜人，只是他胸中块垒难消，这满目美景反而让他更加惆怅。

周顺昌翻过贺九岭、谢晏岭等许多山头，竹坞别墅便到了。文震孟的这所别墅，处在万山丛中，为松影所荫蔽，到处涧水潺潺，鸟鸣啁啾。翠竹万丛，荫檐蔽户。周顺昌穿过竹林，推开柴门，踏着杂草和青苔，径直走进幽静的书房里。

文震孟见是好友到来，欢喜至极，两人伤时感世，复又抱头痛哭。

周顺昌说："我一听说你被罢免的消息，怒火又加了一倍，所以急急忙忙到这儿来，想和你好好谈一谈。"接着就问朝廷中形势如何。

文震孟皱起了眉头，说道："自从你离京之后，那魏贼做事，更加说不得了。"

太监王安自光宗时就服侍皇帝，他公正、忠诚、勤勉、谨慎，四十年了，不能说没有功劳。魏忠贤嫉恨他正直，假传圣旨，将他偷偷杀害了。

裕妃张氏受到皇帝恩宠，魏忠贤马上假传圣旨令她自尽。

皇后张氏有了身孕，已经好几个月了，魏忠贤也不放过，他密谋堕胎，使张氏母子都死在他手里。

周顺昌简直难以相信，魏忠贤伤天害理到了这种程度。堂堂天子，竟然庇护不住自己的妃子，也太不可思议了！

文震孟接着说："这还是轻的哪！按照祖训，禁止宦官干预朝政、统领军队，可魏贼竟然在紫禁城内操练兵马。他挑选了万余心腹宫人，身着铠甲，进进出出，日夜操练。金鼓的声音，响彻宫廷。刚刚出生的皇子，竟然受惊而死！内监王进拿着火铳上前，火铳爆炸，差点炸着皇上。魏贼骑马上前，一箭险些射在皇上身上。"

"啊呀，这不是反了吗？"周顺昌更加震惊。

文震孟说："如今他的心腹比以前更多了。崔呈秀掌握着兵权，魏良卿被封为肃宁侯。各要害处都置有重兵把守。总兵梁柱朝、杨国栋等都是魏贼爪牙。全国各地纷纷设立魏家祠堂，建造坟墓时仿制皇陵，进香时如同皇帝驾临，与当今皇帝只差那么一点儿了！"

周顺昌想：大明王朝自开国以来，强大稳定，可几年的工夫就被这帮逆臣弄得岌岌可危。他不由得唉声叹气，恨杀贼不能，报国无门。

"其实魏忠贤的罪恶哪止这些。他不奉圣旨，不凭公文，就假传圣旨，扫荡忠良；免了官职，马上就逮捕；逮捕了来，马上就杀。用他的干儿子许显纯、杨寰为锦衣卫，造下"铁脑箍""阎王闩""红绣鞋""锡汤笼"几种酷刑，几乎把正直的人都杀完了。还捏造熊廷弼、杨镐因边疆失守，用三十万两银子，托汪文言贿赂杨涟、左光斗等十七人。他们先把汪文言抓起来，严刑逼供，屈打成招，株连蔓引，纷纷逮捕，想一网打尽……"

周顺昌等不及文震孟说完就捶胸大骂："魏贼呀魏贼，就把你食肉寝皮，也是死有余辜啊！"

周顺昌正在气头上，龙树庵僧人西崖大师来了，对周顺昌说，他正想到周顺昌家求题匾额，来作镇寺之宝。

周顺昌叹道："这气头上，哪还有心思舞文弄墨，长老改日再来吧。"西崖大师谈了几句，告辞去了。文震孟请周顺昌到里面吃饭。两人边吃边谈，夜间又抵足而卧，一直谈到天色发白。

周顺昌在文震孟的竹坞别墅听说魏忠贤正向四处派出人马，搜捕正直人士，心里愤恨难平。他知道自身难保，索性豁出一条性命，准备和魏贼面对面地斗一斗。

六月份，魏大中率同官上言，揭发魏忠贤罪恶，声援杨涟，结果反被魏忠贤的爪牙诬告。七月，魏大中被捕，押解的官船迤逦而行，经过苏州。

周顺昌找来一条小船，每天在江边等候。他想到好朋友洁身自好，不同流合污，视死如归，竟然先于自己被捕，心里更加不是滋味。

船家见南边驶来一条乌篷船，便说："前面大哥借问一声，嘉兴魏大中老爷的船到了没到？"

黑黝黝的船夫回答道："我们今天早上一起起程的，估计马上就到了。"

周顺昌跳上船，小船很快地向胥门摇去。船刚到胥门，押解魏大中的船也到了。两个校尉站在船头，呵斥道："圣旨紧急，谁敢阻拦！"

周顺昌骂道："魏贼的假信，什么圣旨！"他一步跳上了大船。校尉是软的欺、硬的怕，知道苏州周顺昌不怎么好惹，既然他已经上了船，就先让他们见见吧，也许会送点银子呢。

周顺昌见魏大中一头白发，穿着囚衣，脖上锁着枷锁，不由得泪水夺眶而出，哭道："魏兄，老朋友还在苏州，你怎么撇下就走呢？"

魏大中勉强抑制住眼泪，说："我是罪人，怎么敢再牵连你们啊！"魏大中一案与汪文言有关。周顺昌说："汪文言那样正直的人怎么也乱说呢？"

魏大中道："你是不知道啊，许显纯把汪文言打得体无完肤，汪文言仍然叱骂许显纯，誓死不从。当他们逼他承认贿赂我银子两万两的时候，他又极力叫冤，结果又是一顿棍棒，打得只剩下一口气，哪里还能直言争辩呢？唉，我死就死吧，只是剩你一个，连个同病相怜的人也没有了。"他顿了一顿，接着轻轻叹道，"多少同年好友，见我被捕，无不畏祸，避之不及，只有你老兄不顾生死来看看我啊！"

周顺昌说："你冤啊！只是我一贫如洗，只能送你一些泪珠罢了。事已至此，你如果有什么需要帮忙的，我可以尽力而为。"

魏大中说："前天我被捕的时候，全家惊惶无措，我晓之以大义，就都好了。只有小孙子允楠拉着我的衣服痛哭，昼夜不停，所以这两天登程以来，总还觉得耳边有孙儿的哭声。"

周顺昌问："小孙子几岁？婚配了没有？"

魏大中回答："十三岁，还没有婚配。"

周顺昌说："我正好有个女儿，年纪相当，今天就可以与你孙子婚配。咱们患难死生，依旧是一家骨肉，你也就甭管那年庚，答应了吧。”

魏大中非常感动，说：“我本来就怕连累你，这下真让我更加无法报答了。你看我连件可以做聘礼的东西都没有，唉，只好请你受我一拜了。”

周顺昌也跪下。两人共同叩拜，结为亲家。

校尉一直在外偷听。他心里想：周顺昌这人真好笑，怎么能与一个囚徒联姻呢？简直是疯了！让魏爷知道，这不是掉脑袋的事吗？

周顺昌的小船又摇过来了，校尉催促他下船。

周顺昌对魏大中说：“你去后，我也免不了，马上就会再见面，咱们暂时拜别吧。”说完，跳上了小船。

校尉连一星儿银子也没得到，大为恼火，打定主意回去把这件事跟魏忠贤说说。

这时岸上又有人叫。

两个校尉不太情愿地上了岸。来人是个中官，递上毛一鹭的帖子说：“刚才驿站来报告，说是您二位要从此经过。毛老爷知道圣旨紧急，不敢相留，所以派我送来二百两银子，请二位收下。”说着，掏出两封白银。

校尉连声称谢，把周顺昌与魏大中联姻的事添油加醋地告诉了中官：“你们毛老爷可要提防着他点，他还讲了许多魏爷的坏话。”

中官送校尉继续上路，打马如飞，禀报去了。

毛一鹭要亲临半塘，为新建的苏州魏祠举行破土动工仪式。堂长陆万龄早早准备好了猪羊祭礼，吹手礼生也已到齐，却只不见风水先生来到。

风水先生赵小峰，原来当算命先生，最近才改的行。这赵小峰对自己的本事心里有数，不过是混碗饭吃。有人请他相相坟地，他先问人家有没有坑缸井炕；有人叫他看看阳宅兴衰，他便说少了来龙跌炮，倒也能唬住一些人。当陆万龄请他去破土时，他心里就犯起了嘀咕，思来想去，推脱不掉，只好壮壮胆子，收拾东西，向半塘走去，说不定还能糊弄过去。

半塘这边如踢翻了的蚂蚁窝，人来人往，大家都忙得脚不沾地。陆万龄看到赵小峰来了，先埋怨了他一顿。

赵小峰说："破土自有时辰，你何必着急呀？"

陆万龄抢白道："只怕官府到来，你跑都嫌鞋子不跟脚。"

两人正打着嘴皮子官司，忽然听见锣响。那边有士兵鸣锣开道，后边执事、皂隶、刽子手鱼贯而来，李实和毛一鹭走在中间，威风八面。

陆万龄和赵小峰跪地叩见。

毛一鹭问："方向定好了吗？"

赵小峰回答道："禀老爷，前后左右，青龙白虎，朱雀玄武，乾坎艮震，巽离坤兑，都定好了。现在请老爷先祭神，我即刻就办好，然后细细禀报。"

在一片吹打声中，李实和毛一鹭祭神结束，赵小峰也分金完毕。李实问："大门高多少？"

赵小峰答："八丈七寸。"

李实说:“正殿还要高些才好。”

赵小峰说:“正殿有九丈五尺高，取的是位登九五之意。”

毛一鹭听后非常高兴，他与李实交换了一下眼色，称赞道:“这谶语用得好。”只要魏爷位登九五，他毛一鹭还愁没有高官厚禄吗?

赵小峰把祠堂图样拿给毛一鹭看。照墙、牌坊、大门、仪门、两廊、甬道，一应俱全，正殿九间，殿后有楼房、厢房、花园、池沼，比杭州和南京的祠堂还要宏大精致。

“这祠堂建起来，一定比皇帝皇妃住的地方还强。”赵小峰说。

毛一鹭听后心花怒放，道:“把魏爷的祠堂比作朝廷的宫殿，这话说得好。”

李实说:“咱们魏爷面如满月，腰圆背厚，身体肥胖，身上蟒龙是五条爪子，和当今天子一样。他的塑像，你们可要仔细些。”

陆万龄连声称是，又问建祠款项从哪里出。

毛一鹭瞪了他一眼:“废话，这还用问吗?乡绅富户罄囊相助，各家各户再摊一些，算作皇朝赋税就是。”

李实建议给这个祠题名“普惠”，毛一鹭连连点头称赞:“好，好，魏爷恩遍天下，这祠题名‘普惠’最为合适。”

两人又将建祠的细枝末节吩咐周遍，觉得万无一失，只等博得魏忠贤的欢心，好论功行赏了，这才乘船回府。

陆万龄送走了两位官爷，赵小峰和礼生蜂拥而入，向陆万龄请赏。陆万龄给了赵小峰三两银子，却只给礼生三钱。礼生不满，也无可奈何。

建造魏祠，花费金银钱钞无数，连陆万龄也记不清花了多少了。祠堂建造之初，木石砖灰，堆积得像小山一样，从各地调集来的工匠有几千人。开工的锣声一响，打桩的、凿石的、督工的、做木工的，一齐动手，刹那间天摇地动。花尽了搜刮来的物资钱粮，魏祠也终于建起来了。头门上高题着“三朝捧日，一柱擎天”，两坊中写着“力保封疆，功留社稷”。

魏祠的落成吸引了大批来观看的人，却不像平常那样吵吵闹闹，而是一队队一行行，远远地站着看。

李实要把御赐的七曲缨冠给魏像戴上，比试了一下，魏像头太大，缨冠太小，戴不上。

“怎么把魏爷的头塑大了？”李实训斥说。

陆万龄“扑通”跪地，说：“这是遵照您的吩咐，塑了九寸七。一定是宫中赐的冠小了。”

李实想这缨冠是上边赐的，不好随便乱动，只能把像头缩小一点儿，就吩咐工匠把像头收一收。

工匠拿着凿子、铲子，登到台上，一手扶着像头，一手用铲子均匀地削平。李实站在像下，掏出手绢，擦着眼角，嘴里吐出一些哭音来：“我的魏爷啊，头疼啊，了不得，真让儿心疼。”

这时工匠说：“帽子戴上了。”

李实立刻转啼为笑，拍手叫道：“很好，很好，俨然是一座神像了。”

毛一鹭命众人行五拜三叩的大礼，他和李实进内室饮酒庆贺。

为魏祠落成这件事，毛一鹭特意给周顺昌下了贴，请他前来祝贺。周顺昌怒发冲冠，接过帖子撕得粉碎，破口大骂，誓死也不去朝拜这个狗东西！到了这天，他忽然改了主意，步行往半塘而来，想看看到底是什么样。

他远远就看见宏伟高大的魏祠，比皇极殿、凌霄殿还要辉煌壮观，雕龙插汉，镂凤飞云，画栋流霞，碧瓦耀日，这还不知道要花去多少民脂民膏。待看到头门两坊上的题字，周顺昌简直气得七窍生烟，“三朝捧日，一柱擎天”，有这样无耻的人吗？再看那魏贼的像，玉带束腰，珍珠缨冠，周遭金炉香烟缭绕，这不真是要把人气死！

几个家丁提着棍子走过来。“什么人在这里偷看？”他们大声呵斥周顺昌。

李实、毛一鹭酒足饭饱，吩咐把周顺昌叫进来。

周顺昌昂首挺胸，径直走入内堂。李实说：“进来的人都向魏爷叩拜，怎么就独你不拜？”

周顺昌冷笑道：“他魏忠贤比赵高还凶残，比璜瑗更贪婪，屡屡作奸犯科，我一个清正廉洁的人怎么能拜他！”

李实说：“魏爷有何不好？”

周顺昌骂道：“魏贼犯下的罪太多了！他杀害后妃皇储，陷害忠良，擅自置办军队，在后宫操练。他结党营私，冒充公侯，乱建祠堂，这难道不是罪行吗？”

李实大为恼火，喝令将周顺昌乱棍打出。

周顺昌怒喝一声：“谁敢！”四周家丁一个也不敢动。

“你们这一伙奸臣，搜刮了多少民脂民膏，建造这么个魏公祠，还不知羞耻地题上什么‘一柱擎天’‘三朝捧日’。哼，等着看吧，这祠注定要被大火烧掉，那逆贼的像也长存不了，只留下臭名万年。”周顺昌痛骂一顿，一拂袖子，走出祠堂。

“哎呀，可把我气死了！”李实气得浑身哆嗦。

毛一鹭把追出去抓周顺昌的人叫回来，劝李实不要气恼。他早就对周顺昌下了手。前天，中官回府报告周顺昌与魏大中联姻的事，他就写了一封密信，差人送给魏忠贤了，信中还诬告周顺昌减低袍价，贪赃私分。仅这两条，周顺昌的性命就肯定保不住了。毛一鹭把写密信的事告诉李实，李实极力称赞他办得高明。“再写一封信给魏爷，告他辱骂魏爷神像。”他咬牙切齿地说。

周夫人得知丈夫把女儿许配给魏大中的孙子后，想这事虽然是丈夫的慷慨激昂之举，但是毕竟魏大中已经成了犯人，现在和他结亲，恐怕要受连累，日后女儿嫁过去，叫她做母亲的怎么放心得下！但是她也知道丈夫的性格，言出必行，既然已经结了姻亲，那就绝无悔亲之说。想到这里，她反担心女儿不同意，就决定先开导女儿。

女儿是个性格柔顺、恬静的孩子，虽然正当二八年华，却不喜欢用脂粉来打扮自己。她早晚都在父母前伺候，听到母亲喊自己，连忙从闺房出来。

周夫人告诉女儿将她许配给魏大中孙子的事，恐怕她出嫁后，日子会很难过。

周小姐说：“从来婚姻都是由天定的，况且还有父母做主。孩儿还年轻，正好多伺候您老人家几年。”

正说着，周公子突然慌慌张张地跑进家来，看到母亲和妹妹在家里，大叫不好了。

“怎么不好了？”周夫人问。

周公子上气不接下气地告诉她们父亲在魏祠骂像的事。

这下差点把周夫人和周小姐吓了个灵魂出窍，只埋怨周顺昌，既然不在朝为官，隐居民间，就不要去管这么多闲事，这样莽撞行事，辱骂魏忠贤，不是故意去摸老虎屁股吗？

日有所思，夜有所梦。周顺昌杀贼心切，骂像之后更觉怒气难平。他回到家里已是一更天，仍然坐在椅子上想心事。如果让他回北京，他一定不顾安危，连上几疏，弹劾逆贼，一则保全了善良的人们，二则整肃了朝纲，三则扫清了宫禁，四则安定了社稷，这不是大快人心的事吗？想着想着，周顺昌就伏在桌子上睡着了。

周顺昌梦见自己官复原职，手执象牙笏，穿上了官服，妻子儿女都欢天喜地的。

他对妻子说：“我周顺昌对皇上一片忠心，现在有了权力，不除魏贼怎么对得起皇上呢？”他连奏本都来不及写，就去面奏皇上。

周顺昌来到午门外，只见午门静悄悄的，不见守门士兵，也不见有人出入。他直接进了宫殿，还是不见人。他正感到奇怪，一个太监出来了。

他赶忙上前禀告，说他有急事要面见皇上。太监告诉他皇上刚刚到北海游玩去了，群臣也在那里。

恍然间北海就到了，只见将士威武雄壮，文臣稳重儒雅，内

监殷勤多礼，美女手执羽扇。黄罗伞盖之下，熹宗皇帝身着龙袍玉带，坐于侍卫之中。

周顺昌急急地奔过去，跪爬几步，喊道："吏部员外周顺昌弹劾逆贼魏忠贤。"

熹宗骇然道："魏忠贤是两朝老臣，功留社稷，有什么罪呢？"

他哭诉道："魏忠贤杀害忠良，广罗爪牙，内杀外戮，弄兵专权，擅开内操，动摇国家的根本，企图篡权夺位，难道陛下毫无觉察吗？"

熹宗答道："既然魏忠贤如此穷凶极恶，我一定严肃查办。"

周顺昌感谢皇恩浩荡，眨眼间熹宗、群臣班师回朝，都不见了。他独自回到寓所。

忽然间，魏忠贤一边咒骂东林党人，一边向他奔来，扬言要把他抓进大狱，将东林党人斩草除根。

他抓起象牙笏就朝魏忠贤打去，魏忠贤抖动着一身肥肉，急忙躲避，连叫救命。他手持象牙笏，紧追不舍。

魏忠贤的爪牙来了，将他抓了起来。这时皇上的侍卫也到了。他们手执绳索刀斧，宣读了圣旨，然后把魏忠贤捆了个结结实实，就地正法。他那个高兴啊，哈哈大笑。"杀得好！杀得好！"他大喊起来。

他这一喊倒把自己喊醒了，睁眼一看，还是在家里。虽然是虚无缥缈的一场梦，可也能暂时消消气。他到内室跟夫人讲去了。

魏忠贤把周顺昌也列入了周起元一案，诬陷他受贿一万两白银。暗地里，东厂特务已经到了苏州。毛一鹭写了一封密信，叫中官趁黑送到吴县。

陈文瑞接到信，见是逮捕周顺昌的密令，大吃一惊。他喝退当差的官兵，偷偷牵了一匹健壮的快马，打开了县衙大门。月亮不甚圆，路上树影斑驳，马踏月影，如同流星赶月，陈文瑞还嫌马慢。望见周顺昌家破旧的大门，他跳下马来，几步跑到门前，压低了声音叫门。

夜已深了，周家早就睡下。管家也已入睡，隐隐约约听到叫门声，他一边答应，一边慢慢腾腾地摸索衣服。陈文瑞急得浑身冒汗，连声催促，心里直骂管家要耽误事。

周顺昌被一阵急语叫醒，急忙穿上衣服，趿拉着鞋就出来迎接陈文瑞。

陈文瑞上气不接下气地告诉周顺昌，明天一早官府就要来逮捕他，叫他抓紧时间收拾东西，找个地方躲避一下。

没想到周顺昌一点儿也不慌张，他说："我早就料定会有这一天，魏贼气焰炽盛，只是想不到会这么快。"

陈文瑞怕行动迟缓了消息会泄露出去，说声告辞，打马回县去了。

周顺昌低头沉思着从大门回来，就被夫人和一双儿女围上了。周夫人眼泪汪汪地说道："你刚愎自用，招惹是非，明明知道魏贼权势大，你偏去碰他。现在祸到临头，全家面临着灭顶之灾，你看怎么办吧？"

周顺昌斥责夫人不该说这没有骨气的话："大丈夫敢做敢

当！人人都不去触那奸贼，难道任他猖狂不成？”

周公子也替父亲担忧，他说：“爹爹倘若要杀身成仁，我愿意代爹爹去。”

周顺昌看到儿子已经懂事了，略感欣慰，他抚摸着儿子的肩膀说：“纵然你我是父子，可是朝廷捉拿我，你也代替不了啊！”

周小姐哭泣道：“都是我不孝的缘故。爹爹生了我，却因为联姻给家里带来了灾祸。”

周顺昌叫大家不要说这些没用的话了。他想起前些日子答应给龙树庵题匾额的事，命周公子磨墨，他展开素纸，狂草“小云栖”三个字。

这时候文震孟来了。文震孟得知消息后，连夜赶来给周顺昌报信，正好在路上碰见飞奔的陈文瑞，才知道周顺昌已经得到消息了。但事情太紧急，他不见到朋友不放心，所以还是赶来催促周顺昌躲避一时。看到周顺昌还有心思题匾额，不禁暗暗佩服他的镇静从容、大义凛然。文震孟曾想到周顺昌会从容就捕，像他这种铁骨铮铮、书生意气十足的人到了这种时候，往往会用此种方式表达自己的决心。但他不愿意周顺昌被抓，沉思片刻，他说：“魏贼专权，忠良惨遭屠戮，正直的人们无不切齿痛恨。况且您清廉的名声很大，无论是士人还是百姓都很佩服您。一旦您也遭了大难，全国上下必定会引起义愤。再说苏州这地方，豪侠之士特别多，倘若一提倡，就会有很多人来响应，大家一起向皇上请求。皇帝高高在上，谁知道他能不能被民心感动呢？”

周顺昌不同意文震孟的主意，说：“你知道我的为人，如果真有这样的事，那不是陷我于不忠了吗？”

文震孟感到再也无法可施，叹了口气，也急匆匆地离去了。

这时，天色微明，庭院里的草色已隐约可见，来抓周顺昌的人马上就到。周夫人说：“咱们二十年的夫妻，你真的就连一句嘱咐的话也没有吗？”一双儿女也围在他身边哭泣。周顺昌凛然昂首道：“我周顺昌视死如归，嘱咐什么！”

五更的梆子响过，陈文瑞带人来到了周顺昌的门口，想不到周顺昌仍在家中。他坐在前堂里边等候，陈文瑞表面催得急，却迟迟不动手，意思是再给周顺昌一个脱身机会。

周顺昌却打定了主意就捕。他从容不迫地带领一家人到家庙中拜别了祖宗，然后对周夫人说：“夫人请回家里去吧，我就从这里走了。”周夫人和儿女们一齐痛哭。周顺昌大声斥道：“哭什么，不要哭！”然后，昂首挺胸，谈笑风生，毅然就捕。

颜佩韦听说上边派来了捉拿乡宦的校尉，不知道是捉拿哪一位，一大早就出门打听，迎面碰见杨念如一溜儿急跑，向他这里奔来，脚上的两只鞋子也被他脱了提在手里。颜佩韦一把抓住他的肩膀，问：“二弟，怎么回事？”

“校尉把周老爷抓起来啦！”杨念如大叫道。

颜佩韦大吃一惊，道：“真的？”

“真的。”

“把兄弟们聚起来，到官府里跟他们说个明白！”

他拉着杨念如便跑。跑到西大街上时，看见有两个读书人飘呀飘地在前面走，他们紧跑几步，看清是王节和刘羽仪两位秀才。

颜佩韦说："你们二位来得正好。周老爷被逮，我们老百姓愤愤不平，要去救他，可我们都是些粗人，干不来正经事，还是请你们多想想办法。"

王节说："难得二位兄弟如此义气，我们也是去救周乡宦的。"

正说着，周文元拿着许多香跑来了，跑得浑身是汗，鞋子也掉了。跟着又跑来一群群的人，喊声震天。周文元把香分给大家，互相引火点燃，顿时香烟弥漫，人涌如潮。

杨念如说："咱们一人一炷香，一起去求官府放人。"

颜佩韦说："还求他个屁！他要是放了周老爷便罢，要是不肯放，咱们苏州人一窝蜂打了他们！"

王节和刘羽仪劝颜佩韦不可造次，只能广泛联络，写好辩呈，和大家一起去求毛一鹭，请他把周顺昌保下来。

颜佩韦想：毛一鹭是魏忠贤的干儿子，这次捉拿周老爷也是他的主意，他怎么会保周老爷？不能再磨蹭了，先冲了他的官府再说。颜佩韦一声招呼，人群像打开闸门的洪水一般，向官府涌去。

人群去后，一个和尚的身影显露出来，他敲着梆子，口里喊着："一街两巷，众位老爷，都到西察院，执香恳求官府，出疏保留周老爷。此系人民公举，不可延迟误事。"大批的苏州人，听见他喊，先后奔了出来。

差官满心希望此行能发个大财，想不到周顺昌是个穷官，连一点贿赂都没有。差官平时受贿受惯了的，见没有人给他上供，窝了一肚子火。

差官在县衙里吃饱喝足，醉醺醺地把听差喊过来：“你快去跟毛一鹭说，我们奉了魏爷的钧旨，到这地方来抓人。他是谁家的官儿，敢不从犯人身上弄万把银两送给我们？要是有银子，快点儿送来；要是没有呢，我们就不要周顺昌了，我们自己回去，叫毛一鹭送周顺昌进京。”

听差的哪里敢去跟毛一鹭这样说，挨了差官几十皮鞭，还是不敢去。差官就派校尉去跟毛一鹭说。

校尉正要到州府去，却见门外人山人海，挤挤挨挨，出不去了。差官以为是来看开读的，就说：“你用鞭子把人赶开，去就是了。”说完，又到里边喝酒去了。

外边的人喊起来：“周吏部是天下第一清廉的好官，受万民尊重。我们求大老爷做主，救救周老爷。”喊声里夹带着哭音。

陈文瑞对人们说：“你们不要哭，也不要喊，上面自有公道话的。”

人们不依，说：“你是周老爷的第一门生，更不能坐视不管啊！”老百姓执香哭号，把西察院附近的大街小巷挤得满满腾腾。陈文瑞问寇太守怎么办。太守也知道周顺昌深得人心，便吩咐从士民中选一个老成者，进来讲话。

王节和刘羽仪被众人推举到县衙里。他们两个平时满脸凛然正气，一见官却都失了仪态。王节结结巴巴地说：“生……生……生员王节，拜见老公祖。”寇太守请他们快讲。

刘羽仪结结巴巴地陈述道：“周……周……周老爷居官侃侃，居乡表表，如此品行，卓然千古。蓦罹奇冤，实实万姓怨恫。老公祖在地方亲炙高风，若无一言主持公道，何以安慰民心？周乡宦若果得罪朝廷，小的们情愿入京代死。”

刘羽仪刚讲完，颜佩韦一下子跳进大门，大声喊道：“话不是这样说的。今天要是真正奉圣旨来捉拿周老爷，就是冤枉了他，我们也不敢怎样。可今天是魏太监老贼假传圣旨，杀害忠良，我们无论如何也不服。就是把我们全杀光，我们也不会放周老爷的。”

寇太守为苏州百姓这种侠骨忠肠深深感动，叫他们等毛一鹭来到便一起喊冤，他和陈文瑞一定鼎力相助。

这时，锣声响起，毛一鹭押解周顺昌来到吴县县衙。人群呼啦围上去，哭声震天，求毛一鹭放人。

毛一鹭在人群的挤拥下，纱帽歪了，袍带也脱了，呼哧呼哧喘不过气来，好不容易挤进县衙，便大骂寇太守和陈文瑞无能：“这些老百姓闹哄哄的，竟然不怕圣旨了，你知道你府县的罪过吗？”

寇太守和陈文瑞讲明情况，恳请毛一鹭作保。

毛一鹭皱着眉头说：“逆了朝廷的旨意，还好说话，可这是东厂的旨意，比违抗圣旨还要厉害，谁敢不从？乌纱帽还要不要？”

寇太守和陈文瑞不敢再多说什么了，请求毛一鹭想个办法把民愤平息下去。

毛一鹭朝外望去，到处是人，香烟蒸腾，弥天盖地，哭声惨厉。他也清楚，倘若一言不慎，就可能激起众怒，这千百万人一起动手，必然生出塌天大祸。凭这几个皂隶，不可能把周顺昌从外边押进衙门。

毛一鹭算计了一会儿，对陈文瑞说："叫他们走散。要是想保留周顺昌呢，就先具一公呈进来。"

陈文瑞跟百姓们说去了。

差官睁开迷离的醉眼，问毛一鹭："我们托付的事怎么样了？还要不要我们进京在魏爷面前说句好话啊？"

毛一鹭一迭连声地答应照办。

颜佩韦、杨念如、周文元生怕周顺昌会突然丢了似的，众星拱月一般围在他身边。周顺昌说："我和诸位素昧平生，不值得你们这样厚爱。我觉得此番到京城去，还不至于立刻殒命，各位还是请回吧。"颜佩韦等人说什么也不走。

中军从大门里走出来，宣布暂缓开读，现在请周顺昌进去商议。

颜佩韦、王节等将信将疑，料想县衙没有后门，不会把周顺昌丢了，就任中军把周顺昌扶进大门。

大门"咣当"一声关上，周顺昌的身影不见了。人们突然有一种不祥的感觉，纷纷贴着大门听里面的动静。

原来毛一鹭这一手是骗招。他先哄颜佩韦等人放周顺昌进了衙门，然后就请差官开读。

颜佩韦听见里面喊："犯官上刑具！"他知道被骗了，立刻火冒三丈，一脚踹在大门上，发出"嗵"的一声响，好像放了一通巨炮。众人纷纷上前，七手八脚，把大门打得如同一面破铁鼓。

差官和校尉手执钢刀开门出来怒吼："不要命啦！"差官指

着颜佩韦说道："这等放肆，皇帝也不怕啦?！"

颜佩韦一拍胸脯，说："怕死就不来了！知道苏州第一好汉颜佩韦吗？"杨念如扯了一根长棍，说："知道真正的杨家将杨念如吧？"周文元、马杰、沈扬也毫不示弱，一个个把眼睛瞪得溜圆。

差官根本没把这伙人放在眼里，他还从来没见过这么大胆的老百姓，不由火从心头起："还真反了！"他一抡钢刀，向颜佩韦砍去。

颜佩韦呐喊一声："大家动手啊！"他躲过这一刀，一脚把差官手上的钢刀踢掉，右拳几乎同时打了出去。差官只觉得挨了重重一击，脑袋晕乎乎的，撒腿就往里跑。人群也随着往里冲，冲进去一批人，被皂隶挡了出来。后边的人像海啸般涌过来，把皂隶们冲得七零八散。

有人扛了一具校尉的尸体过来问颜佩韦怎么办，颜佩韦说："怎么这么不经打，扔在城脚下喂狗算了。"

周顺昌见众人把事情弄大了，急得直搓手。寇太守叫他不要焦虑，先到里面休息，以后再作商量。

毛一鹭忙找执事，执事却连人影都不见了，他只得躲进了厕所。

朱完天幼时丧父，由母亲含辛茹苦地抚养成人。周顺昌在任时知道了这件事，启奏皇上，予以旌表，给朱完天的母亲建造了贞节牌坊。朱完天和周顺昌素不相识，但深深为周顺昌这种公正无私、体恤下民的品质感动。

阉诏事件发生后，毛一鹭等人不敢再把周顺昌留在苏州，几经辗转，将他偷偷地押往北京。朱完天费了许多周折，发现了解船的行踪，便悄悄跟随，准备一直跟到北京，给周顺昌送些衣服和食物，设法营救。万一周顺昌被害，也可以收收他的尸骨，聊作对恩人的报答。

朱完天看见船慢慢靠了岸，船家上岸打酒去了，又看见一个少年急匆匆地走来，不顾两个校尉的阻挡，跳上船头，高喊“爹爹”。

朱完天知道他就是周公子茂兰了。原来周公子自从父亲被逮捕之后，一直未能见上父亲一面，东访西察也没打听到父亲在何处，直到陈文瑞偷偷告诉他昨日五更天，解船已经上路了，这才顺河急急忙忙赶来。虽说周公子吃过不少苦，但这么远的路他还从来没走过，又加上连夜奔波，走得腿脚酸软。

校尉扯着周公子的胳膊，叫他赶快上岸，周公子抓住缆绳，死不松手。校尉扬手要打他。

周顺昌由舱内急奔出来，喝道：“住手！我儿子不谙世务，跑这么远来看我，你们怎么不讲一点儿人情！”

周公子一见父亲的面，叫了一声“爹爹”，悲痛和委屈一起爆发出来，号啕大哭。

周顺昌抚摸着儿子的脊背，说：“我已经走了这么远，你还赶来做什么？快点儿回去吧。”

周公子要跟父亲进京，侍奉父亲。

周顺昌深明儿子的孝心，但是他也清楚地知道，儿子随他进京于事无补，于家有累，便说：“你还是回家去吧。你走了，谁来照顾你的母亲和妹妹呢？”

船家提着一壶酒回来了。两个校尉一起扑过来，架着周公子的胳膊抛上岸，吩咐船家马上开船。

周公子跌坐在岸上，见父亲被校尉拖进舱里去了，怔怔地发呆。父亲不许自己赴京，这可怎么办哪？唉，爹爹生了我这儿子又有什么用？爹爹为官做宰的时候，我不能为爹爹分担事务；爹爹被罢免官职之后，我也不能为爹爹分担一点忧愁；现在爹爹将要为国捐躯了，我又该如何报答生身父亲呢？

他沿着岸边，朝父亲的船远去的方向跑，但父亲的船还是渐渐地看不见了。既然生不能报答父亲，那就随父亲一起死吧。周公子在心里喊着："爹爹慢行，孩儿来了。"说着，就要向江内跨出去那一步。

朱完天在不远处看到了这一切，他大喊一声："周公子，不要寻短见！"便几步抢到跟前，抓住了周公子的衣襟。

周公子说："你不必救我，我父亲要死了，我连送一送他都不能，我还活着干什么？"

朱完天说："我知道你父亲周顺昌大人的冤情，早几年我还受过周大人的恩惠，今日正要报答。你这样死了，于己无益，只会大快贼心啊！我愿意和公子一道赴京，共同侍奉周大人。"

周公子两眼饱含泪花，感激地点了点头。

天还未亮，毛一鹭将一份名单交给捕快，命他带人秘密逮捕颜佩韦、杨念如、周文元、马杰、沈扬五人。名单上没写住处，捕快心里埋怨毛一鹭，这叫他上哪儿抓人？他在捕房里兜了几个圈子，仍旧想不出主意来，不禁骂毛一鹭混账，骂当差的伙计不快点儿来。

四处公鸡啼叫声起，几个差役踏着黑影走来。捕快扶着门框看见了，跳出来就扯着一个人的耳朵，一溜儿小跑拽进屋里。

“做什么这么急？”一个年长些的差役问。

捕快压低了嗓门，把毛一鹭密令逮捕颜佩韦等五人的事告诉了他们。差役中有一个人认识周文元，说这个人外号“周老男”，住在阊门。捕快马上带人往阊门急奔，把早起的人吓得躲避不及。他们跑过晋安桥、津桥、林家巷，先来找总甲龚小园。

龚小园从熟睡中被人叫醒，极不情愿，睡眼惺忪地开了门，就要对叫门的人发脾气。

捕快不等他说话，便一把抓住他尚未系好的衣襟：“慢慢腾腾的，找死啊！耽误了毛大爷的差事谁担待得起？”

龚小园马上明白过来这是要捉拿钦犯，便彻底清醒了。他对这五个人很熟悉。马杰、沈扬整天泡在赌场里，周文元昨天有人请吃酒，这时候还回不来；杨念如在观前街开店，是个有点身份的人；颜佩韦则行踪无定。若说前三个，还容易捉拿，后两个可都不容易抓住。

龚小园年纪不到三十，做总甲也不过两年，却对这一带人物了如指掌，是个有心计的人。他慢慢地系着衣扣，头脑里在算计着什么。系好最后一粒扣子，他的主意也想出来了。他附在捕快的耳旁，极神秘地告诉捕快该怎么办。依他的计策，捕快不要提“钦犯”二字，先到赌场上，将马杰和沈扬抓起来，就说是官府抓赌，夺了骰盆、筹码，连人带物一起交到他这里。再派人在周文元的门口守着，等他喝醉了酒回来，扶着他也到这里。至于颜佩韦和杨念如，他们听说抓了另外三个，必然会前来探望，到时候就将他们一网打尽。

龚小园说完，嘿嘿奸笑，捕快连称妙计。差役们迅速乔装打扮，分别奔向赌场和周文元家。

不大一会儿工夫，马杰和沈扬就被抓住了。他们二人以为是抓赌，在上绳索的时候争辩道："赌钱这种小事，还用捆绑吗？"

差役说："押到地方，就会放开你们。"

他们仍然当是同平常一样，找个朋友作保，人就出来了，所以也不在意，大大咧咧地随着差役走，在路上就告诉差役，让颜佩韦和杨念如来保他们。

到了之后，他们发现周文元也在这里，便有点吃惊，问道："三哥，你怎么也在这里？"

周文元酒还没醒，倚在墙角，糊里糊涂地乱点头，迷迷糊糊认出是马杰和沈扬二位兄弟，便说："来，替哥干了这杯。"

捕快派出的差役化装成小贩，找到颜佩韦和杨念如。两人听说后吓了一跳，这么早就抓人，而且抓的都是我们的兄弟，这其中定有蹊跷。盘问那人几句，越发怀疑兄弟们不是因为赌博被抓。

"二弟，恐怕打校尉的事被揭发了。"颜佩韦说。杨念如说即使真是因为打校尉的事，他们也得去。身为堂堂大丈夫，怎么能看着兄弟下狱，自己苟安偷生呢？

两人商量了一下，决心与兄弟们同生死，毅然向闾门走去。

徐如珂祖籍是苏州，得到苏州民众打死一名校尉的报告，料想魏忠贤会报复，也可能会激怒皇上，心里不禁暗暗地为家乡父老担忧。

当差的报告说，有毛一鹭的一本奏章。徐如珂马上打了个激灵，这毛一鹭是魏忠贤的心腹干将，他飞章入奏，肯定不会安什么好心。徐如珂要过奏章副本，副本上赫然写着：

苏州士民叛乱，打死官差，请求发兵镇压，以防再发生乱子。

徐如珂倒吸一口凉气：这下苏州百姓可有灭顶之灾了！唉，百姓怎么这样愚蠢，做出揭竿起义的举动呢？他思考着该如何化解这祸端。

这时又有差役送来奏章。徐如珂见是苏松按院徐吉的奏章，心里稍微放松了一下。徐吉为人正派谦和，这本奏章中所陈述的情节，肯定与毛一鹭的奏章不同。他打开一看，果然语气平和，很为苏州百姓辩护，只呈请把为首的几个人正法，其余的一概免于追究。徐如珂总算在暗夜里看到了一丝光亮："这是天意不绝吴民啊！"他感叹道，将毛一鹭的奏章藏起来，打发人火速将徐吉的奏章呈上。

他是这样想的：徐吉的奏章上去后，待到皇上的圣旨下来，再将毛一鹭的奏章呈上。皇上肯定会有先入为主的印象，再说也不可能朝令夕改，那么苏州百姓就有救了。即使因此而得罪了魏忠贤，他徐如珂也死而无憾了。

周顺昌已经三次冒犯魏忠贤了：第一次是在朝廷上面叱奸党，因而被削职闲居；第二次是与魏大中联姻，被毛一鹭密信告发；第三次是在魏祠大骂魏像，直接惹恼了魏忠贤。魏忠贤下令捉拿他，苏州人民极为义愤，奋起抗争，打死了校尉，魏忠贤把这笔账也记在他身上。

周顺昌押解到京以后，魏忠贤没有给他一点儿说话的机会。倪文焕和许显纯两个爪牙奉了魏忠贤的钧旨，不容周顺昌分辩，一味严刑拷打，逼他承认受贿一万两白银之事，打得周顺昌手指全断了，肋骨也断了好几根。

在东厂里，和周顺昌一起受刑的还有魏大中、左光斗、杨涟等人，但周顺昌一次也没见到他们。东厂的逼供和拷打都是秘密地、单独地进行。

今天魏忠贤要亲自审讯东林党一案。羽林左千、羽林右千领兵排列在辕门两侧，刑讯堂前羽林军队列严整，满面杀气；锦衣卫身着甲胄，刀枪寒光闪闪，同皇帝出巡时护驾一样。魏忠贤发出命令：一、不许犯人在一起交谈；二、不许犯人家属前后打探；三、把铜烧子、铁夹棍、阎王闩、红绣鞋、披麻火烙、铜包木棍诸种刑具，准备齐整。

杨涟第一个被审，刑具还未用遍，人已经断了气。接着魏大中被提审。魏忠贤逼他认罪，他逼视着魏忠贤，缄口不语。魏忠贤给他上了三次铁脑箍，两次铜烧子，看魏大中的身体开始僵硬，便命差役抬下去，然后提审周顺昌。

周顺昌不打算再跟魏忠贤争辩了。他知道今天魏忠贤亲自升堂，自己绝无生还的可能。与这样的人争辩，不是枉费口舌吗？

因此他做了准备，要在刑讯堂上大骂魏忠贤，吐吐胸中不平之气。这样一想，他倒盼望能快点到刑讯堂去了，只是由于连日的刑讯，脚被打烂了，走不快。快到刑讯堂时，迎面看见一个差役扛着魏大中的尸体走来。

“哎呀，亲家，你怎么样了？”他失声叫了出来。魏大中却再也听不见，不能回答他了。

周顺昌更加坚定了拼死一骂的决心：我周顺昌要死，也得死得正气凛然！

一进刑讯堂，许显纯喝令他跪下，他挺立不跪，说：“我周顺昌跪谁？你动不动就摆着龙位，假传圣旨来压人。今天既然没有龙位，还敢无礼，让我下跪吗？”

许显纯指着他，要他给魏忠贤下跪。

周顺昌勃然大怒，指着阎王模样的魏忠贤，破口大骂：“原来要我跪魏贼，呸！阉狗，你欺君虐民，残害忠良，我周顺昌食肉寝皮，也不能稍解心头之恨。”

他一边历数魏忠贤的种种罪恶，一边踢翻了桌子，将枷铐劈面向许显纯打过去。

枷铐重重地砸在许显纯脸上。他一捂鼻子，鼻梁被打断了，眼泪、鼻涕和鼻血一起哗哗往下流，两眼什么也看不见了，只顾哇哇乱叫。差役赶紧擒住周顺昌。

魏忠贤气得脸色由灰变白，喝令将周顺昌的牙齿全部打落，不许他开口。

差役们用槌猛击周顺昌的嘴部，他的嘴马上鲜血淋漓。差役放开他，他立刻跳起来，用含混不清的话语继续大骂：“魏贼，难道你打断了我的牙齿，我就不能骂你了吗？我还有舌头，只要我口舌还在，就骂你不止。”骂罢，他昏死过去。

差役用冷水将他喷醒。

倪文焕指着躺在地上的周顺昌说：“怪只怪你从来喜欢鼓舌摇唇，以致今日齿亡唇败。呀，你这么倔强，怎么不开口了？”

周顺昌突然跳起来，把一口鲜血喷在倪文焕脸上：“呸！我就是死了，也会在阴间骂你不止。”

倪文焕满脸是血，狼狈不堪，忙用袍袖擦拭血迹，命令差役把周顺昌用绳子牢牢捆住。

刑讯无法进行，魏忠贤也面露倦怠之意。倪文焕只好命差役把周顺昌押回监牢。

周公子和朱完天比周顺昌迟几天到京。进京之后，周公子多方打听，才知道父亲经过徐如珂、范景文、鹿善继、孙奇逢等人的极力周旋，没有被即刻处死，但是已经被倪文焕和许显纯严刑拷打了几次，生命危在旦夕。

由于是死囚的家属，怕被认出，不敢在一家旅店久住，所以周公子不得不频繁地转移住处，前天刚刚换到观音庵中。观音庵处在交通要道上，房屋不太多，大都租赁出去挣钱了。庵里的住持法名枯木，佛心少有，俗念多多，投靠东厂，做了个暗探。庵里的房客多半是职位很高的官员，他与这些人都很熟悉，连他们之间的勾心斗角也极为清楚。周公子一来，枯木就觉得周公子不像仕途得意的官宦人家的子弟，再看他时常背着人哭泣，人来找他的时候，都是躲躲闪闪，交头接耳，就更加疑心这其中有蹊跷。

晚上，周公子从一个公差朋友那里打听到，魏忠贤亲自审讯父亲，父亲指骂魏忠贤，被敲掉了全部牙齿，生命垂危，他不由得心急如焚。不知不觉，牙齿将嘴唇咬出血来，血抹到他的手上，使他想到了写血疏。对，写血疏，通过血来警醒圣上，救父亲一命。

夜深人静，远处传来三声梆子响。周公子找出一块白绫，铺在窗前的桌上。月光隔着窗子照进来，惨惨淡淡的，看不清楚。他又怕人看见，不敢点灯。

隔窗可以看见大殿佛像前香灯摇曳不定。他悄悄地打开门，走进大殿。“菩萨，救苦救难的观世音菩萨，你睁开眼看看这世上的不平事，救我父子一命吧。”他暗暗向佛像祈祷，用针刺破手指。

写到一半，他感觉到一阵天旋地转，佛像向他扑来，他晕倒在地上。连日的奔走，已经使他心力交瘁，疲惫到极点。当他醒过来的时候，天已叫五鼓。他赶紧再刺破手指，把血疏写完。

枯木早就注意到了周公子今晚的行动。他看见周公子悄悄地进了大殿，然后把大殿门关住了，就偷偷来到殿前，隔着门缝往里看。周公子一写完，他就一脚把门踹开，脸上带着阴冷的奸笑，向周公子摊开手说：“好小子，写的什么反书？拿来我看看。”

周公子把血疏藏在袖子里，紧紧地护住。

“好啊，你这小子还会放刁。”枯木拉着周公子就往外走，“去，去，去，走你娘的路，不要连累我。”

周公子被拉出门外，明白不可能再在这庵里等下去了，便要去房里取行李，枯木却径直把他赶出大门，说："你的行李做房钱了。"说完，砰的一声关了大门。

周公子不敢大声张扬，只好忍气吞声。摸了摸袖里，血疏还在，他祈求上天保佑他周茂兰，为救父命上疏成功。

到了午门外，他使出浑身力气，把鼓击响。一名小官和一名武士应声而出。"什么人在这里捣乱？"小官喝问道。

周公子跪在地上请求他们给他传疏。小官见是血疏，扔还给他，不给传达。

周公子再三请求，他们仍然不收。周公子跪在地上哭了。他为了救父亲，辗转千里万里来到京师，不想却一点也帮不上忙，不由得万念俱灰，再一次想到了死。他说："皇上既然不收血疏，我就撞死在阙前算了。"

武士一把扯住他说："让你在这里碰死，还不如让我打死你痛快！"接着就是一顿拳脚。

周公子被打得在地上乱滚，却感觉不到疼痛。这时徐如珂出来了。

徐如珂听见午门外的声音，知道又来了喊冤告状的百姓，武士不许入门。但没想到武士竟然这样毒打一个孱弱少年，他喝道："住手！为什么打他？"

小官说："他是犯官周顺昌的儿子，抗拒圣旨，上什么血疏。魏爷知道了怎么办？"

徐如珂认出这少年的确是周顺昌的儿子周茂兰，便对小官说："你这里不给他传达就是了，打他干什么？等会儿我派人撵他出去。你们回去吧。”

周公子感激地叫了一声“徐伯伯”。

徐如珂拉着他转过墙角，悄悄地说：“我徐如珂难道没有人心？要是血疏能上，我早就上了，还用你上？”徐如珂告诉他毛一鹭和徐吉分别上疏的事：“我将徐疏先上，奉有温旨，然后传进毛疏，圣旨批道‘已有旨了’，方得保全苏州一城百姓性命”。

周公子求徐如珂想办法让他与父亲见一面，徐如珂面露为难之色，厂卫严禁犯人亲属入内探监，怎么进得去呢？他紧锁眉头想了一会儿，说：“你今天晚上悄悄到我寓所里来，我有一个长班，他兄弟是个狱卒，你换上破衣帽，我托他领你进去，能否办成，尚未可知。现在你先回去吧。”

牢门里勉强能活下去的人很少，大多数都含冤死了，东林党人尤其悲惨。有受不过严刑拷打，当堂死了的；有带伤受刑，腐烂身亡的；有昏迷不醒，含冤自毙的；也有逼供时气太盛，被灰囊压死的……只有周顺昌，屡次受刑，奄奄一息却始终不死。魏忠贤亲自审讯，周顺昌偏不怕死，痛快淋漓地大骂魏忠贤。奇怪的是魏忠贤只将他牙齿敲掉，并不加刑，让他活了下来。

周顺昌躺在牢里，浑身疼痛难忍，已有多处溃烂，鼻子也被打掉，面目几乎认不出来了。他想翻到铺上去躺着，试了几次，却翻不动身子。潮湿的牢底浸着他化脓的脊背，似稍稍有些凉意。他处于一种半睡半眩晕的状态，但对外面的动静却保持着本能的警觉。

今天晚上，牢里轮到徐如珂的长班的兄弟值宿。狱卒们都比较同情周顺昌，经常照顾他一下；要不，周顺昌再顽强，也扛不过这几场严刑拷打。

这个狱卒受了徐如珂的长班的委托，秘密商量了周家父子见面的事。他看四周已没有人走动，就来告诫周顺昌，他们父子相见时，千万不能号啕大哭，以免隔墙有耳。

周顺昌先是吓了一跳：怎么？茂兰孩儿也被抓进来了吗？待到后来狱卒讲清楚，他还是为儿子担心。“你切不可放他进来！”他说。

狱卒惊问：“为什么？”

“一来你看我这模样，他怎么会不哭嚎？一哭嚎怎会不惊动别人？二来我也不忍心让孩儿为我伤心呀！”周顺昌擦掉一脸泪水说，“我心里已经十分满足了。我不让儿子随自己一起进京，但儿子却一路风尘、千里迢迢到京寻父，还不知吃了多少苦。为了见我这一面，又不知费了多少心，难得这父子情啊！我周顺昌死何足惜，不能再让忠孝的儿子有危险了！”

狱卒把周顺昌翻到铺上，借着牢内的微光，替他稍微整理了一下，告诉他周公子马上就要进来了，父子之情，天理伦常，见一面也就成全了公子的孝心了。

周顺昌不愿让儿子伤心，便佯装睡去，他一闭眼，立刻感到天旋地转，金蜂乱舞，仿佛从天堂坠入了地狱。周顺昌心想：但愿魏贼你早日下地狱，我在那儿等着你。

外面梆子声响，一队更夫从更房里走出，然后敲着梆子，向各个方向走散。一个年纪尚轻、面目清秀，但满面憔悴的“更夫”向着周顺昌的牢房走来。

狱卒走上前，低低地说："这是第三监，令尊周老爷在里面。放下梆子，我领你进去。梆子交给别人敲打。"

狱卒点着了灯，说："这就是周老爷。"

周公子简直认不出父亲的模样，只有那腿似乎还是父亲的腿，别的已全然变了样。他心如刀绞，抚摸着父亲的身体。

周顺昌仿佛在地狱里走了很久，见到许多奇形怪状的恶鬼，忽然一阵剧烈的疼痛，把他从漆黑的地狱里拉了上来。

"爹爹。"周公子失声高叫。

"果然是茂兰孩儿。"周顺昌也失声道。

狱卒连忙做手势，制止他们高声喊叫。

周公子问："爹爹，他们怎样打你了？你伤得这么重！"

周顺昌咬紧牙关，一句关于刑讯的话也不说，只让儿子记住这仇、这恨，记住他父亲忠臣的样子。

周公子揭开父亲的衣衫，到处是脓窝血窨，用手指轻轻一碰就破。哪里有水？给爹爹洗一洗也好啊！他四处搜寻，却不见一滴水，只得撕下自己的衣衫，给父亲轻轻擦拭。可这万孔千疮，怎么揩得干，拭得净？他想，若是能割我的肉给爹爹补好，即使把我的身躯割尽，我也心甘情愿。想着想着，他忍不住心中的悲痛，竟顿足大哭起来。

差官拿着令箭，两个狱卒提着灯笼，向三监奔来。要查监了。

狱卒赶紧把灯吹灭，把周公子藏在铺草里边，叫他无论发生什么情况，都不要弄出响动。

差官递给狱卒一个布囊，又附在他耳朵上密语了一阵。说完，把带来的两个狱卒留下，他自己先走了。

狱卒把布囊呈给周顺昌看，说："明白了吗？"

周顺昌大骂道："魏贼呀，魏贼！我周顺昌活着杀不了你，死了做厉鬼也要杀你！"骂毕，便伸长了脖子。他眼睛红肿得只剩下一条缝，可是仍然目光灼灼。

狱卒把布囊套在他头上，拘好绳扣，套在他的脖子上，猛然向后一拽。

周公子在铺草里看得清清楚楚，他抖掉铺草，大叫着抢上去，抓住了绳子："你们不奉圣旨，怎么能随便杀人？"

一个狱卒推倒他，他又爬起来推狱卒。狱卒把他打倒在地上，用力按住："你一个更夫，管这么多闲事？你管得了我们，管得了魏爷吗？"

另一个狱卒用力拽绳子。周顺昌浑身抽搐了几下，渐渐地僵硬，挺直在地上。

"爹爹呀！"周公子喊叫一声，昏了过去。

带周公子进来的狱卒对刚来的两个狱卒说："实不相瞒，这人是周顺昌的儿子，扮成更夫来探生身父亲，不想恰好目睹他父亲的死状。"

另外两个狱卒说："既然如此，看在周老爷的面上，大家行个方便，把这事瞒过去。唤醒他，叫他收拾收拾父亲的尸首，回去安葬吧。"说着，两人抬起周顺昌的尸首，先去差官那里验尸。

周公子醒来后谢过狱卒，一步三摇，出了牢房，看见朱完天候在大门口。他大哭几声，又昏死过去。

到了行刑的日子。刽子手罩红甲，穿黑衣、皂靴，像烧透的火炭，腰间挂着绳索，手里提着寒光森森的鬼头刀，凶神恶煞地走在犯人前面。

颜佩韦等五人被五花大绑，却依然昂首挺胸。他们不怕死。他们为正义而死，为国家而死，死得其所，“留得声名万古香”，他们所遗憾的是没能救的了周顺昌。

刑场设在西察院前，即他们打死校尉的地方。杨念如打老远就看见弟弟杨念意等在那儿，不禁心头一热，两行热泪滚滚而出。

杨念意是和颜佩韦的母亲一起来的。颜婆婆眼里没有一点泪痕，皱纹密集的嘴唇紧紧闭着：“我是来收儿子的尸骨的，奸贼们！”老人高昂着头，傲视前方。乱风吹起她灰白的头发，扫着她高高的颧骨。杨念意看到老人这样镇静，不禁为自己的慌乱而感到羞愧。但是等到行刑队临近，他突然发现颜婆婆不见了。

颜佩韦没看到慈祥、正直的母亲，他理解母亲不愿意看到他就义的场面。目睹孩子当场被杀的悲惨场面，哪个母亲承受得了？

杨念如和弟弟抱在一起，放声大哭：“这杀头的命，难道是天定的吗？”

颜佩韦喊道：“别哭了，抬起头来，让他们看看咱兄弟们的骨气！”

三声锣响，监斩官苏松道、兵备使张孝来了，身后边拖了黑压压的士兵。士兵全副武装，神情高度紧张，手持刀枪剑戟，将围观的人赶开，把刑场严严实实地包围起来。

杨念如等人与亲人诀别，然后一起纵声大笑。笑声高亢洪亮，仿佛冬天里的寒风，扫过刑场里的每一个人，使刽子手们听了不寒而栗。

张孝下令立即斩首。

刑场外的人群爆发出震天动地的哭声。寒光闪过，五人仆倒，他们的家人也晕倒在地上。

残忍的刽子手提着五人的头，缓缓绕场一周。

周公子收拾了父亲的尸首，正想带灵柩南归，忽然得到消息，魏忠贤正四处派人捉拿他，他只好将灵柩暂时寄放在寺庙内，自己先回家。

苏州城经过这一场风波，已面目全非。又谣传魏忠贤要发兵血洗苏州城，弄得人心惶惶，老百姓寝食不安，都忙着逃往乡下，躲避这场大祸，城中一片萧条景象。周公子回到家里，大门紧闭，拍了半天，才有个老仆人出来开门。老仆人告诉他，夫人和小姐已到乡下避祸去了。

周公子沿着旧日熟悉的庭院小路走着，偌大的院子在短短几个月内已完全失去了往日的模样。杂草没人锄，落叶无人扫，门窗破了无人修，到处是残垣断壁，除了主仆二人稀落的脚步声，四周一片静寂。

周夫人和周小姐同颜婆婆一起来到乡下。颜婆婆住在乡下一位亲戚家里，周氏母女则赁了两间房子，和颜婆婆相邻而居。孤独无依的柔弱母女，幸亏有颜婆婆做依靠，才勉强把日子过下去。

早上派管家进城打听消息，到现在还未回来，周夫人心急如焚。自从周顺昌被逮捕进京，这个家就塌了顶梁柱，支撑不住了。接着周公子进京寻父，使周夫人更加忧心忡忡，既担心周顺昌逃不过魏忠贤的毒手，又担心周公子少不更事，被坏人暗算，但自己又确实没有能耐帮上一寸忙，只能整天哭天抹泪。

周小姐理解母亲的心情，她也同样难过，可是还要忍住悲痛，时时安慰母亲。前几天，魏家来人要她和魏公子成亲，母亲非常愿意。魏家虽然也不太平、不富裕，可总比这孤儿寡母厮守在一起要好得多。她母亲希望在这动乱的时候，赶紧把她送到一个有依靠的地方去。可是周小姐坚决地拒绝了，在这种时候，她怎么能离开母亲，让母亲孤孤单单一个人呢？

看看天色将黑，管家还没有回来，母女二人也不点灯，茫然相对，眼里泪花翻滚，一点声音就能震落下来。

一阵急匆匆的脚步声响起，接着暗影里迈进一个人来。周夫人一把搂紧了女儿，惊问："谁？"

那人"扑通"一声跪在地上："娘，是儿茂兰回来了。"

原来周公子费了一番周折找到了这里。周夫人点上灯，见十几岁的儿子竟有三十岁的模样。可她顾不上心疼儿子，盯着儿子的眼睛问："你爹怎么样了？"

周公子忍不住先是一通号啕大哭，然后才细细叙述他在京城的遭遇和父亲被害的事情。周夫人听完，一时难以接受，背过气去。周公子和周小姐赶忙给她抚前胸，捶后背，周夫人缓过一口气，放声大哭。

摆在面前的迫切问题是三个人该怎么过。顶梁柱彻底塌了，家已不复完整，可是还得活下去。只有活下去才能为父亲鸣冤，才能杀奸党逆贼。周公子对母亲说："我不久就要进京扶柩南归，你和妹妹怎么办呢？"

周夫人说："魏家已经派人来迎，可你妹妹想要和我厮守在一起。"周小姐把母亲抱得更紧。

周公子对妹妹说："这是爹爹的遗命，自然该去的。"

管家终于回来了，跑得一身汗、一身土，一迭连声地说："不好了！不好了！"

周公子急问："怎么不好了？"

"京中已派遣了差官，一会儿就到这里来抄家、抓人，魏贼要斩草除根了！"

周公子将信将疑，他离京时尚未得到抄家的消息，莫非又是讹传？

"那魏贼不是正四处派人追捕公子吗？"管家又说。

是啊，像魏忠贤这样的奸贼，什么事做不出来！颜婆婆也过来了，她说还是赶紧避避为好。周公子叫妹妹立刻做准备，今晚就把她送到魏家去。

周小姐仍然不愿意离开母亲："咱们一家人同舟共济，患难相依，就是死也死在一起。"

周公子故意不加理会，让颜婆婆拖她去。颜婆婆走了几步，回头对周夫人说："你放心吧，我保证把周小姐送到魏家。在这年月，就别拘泥那么多礼数了。"

一只小船泊在河边，周小姐上了船，颜婆婆自己摇橹。小船摇摇晃晃地消失在了浓黑的夜雾里。

随着熹宗病情加重，朝中权势之争变得微妙起来。信王朱由检由原来的无足轻重，忽然得到了一大批东林党人的支持，掌握了朝中很强的势力，这使魏忠贤谋朝篡位的野心受到很大打击。

也许是熹宗人之将死，其心也善，他开始能听得进忠臣的进谏了，对魏忠贤如此残酷地滥杀无辜有些不满。魏忠贤进一步失去了受皇帝宠信这个有利条件。

魏忠贤对急速变化的形势无法适应，忧心甚重，一连几天茶饭不思，今天晚上又是什么也没吃。他坐在仿制的龙床上，看着摇曳的烛火，神思恍惚起来。

他仿佛看见有五个人，无头，浑身血淋淋的，却身着铠甲，手执利剑，径直闯进他的卧室。

旋即院中风声大作，飞沙走石。风沙过后，周顺昌也出现在他的卧室里。周顺昌遍体通红透亮，像一团火焰，把卧室的每一个角落都照得如同白昼，使他无处躲藏。

他壮壮胆子，喝道："大胆囚徒，敢闯厂爷的私宅！"

周顺昌张开无牙的嘴，历数他的罪恶。每说完一件，五个无头武士都齐声呐喊："杀了魏贼！"

他吓得浑身哆嗦，忽然听见周顺昌叫道："逆贼魏忠贤，作恶多端，阴谋篡位，其罪罄竹难书，奉皇上圣旨，立即斩首。"五个武士大喝一声："杀！"五把钢刀齐刷刷向他扎来。

他觉得钢刀同时刺进了他的胸膛，"啊"的一声惨叫，他惊醒过来，发现烛光还在晃动，自己却缩到床角去了。

"茶！"他爬下床大叫，"端茶来！"

老皇帝驾崩，新皇帝朱由检登基的消息传到苏州，苏州人极为兴奋，仿佛连旱三月，忽又喜降甘霖——魏忠贤这阉狗到底没有当上皇帝呀！他不行了！一时间人们对魏忠贤的畏惧感消失了，而所有对魏忠贤的仇恨猛烈地迸发出来。

"新皇帝登基了，魏贼要满门抄斩了！"

苏州人喊着叫着，从家里走出来，走出小巷，涌上大街，庆祝这将要到来的胜利，很快汇成一股洪大的人流。

颜婆婆诅咒着魏忠贤，也加入了这股人流。她看看这边，望望那边，心里有一种说不出的滋味。她笑着，大声地说着话，泪水却哗哗地流下来。

人流很乱，人们找不到合适的语言、合适的形式来表达这突如其来的喜悦。突然杨念意呐喊一声："拆魏祠去！"

这句话无异于往火药桶里扔了一叶火绒，人群仿佛炸开了一般，大家有了共同的行动目标。混乱嘈杂的喊叫声表达着一个相同的意思：快到半塘去，拆掉那逆贼的祠堂，出出这口恶气！

几个小伙子在街上打架，看见人流奔向半塘拆魏祠，其中一个便说："先饶过你，待我拆了魏祠，再与你计较。"他们立即互相松了手，汇入了这股洪流。

六七百人上了渡僧桥，见祠门紧闭，便一鼓作气，上去砸门。

又有大批农民扛着锄头来到这里，他们分别从虎丘后、席场上、三佛桥长泾庙、长荡头砖场上赶来，浩浩荡荡，有万余之众。

砸开了大门，众人狂叫着："打死陆万龄！"然后一拥而入。

祠堂里面马上传出惨叫声，许多护祠的官兵被踏倒在地上，不一会儿就死了。发疯似的人们横冲直撞，人群中也有被挤倒的，但是谁也顾不了谁。

堂长陆万龄此时也在祠中。这几天风声不好，他不敢在城里大街上耀武扬威，一直躲在祠中，想不到人们竟然先来攻祠堂了。他赶紧脱下衣帽，剪断胡须，在脸上涂些泥巴，从后门逃走。

人们搜索遍了祠堂的角角落落，不见陆万龄的影子，便开始砸东西。窗子破了，桌子倒了，香炉烂了，椅子腿满天飞，到处是东西碎裂的声音。

人们把魏像推倒在地，用棍砸，用脚踢，往上面吐唾沫，一边打一边骂，发泄着心中的仇恨。很多人听说在打逆贼的像，都凑过来，但是大部分人还是没能踢上一脚，魏像就只剩下一个嘴歪鼻斜的沉香头还没有碎，他们就挤进去，朝头像踢上一脚。

祠堂里人越来越多，渐渐容不下了，门外的人还想往里挤。这时里边有人高喊："烧祠堂了！"人们才开始往后退。

杨念意把绳子套在石牌坊上，大家一起用力，"轰"的一声，把石牌坊拉倒在地。"去你娘的魏忠贤！给这样的奸贼立牌坊，老天真是瞎了眼！"几个人跳上去又跺了几脚。

那边已经点火，浓烟在祠堂里弥漫开来，时不时看见巨大的火舌舔上房梁。

杨念意突然记起头像还在祠里，便冒火进去把头像抢了出来。

在李实的寓所里，毛一鹭和李实正如坐针毡。

早在熹宗病重期间，他们就感到大事不妙。他们两个掌管着东南沿海的兵马钱粮，这一带人口密集，经济发达，税收很高，粮食产量也很大。魏忠贤委他们以重任，只要魏忠贤动手，他们便遥相呼应，共同完成篡权大事。魏忠贤当了皇帝，他们便能攀龙附凤，飞黄腾达。但是魏忠贤却迟迟不动手。如果魏忠贤做事不及，换了一位皇帝，那么他们不仅不能高升，而且还有性命之忧。他们也清楚，自己做的坏事是够多的了！

现在皇帝驾崩已有数日，魏忠贤那里还是没有动静，派出去的探子回报说情形不好，他们心里已凉了几分，对苏州百姓毁祠一事也无暇顾及了。

又有探子来报，说信王朱由检登基做了皇帝。

"那魏爷呢？"李实赶忙问，头伸出去，像一头牵不动的驴。

"魏爷被发遣到凤阳守皇陵了。"

李实和毛一鹭目瞪口呆，明白他们是彻底完了。

李实像个老婆娘一样嚎起来。毛一鹭心眼儿一转：魏爷没有势力了，得抓紧另找靠山，靠谁好呢？

"东林党人安排如何？"他问探子。

探子说，东林党人如今多数被起用，活着的升官，死了的，像周顺昌这样的，也都赠官拜祭，立祠建坊，封妻荫子。

毛一鹭更加清楚了，现在是东厂失势，东林党人得势，他们恐怕要死无葬身之地了。

又一个家丁飞骑来报：魏忠贤降职离京，才出京城，所带的金银珠宝就被人一哄而抢，魏忠贤走到涿州，在旅店里悬梁自尽了。接着皇上下圣旨，将魏忠贤满门抄斩，把他的尸首千刀万剐。崔呈秀、倪文焕、许显纯也被抓了起来，马上斩首示众。

李实哭得鼻涕一把泪一把，说：“我是个内官，一定与魏爷不相干的，不会杀我吧？”

家丁说：“那些凡在魏忠贤门下走动过的，尽皆杀绝，不在京的，正放出人去四处捉拿，无有遗漏。抓的人罪分七等，两位老爷都位列一等。”

李实顿时瘫在太师椅上：“娘唉，你救救孩儿吧。”他是呼天也不应，求神也不灵了。毛一鹭则痴痴呆呆地站在那儿，一声不吭，心里想：校尉须臾就要到这儿来，抄没全家。我真是愧对先人呐！早知如此，我何必当初呢？

焚毁的魏祠只剩下一堆残砖断瓦，巨大的大理石被熏黑了，显得凄惨荒凉，灰烬落满了空阔的瓦砾场。在焚毁的魏祠旁边，竖起了五人墓碑。为周顺昌受陷害鸣不平，打死校尉，又慷慨就义的颜佩韦、杨念如、周文元、马杰、沈扬就埋在这儿。碑上记载着五人的英勇事迹。苏州人还为五人建造了石坊，镌刻着“义风千古”的题字。在五人墓的旁边还有周顺昌的墓。

文震孟就要进京上任了。在离开竹坞别墅之前，他先来凭吊周顺昌。墓地规模并不大，厚厚的一层纸钱和白花遮没了土地和青草。文震孟踏着铺满白花的坟路，口中念念有词：“为正义而死，就不会为正义的人们所忘记。顺昌兄，我看你来了！”

文震孟拈了几炷香，并排插在香炉里，然后抖抖索索地点燃。香烟袅袅上升，他的泪水慢慢滚出来，一大颗，一大颗的。

仆人听见压抑的啜泣声，也禁不住潸然泪下，他端着酒走上前去：“文老爷，该奠酒了。”

文震孟接过酒来，轻轻地放在案上，拜了三拜，然后端起酒，倒在案前："这一杯淡酒，是我震孟敬你周大哥的。你若地下有知，也该瞑目了。魏党奸贼已被整肃出朝，尽皆抄斩，东林朋友也都平反昭雪了。就是家人，你也尽可放心好了，我会替你照顾好的。"

他祭过周顺昌，又向五人墓走去。

五人墓前也有人在祭奠，挤挤挨挨的一大群，严严实实围住了五人墓，从人群中不时传出哭泣声。墓的前方有跪的，有站的，排列着八九个人。中间的老太太，一边用袖子擦眼泪，一边说："儿呀，你睁开眼睛吧，你的仇报了，他们拿着魏贼的头来祭奠你哩。"

供桌上放的是魏忠贤的人头。尽管它已不再像个人头，只能说是一个球，但在众人眼里却依然是魏忠贤，眼神凶狠、狰狞恶毒、宛如豺狼的魏忠贤。

众人见文震孟来祭，赶忙让路。文震孟问颜婆婆旁边的几个小伙子："前几天就是你们拆的祠吗？"几个人点点头。"义士呀，你们也是义士呀！"他感慨地说道。

周公子突然来了。见过礼之后，文震孟把他拉到一旁，说他来得正好，叫他马上准备一下，跟他进京。"如今皇帝明察，恶人依法受刑。昨天我外甥姚孟长亦被皇上召进。你和我一同北上，进城喊冤告状。"他问周公子血疏还在不在，周公子说他时刻揣在怀里呢。"那好，奉上血疏，请求皇帝赐周大人祭葬、立祠、谥号，历陈毛一鹭、李实的罪恶，要这两人的狗头便指日可待了！"

周公子感动得热泪盈眶，跪地称谢。文震孟将他扶起，又吩咐一个乡绅妥善安排五人的家眷。他已经托付了一些官绅士子，凑些钱置买义田一顷，来供祭扫五人墓用，再置一所房子，来安排五人的家眷，其房子田产不准土豪霸占。乡绅答应尽力督办。

这时候，抚、按、道、府、厅、县各级官员及各位乡绅，都停船在河里，等文震孟祭奠完，就送他启程。文震孟与众人拱手告别，携周公子上了大船。

大船划出宽阔的水迹，向北行驶。船到达无锡后，要换马车，马车行过一段路，还要乘船。过了长江，是江北的大片土地，路程长着呢。

文震孟站在船尾，直到送行的人影都看不见了，才回到舱内。

窦娥冤

·作品评价·

《窦娥冤》是元代戏曲家关汉卿的元杂剧代表作，也是元杂剧悲剧的典范。该剧剧情取材自“东海孝妇”的民间故事，讲述了一位穷书生窦天章为还蔡婆婆借他的银子，不得已将女儿窦娥抵给蔡婆婆做童养媳，没过几年，窦娥的夫君早死。适逢蔡婆婆要赛卢医还钱，却险些被赛卢医害死，幸得张驴儿父子相救。那张驴儿要蔡婆婆将窦娥许配给他，窦娥始终未同意。张驴儿就将毒药下在羊肚汤中要毒死蔡婆婆，结果却失误毒死了自己父亲。张驴儿反咬一口，诬告窦娥毒死了他的父亲。昏官桃杌严刑逼供，最后做出判决，将窦娥处斩。窦娥临终发下“血染白绫、天降大雪、大旱三年”的誓愿。窦天章最后科场中第，荣任高官，回到楚州睡觉时，窦娥托梦与他，诉说自己的冤情。最终窦天章为窦娥平反昭雪。该剧成功地塑造了“窦娥”这个悲剧主人公的形象，使其成为元代被压迫、被剥削、被损害的妇女的代表，成为元代社会底层善良、坚强而走向反抗的妇女的典型，表现了中国人民坚强不屈的斗争精神和争取独立生存的强烈要求。

［元］关汉卿

元朝初年，穷秀才窦天章为逃避战乱而四处奔走，最后流落到楚州城。他自幼学习儒家文化，饱读圣贤诗书，满腹经纶。无奈时运不济，一直未能考取功名。更不幸的是，他早年丧妻，撇下一个三岁的女孩。如今女儿端云已经长到七岁，生得聪明俊秀。父女俩相依为命，贫困交加。

楚州城里有个蔡婆婆，她是一个四十多岁的寡妇。她丈夫原来是个走街串巷的小贩，家中积蓄了一些钱财。不幸的是，她丈夫因病早逝，留下一个只有八岁的儿子和她一起生活。蔡婆婆不会做别的事情，只好靠放债收息过日子，娘儿俩的日子过得倒也宽裕、安乐。平日里蔡婆婆不是出门讨钱要债，就是串邻访亲。

这一天，蔡婆婆没有出门收取利息，她不时地来到门口向外东张西望。她的儿子扯着她的衣角问："妈妈，你为什么老是到门口张望？"

蔡婆婆只是朝儿子笑笑，不知说什么是好。她想：儿子太小，还不懂马上要办的这件事与他一生有关。唉，管他懂不懂，说一说给他听听吧。她一手抚摸着儿子的头，另一手又握住儿子的两只小手，像扯家常似的诉说着："今天，娘替你招媳妇了……"

原来窦秀才去年向蔡婆婆借了二十两银子，如今连本带利该还四十两。蔡婆婆已多次前往讨还，但窦秀才连买米的钱都没有着落，哪有钱来还债！

蔡婆婆早就相中了窦秀才的女儿端云，见他无力还债，便乘机提出让端云来做她的儿媳妇，以抵那四十两银子债。

窦秀才听说朝廷开科取士的消息，想去赶考但面对现实又愁眉不展，他想：女儿端云年仅七岁，总不能带着女儿去赶考。这女儿如何安排？面对蔡婆婆提出的条件，窦秀才只好答应，他们商定好今天上午窦秀才将亲自送女儿到蔡婆婆家来。

窦秀才牵住女儿的手，心头好似万箭穿心。他的脑海中回想着：妻子死后，自己拉扯着女儿艰难地度过了四个年头，生活时常限于困顿，不得不向蔡婆婆借钱。如今还不起债，蔡婆婆又多次催逼，况且会试日期已到，要去京城赶考，路费又无处取借，只得将亲骨肉送给蔡婆婆。窦秀才知道，女儿哪里是去做媳妇，分明是卖给她罢了。

太阳已近晌午，窦秀才万般无奈地携着端云走出家门。聪慧灵巧的端云看到爹爹垂头丧气，一脸痛苦，便轻轻地问道：“爹爹，咱们今天到哪里去？”

窦秀才愧对女儿，只好支支吾吾地说：“孩子，爹爹送你到一个亲戚家去。”

端云疑惑地看着爹爹，不高兴地说：“你别哄我，你不是说咱们在这里无亲无故吗？”

窦秀才听了女儿的话无言以对，心里有说不出的难受和痛苦，只好默默无语地领着女儿向前走去，迈出的脚步却越发沉重；北风呼呼地迎面吹着，心情也是越发沉重。他们父女俩来到蔡婆婆的家门口。

“蔡婆婆在家吗？”窦秀才轻叩着房门，小声问道。

“在啊，秀才快请家里坐，我等了一上午了！”蔡婆婆应声出来。

“小生今日将女儿端云送来与婆婆，怎敢说做媳妇，只与婆婆早晚使用。小生目下就要进京求取功名去，留下女儿在此，只望婆婆多担待。”窦秀才的语气诚恳且谦卑。

“不要再客气了，我们是亲家了。你以前连本带利要还我四十两银子，这是借钱的文书，还给你。我再送你十两银子做进京赶考的盘缠。亲家，你不要嫌少啊！”蔡婆婆说着，把十两银子送到秀才手里。

窦秀才慌忙说：“多谢婆婆了！以前借的还没有还你，今日你又送我盘缠，此恩来日必当重报。婆婆，我女儿端云年幼不懂事，请婆婆多照顾些。倘若她做错了事，该打时，请你看我面上只骂她几句就算了；该骂时，望你只开导她几句，别和她细计较……”

蔡婆婆笑着回答说：“亲家，这不用你嘱咐，既然端云到了我家，我会把她当作亲女儿看待的。请你尽管放心地去赶考就是了。”

窦秀才转身把女儿搂在怀里，几乎心碎肠断，他轻轻地拭去滴在端云脸上的泪珠，叮嘱道：“孩子，你千万要听话。从今以后，你不比在我跟前了，我是你亲爹，能将就你，如今你在这里，不要顽皮、任性，免得挨打受骂。孩儿啊，爹之所以把你送到这里来，实在是出于无奈！”说完，秀才悲痛欲绝，眼含着泪花，向外走去。

端云哭着扑向门外，连声喊着：“爹爹，你不能丢下我不管，我要跟你一块儿走！”这时，蔡婆婆急忙上前拉住端云的手说：“孩子，你在我家，我会把你当作亲生女儿相待的。不要哭，跟我进屋去吧，要不然会让你爹爹更难过的。”

蔡婆婆打心眼儿里喜欢端云，她想：窦秀才一旦考中，做了官，恐怕会来接走端云，那时我岂不是人财两空，不如早做准备。

窦天章上京赶考不久，楚州便发生了战乱，蔡婆婆饱经世事，在兵祸初起之时就变卖家私，打点细软，领着儿子和端云逃出了楚州城，落脚在偏僻的山阳县城。

山阳县城地处楚东大山之中，不通大都盛邑，也不是兵家必争的地方，非常安全清静。蔡婆婆凭着携带的家资在此地买了一座房子，定居下来。

转眼间，儿子和端云都长大成人，在端云十七岁那年，蔡婆婆给她和儿子圆了房，并给端云起了个大名，唤作窦娥。了却了这一件大事之后，蔡婆婆便也心满意足了。再说端云既漂亮又能干，为人处事都极有主见，邻里乡亲无不夸赞蔡婆婆有个好儿媳。

可是，人有旦夕祸福，不到两年光景，窦娥的丈夫因感时疫，不幸病死。

窦娥真是福浅难多。她呼天抢地，痛不欲生。她时时对空长叹，忍不住地自问：“天啊，几年来我忍受着无限的孤寂，装着满腹的忧愁，为什么得不到可怜和同情？这样不幸的苦日子哪天才是尽头呢？难道命中注定我一生忧愁？可怜我三岁亡母，七岁与父亲离别至今，丈夫短命，婚后不久就离我而去，现如今只能和婆婆相依为命。有谁知道我这样的悲惨，这样的不幸！难道是我前世烧了断头香，才招来今生这样的苦难和凄惨吗？我甘愿今世今生积德行善，守贞尽孝，赡养婆婆，求得命运好转！”

窦娥确是一个孝顺媳妇，平日里，总是细心侍候婆婆，家中大小事儿都听婆婆的吩咐。这一天，蔡婆婆要窦娥看守着家，她自己去赛卢医家讨钱债。

山阳县城南门外有一家生药局，药局主人姓卢，虽说医术不甚高明，但这是这座县城唯一的行医卖药之所。他所卖之药，也确实使好多人免去了疾病之苦，人们也就觉得卢医生医术不错，便呼其曰“赛卢医”。

后来赛卢医沾染了一些商人奸猾的刁气，山阳民风淳朴，老百姓见不得奸猾的人，渐渐地很少有人光顾他的药局了。他的生意越来越不景气，药局亦时常周转不灵。去年，他借了蔡婆婆十两银子，今年连本带利该还二十两。眼看期限已到，可手头没有分文，偏偏蔡婆婆催得又紧，于是，他便寻思对付蔡婆婆的鬼主意：“她不来讨钱便罢，如果再来，哼，我就给她点颜色看看。”

赛卢医正在想鬼点子，外面突然传来了蔡婆婆的声音：“赛卢医在家吗？”

“在家，蔡婆婆请坐，请坐！”赛卢医笑着，假装殷勤。

蔡婆婆直截了当地说：“我的鞋底都磨穿了，今天总该把银子还我了吧！”

赛卢医连忙堆笑道：“真对不起！蔡婆婆，我现在家里没现银，你跟我到钱庄上去拿吧！”

蔡婆婆想，只要还我银子，多跑几步路是不要紧的。所以，她干脆地答道：“好，我跟你拿去！”

赛卢医锁上房门，领着蔡婆婆就往偏僻的小路走去，两人刚来到运河河湾处，赛卢医站住脚，前后一看，见四周无人，心想：这里不下手，更等何时？于是就说：“蔡婆婆，你听，那边有人叫你。”

蔡婆婆一听，连忙回头张望。就在这一刹那间，赛卢医从口袋里掏出一根细而结实的麻绳，从蔡婆婆的身后狠命地往她的脖子上套去，又使劲一勒，把蔡婆婆勒倒在地。

正当赛卢医要将蔡婆婆勒死的时候，突然河湾那边闪出两个男人来，边跑边喊：“你好大的胆子，竟敢在光天化日之下行凶杀人！”

赛卢医一看情势不妙，慌忙丢下绳了，拔腿就逃跑了。

跑过来的两人是一老一小。老的名叫张老大，小的就是他的儿子叫张驴儿。这父子二人扶起蔡婆婆，忙问：“老婆婆，你姓甚名谁？因何被人弄到这里？”

蔡婆婆透过气来，哽咽着说：“谢谢二位恩人救了我！我姓蔡，家住山阳城里，婆媳二人守寡度日。只因那南门外赛卢医欠我二十两银子，我去讨债，谁知他骗我去钱庄取银，走到这里就行凶，要不是你们相救，我就没命了……”说完，再三谢他们的救命之恩。

张氏父子二人，本是山阳城里出了名的泼皮无赖，他们听了蔡婆婆的话，眼睛里便透出得意的神气。父子俩窃窃私语了一会儿，就对蔡婆婆说："今天救了你的命，你总得报答我们的救命之恩吧？"

蔡婆婆想了想之后说："我回家拿些银子来送给你们。"

"银子不必拿，也不要。只是我们父子都是光棍儿，而你们婆媳俩也生活得孤单，没有依靠。所以，你就做我的老婆，你儿媳妇也正好配我的儿子，这岂不是两全其美吗？"张老大十分得意地说道。

蔡婆婆听了大吃一惊，连忙摇头拒绝说："你们父子救了我，当报救命之恩，可不能招你们为婿，我们婆媳俩已发誓再不嫁人。"

张驴儿一听便火了，恶狠狠地对蔡婆婆威胁道："你不愿意，那好，爹爹，绳子还在这儿，我看还是把这老婆子勒死算了！"说着，就从地上拿起绳子来要动手。

蔡婆婆吓得后退了几步，声音颤抖地请求道："不能，不能啊，让我寻思寻思再说！"

"还寻思什么？愿意不愿意，你快说！"张驴儿又逼迫地吼叫着，"你跟我爹，我要你儿媳妇，正好是老少两对。"

张老大也连连帮腔："是呀，这样多好！"

蔡婆婆被逼得无奈，可想来想去，觉得横难竖也难！依他们吧，不是自己的本意，何况媳妇的脾气是那样，根本不可能；不依他们吧，性命难保。这真是去了仇人，又遇上了恶鬼，难道命里注定要有这场大祸吗？她想，现在只能采取缓兵之计了："老哥哥，侄儿，请你们多原谅，劳驾两位跟我到家里去一趟再说吧。”

窦娥在家，快到中午了，见婆婆还没有回来，担心会出什么祸事。正当她焦躁不安时，只见婆婆从外面走了进来。

窦娥一见，迎了上去，展开了愁眉，露出了笑容，亲热地叫了声“婆婆”，连忙端来了热气腾腾的饭菜，请婆婆吃饭。可这时她才突然发现，婆婆拉长了脸，神色异常，目光呆滞，面带泪痕，阴沉沉地站在那里，不坐也不吃。

窦娥吃了一惊，疑惑地问道：“婆婆，你怎么了？莫不是讨债时与人争执受了气？”

婆婆还是痴呆呆的，不作声，只是神色凄然地望着窦娥。婆婆的脸一会儿红，一会儿白，使窦娥更加疑惑不解。她感觉到婆婆的神情与平常不大一样，所以，她又追问了一句：“婆婆，你说呀，到底出了什么事？”

经窦娥再三追问，蔡婆婆叹了一口气，无可奈何地说道：“孩子呀！说起来真难堪啊……”于是就把自己去向赛卢医讨债，险遭不测，遇到张驴儿父子相救，被逼允婚的经过吞吞吐吐地说了一遍。然后又惊慌地对窦娥说：“孩儿，你说怎么办呀？那父子二人还等在门外哩！”

窦娥听了顿时脸色惨白。她想：婆婆头上已梳着白发髻，怎能再去顶着红丝巾做新娘？这实在太可笑了！于是，她瞪圆了杏眼，悲愤地说：“婆婆，我愿服侍你一辈子。白头再嫁多荒唐，至于我，既做了蔡郎妻，便决不会再做张家妇。”

“不是婆婆我愿意，是那张家父子硬逼我这么做，我实在是出于无奈啊……”蔡婆婆又哭泣着说。

“婆婆，清平世界，哪里有这种逼人成婚的道理？真是欺人太甚了！”窦娥愤怒地说着，然后又劝阻说，“你老人家都这么大年纪了，已喝不了交欢酒；手指也不灵了，已扭不好那同心扣。白发老媪做新娘，要叫人笑痛肚皮，笑掉牙的！咱们婆媳决不可理会那两个缺德的东西。”

“孩子呀，你说的何尝不是个道理！我也说多给些银钱酬谢他们，可怎奈我说漏了嘴，他们得知我还有个媳妇守寡，就咬住不撒口，说不答应就再勒死我。我……我对不起孩儿，是我一时贪生怕死……”

婆媳二人正说着，张老大、张驴儿蛮横地闯了进来，高声喊道：“你们婆媳商量好了没有？怎么不快点儿出来迎接你们的丈夫？”

窦娥一见张家父子的那副流氓相，顿时怒火中烧，厉声呵斥道：“两个无赖狂徒，谁要你们做丈夫，趁早快走！”

张驴儿把头一歪，嬉皮笑脸地向窦娥做了个怪样，带着既威胁又轻佻的口气说：“嗬，好厉害的美娘子！你看看，我们爷俩身体多么硬朗，做你们婆媳的丈夫也不委屈你们，恐怕你们到别处还难寻呢。怎么样，识点相，咱们快点拜堂成亲吧！”说着就伸过手去拉窦娥。窦娥用足了力气一推，张驴儿没料到有这么一招，向后踉跄了几步，跌倒在地。随即，窦娥愤怒地指斥：“你太无礼了！难道我们没有丈夫的女子，就该受你们的气？你要我同你拜堂，除非西天出日头！”说完，便怒气冲冲地跑回到内室，用力关闭上房门。

蔡婆婆这时十分害怕，唯恐惹怒张氏父子，连忙打圆场赔不是："你们父子不要生气，救命之恩我不忘，只是我媳妇不肯拜堂。我愿好酒好菜养着你们爷儿俩，我慢慢劝劝儿媳妇，等她回心转意。"

张驴儿显出死不罢休的样子，恶狠狠地说："好个黄花女儿，还敢使性子把我推倒。我当你的面赌个誓，我今生今世娶不到她做老婆的话，我也不算好男子。"他们父子赖在蔡婆婆家，强行住下不走。

再说赛卢医自从谋财害命未成以后，总是提心吊胆。他想：这是人命关天的事，如果被蔡婆婆告发，我就难保性命了。思虑再三，他觉得还是三十六计，走为上策，于是决定悄悄地躲到别处去另谋生路。他忙着收拾细软行李，打点包裹，以便早点儿上路。

正在这时，猛然有人推门进来，赛卢医吓得出了一身冷汗，以为是衙门的差役捉拿自己来了。但见来人是个青年人，说要配一服毒药，这才使赛卢医吓掉的半个魂儿收了回来。他立刻回绝青年人："谁敢卖毒药给你？你这小厮也好大胆子，快去别处买吧。"

"你当真不肯卖给我吗？"

赛卢医说："我就不卖给你，你能怎么着我？"

没想到那人一听，上前一步抓住了赛卢医的胳膊说："好呀，你也不看看我是谁！"

赛卢医惊慌中定神一看，原来是要勒死蔡婆婆时所碰到的那个人，真是冤家路窄，他怎么又找上门了。原来这人正是张驴儿。他未等赛卢医开口，就恶狠狠地说："你以为我不认识你了，要勒死蔡婆婆的不就是你吗？走，跟我到衙门里去见官，让你尝尝受刑的滋味。”说着抓住赛卢医的衣领要走。

赛卢医浑身发抖，连连乞求着说：“兄弟，放开我吧，有药，有药。”说着忙配药给张驴儿。

“既然有药，那就饶了你吧。”

在张驴儿拿着毒药走后，赛卢医更是胆战心惊，心想：真够晦气！刚才讨药的人，就是救那蔡婆婆的，我今日又给了他这服毒药，以后事发，更要连累我了，趁早关上药铺，到涿州卖老鼠药去。他没敢再停留，赶紧夹着细软行李离开了此地。

蔡婆婆禁不住这突如其来的灾祸折腾，害病卧床不起。多亏窦娥端汤送药，日夜服侍护理，才渐渐好转。

这一天，蔡婆婆正躺在床上歇息，张氏父子也来到床前探病。张老大假惺惺地问：“婆婆，你今日病体如何？”蔡婆婆有气无力地回道：“我身子十分不快哩。”

“你可想吃些什么？”

蔡婆婆说：“我只想喝点羊肚儿汤。”

张驴儿故作热心地连声叫喊：“窦娥，婆婆想羊肚汤儿吃，快快做好端来！”

窦娥听到张驴儿的叫喊，内心非常反感，她一面给婆婆做羊肚儿汤，一面想：婆婆也真是，我这寡妇人家，凡事要避些嫌疑，怎好收留那张驴儿父子两个？非亲非眷的，一家同住，岂不惹外人议论？婆婆呀，你真不该背地里许了他亲事，连累我也不清不白的。

窦娥煮好了羊肚儿汤，连忙端了过来：“婆婆，羊肚儿汤做好了，你吃些吧。”

张驴儿假献殷勤，接了过去，尝了一口便说：“这里面少些盐醋，你快去取。”

窦娥转身去拿盐醋，张驴儿趁没人注意，打开一个纸包，把一些白面面倒入了汤碗。待窦娥拿来盐醋调好时，正巧婆婆感到一阵恶心，呕吐不止。蔡婆婆对坐在一旁的张老大说：“我吐成这样子，一点也喝不下了，你老人家就喝了吧。”张老大推让了一会儿，就端碗大口喝了起来。张驴儿见状，急喊了声“爹”，并抢上前去夺那汤碗，但为时已晚，羊肚儿汤已大半下肚。

张老大喝后，不一会儿就感到腹痛难忍，昏昏沉沉起来，他连声“哎哟”着，两眼发直，豆大的汗珠从脸上冒出。突然，他一声惨叫，跌倒在地上，顿时七窍出血而死。蔡婆婆吓得连声呼叫，惊慌不已，大哭起来。

窦娥见婆婆这样，便说：“哭什么？他自家得了病，刚巧在这个时候死了，大概是命里注定，不必为他哭泣。”

张驴儿扑在张老大的尸体上有声无泪地干号了几声，然后站起来冲着窦娥凶神恶煞地吼道：“好啊，你把我老子毒死了，你看怎么办吧？”

蔡婆婆被吓蒙了，哆嗦着问窦娥是怎么回事。窦娥冷眼看着虚张声势的张驴儿，神态自若地说：“这不干我的事，我哪儿有什么药，都是他让我拿盐醋时自己把毒药放到汤里的，毒死自己的亲爹还来吓唬谁？”

张驴儿一听，气急败坏地嚷：“我家的老子死了，倒说是我做儿子的给毒死了，谁能相信？”接着他又狂喊乱叫：“四邻八舍听着，窦娥毒死了我家老子哩！”

“哎呀，你不要大呼小叫的，吓死我了。”浑身颤抖的蔡婆婆在一旁慌忙制止着。

张驴儿停下声来，狡诈地问道：“你要我饶她吗？如果你让窦娥从了我，叫我三声丈夫，我便饶了她。”

“孩儿，你便顺了他吧。”蔡婆婆劝道。

“婆婆，你怎能这么说呢?！”窦娥转过脸来又对张驴儿斥道，“休想！我是烈女不嫁二夫，更不会嫁给你这种毒死亲爹的无赖，你死了这条心吧！”

张驴儿面露一丝奸笑：“那么，我问你，你要官休，还是私休？”

窦娥睨了他一眼，不屑地说：“什么叫官休，怎样算私休？”

张驴儿威胁着说：“你要官休，就拉你去衙门见官，把你三推六问，不怕你不招认毒死我老子的罪过！”说着，他又斜了窦娥一眼，说：“这私了嘛——就是你快点儿给我做老婆，也就便宜了你，不然的话……”

窦娥心中无鬼，不怕张驴儿的胁迫，说道：“你想以此威胁我？办不到！我又不曾毒死你老子，不怕见官，情愿和你一起去。”

张驴儿一看窦娥软硬不吃，只好顺水推舟：“好，走！去衙门见官。”说着就拖窦娥往外走。

楚州太守桃杌，是一个贪钱昏庸的赃官，为了刮钱，不知判了多少错案。当有上司来查检刑狱案件时，他便推托有病躲在家里不出门。凡来告状的，只要带了那白花花的银子，他就什么病也没有了，立即上堂开审。正如他自己所说：“我做官来胜别人，

来告状的要金银。”

这一日，听说有人前来告状，桃杌立刻吩咐升堂开审。张驴儿拖着窦娥，拉着蔡婆婆来到公堂跪下，谁知桃杌也向张驴儿跪下，衙役不解，桃杌不知羞耻地笑道：“你这就不懂了，但来告状的，就是我的衣食父母。”接着就大声问道：“哪个是原告？哪个是被告？从实说来。”

张驴儿告道：“小人是原告张驴儿，告这媳妇儿窦娥，下毒药在汤里，毒死了俺老子。这个唤作蔡婆婆，是俺的后母。望大人给小人做主。”

桃杌又问：“是哪个下的毒药？”

窦娥、蔡婆婆、张驴儿都说不是自己。

桃杌一拍惊堂木，喝道：“都说不是，难道是我下的毒药吗？大胆刁民，快从实招来！”

窦娥高声说道：“只望大人你明镜高悬，容我禀告明白，替小妇人做主。”

桃杌厉声道：“讲！”

窦娥详详细细地把前后经过从头叙说了一遍。张驴儿连忙分辩：“大老爷明鉴，他自姓蔡，我自姓张，她婆婆不招俺父亲为婿，养我父子两个在家做什么？这媳妇年纪虽小，却非常刁滑，望大人为小的做主！”

桃杌本是昏官，听张驴儿这么一说，喝道：“人是贱虫，不打不招。左右，给我重打！”

衙役们应声上前，把大棍子一扔，吓得蔡婆婆一声“啊呀”，连叫：“大老爷，请宽恕她吧，不是我媳妇呀！”

桃杌不听，喝道："用刑！"打手们立即扑上来拖下窦娥，乱棍重打。

窦娥顿时被打得血肉模糊，三次昏死过去。用冷水泼到身上，才"啊"了一声苏醒过来。此时的窦娥，满身血迹，但她就是咬牙不招。

桃杌又问："窦娥，你招也不招？"

窦娥吐了一口血水，口气依然强硬："我没放毒药没有罪，让我招什么?！"

桃杌大怒，正想给窦娥再用大刑，忽地眼珠一转，喊道："既然不是你，好！来呀，给我狠打那婆子！"蔡婆婆一听，吓得瘫软在地。

窦娥一听要对婆婆用刑，心如刀绞，汗如雨淋。她想：老天呵，你怎么不睁眼，怎么能不分青红皂白地冤枉好人？天下的世道太黑暗了，老百姓总是受欺凌，哪天才能不见乌云遮天？哪天才能阳光普照？她又想，这般昏官，只管自己的腰包满不满，哪管什么公道王法，看来我婆媳俩逃不脱这厄运了，还是自己屈认毒杀公公，也好救婆婆一命，算我死前尽份孝心……想到这，她抬起头，咬紧牙关，一字一血喊道：

"住，住，住！休打我婆婆，我招了，我招了。是我毒死公公的。"

蔡婆婆捶胸顿足哭着说："窦娥孩儿，这都是我送了你的性命，是我害了你，还让我怎么活呀！"

桃杌见窦娥终于屈招，急忙吩咐："快让她画押！"并命手下人给窦娥戴上木枷，将她送往死牢，到来日判个"斩"字，押赴刑场。

张驴儿见案子已定，忙叩头谢道："谢青天大老爷做主！明日杀了窦娥，才是为小人的老子报仇。"

桃杌对自己草菅人命毫不在意，他眉毛一挑，高声喊道："左右，打散堂鼓，牵马来，回家去了。"

行刑这一天，窦娥插标带枷，披头散发，被楚州和山阳县三班衙役、刽子手押解送往刑场。一路上，围观的人群议论纷纷，都说像窦娥这样一个孱弱善良的女子，怎么会是杀人凶手……所过之处，人们无不摇头叹息。

窦娥步履蹒跚地向刑场走去，她呼天天不灵，叫地地不应，满腔愤恨无处发泄。她恨透了逼她屈死的张驴儿，恨透了昏庸的贪官。这昏天黑地、不辨是非的世道，让那些善良的人受贫穷、命更短，作恶的人享富贵而长寿。窦娥怒骂道："天地啊，你做得个怕硬欺软，欺我一个寡妇，让我受这样的迫害，这是惊天动地的冤枉！地啊，你不分好歹算什么地！天啊，你混淆了正邪叫什么天！"

窦娥怨愤至极，禁不住泪流满面，再也迈不出沉重的脚步。突然，背后响起了刽子手的催促声："快点儿走，别误了时辰！"

窦娥回过身来说："请你行个方便。不要走前街，多走点路，从后街走，我便死而无怨。"

刽子手问："为何不走前街？走后街是什么主意？"

窦娥回答刽子手说："我是怕婆婆看见了，她会难过。"

刽子手感到奇怪："你的性命都难保了，还顾得上怕婆婆看见吗？"

窦娥说："临危之际多行方便，俺婆婆要是见我披枷带锁赴法场，会活活气死的。”

正在这时，那边传来蔡婆婆的哭声：“天哪，那不是我的媳妇吗？你等等我呀！”说着，已踉踉跄跄撞了过来。

“婆子靠后。”刽子手拦住蔡婆婆。

窦娥说：“既是俺婆婆来了，我想和她说几句话。”

未待窦娥开口，蔡婆婆哭着拉住窦娥：“孩儿，痛煞我了！”

窦娥悲愤地对婆婆说：“婆婆，你要保重。都是那张驴儿放毒药想药死你，霸我为妻，不想让他老子吃了……我怕连累婆婆，屈招药死公公……念窦娥服侍婆婆这几年，孩儿死后，你到我坟上烧点纸钱，你也再不要哭哭啼啼，孩儿放心不下你……”

话还未说完，刽子手高喝时辰已到，连推带搡把窦娥押往刑场。来到刑场，窦娥被逼跪下，刽子手上前将枷锁打开。窦娥面无惧色，只在心里祈求祷告，愿天地今日有灵，可怜我这被冤枉的良家妇人，为我的屈死鸣冤。她挺直了身子，坦然说道：“窦娥告监斩大人，我有一事相求，如依了窦娥，我便死而无怨！”

监斩官问：“你有什么事，快说？”

窦娥朗声说道：“我要求站在一领净席上，再要丈二白练，挂在旗杆上。若是我窦娥委实冤枉，那么刀过头落时，我的热血不会有半点沾在地上，都会飞在白练之上。”

监斩官冷笑道：“哪里会有这种事？好，依了你。”他答应了窦娥的这一要求，拿来白练和席子。

剑子手又对窦娥说：“你还有什么话，赶快说？”

窦娥心想：不是我窦娥凭空说出这无头愿，实在是冤情不浅。我不能让半星热血沾地，都让它飞到八尺旗杆的白练上，那时四下里全能看见，这就是苌弘化碧，望帝啼鹃。

窦娥长舒一口气，又对监斩官说道："大人，如今是三伏天，要是窦娥委实冤枉，身死之后，上天会降三尺瑞雪，遮掩窦娥的尸首。"

监斩官认为窦娥说的是昏话，哈哈大笑着说："三伏暑天，你便是有冲天的怨气，也招不来雪呀，可不能胡说。"

窦娥又道："我倘若真属冤枉，从今以后，这楚州要大旱三年！"

监斩官闻声大怒："打嘴，怎能这等胡说！"

窦娥抗辩道："你以为天公可欺，民心不可畏吗？岂不知苍天有眼从人愿。你怎么知道暑天不会下大雪，没听说六月飞雪为邹衍？如果真有一腔怨气喷如火，也要感动六月天冰花滚成绵，来把我的尸骸掩盖！为什么三年不降甘霖，也只为东海的孝妇冤。如今轮到你楚州的山阳县，这也只因为官吏枉法，使百姓有口难分辩……"

"时辰已到，挂起白练，斩！"刽子手应声手起刀落，窦娥含冤而死。

刀起头落，窦娥的一腔热血直飞溅到那高挂的丈二白练上，没有半点落地。霎时，又见天空中浮云飞动，北风旋地而起，瑟瑟寒风刮得天昏地暗，人都站立不住。片片雪花也凄楚地随风飘落在地上，顿积三尺，将窦娥的尸身遮得严严实实的。

监斩官大惊失色，刽子手也吓得扔掉斩刀："呀，真下雪了，有这等怪事！平日杀人，都是满地鲜血，而窦娥却与众不同。两桩事都应验了，不知大旱三年的话准不准？莫不是真有冤枉？"

惊吓中，监斩官和刽子手慌忙离开了刑场。观刑的众人心知窦娥冤死，无不掩面而泣，一片悲声。

窦秀才自那年春天和女儿端云分别，转眼已十六年光景。当初他应试一举中选，被任命为参知政事。待一切安置妥当，就派人去楚州城内接女儿端云。可是，再三察访邻里街坊，都说蔡婆婆早已搬走，不知住在何处，差官只得回京复命。窦天章听说找不到女儿，万分伤感，终日凄叹。

此时的窦天章已是须发斑白了。他因廉能清正，受皇上赏识，又以京官加授两淮提刑肃政廉访使之职，巡视两淮，随处审囚刷卷，考察有无滥官污吏，并可先斩后奏。受命之后，窦天章就来到了楚州。

进了楚州，只见一片赤地，百业萧条，一问才知楚州三年干旱无雨，庄稼不收，百姓日子凄苦。

当晚，窦天章在州衙后厅歇息，他对随侍张千道："对那些州中大小属官说一声，今日免参，明日早见。将一些该看的文卷送来几宗，我灯下看看。你一路辛苦，快去歇息吧。"

窦天章翻出头一宗文卷，就是"民妇窦娥毒死公公"一案，心想：这犯人窦娥，与老夫同姓，同姓之中也有不怕王法、药死公公的，实属十恶不赦。又一看，这案子是了结了的，便不再看，压在其他卷宗下面，准备看别的文卷。但他毕竟上了年岁，加上一路颠簸，便有些困倦，打了一个呵欠，就伏在案桌上睡着了。

睡梦中，他见到女儿端云哭哭啼啼地跪在他的面前。窦天章醒来，好生奇怪，他定了定神，又继续看文卷。

他刚伸手拿卷宗，突然烛光忽明忽暗，翻开案卷，又是才看过的那份窦娥药死公公的文卷，他纳闷：为何明明压在底下，怎么会到了上面来？他把文卷重新压在底下，顷刻那份文卷又在忽闪的烛光中来到最上面。窦天章非常疑惑，莫非有鬼？

正在纳闷的时候，忽听见一声似远似近的声音："爹爹，受孩儿窦娥一拜！"窦娥的鬼魂来见父亲。

"啊，你是谁，何以如此称呼？"窦天章大惑不解。

"父亲，你把我给了蔡婆婆家，改名叫窦娥了。"

窦天章大吃一惊，忙问："你便是端云？我不问你别的，这药死公公的，是不是你？"

窦娥哭道："爹爹，我好冤枉，你听女儿慢慢地说给你听。"窦娥的鬼魂便从爹爹离家开始，以及赛卢医谋害婆婆，张驴儿调戏、逼婚、放毒杀人，到自己为保婆婆而屈招被杀，刑场上的三条誓愿，全说了一遍。

窦天章为女儿遭到的天大冤屈掉下了眼泪，他说："我屈死的儿呀，我问你，这楚州三年不雨，可真是为你吗？"

"是为孩儿。"窦娥又求道，"爹爹，女儿含冤三年，不见天日，爹爹纵是不怜念女儿，也得可怜那楚州的百姓啊！你现今受皇上委派，有审囚刷卷之责。你仔细地察看这文卷，那些败坏纲常的家伙也该受到惩罚，不把那些家伙千刀万剐，不能解我心头的怨恨啊！"

窦天章听罢这番哭诉，心头受到极大震动，他对女儿说："有这等事！到来朝我给你做主。你且回去，你的冤屈我全知道了。"

这时东方已微明，窦天章毫无倦意。随从张千进来禀告有州官要见。未等州官站稳，窦天章就责问大旱之因和窦娥一案。州官竟推卸责任：“天不下雨，人无法知道，这不是州官的罪责。窦娥案是桃杌所判，他已升官，现有文卷在。”

窦天章大怒：“这等糊涂官，也能升上去！”他转身吩咐州府官员火速将窦娥一案牵连的人拘到，听候审理。很快，张驴儿、蔡婆婆被带来候审，只有赛卢医三年前逃走，还在缉拿中。

三天之后，窦天章升堂。他想：州官桃杌糊糊涂涂地判定了窦娥的死刑，其中必有漏洞。他直截了当地问原告：“张驴儿，这药死你父亲的毒药，是谁下的，又从哪里搞来？”

张驴儿一口咬定：“是窦娥自己搞的。”

窦天章又问：“这毒药必来自一个卖药的药铺，窦娥是一个年轻的寡妇，哪里能讨来这种药，怕是你下的毒药吧？”

见窦天章一再追问，张驴儿有些紧张：万一寻找到这卖药的人来和我对质，我死也无词。想到这里，张驴儿腿有些发抖。

窦天章又向蔡婆婆了解事情的经过。蔡婆婆就从张驴儿爷儿俩怎么救她一命，又如何想霸占媳妇为妻说起，一直说到窦娥的屈死。蔡婆婆最后向窦天章哭诉道：“我那孩儿委实是屈招啊！从古衙门向南开，就中无个不冤哉。可怜我孩子屈死黄泉……”

蔡婆婆正说着，有人喊案犯赛卢医解到。窦天章便向赛卢医查问了事情的始末，又问他配毒药的人叫什么名字。赛卢医说，认是认得，但当时慌忙未曾问过名字。窦天章指着张驴儿：“赛卢医，你认识他吗？”赛卢医看了张驴儿一眼，连连说：“是这一个，我认得出来，就是他来我药铺配的毒药。我不想卖给他，因为小的是念佛吃斋人，不敢做这等丧良心的事，但他瞪着眼说：‘你想害死蔡婆婆，我拖你去见官。’无法，我只好把毒药给了他一点。我怕事情会败露，就逃到涿州卖些老鼠药。老爷，我半点谎话没有。”

“张驴儿，你现在承认了吗？你害死两条人命，十恶不赦，还要抵赖？来，大刑伺候！”

“我……我认罪……”张驴儿知道无法抵赖，只得招认是自己下的毒药。窦天章吩咐中军：“让他画押！”张驴儿画了押，被押进了死囚牢里。

退了堂，窦天章召蔡婆婆相认：“你可认得我吗？”蔡婆婆说：“我老眼昏花，不认得大人了。”

“我就是窦天章，当年的那个窦秀才呀。那屈死的窦娥就是我女儿端云。她的鬼魂托梦给我，说婆婆年事已高，无人侍养，让我收养家中，替她尽养生送死之礼。这样，她在九泉之下就可瞑目了。”

蔡婆婆感动得老泪纵横，不住地谢恩：“多亏大人明察秋毫，才捉住了张驴儿这真凶，为我那屈死的孩儿平了冤，报了仇。”

窦天章听了蔡婆婆的话，心中默默地对窦娥鬼魂说道：“端云儿，你这冤枉我已尽知，我也找到了你的婆婆，你放心回去吧。待我把这些人犯并同原问官吏，另行定罪，改日做个水陆道场，为你超度。”

这一天，窦天章升堂宣判。他严肃地说道：“案情现已全部查清。张驴儿毒杀亲爹，妄图奸占寡妇，心狠手毒，罪大恶极，押赴刑场，钉上木驴，剐一百二十刀，凌迟处死。升任知州的桃机，贪赃枉法，冤杀良妇，罚以鞭杖一百记，立即革职，永不叙用。赛卢医赖钱，谋害平民，又配制毒药，致使发生人命大案，发放到边远的烟瘴地方，永远充军。蔡婆婆我收养，窦娥被无辜错杀，应予昭雪。”

至此，被冤杀了三年的窦娥冤案才得到昭雪，谋害窦娥的凶手得到了应有的严惩。楚州的百姓们得知以后，无不拍手称快。

自古道“天灾代有”，想不到窦娥的冤案能感应通天。不多时，天空布满阴云，楚州大地灵雨如泉，久违甘霖的百姓一齐欢呼雀跃。

娇红记

·作品评价·

《娇红记》取材于北宋宣和年间一个真实的故事，并根据元代宋梅洞小说《娇红传》改编。该剧由明朝孟称舜所写，描述了王娇娘和书生申纯的爱情因不被准许而双双殉情的悲剧故事。《娇红记》所表现的男女青年争取婚姻自由的主题，在元明间的戏曲中曾被反复表现过。但是，《娇红记》没有停留在它以前的爱情作品已达到的高度，无论是在人物形象的塑造上，还是在反映现实的深度上，它都有其自身的特点，闪烁着新的思想光辉。

[明]孟称舜

明朝末年，在四川成都城内，有一户书香世家。主人叫申庆，娶妻王氏。申庆有两个儿子，大儿子叫申纶，二十二岁，已娶了媳妇；小儿子申纯，刚满二十，尚未婚配。兄弟两个自幼发奋读书，熟读经史，以待求取功名，光宗耀祖。

兄弟二人在当时极负盛名，弟弟申纯比哥哥更是有才华。申纯仪容俊雅，风流倜傥。当初他母亲生他时，梦见吞了一朵彩云，醒时还觉得满屋放射异光。他八岁通六经，十岁就写得一手好文章，稍长则鞍马弓箭样样精通。

在申纯二十岁的时候，他与哥哥双双进京赶考，都没考中。回来以后，申纯胸中郁闷，难以自遣，父母只好让他以探亲为名，到眉州舅舅王文瑞那儿散散心。

申纯母亲王氏也早已有意让申纯选择自己兄弟之女，聘做媳妇，只是未来得及派遣媒人去说合。申纯的舅舅王文瑞也是成都人氏，现任眉州通判之职，生有一儿一女。儿子善父才六岁，女儿取名娇娘。

娇娘出生时，她的母亲也做一梦，梦见天上仙娥折给她一朵仙葩，娇艳异常，因此为女儿取名时选用了“娇”字。娇娘年方十六，才貌双全，情致幽婉，知书达理，虽然才过及笄之年，却已是远近闻名的美娇娘。

申纯到了眉州舅舅家，王文瑞十分欢喜，忙请入后堂，摆酒洗尘，并与家人相见。夫人赵氏让丫鬟飞红把娇娘叫来，说道：“你哥哥远来，孩儿可劝酒一杯。”

申纯、娇娘都渴望寻一知己，以托终身，今一相见，娇娘大吃一惊：“却是一个玉面鹴裘楚楚郎！”

申纯从娇娘手中接过酒杯，也暗自惊叹：“呀，这妹子长得如同仙女一般！”

二人相见不觉互生爱慕之情。申纯、娇娘暗暗地眉目传情，暗透心曲。这一情景，被一旁侍候的丫鬟飞红全都看在了眼里。

娇娘回到绣房后，独坐空房，抚针凝睇，心潮起伏，不禁自语道：“奴家常想，古来才子佳人终成姻眷，人生大幸，无过于此。如果红颜失配，必抱恨终生，所以我宁学卓文君自求良偶，也不能将青春虚度啊！”

娇娘觉得与申生有缘相见，以申生的才貌，完全可托以终身。只是家法森严，自己不敢和申纯明说，可是憋在心中又不自觉地忧闷惆怅起来。

飞红见娇娘闷坐在那儿出神，就逗笑道：“小姐幽廊独坐，停针不语，大概是又伤春了吧？”

“还不知春色在哪里呢，说什么伤春？”娇娘若有所感地回答。

飞红拍手答道：“呵呵，小姐不是为别的感伤，是为身边少个姐夫呢！等老爷回家，定有人来说亲，只不知姐姐心上要什么样的姐夫才好？”

娇娘两颊绯红，嗔怪道："休得乱说，我一个女孩家，此事如何开口？"

"这里没有别人，你说出来也不要紧。"飞红追问道。

娇娘道："我只求得个同心子，死共穴，生同舍，便做连枝共冢，我也心欢悦！"

飞红低声笑语："眼前就有一个人在此，你看申公子如何？我看你们可是天生的一对啊！"

听了飞红的话，娇娘心中虽是十分欢喜，但脸上却故作羞怒的样子。

"你个小丫头在胡说些什么，我和他是表兄妹，怎么能结婚？"飞红见娇娘被说穿了心事，又故装气恼，嘴上否认，实则心里承认，就没再言语，从娇娘身边溜走，见老夫人去了。

转眼间，申纯在王府住了一个多月，每日里想着与娇娘见上一面，都因深闺相阻，未得其便。

申纯经常到庭前散步，希望能碰上娇娘。偶尔也有一两次相遇，申纯以言语试探，但娇娘又恐人撞见，总是羞羞答答，似真似假，害得申纯弄不清娇娘的真实态度。

申纯苦思冥想，不知道怎样才能与娇娘相见，把自己的一腔衷肠向她诉说。

这一天说来也巧，娇娘来到花园赏牡丹，申纯也不自觉地来到花园，正好遇见娇娘。娇娘看到申纯，非常惊喜。申纯忙施礼问道："请问小姐在此看什么？"

娇娘低头娇羞，转身又去看花。申纯看到牡丹花，就即兴写了两首牡丹诗赠给娇娘。娇娘看罢，低低地叹了一口气，还是一言未发。

这时从屋内传来唤声，娇娘便急忙把诗藏在袖中，起身离去。申纯看着娇娘远去的背影，十分难过，心想：你一会儿冷，一会儿热，一句话也没有，让我怎样揣摩你的意思啊？我如今衷肠无人可诉，索性题诗于绿窗上。

娇娘自从见到申纯之后，尤其是在申纯题诗相赠的时候，她想把自己对申纯的渴望说出来，偏偏这时被丫鬟的唤声惊散。

娇娘一夜难眠。

第二天，娇娘早早起来，看见一夜杏雨，残花落地，不禁更加伤感起来。这时飞红来到娇娘身旁，问道："小姐，你闷坐在此干什么？今日老爷出去了，太太也睡着了，我和你到中庭玩去。"

"中庭那里申哥哥在吗？"娇娘问飞红。

"申家哥哥也出去了。"飞红道。于是她们来到申纯房中，娇娘见墙上有一首题诗，不禁吟诵起来：

日影萦阶睡正醒，篆烟如缕午风平。

玉箫吹彻霓裳调，谁识鸾声与凤声。

"好诗啊！"娇娘读罢，连连称赏。

飞红却露出不服的神情，说道："这家伙卖弄才学，小姐也和他一首。"

娇娘想：这个傻哥哥对琐窗顾影伶仃，为我得了相思病，我何不和他一首，也借以表白心迹。娇娘略加思索，便和了一首七绝：

春愁压梦苦难醒，日迥风高漏正平。
魂断不堪初起处，落花枝上晓莺声。

申纯回来看到了墙上依韵的和诗，知道了娇娘对自己的爱慕之情，高兴得手舞足蹈。

第二天一早，申纯以谢诗为名来到娇娘的绣房。娇娘正对镜理妆，用蜡烛的灯烬描画黛眉。

申纯一步上前，作揖道："谢谢小姐新辞和出风流调。"

娇娘羞红了脸，拜谢了申纯。申纯见娇娘愈加娇艳的花容，又见她纤巧细嫩的手拿着的灯烬，感叹道："好灯花啊，我倒不如它！它每日每时陪伴着你，你又尽心尽意收藏它，亲手调它。小姐，能送我一些吗？"

娇娘欣然将灯烬分给了申纯一半，笃情厚意溢于言表。申纯刚欲再亲近，娇娘却转喜为嗔，申纯忙跪下赔笑，请求饶恕："好小姐，饶了我吧。"

"不！看你怎么办？"

"我直跪到明日早晨。"

娇娘哪舍得，忙伸手扶之，申纯趁势搂住娇娘，娇娘却猛然脱身后退，不让申纯靠近自己。

申纯见状，知道不能再叙思情，又担心在此时间久了，被人瞧见，只好悻悻地告退。

看着申纯离去，娇娘又心中不舍，怅然叹道："申生，申生，你的衷肠我已尽知，我的情意你可知道吗？”想到刚才伤了申纯的心，抢白了他，禁不住掉起泪来。

时光飞逝，申纯在舅舅家小住一个多月了，早已超过了原与爹妈相约的归期。这些都是为了追求心上人——娇娘。可是娇娘的态度还不明了，这使申纯不由得十分焦虑。申纯心想：照此半吞半吐，期期艾艾，什么时候才是个头啊！不行，要向娇娘问个明白。于是申纯决定在归家之前，再找娇娘弄个分晓。

天色渐暗，凉风拂衣，申纯折了一枝梨花，去找娇娘。这时娇娘正在暖阁拥炉闲坐，一脸愁容，脑海里闪现的全是申哥哥。

申纯远远看见自己心爱的美人紧锁眉头，却不知道她心中是为谁忧愁。

两人一见，从目光里去探试对方，娇娘像钉子一样坐着没有起身。申纯见状，便将手中的梨花掷到了地下。

娇娘惊疑地盯视了申纯好大一会儿，慢慢走过去，将梨花捡起来，问道：“可哥为什么弃掷此花？”

申纯一语双关：“花泪盈盈，却不知其意何在，故弃之。”

“只怕是人心还不如花容长久，风吹零落黄昏后。”娇娘更是意味深长。

申纯一听，心中大喜：“幸蒙小姐承诺，以后不准翻悔。”

娇娘莞尔一笑：“我有何许诺？”

申纯故意不慌不忙地道：“请小姐好好想想。”

娇娘笑而不语，她含情脉脉地望着站在面前的申纯，心头泛起阵阵涟漪，心想：我当初听人说起婚姻，全然不放在心上。自从遇见申生之后，不知何故，心上要丢也丢不下他了。

娇娘不再矜持，亲昵地邀请申纯道：“春风强劲，哥哥可坐此取暖。”

申纯谢过后，坐在娇娘身旁，激动得身子都有些颤抖。娇娘关切地问：“哥哥穿衣厚不厚啊？”

申纯感受到娇娘的深情，便把埋在心底的话儿向娇娘吐露：“单衣无妨，我的寸断柔肠，你可还相怜否？”

娇娘一震，脸上却笑着：“有什么可断肠的事，你索性从头说来。”

“小姐，你别笑我。我自见到姐姐后，魂飞魄扬，不能着体，漫漫长夜，终夕不寐，想求得诉说衷情而不可得，姐姐的态度又不明朗，使得我只能将心中的思念深藏。今日说出之后，了却了一桩心事，小生只怕该回家了。”说罢，申纯落下了眼泪。

娇娘长叹一声：“我知你心已久，但唯恐你不能始终如一。为了你，我整日是吃不下，睡不安，你哪里知道啊！”

“姐姐既有此情，为何拒我？”

“男女婚姻，当图长久。你应当归告双亲，遣媒说合，怎能这样就行了？”娇娘不无担忧地说。

申纯摇头：“往返求婚，一动就是数月，到那时当索我枯鱼之肆了。再者万一说亲不允，我还有何脸面，不就更没办法了？”

娇娘不赞成申纯的看法：“只要两下心坚，事情总有成的那一天。万一事不成，我当以死相谢！”

“姐姐此言，小生当铭记肺腑。”

申纯和娇娘，情投意合，拥炉相坐，吐诉了绵绵心愁。申纯起身，举手作揖，对天盟誓：“小生若有负心，皇天可鉴。”至此，两人的心迹全部挑明。

一晃数日。两人自那日拥炉细语之后，一直没有机会再相见。申纯想娇娘想得柔肠万转，娇娘想申纯想得辗转难眠。

一天，娇娘起了个大早，面向着窗前对镜理妆，忽然瞥见窗外有个影儿摇动，不知是花是人，娇娘好生纳闷，便向窗外觑视。其实这影儿正是悄步潜到娇娘窗下的申纯。申纯听到窗内响动，不知是谁，心下就想，让我吟诗来试试："为报邻鸡莫惊觉，好留残梦到江南。"娇娘一听便知是申纯在吟东坡的思归诗句，于是隔窗问道："哥哥想回家了吗？"

申纯探头向窗内窥视，愉快地招呼娇娘："姐姐起得好早呀。"

娇娘又问："哥哥为何思归心切？"

"姐姐只说空言，再待下去也是枉然，不如归去呵！"申纯故意吓唬娇娘。

娇娘真有些生气："兄果然无意爱我，前日所言，却是为什么？"

申纯见娇娘生气，哈哈大笑："如果姐姐有真情，小生便住在这儿一百年也使得。"

两人嘻嘻地说笑了一会儿。

娇娘又悄语告诉申纯："白天人多，没法说话。你的室外有一小窗，可通往妾室。今晚你到熙春堂下，那里人少花密，可与哥哥相会。"

有道是："身无彩凤双飞翼，心有灵犀一点通。"申纯高兴得眉飞色舞，脚底抹油似的飞回书房去等。

谁知天公不作美，偏偏昨日不雨，明日不雨，今日却下起雨来，一场暴雨冲散了他们的约会。翌日晌午，娇娘惦记着申纯，放心不下，悄悄潜出绣房去看申纯。来到梨花掩映着的申生书房，娇娘轻轻地弹响窗棂，谁知好大一阵没有动静。“难道睡着不成？”娇娘又向窗内低唤了两三声“申生，申生”，数声唤过，没有应答，娇娘疑心陡起：看来书生多是薄情人，莫不是对我无情，推托是睡着了？她哪里晓得申纯是被老爷叫到邻家饮酒，吃了个烂醉，正昏沉沉地在书房中睡着了。娇娘自恨太痴迷，错看了申纯，后悔从前把一分情认作九分情。

申纯醒来，方知娇娘悄出相会，自己却醉酒沉卧，错失良机，正想去娇娘处赔罪，意外地接到一封家书，告知他番兵侵犯成都，家里惊惶不已，让他马上回去。

申纯感到十分沮丧，他担心这一走又不知何日才能相见，舍不得这样匆匆离开娇娘。他万般无奈，只好先辞别舅妗，又来向娇娘辞行。

绣花窗下，相思泪浓。娇娘凄凄切切，面带愁容，特赠申纯诗一首：

绿叶阴浓花正稀，声声杜宇劝春归。
相如千里悠悠去，不道文君泪湿衣。

申纯谢过娇娘的厚意，也和诗一首：

密叶重帏舞蝶稀，相如只恐燕先归。

文君为我坚心守，且莫轻抛金缕衣。

分手在即，申纯道：“小生此去，归期尚未可知，两地相思，若不病死，也会相思而死。”

娇娘郑重地说：“古语说，有情哪怕隔年期。只要有坚心，好事岂在一朝一夕？”说罢，为表自己至死不渝的爱情，将青丝剪下一束，赠与申纯。

带着万般愁绪，他们相约后会有期。

回到家两个月后，番兵被击退。申纯却因日夜思念娇娘而郁郁成病，想来眉州会见娇娘，又不敢向父母说明，因此病势日益沉重。他常常昏昏沉沉地念叨：“我的娇娘，我念着你啊，你知道吗？……小姐，小姐！我叫你不应，我在梦中见你吧！”

申老夫妇见儿子病成这般，十分焦急，这日来到申纯床前探视问道：“孩儿，你的病为何而起，何处可医？”

申纯告诉二老：“这病连我自己也不知从何而起，可恨成都偌大的地方，没有医生能治了，倒不如去眉州那边，有几个良医，惯治无名之症。”申老夫妇只好应了。

与申纯分别后，娇娘也是朝思暮想。匆匆离别的痛苦，杳无音信的忧虑，牵系着娇娘脆弱的心。娇娘整日里愁眉不展。这天，娇娘正在香阁闲坐，飞红从窗外探头大喊：“申家哥哥来了，太太请小姐相见哩！”

娇娘兀地立起，但又不敢相信，便诘问飞红：“你休说谎！”

“绝无谎话，小姐去见就是。”

飞红一见娇娘的神情，背过脸捂住嘴笑：“老话说得好，欲识心中意，全看脸上容。小姐真是应了这句老话。”

一对俊男倩女终又相见。

申纯劈面问娇娘：“姐姐，怕是你心上也不记得我了吧？”

“临别之言，我怎能忘？千缕青丝一缕心，与君啼别泪沾襟，那苍天可是知道哩！”娇娘一见郎君憔悴消瘦的脸庞，禁不住泣不成声。

“兄何不找太医诊视，竟病成这样？”娇娘责怨又心疼。

“太医怎能治得，只有姐姐可以救我。”申纯紧攥着娇娘的双手，“你不能见死不救啊！”

娇娘抚慰着申纯，让他等到黄昏之后，再到自己的寝室双双细诉。

夜静更阑，花枝悄然，熙春堂庭前月色皎洁。申纯悄悄穿过低矮的荼蘼架侧，心急脚乱，一下子被棘针儿抓住了青衫，把他好个惊吓。来到娇娘房前，见窗儿还开着，便从窗口向里觑视。只见心上的玉人颦眉无语，对灯花独坐，穿着红罗裙子，鬓插玉簪，盈盈的眼尾闪动着期盼的秋波。申纯打了一下招呼，娇娘惊喜地站起：“申生你可来了！”

申纯刚迈进门，娇娘笑指着申纯的额头：“你个俊相色胆如天样大，险些把我这个小胆的文君惊煞。”二人并坐窗前，偎依私语。申纯痴迷地端视着娇娘可爱的玉容，不禁情深难抑，他耳语央求：“已是半夜深更，难得相会，我与你共枕叙情吧。”

娇娘绯红了脸，嗔怪地拧了申纯一下：“奴今不足十六，哪晓得什么风流，咱们同坐赏月才是。”申纯又拉娇娘的手，娇娘羞怯地推闪开，申纯哪肯放开，又拽娇娘的衣袖。娇娘低眉细语道："奴年幼不谙世事，你休将我认做了夜奔临邛的人儿。"申纯把娇娘拥在怀里："不要多说，俺今夜要与你细探这叶底风藏藕子花。"娇娘羞答答地依了申纯。

二人卿卿我我，情欢意洽，恰似两鹣鹣共戏晴沙。不觉得情长夜短，天色将明。娇娘忙推申纯："更漏将尽，怕人知晓，你快走吧。"申纯怎忍离去，他用力把娇娘搂抱在怀中，久久不肯松手。娇娘剪下贴身的软香衣袖，赠给申纯表达不渝的爱情，嘱他日后莫忘今夕的相会，也不要把今宵的情爱向人絮聒，空留作风流的话柄。

话说申纯来到舅舅家，不觉又是半载。每日里与娇娘私下幽会，情深意笃。正在情浓之际，忽然收到家书催归，申纯眷恋着娇娘，哪里愿回！无奈还是被家人拽了回去。

回家之后，申纯方知爹妈是要为自己遣媒去舅舅家求亲，聘娇娘为妻。申老夫妇以为与王家是至亲骨肉，这门亲事定错不了。媒婆更是认为亲上加亲，包管一说就成。申纯喜出望外，将密信托给媒婆，翘首盼望着能结成美满姻缘。

媒婆一路辛劳，来到王府，不料王文瑞嫌贫贪富，不想把娇娘许给申纯，而是想借娇娘另攀高枝。任凭媒婆铁嘴相劝，王文瑞也执意不从。媒婆去找夫人，夫人则推辞说自己是妇道人家，主不了事。爹娘的话语，都被躲在屏风后的娇娘听到了，她万没料到爹娘竟是如此狠心。

娇娘走出屏风，含泪向母亲哭诉："我和申生，是双双比翼鸳鸯，你怎忍心教棒打分飞？"却不想老夫人铁石心肠，丝毫不为所动。

媒婆见亲事不成，只得悄悄把申纯的亲笔信塞给了娇娘：“罢，罢，说亲不成，索性回去吧。”媒婆怏怏不乐，即要启程返回。

这事似晴天霹雳，使娇娘几乎站立不住。她想：我和他花前曾把深盟订，实指望着百年谐欢庆，谁知被狠心的爹娘一朝打散鸳鸯颈！我的命怎么这般苦啊！娇娘的泪水夺眶而出。

娇娘暗将回信交给了媒婆，悲切地叮嘱：“让哥哥无事宜来，不要以姻事不成为念。你把信交给我那多情人，让他今世来生，休忘却了夜香人静。”娇娘想起与申纯的花前月下，再也说不下去了。

话说申纯满心盼着媒婆带来喜讯，谁料得到的却是王家拒婚的消息。他顿觉五雷轰顶，心如刀割，顷刻间身颤体抖：“老天，老天，你怎么这等不成人之美啊！”

“事若不济，当以死谢。”娇娘的盟言犹在耳畔。申纯不愿意相信眼前的事实，他颤抖地拆开了娇娘的回信，只见是《满庭芳》一首：

帘影筛金，簟纹浮水，绿阴庭院清幽。夜长人静，消得许多愁。长记当时月色，小窗外情话绸缪。因缘浅，行云去后，杳不见踪由。

殷勤红一叶，传来密意，佳好新求。奈百端间阻，恩爱成休。就是奴家薄命，难陪伴，俊雅风流。须相念，重寻旧约，休弃杜家秋。

对此情词，申纯顿足泪下：“想当日，俺把梨花笑掷同拥炉，娇娘与俺细语诉衷情，相期做夫妇，到如今竟落得个鸾飞凤孤！”

王家拒婚的打击，使申纯一病不起，请遍了成都良医，未能治愈。你想这病皆因娇娘而起，不见娇娘，如何驱除心头之病？于是，申纯巧设一计，让人把巫婆请来跳神，借巫婆之嘴，向申老夫妇说，只有让申纯去西南方数百里之外躲灾，方可保得太平。申老夫妇一想，当初孩儿有病，一到舅家便好，便答应申纯再去舅家暂时小住。申纯见允，立即备马起程。

娇娘得知申纯患病要来眉州调养小住，心头一阵悲喜，思忖着申纯不知病成什么模样，不由得眼泪又似断了线的珠儿落了下来。转而娇娘一想：今天我爹娘都到隔邻王寺丞家看花，我索性趁他们不在，到庭外等候着申生。

娇娘略整衣妆，沿着花径到了秀溪亭旁，眺望了一会儿，感到身子困倦，就拿出手帕弹拂了一块青石坐下。她把目光落到了脚下的片片花瓣儿上，顿时又勾起愁绪千缕：昔与郎君花下逢，今日桃花依旧笑春风，只是我俩的姻缘何日才成……

扬鞭催马，不顾一路上的春景，申纯的心早已飞到娇娘那儿，眼见着就可重见娇娘面了，申纯加紧了赶路。

“离开此地已是隔年，娇娘可好？”申纯重返旧地，睹景生情，“想当年此日门中，人面桃花相映红，到如今还见桃花笑对春风，可是能担保娇娘与我一样相思一样愁吗？”

“呀，前面亭上独坐的，不正是小姐吗？”申纯心头一阵狂跳。

娇娘霍地站了起来："这来的正是申生哩！"

此时蓦然相逢，四目相视，泪水模糊了他俩的视线，还是申纯先开了口："姐姐别来可好？"

"哥哥万福。"娇娘不安地望着申纯的病容。

"姐姐何故独坐于此，舅妗安在？"申纯又问娇娘。

娇娘细语告诉申纯："爹妈至暮方归，兄可同我在此暂坐。"申纯紧挨着娇娘坐下，肩儿相傍，心中漾起幸福的涟漪。他和娇娘叙说了别离之苦，又重盟誓明志，感慨他们的婚姻竟惨遭阻隔。

重来王家之后，申纯的病日益见轻。一日，他闲步来到娇娘绣房，正巧屋中无人，娇娘不知去了何处。申纯轻轻地揭起娇娘的绣罗帐，抚摸着牙床绣帐里的锦缎被枕，心想：这尘不拂而自净、香不薰而自悠的地方住的是俺风流可爱的娇娘，见了真不由人春心不动啊！

"咦，枕下是一双三寸绣鞋。"申纯拿起绣鞋，脑子一转，与娇娘逗逗乐，何不把鞋拿走？于是申纯返身将鞋放回了书房，接着去舅舅房内攀谈去了。

事也凑巧，偏值飞红来到申纯的书房。飞红平日里与申纯说笑惯了，刚才把活儿都忙完了，乘暇就来找申纯玩耍。进了书房，人没见着，却瞅见放在床上的绣鞋，心道："哟，这不是小姐的绣鞋吗？怎么在这里？噢，原来小姐与申纯幽会，我没实证，小姐常抵赖不认，我今天把这鞋拿去还她，看她怎么说？"

话说娇娘这时也正回绣房去。她早早起来后，心情非常好，便沿着小回廊徐徐转了一圈，清晨的露珠掠湿了娇娘身着的湘罗翡翠衣裳，她手里拿着花枝重来绣房换衣鞋儿，再理新妆。

娇娘进屋，信手把花枝放在案儿上，便揭开绣帐："呀，是谁翻动了我的鸳鸯绣枕？我的鞋儿怎么不见？"

正在翻找的工夫，飞红连蹦带跳地跑回来了。

"小姐平日常在窗外刺绣，今个儿怎么还在房内啊？"飞红把绣鞋用袖藏好，装作若无其事的样子问，"小姐找什么哩？"

娇娘一见飞红，马上责问："刚才谁到我屋里来过，这屋里的东西怎么不见了？"

飞红假意问道："你不见了哪件？"

"不知谁把我的绣鞋拿走了。"娇娘又气又急。

飞红取笑道："若提起这绣鞋呵，我可以告诉你是谁拿了。"

娇娘追问："你说是谁拿去了？鞋在哪里？"

飞红从袖中拿出了绣鞋，在娇娘面前一亮："我想，这鞋儿一定是小姐送给人家的吧。"

"住口！我从未送人，莫不是你有鬼？"娇娘见鞋在飞红袖中，十分奇怪。飞红狡黠地笑着说绣鞋是从申纯屋里拿回来的。

娇娘一听，疑心顿起：申生多次向我索鞋，这鞋肯定是他偷去的，只不知何故，怎么会落到飞红的手上，莫不是他俩有什么关系？自古就是痴心女子负心汉，难说申生没有二心。申生，申生，你太情薄了！

飞红见娇娘生疑，便退出房来，带着怨气来到花园，不想又撞见了申纯。飞红正为鞋的事烦恼，一见申纯，气不打一处来，问道："你怎么这等惯做贼？"

"我偷了哪件？怎么是贼？赃在哪里？"申纯满不在乎。

飞红见申纯不认，用手指点着申纯："要赃也有，我问你，床头上的绣鞋哪里来的？"

申纯扑哧笑了："怪道我床里不见了绣鞋，原来是你偷去了。"

"呸，你做了贼，倒说我，我告你到官，看你怎么说！"

"随你告官，我才不怕呢。"申纯逗乐。

"告官不怕，告太太去。"飞红吓唬申纯。

"这倒怕哩，我求你了。"申纯向飞红作揖。二人正在调笑，忽见一双蝴蝶飞来飞去。

飞红指着说："你若扑得那一对蝶儿，我就把鞋还你。"

申纯应诺扑蝶，飞红也摇着扇子嬉笑着一同扑起蝶来。

娇娘梳妆完毕，见院子里静悄悄的，春色幽雅宜人，也向花园走去。突然看见申纯、飞红二人在园中扑蝶玩耍，刚压下的妒火重又燃烧起来，她大声呵斥飞红："你不去做女红，两人在此做什么？"

申纯见娇娘怒气冲冲，不敢多言，慌忙溜走了。

飞红正玩得高兴，见小姐一味猜疑便驳嘴道："如此春光，教人怎不闲耍哪！"

"那游春是男儿的事，你女孩家怎学他？"

飞红不服气："难道女孩不是人吗？"

娇娘一时语塞，只好作罢。

一波未平，一波又起。娇娘与申纯被绣鞋引起的一串误会弄得疏远起来。申纯闷坐在屋中，心中就像挂着十五只吊桶——七上八下，心想：小姐又将我疏远，不知是小姐怕人知觉，还是疑怨于我？想问个明白，又恨未得其便，总想瞅个机会遇上小姐，以期把误会排除。

平日里申纯总愿到花园散步，这一日他闷闷不乐地又来到花园，无心观赏花飞乱红的景致，低着头踱来踱去。无意间，他突然瞥见花下有一幅纸笺，捡起一看，上书《青玉案》一首：

花底莺踏红英乱，春心重，顿成愁懒。杨花梦散楚云平，空惹起、情无限。　　伤心渐觉成牵绊，奈愁绪寸心难管。深诚无计寄天涯，几欲问、梁间燕。

读罢，才知是一首春怨之词，想必是娇娘所作，只是字迹不太像，没有多想，申纯便将纸笺收藏起来，待见到娇娘时再询问。

娇娘因绣鞋和扑蝶的事怀疑申纯爱心不专，几天来茶不思，饭不想，这时正在熙春堂上暗自伤神。她望着堂上鸟笼中的鹦哥，想起与申纯相会此堂之上，而今人不见，鹦哥却在眼前。娇娘幽怨地把手中的红豆抛给鹦哥，鹦哥高声啼叫。

鸟鸣引来了申纯，他一见娇娘端坐在此，又惊又喜，一个长揖道：“姐姐，日来相见为何甚少？”

娇娘不带好气地回答：“男女有别，岂容频频相会！”

申纯连忙赔笑道：“姐姐休说远了。古人云‘一日不见，如隔三秋’，这些天来想煞我也。请姐姐暂到我书房说话。”

娇娘不理会他：“兄妹之间，岂容无人时私会？”

申纯再三恳求，娇娘才勉强来到书房，恹恹闷坐，低首不语。申纯取出纸笺问道："且问姐姐，此词何时所作？"娇娘不答。申纯作揖又问："小姐为何不回答？"娇娘则索性背过身去。"这是怎么回事？"申纯好不纳闷，再次作揖，"姐姐暂且息怒，乞赐明言。"

娇娘非常恼怒："此乃飞红之辞，兄自她处得之，又何必来诈我？"娇娘说罢，拂袖而去。真是摁下葫芦起来瓢，弄得申纯浑身是口也无处分说，只好暗自喊冤叫屈。

却说成都城内，有一势焰熏天、家私万贯的帅节度使。帅节度使的儿子是个城内数得着的花花太岁，吃喝嫖赌，贪酒好色，整日里寻花问柳，偷鸡摸狗，手下还养着一班地痞无赖，专去骚扰百姓和良家女子。

这位贪色的帅公子玩够了烟头粉面的妓女，又要在成都十郡内寻美人。两个帮闲无赖马小三、戈小十便给帅公子献计，派人四处寻访，没几天就购得九幅美人图，偏巧王娇娘的图像也在其中。帅公子一见，便垂涎三尺，神魂颠倒，看中了娇娘，并一心想把娇娘弄到手。帅节度使得知此事，向马小三、戈小十吩咐道："这有何难，你俩去求亲，她敢不依？"帅公子十分得意，恣意地做着美人到手的好梦。

再说娇娘自那日为纸笺一事拂袖而去，一直生着申纯的气。前恨未消，新怨又添，自己以身相许，不料他转眼心变，辜负前盟，夙昔衷肠，几欲付之流水。回首往事，娇娘不堪思量，把柳腰又瘦了一圈，那宝镜、香奁也似秋天里的团扇弃置一边。这天吃了点早饭，娇娘又暗自流了一会儿泪，和衣睡去。

自打出了绣鞋和拾笺两事，娇娘一直不再理睬申纯。申纯千恨万恨，只恨自己不小心，让娇娘误会上加误会，整日里惶惶不安，闲庭踏尽，空廊绕遍，懊悔自己惹得娇娘见怪。申纯实在耐不住自己的相思和娇娘的冷眼，决定去找娇娘说个明白。于是大着胆子来到娇娘的绣房。“唉，以往到此，小姐早就喜笑相迎了。”申纯心头一阵酸楚。娇娘依旧面壁而睡，几案上放着一张纸笺，申纯拿起一看，原来是一首小诗：

灰篆香难炷，风花影易移。

徘徊无限意，空作断肠诗。

申纯读罢，心中很不平静，默默地站了一会儿，想走又不忍离去，不觉坐到娇娘身旁，爱怜地抚摸着她的后背：“姐姐，你为何白昼而寝？”

娇娘惊起，见是申纯，怒斥道：“此乃妹子卧室，兄无事何以到此?！”

申纯连退两步，作揖赔礼：“是小生得罪了。小生请问一句：再会以来，多蒙厚爱，为何近来变了样呢？”

娇娘依旧怒气冲冲。申纯见娇娘不宽恕自己，又上前恳求：“小生见弃，不知原因，望姐姐说个明白。”

娇娘对申纯哪里只恨不爱，一听申纯的悲腔哭调，心肠又软了下来。申纯见娇娘脸色不似刚才，磨磨蹭蹭地挨到娇娘身旁坐下。

娇娘泪眼凝视着自己心爱的人儿，抽泣着说：“我昔日与兄恩情不薄，谁料你中途变心将我抛弃。”

申纯急忙申辩：“小生发过誓，生则同室，死则同穴。”

娇娘无力地摆摆手，凄楚的眸子里流露出无望的神色：“我永远也不敢指望了，休得再言。你在花前闹锦笺，我却冷冷清清守着个绣枕儿。”说着，娇娘哭出了声：“今生再世我永远不愿与你重相见。”

急得申纯搓手跺脚：“小生若有二心，不得好死！且问姐姐，何事如此疑我，说个明白，小生死也瞑目了。”

娇娘质问道：“你难道不知道自己做的事，还用得着我说吗？你丢了绣鞋，飞红却在书斋得到；飞红作的词，你却在花前拾到。天下哪有这么多的偶然之事？”

娇娘愈说愈气，不容申纯插话，继续说道：“你们两个是天生一对，我从此断了与你的恩情，只是要劝诫你，往后要情爱专一，莫再坏了好姻缘。”

申纯双手一拍大腿，仰天长叹：“怪不得你这么深恨于我，原来是飞红的缘故。如今随我怎么说，你也不会相信，在灵神面前，赌下一个大誓如何？”

娇娘这才转悲为喜，破涕而笑：“你真敢赌咒吗？”

“怎么不敢？”

申纯一改刚才失魂落魄的模样，语气自信起来：“不如这样，后园中池，正望明灵大王之祠。此神聪明正直，叩之无不响应。”

“你只有望着它发下大誓，我才信着你。”

申纯拉着娇娘的手：“如此快去，想必明灵大王定知我心。”

他们来到后园，双双叩头拜在神前，共同发誓：

“小生申纯，奴家王娇娘。念我两人形分意合，生不同辰，死愿同夕。在天愿为比翼鸟，在地愿作连理枝，朝朝暮暮不分离，生生世世无相弃，赫赫神灵，望垂明鉴。”

两人并口盟誓，前嫌尽释。娇娘知道是错怪了飞红，疑虑顿消。缱绻的恩爱离而复合，使他们比原先更加相亲相爱。

杨柳风轻，朝霞低映，园林中静悄悄的，偶有几只鸟儿和鸣。娇娘缓步来至花园，观赏嫣红嫩紫的春景，眼中看的虽是花，心中却恨不能有申郎为伴才有味有情。

踏香尘，春草青，紧随娇娘之后，申纯不约而同也来到花园。他蓦然发现了牡丹花前伫立凝睇的娇娘。红花映佳人，人面犹如花，眼前景象，如同一幅画把申纯看迷了：娇娘浓妆淡抹，绰约动人，微颦着秀眉，欲言不语百媚生。

娇娘转身欲走，一下子看见了呆站在对面的申纯，于是施礼：“独步芳园，欢迎你也到此。”

申纯忙谢。娇娘又邀请道：“今天碰巧丫鬟们和俺娘在中庭有事，兄既到此，可同我在园中一同走走。”

申纯正渴望与娇娘同游，忙说：“小生奉陪。”

他们手拉着手，在绿草如茵、百花争妍的花园里尽兴地玩耍着，享受着春的气息。春意撩拨春心动，他们二人悄悄穿过芳径，到了幽深无人的百花轩畔。申纯深情地搂住娇娘的双肩，看着娇娘如嗔似喜、半推半就的神情，云迷雨恋之情难以自禁。

娇娘羞答答地推开了申郎：“放尊重些，万一有人来了，使妾无容身之地啊！”

“这里无人，见也不妨。”小生情至，不能自已。

申纯呢喃着，厮缠着娇娘，缱绻不已。忽然枝头一声鸟鸣，二人猛然一惊，申纯急放开娇娘，见并无人来，方才定神。申纯听着娇娘微急的喘息，央求道：“我和你既发誓结为夫妻，今后休得再以兄妹相称。趁此无人之处，我先唤你一声‘娇娘我的妻’。”

娇娘羞怯地把头埋下，细语低低地应了。

“妻，你也叫我一声。”

“申郎夫。”娇娘鼓足了勇气，喊了申纯。

申纯被这包蕴着万种情丝的娇音陶醉了，他长长地应了一声。

娇娘听着申纯的应声，噙在眼中的泪水落了下来，申纯轻轻拭去娇娘的泪痕，娇娘一把抓住他的手：“申郎你果然不负所盟，奴死也瞑目了。”

申纯拉起娇娘：“盟言在昔，今日不必再提，免得勾起伤心事。趁着眼下好景，到荼蘼藤架外再去玩一玩。”

娇娘担心时间长了，会有人瞧见，想抓紧回去，不再游玩。申纯就是不放手：“多聚半刻也好，索性再到别的花圃中一看。”

转过风亭又来到牡丹丛畔，两人兴致正浓，不料突然与前来赏牡丹的飞红与老夫人撞面。申纯急忙躲闪，娇娘只得上前请安。老夫人见他俩如此缠绵，十分恼怒，当着飞红的面厉声呵斥：“娇娘，你女孩家不在绣房中，来此做甚？”

“孩儿在绣房中坐久，身子困倦，来此看花消遣。”娇娘躲开了母亲猜疑的目光。

“哎，你女孩家岂可在无人之地独行？”

“孩儿以后再不敢了。”娇娘答道。只听老夫人又喊飞红：“你马上送小姐回绣房去。”娇娘赶紧与飞红一起离开了母亲。

老夫人看着女儿远去的背影，想到刚才申纯慌忙溜走的情态，疑心更重：日来见女儿言语态度非常，心中就有些疑惑。今天她又同申纯在此，四下无人，敢是做下什么事来？不行，明日就打发申纯回去。

古人云：好事多磨。申纯与娇娘欢好方新，风波又起。娇娘听飞红说，申纯已向舅妗辞别，准备回去，她一想，申纯这也是出于无奈。娇娘顾不上许多，瞅着个空又去了申纯的书房。两人一见，知是从今相会再无期，不知何日才重逢，顿时潸然泪下。这时间，王夫人又派家人以送盘缠为名，催促申纯即刻动身，不能再逗留了。娇娘与申纯泣拜辞别。娇娘又将自己新填之词送给了心上人：

豆蔻梢头春意阑，风满前山，雨满前山。杜鹃啼血五更残，花不禁寒，人不禁寒。　　离合悲欢事几般，离有悲欢，合有悲欢，别时容易见时难。怕唱阳关，莫唱阳关。

申纯接过娇娘的赠词，泪水顺颊而下：“姐姐深情，当铭记心头，断不敢忘。”

娇娘哽咽着：“郎此去转眼是秋榜之期，只愿你一举成名，再来求婚，或许父母能够应允。”

申纯本已无心功名，他向娇娘表白心迹：“我不怕功名两字无，只怕姻缘一世虚。为求得舅妗的允婚，只得答应秋季进京赶考。”

别后不久，王文瑞任期已满，调往别处，从眉州起程，要路经成都。限期紧急，家眷人多，不便入城停留，相约在郊外的邮亭聚首。申府全家备下酒果，设宴相迎。

娇娘随家人起行，一路风尘，容颜憔悴，心情郁郁不畅。她恨车轮马蹄令人心碎，期盼路过成都再与申纯相逢。可天下就有狠心的爹娘，王文瑞借路上不便，打发娇娘的车子先行。申纯闻知，心如火煎：此来专想见小姐一面，谁知她竟已先行了。申纯快马抄道追赶娇娘，恨不能身生两翅，一下子飞到娇娘身边。

话说娇娘坐在车内，正为不能见申纯而焦虑万分，孤车单影，无人可语，好不凄惨！娇娘念此百感交集，心道：“听说申郎迎见俺爹娘于邮亭之上，俺想见一面，也不能够，想煞人啊！”

娇娘刚抹去眼角的泪花，忽听着车外有人叫：“姐姐，申纯在此。”泪水一下子又模糊了眼睛，娇娘颤声应道：“申郎，你来了！”

二人执手相看，未语泪先垂，两颗心都碎了，恩恩爱爱实在一言难尽。

一旁的车夫催促说：“天色晚了，小姐快赶路吧。”

娇娘恼恨车夫紧催，忙取出香佩一枚，内有金锁团凤，还有用百粒珍珠织成的同心结。手捧着同心结，娇娘哭成了泪人：“妾今与郎别，未知何日再会，谨以此物赠君，望君见物思人，得空可乘便前来，万不要以地远为辞。”

申纯接过同心香佩，无语凝咽，在凄楚的暮色中，洒泪与娇娘分别。山雾迷漾，遮蔽了娇娘远去的香车，把申纯的心也带走了。

残红飞处，寒蝉哀咽，转眼已是秋天。申纯兄弟与郡中诸生结伴去京城赴试，一路上，申纯郁郁不乐，不胜愁闷。哥哥劝他："兄弟，看你神情恍惚，郁郁似有所思，移此心鏖战文场，自然高中，那时有何求而不可得的呢？"

不一日到了京城。三试过后，申纯与哥哥申纶双双进士及第。申纶官授锦州主簿，申纯因兼通弓马，升授洋州司户。两兄弟连忙回家报喜。

申府闻讯，张灯结彩，一片喜庆。申老夫妇眼角眉梢都是喜，乐得合不拢嘴，里外招呼着家人打扫庭院，等待两个儿子衣锦归家。

兄弟两人前脚进门，王文瑞派来道喜的家丁也后脚跟上。"恭喜二位相公登第，老爷特派我来贺喜。俺家老爷还有话，二位相公，虽已荣授，但尚未上任，愿二甥过去做客，也好使蓬户生辉。"

申纯一听，正中下怀，便辞别了父母兄长，与王府家院同行，赶往舅舅府中。

且说王府中，王文瑞已等候多时，见日下三竿，庭前花影默默移动，心里直犯嘀咕："我前日派家丁去贺二甥，兼召他同来，怎么还不见来到？"王文瑞等得坐立不安。

忽听檐上喜鹊喳喳叫，申纯身穿官服，头戴高冠，威风凛凛地到了王府。王文瑞笑脸迎上前去，态度早已不似从前，把申纯大大夸奖一番。接着又招呼全家人来见，摆下洗尘酒，安置好东轩让申纯住下，殷勤又周到。

娇娘也从后堂出来相见，两人再度重逢，一时有万语千言，碍于父母在前，不便多谈，但彼此已是内心相知了。

王文瑞见申纯少年登第，荣华聚至，前程万里，便转动着眼珠心下盘算：当初申生求亲时，老夫真不该以表兄妹不便成亲为由辞绝，今日可不能再失良机。于是王文瑞找人说合，主动应允女儿的这门亲事。申纯本愿如此，听了当然大喜过望，专等择吉日完婚。

谁料天有不测风云。就在申、王两家筹备婚事之际，帅府的卒子马小三、戈小十来到王家求亲。他俩连逼带诱，死活要让王文瑞应下这门亲事不可。马小三油腔滑调，对着王文瑞直喷唾沫星子:“帅家威镇西川，兄弟们全在朝做官，还怕没有豪门攀求？只不过俺帅公子只贪求淑女，老爷是仕途上的人，怎不晓得势利二字？”并告诉王文瑞，帅家已备下黄金千镒，白璧十双，彩缎百匹，珍珠二斛，作为聘礼随后送来。

王文瑞本就是攀高结贵的人，今见帅府公子来求亲，受宠若惊，更惧帅府权势，便想：那帅家威福，一省中谁不畏他？况且公子年少风流，女儿许给他，也不辱没了我。于是撕毁了和申纯的婚约，一口应承了帅府这头的亲事。

娇娘闻讯，犹如晴天霹雳，把连日来的好梦震散。霎时，她两眼失神，只觉得天昏地暗，脚下空空，不由得瘫软在地上。“老天啊，你太糊涂了，你怎么瞎了眼，把我并头花生生地分成了两丛！老天，这样的恶姻缘会活活愁杀我啊！”

娇娘哭得昏天黑地，一脚深一脚浅地奔向申纯的书房。申纯哪知道这突如其来的变故，正在绿窗下酣睡，做着与娇娘成亲的甜梦。忽听绣栊敲打声，他睡眼蒙眬地开了门：“原来是娇娘妻啊。”申纯眼睛一亮，顺手拉过娇娘，开了个玩笑，道：“我扭腰肢将香躯紧拥。”娇娘哪有心思开玩笑，一把推开申纯，急忙道：“申郎，你还不知道，昨日做你的妻，今日再也做不成了。”

申纯不解：“这怎么说？”

娇娘绝望地说：“前日婚约已解除，帅家儿子求婚，爹爹迫于权势，已将妾身许他了。”

申纯简直不敢相信自己的耳朵：“怎么，你爹爹将你又许给帅家了？”

“虽是俺爹爹变卦，你也休埋怨他，不是我负心的爹无始终，是我多情女太命苦。”娇娘把扼杀他们婚姻的根源认作是命运的捉弄。

申纯急得直跺脚：“而今如何是好？”

娇娘字字血泪：“生愿不谐，死愿还在！”

申纯叹道：“离合悲欢，皆天所定。帅公子既来求亲，婚期料应不远，小生便当告别。今生缘分从此诀别，你去勉事新君吧！”

娇娘怀疑自己是否听错，她连连惊退了几步，怒声斥道：“表兄乃当之无愧的丈夫，堂堂六尺男儿，竟不能为一妇人做主！事已至此，而让我做他人之妻，你看着能忍心吗？妾身不可再辱，既以许君，则君之身也！”说罢掩面大哭。

申纯顿生羞愧，连忙赔罪，并说此非由衷之言，乃是出于无计。娇娘道：“你既不忘情于我，还望早为我拿主意。”

正在这时，忽然申家家院送信来，说官人一来数月，申老爷在家悬念儿子，染病不愈，要申纯即刻起程。

此次分别，娇娘已料不同往常。想到幸福即至，竟事败垂成，她暗怀死志，只是没有向申纯说破。

申纯怏怏不乐地与舅舅道别，娇娘默默立在父亲的身后又看了申纯几眼，王文瑞只顾与申纯说话，没有察觉女儿就在自己的身后。两人的目光相撞了，申纯从娇娘的眼神中读出了生离死别的心境，娇娘见申纯领悟，怕失去控制哭出声来，便深深地瞥了申纯一眼，退到后堂中。

王文瑞与申纯寒暄几句，便道："贤甥来期未定，女儿近期又要出嫁，此后未必再能相会了。丫鬟，快把小姐请出来相见。"

没一会儿，飞红就来禀告老爷："小姐身子不快，不出来了。"王文瑞一听，摆手道："勉强出来，见见也无妨。"飞红复请，仍回来说："小姐有病睡着哩。"

娇娘无语与申纯相别。

那帅家公子依旧做着娶娇娘为妻的美梦。他厚颜无耻地叫来妓女丁怜怜试演洞房成亲的闹剧。只想等十月一到，便与娇娘成婚。

娇娘自与申纯别后，每日欢喜时少，愁闷时多，不思茶饭，只是流泪，不到一月便抑郁成病，且日见沉重。父亲每来看望，她都抵死拒婚，蓬头垢面，以求退亲。飞红看到娇娘病入膏肓，梦里如啼，醒时成醉，眠思梦语，只求一见申生，便暗地捎信给申纯，让他速来见见小姐。

申纯接信，未敢让病中的父亲知道，星夜乘船赶来。不便进府，便邀娇娘在船中相见。娇娘强撑着病体，由飞红搀扶着，一步一

挪地慢慢向船中走去。飞红见娇娘气息如丝，身子瘦弱，步履艰难，担心娇娘会似残灯随着风儿灭了。

申纯与娇娘终又在舟中相见，二人抱头痛哭，不能自已。娇娘拉着申纯的手，幽幽地哭诉："申郎，我和你虽别一月，却胜似三秋了。你看那满川上下飘动的红叶，就似你我，尽是离人眼中血。"

申纯见娇娘芳颜尽消，病势沉沉，怨恨天公不平，拆散了他们这对鸳鸯。他向娇娘劝道："这都是小生命薄所致，姐姐休自嗟怨啊！"

娇娘自知不久于人世，强忍着如刀绞般的悲痛，劝说申纯："我如今拼得红颜为君绝，死而无憾了。只是担心你身体孱弱，自来多病，身躯薄劣怎能当得千万挫磨！你多多保重，不然我便是到了黄泉也不安宁啊！"

听了娇娘伤悲呜咽的叮嘱，申纯的心都破碎了，哭泣着应道："我如今富贵二字早已置之度外，这命又算什么！"

飞红见时间不早，他俩还在一字一行泪，便上前劝道："姐姐、郎君，不要啼哭了，老爷将回，须分手了。"

娇娘见生死离别在即，心中似江水翻起波澜，道："从今后，再休想咏梨花眺望南楼月，只落得点翠斑洒遍湘江血，死后孤零漂泊眠长夜，冷冢荒坟，有谁……有谁来疼热？"娇娘说罢，哽咽着，头一沉便倚倒在申纯的怀里。

申纯见娇娘昏厥过去，吓得直叫："姐姐！姐姐醒醒！"飞红在一旁见了也落下眼泪。

娇娘苏醒过来，飞红赶紧劝娇娘快回："小姐，快些上岸吧！”娇娘使尽全身的力气，挣扎着扑向前去，扯住申纯的衣衫：“妾昔与郎泣别几次，只有今日一别，便是永别！”

娇娘的生离比死别更切，申纯声泪俱下：“姐姐果为小生而死，小生断也不忍独生！”

此时情景，不忍目睹，飞红搀扶着娇娘，再次劝娇娘回去。

终要离别。申纯坐在归回的船中，那一声声、一句句，使他肠寸断、愁万端。娇娘的痛绝哭声仿佛还在他耳旁。

与申纯舟中相别，娇娘回到房中已是奄奄一息。她自知快不行了，叫飞红到身边，断断续续地说道：“我如今没有什么可后悔的了，我有诗二首在枕席之下……我死后，你替我寄与申生，便是我承了你的情了。”

飞红哭得如泪人一般：“小姐，我看你数日来饮食俱绝，只剩得脸上两行泪痕，身子里一腔瘦骨，煞是让人可怜啊！”

没有听见娇娘的答声，飞红一看，娇娘早已昏死过去。“小姐，小姐！呀，不好了，老爷快来，快来！”

王文瑞闻声赶来看望女儿，见女儿只剩下一丝气息了，禁不住也老泪纵横，连喊：“儿啊，你快快好了，我就回了帅家的亲事。”“爹爹，休再提帅家二字，那定婚书是我的一道追魂纸，那帅家人是我这辈子的冤家……爹，如今孩儿死去，愿墓边草化作春蚕永吐丝，愿泪血都洒向九嶷山翠竹枝，让那虚飘飘的灵魂儿，早早飞傍望夫山贞女祠。”说罢，气绝身亡。

申纯自舟中与娇娘泪别，回到家中也一病不起。每日里枕边滴滴尽是啼痕，袖上行行尽是泪血。他觉得便把青山作纸，峨眉山为墨，瞿塘三峡当砚水，湘川上竹竿为笔，也写不尽自己的满腔愁恨。愁魔、病魔使申纯仿佛变了一个人，他常常目光呆滞地痴坐在屋里，谁也不理，有时则以手书空，咄咄像与人言。

这天，哥哥申纶来看视申纯，正在劝导，忽然收到飞红寄来的娇娘两首绝命诗，申纯读了，胸怀千裂，肝肠寸断，又听来人说小姐已死，不禁大叫："天……天哪！我……我申纯也早死吧！"说完昏倒在地。

申纶急切叫喊："兄弟！兄弟！醒醒！"

在闻声赶来的众人呼唤声中，申纯慢慢醒来。爹娘、兄长苦苦相劝，申纯只是不听，当他知娇娘已死时，便下定了追随娇娘而去的决心。

当夜，申纯提笔写了两首绝命诗，写完将笔扔到地上，又找出当初娇娘赠给他的一条锦罗香帕。一见香帕，顿时又勾起那一幕幕与娇娘同欢的往事，申纯抑制不住的泪水打湿了香帕。"本指望着金莲对爇，银烛高烧，用它双牵绣幕之红丝，共结锦裙之翠带，不想今天用来自缢，做了追魂的牒儿、索命的幡儿。天……天……可怜煞人呀！"

他环视了屋内，想到白发的爹娘不知自己就要离他们先去，又是一阵悲："爹娘，哥哥，非是我不念深恩，忍得半路相抛，我昔与小姐有誓，生不同辰，死当同夕。今日她已为我下九泉，我便想悔背前盟，谅老天也断不相容了。"

申纯不再有什么留恋，乘家人不备，在当天夜里悬梁自缢。申纯自缢终被家人发现救下，奈他们百般劝说，申纯死心已定，他绝食三日，气绝身亡。死后，家人见他留下遗言，要求与娇娘合葬一墓。王文瑞见女儿和外甥双双为情而死，后悔万分，便派人把女儿的灵柩送到申家，与申纯合冢并葬。路人见了，无不垂泪叹息。

转年初春清明，两家人同来坟前祭扫，只听风吹陇头松柏似起悲音，白杨树下荒冢累累，众人想到申纯和娇娘正青春便置身此列，好不伤心！申纯的母亲向坟上一边浇酒一边哭着："孩儿，媳妇，你两人少年夭亡，可怜你们爹娘都已年迈，指望你们到坟前浇奠，怎倒使做爹娘的来浇奠你们啊？"

众人听罢，更加伤怀。忽然见到一对鸳鸯，飞翔上下，比翼盘旋在坟头之上。有人告诉他们，自初时至今，捕之不得，逐之不去，活是小姐和申官人相亲相依的景象，这怕是两人的精魂所化。大家再抬头一看，鸳鸯已不见了，惊异之余，无不感叹娇娘和申纯的纯真爱情。

正是：世间只有心难化，地上无如情久长。愿普天下有情人做夫妻啊，一一的皆如心所求。

雷峰塔

·作品评价·

《雷峰塔》是清代方成培创作的传奇，写一个修炼千年的白蛇精因留恋尘世生活而化作美女，来到杭州与男子许宣结成夫妻。她一心追求爱情和幸福，并无半点害人之心，却遭到一些社会力量和神权力量的迫害，最后被法海禅师镇压在雷峰塔下。该剧通过描写法海诸人包括如来佛祖在内，阻挠破坏白、许结合的种种行径，深刻地揭露了以男性为中心的封建宗法制度扼杀自由、残害妇女的罪恶。

[清] 方成培

西方极乐净土，碧空缥缈，香烟雾霭环台升腾，佛门高堂盛会正在举行。如来佛祖身着袈裟，居高临下，满脸大慈大悲又不失威严，待气韵吐平，便开启尊口，大讲圣法佛道。

如来佛祖滔滔不绝地讲了一通，喘了口气，接着又说，他发现在峨眉山上修炼的一条白蛇，原来在西池王母娘娘的蟠桃园中，潜身修炼多年，后来偷吃了蟠桃，明白了苦修苦炼的道理，到现在已有千余年了，不想这妖孽不肯老老实实皈依清净，擅自堕落轮回到凡界，与临安许宣结成婚姻。那个许宣原本是他座前一个捧钵的奴仆，因为与这妖孽旧有宿缘，于是演绎出这一番冤孽罪案。他只担心白蛇引逗许宣走入迷途，忘却自己的本来面目，因此他决定命令法海下凡去收服那妖孽，永远把它镇在雷峰塔下，把许宣解救出来，一同回到极乐世界。这番主意与大家说定，他便大声叫问："法海在哪里？"

法海急忙从列队中走出，跪拜如来佛祖。

"弟子法海叩拜，有什么旨意您尽管吩咐。"

如来佛祖慢条斯理地说："我这里空门广大，法力无边，初来香案者，只要虔诚地诵念阿弥陀佛就可以了，静静地修身养性，何愁成不了正果？现今有我的一个捧钵的奴仆许宣，因为旧有的宿缘，遭到白蛇精的引诱，迷恋其性情。你立即前去下界，让他马上归来，千万不能让他这样继续堕落下去。”

法海说：“弟子明白了。”

如来佛祖把任务交给法海，见法海很顺从地领受了命令，就转脸向护法神问道：“护法神，我的钵盂呢？交给法海。”

护法神把如来佛祖的神秘的钵盂递给法海，法海双手接过，反复端详。

如来佛祖接着说：“你看我的这只钵盂，四面八方，能纳接万缘。要是把它盛满水，水立刻就会变成甘露。你用这钵盂去降伏妖孽，它马上就会现出原形。”他稍微一顿，取过一个宝塔，继续说：“我还有宝塔一座，虽然高不到一尺，但神奇无比，拥有万佛之力，罪孽妖魔见了它，无不战战兢兢。今天我把它送给你，帮助你去收服白蛇精。”

法海又接了。

如来佛祖最后又嘱咐道：“这白蛇妖精虽然不遵守清规戒律，但因为与许宣是原有的宿缘，所以我特意命令你前去。等他们的罪孽之缘到期以后，你点悟许宣，用我给你的法宝降伏白蛇妖精，把它压在雷峰塔底下，永远镇住它的妖气。然后再给许宣讲述佛家道理，引领他回归佛门圣地，以求终成正果。”

法海说：“一定按照您的旨意去办。”

如来佛祖说：“去吧。”

法海说：“弟子辞拜佛祖。”说完，怀抱钵盂、宝塔，走出佛门高堂。

初春的杭州，春光明媚，鸟语花香。西湖岸边，花红柳绿，莺歌燕舞，踏青的人络绎不绝。在一个僻静处，一男一女正在争论，男的身材粗壮，黑脸膛，穿一身黑衣；女的则一身素缟，娇媚俊俏。

这一对男女就是在峨眉山下修炼的黑白双蛇，那男的是修行多年的黑风仙，那女的则是在峨眉山苦修千年的白娘子。那白娘子本已修炼多年，几近正果，只因曾下到尘世，为人间的锦绣繁华及人们的至爱真情所吸引，便一意孤行，要在人间结一有缘之士，成家立业，过恩恩爱爱的小日子。

黑风仙和她本是结义兄妹。面对她的选择，黑风仙不辞辛苦，遍寻人间，在杭州找到她，劝她改变主意，回去继续修行。

黑风仙已劝说多时，见白娘子仍意志坚定，就说："仙姑呀，想当年你在峨眉山立志修炼，坚心参悟，还曾教导我不能有一点儿私心杂念，没想到我没变，倒是你先变了。"

"义兄，我以前净心苦修，是相信终能成正果。但正果是什么？还不是守着青灯黄卷，孤寂地度过一生。你仔细看看人间，哪个活得不比我们幸福？同是青春女子，别人能享受人间快乐，我为什么就不能呢？"

黑风仙一听，又气又急，不禁跺脚道："仙姑呀，你一心只想享受人间荣华，但天下没有不散的筵席，万事都不能永远依赖。人间是有许多乐事，但也有很多苦恼。祸福荣辱，瞬息万变，说不定哪天乐极生悲，命归西天，到头来后悔也来不及了，我看你还是不去的好。"

白娘子不愿再和他争辩，她知道自己一旦下了决心，谁也无法改变，就说："谢谢义兄相劝，我决心已定，决不后悔！"

黑风仙此来的目的，一是想劝说仙姑回山修行，二来也要告诉她，她的出走，已惹恼了如来佛祖。如来曾当着大家的面大骂她妖孽，破坏了佛门清净，并已派法海法师持法力无边的宝钵、宝塔下凡，四处寻找她，发誓找到后要将她镇压在雷峰塔下，永远不得出世。黑风仙身为仙姑义兄，深深为她的命运担忧。他不顾危险，悄悄偷渡人间，历尽千辛万苦，才在这里找到仙姑，没想到仙姑这么倔强，自己的好言一点儿也听不进去。不得已，他将真相告诉仙姑。

白娘子一听，冷静地笑了笑："我早就料到会这样，如来对违背他意志的人，向来不会心慈手软。但为结有缘之士，我已顾不了这些，况且有我昔日修炼的道术相助，藏形隐迹，随机变化，不会有多大危险。"

黑风仙无可奈何地叹口气，关切地问："你此行先往哪里？"

"别处不去，暂时就住在这人间天堂的杭州。这里山美，水美，人也美。我相信会在这里找到有情之人的。"白娘子说着，就陷入了无限向往之中。

"什么时候再回峨眉山仙洞？"

"多则一年，少则半年。我本打算找到意中人后立即就回，没料如来这么不仁不义，我还回去干什么？我将永留人间，和正常人一样结婚成家，相夫教子。"

"义妹，到了人间，你自当随机应变，多多珍重，如果有什么不测之事，早早告知我。"

“谢谢义兄，请受我一拜。”

就这样，兄妹俩挥泪告别。黑风仙驾云而去，白娘子则随着踏春的人们四处游玩。面前的一花一草，无不使她留恋，她终于告别了孤寂的佛门，来到这多姿多彩的人间。

白娘子为觅住处来到临安，她偶然听说此处双茶坊巷里有所空房，本是裘王府的宅院，幽静清雅，后来被一个叫青青的蛇精强占了。

这青青以前居住在偏远的海岛，修炼成精后颇有些本领。厌倦了海上的大风大浪，便一路寻觅到了西湖，白天青青与孩儿们为伴，夜晚则到双茶坊巷裘王府里安身，此等幽雅去处，很是舒适快意。白娘子为了藏身，寻觅有缘之士，决定先去收服青青，占据裘王府的宅院。

白娘子在宅前停下，径直走进去。青青正欲外出，忽听见有人闯入，不悦地大声喝问：“哪来的妖怪，竟敢擅自闯入我的家？”

白娘子大怒，训斥道：“我是白娘子，你是何等鬼魅，敢来问我？”双方通报姓名后，青蛇心中不服，更恼怒白娘子要强占她的住处。于是一条白蛇、一条青蛇战在一处。青青的道行没有白娘子的深，很快便败下阵来，伏首贴身，听命于白娘子。

白娘子见她彻底心服口服了，便说：“我下凡这么多日，总是孤身独行，又是一介女身，没个随伴，甚是不便。不知你愿不愿做个随身丫鬟。”

青青双手一拍，说：“好啊！你怎不早说，这有什么难处，不就伺候左右吗？”

“既然你愿意，那就这么定了。不过，你且将真面目隐藏起来，变一个丫鬟模样我看看。”

“要说瞒天过海，变幻身容，我可是高手，你先等等，且让我进房去变。”随着一股青烟，青青飘进房内。

青青进房后，白娘子漫步院内。院子虽久不住人，无人收拾，但正值春暖之时，百花齐放，百鸟啼鸣，一派春意。白娘子面对如此美景，只恨身边没个人儿共享，不禁长叹一声。就在这时，只见一个俏丽女子走了过来，生得是削肩细腰，鸭蛋脸型，俊眼修眉，顾盼神飞，穿红着绿，一蹦一跳地来到白娘子面前。

白娘子见了青青说：“从今以后，咱俩在人面前以主婢相称，你唤我白娘子，我唤你小青，在人后以姐妹相称，怎样？”

“好啊，娘子，请先受小青一拜。”说着，小青笑嘻嘻地向白娘子躬身施礼，惹得白娘子捧腹直笑。

“你这个丫头，没正经的，就知戏弄主人。”

“小青不敢，小青有罪。”说着又是一拜。

两人嬉笑打闹了一会儿，白娘子问小青：“你在此居住多时，可知何处景美人盛，咱们就到那里去。”

小青皱皱眉，想了想说：“西湖边人最多，一年四季游人不断，此时正值初春，更是游人如织，要去咱们就去那里。”

白娘子一想，自己刚下凡时，曾去过西湖，那里确实景美人多。于是，就决定先去西湖。

清明时节，是祭祖上坟之日。在祭扫人群里，有一位眉清目秀的小生，姓许名宣，表字晋贤。他来为父母上坟。许宣原本是严州桐庐人，家境贫寒，父母早亡。他虽然长得一表人才，但因没有什么家产，学业未成，所以到了弱冠之年，仍未娶妻成家，常常是孤身一人，四处飘零。幸好他还有一个姐姐，早就嫁给钱塘李君甫。李君甫在县中充当马快，虽然是公门差事，但很讲义气。他见许宣独自一人，浪荡落魄，百事无成，就把他推荐到铁线巷王员外的生药铺里做生意。这虽然不是长久之策，但总算可以暂时安身。

清明节到了，许宣置办好祭奠物品，到父母的坟上祭扫一番。看别家扶老携幼，鼓箫吹笙，虽是祭祖，也显得热闹非凡，如今自己孑然一身地来祭拜，不禁有些黯然神伤。远远看见墓地，许宣顾不得感伤，紧走几步，到得父母坟前，一边焚纸上供，一边痛哭流涕，悲伤不已。

祭扫完毕后，许宣觉得无事可做，看看西湖的美景，禁不住心有所动，唤过一只游船踏上，准备一路游览山川风光回家。

白娘子和小青也在西湖游玩，她们不看景色只看人，一心只想结识有缘之士。已经游了大半天，也没碰到一个中意的。

"姐姐，你看那边游人很多，我们过去看看。"

"不过去了，你看那些凡夫俗子，一身浊气，只知打情骂俏，逢场作戏，不是什么好人。我们先在岸边歇息一下。"

就在这时，许宣的小船划了过来，"哗哗"的水声引起了白娘子的注意。她转头一看，看见站在船头的许宣，不由心里一动，只见他一双眼明亮，两道眉毛弯似春山，口未言而先笑，神情儒雅。

白娘子眼中流露出渴慕的亮光，小青看在眼里，知道白娘子被这白脸相公迷住了，上前摇摇发愣的白娘子。

"姐姐，你就待这儿，待我前去打个招呼。"

"小青，别这么莽撞，小心吓着相公。"

"哎哟哟，还不知人家心里怎么想，就开始护着他了。姐姐，别落个多情反被无情误，还是让我先去。"

"小青，你怎么这么不知礼，哪有小姐先和相公打招呼的？何况你这么风风火火，人家不笑咱们轻薄才怪呢！"

"那怎么办？他在湖中的船上，我们如何靠近得他？难道我们看着他坐船远去不成？"

"小青别急，待我想想办法。"白娘子托腮沉思，"有了，小青，你不是会兴风作雨吗？快快降场大雨，雨一下，那船必定靠岸。那时，咱们佯装避雨，躲到他船上，找个借口搭上话，不就成了。"

"姐姐，为求意中人，你真是费尽心机。你先在这里，待我躲在那边去化雨。"说着，小青就消失了。

说变就变，晴朗的天空顿时乌云密布，雷电交加，狂风四起，豆大般的雨点从天而降。正在兴头上的许宣抱头钻进船舱。船家将船赶紧划到岸边等待天晴。

"哎，船家。"白娘子和小青抱头跑到船前。

船家问道："两位小姐喊我有什么事情？"

小青上前说："船家，你看下这么大雨，能不能让我们上船避避雨？"

"船上已有客人。"

"有客人怎么了？他避他的雨，我们避我们的雨，大不了出钱就是。"

“这条船客人已租定，我得问问他。”

许宣在舱内一听有人想坐船，伸头一看，见是两位小姐。一个素纱白缟，乌鬓如云，绰约窈窕，身姿翩翩，宛若仙女一般美艳动人；另一个一身淡绿薄纱，云鬓半垂，风流秀曼，面容娇艳。真是一对仙女下凡，许宣一时看傻了眼。

小青见他发愣，就急了：“相公，你到底愿意不愿意，你看这么大雨，淋得我家娘子不生病才怪呢?！”

许宣猛惊过来，不知小青在说什么，只听到“愿意”两字，便满口答应：“愿意！愿意！”

小青一跃上了船，又回过身来扶白娘子。白娘子脚刚着船，船晃了一下，人也随之闪了一下，许宣急忙站起扶了一把。待站定，许宣手还扶着白娘子，白娘子立时羞得满脸通红。

白娘子一进船舱，许宣只觉一股异香扑来，直熏得他迷迷糊糊。小青和白娘子坐在许宣对面，避而不看对方。

白娘子对小青说：“青儿，你看这湖光山色依旧，风物景致也是原来的样子，只是故人已不在眼前，不由让人抚今追思。”说着，不由信口吟道：“湖上园亭好，重来忆旧游。径狭花迎船，池深柳拂舟。昔人皆已没，谁与话风流？”

许宣生性风流多情，初见白娘子时，已被她的花容月貌勾去了半个魂，当听了她吟的这首诗，更是按捺不住爱慕之情。他忍不住偷偷看了白娘子一眼，只见这位娘子纤纤玉手半遮面，肤白如雪，细腻光洁，云鬓低垂，脖颈上落了几滴雨水，随着轻微的呼吸，滚进衣内。许宣不由轻喘一声，心想：这娘子不仅生得美若天仙，说起话来也斯文有礼，一看就是名门闺秀。许宣不由顿生慕情，只是不知说什么好。

白娘子虽和小青说话，但她早就注意到许宣偷看她，心里明白这位公子对自己也有了好感，便向小青使了个眼色。小青领会了，立即转向许宣，先施一礼："相公，你瞧这雨越下越大，我们还得再躲一会儿，代我家娘子多多致谢了。"

"小姐多礼了，为人方便，自己方便嘛！快坐下。"

白娘子也施礼道："中途遇雨，幸避宝船，免得雨淋风吹，万分感谢！"

"岂敢，岂敢！些许小事，何谢之有？"

小青插话道："相公真是知礼之人，敢问相公尊姓大名？"

"不敢，小生姓许名宣，字晋贤。"

白娘子又问："尊居何处？"

"小生住在铁线巷王记生药铺子，娘子府上何处？"

"哎呀，这么巧，我家娘子就在荐桥双茶坊巷裘干府隔壁，只和铁线巷隔两条街。怎么从未见过相公？"

"不瞒娘子、小姐，我不过寓居杭州，刚来不久。"

小青又上前忙问："请问家中娘子可好？"

"惭愧，小生只因家中贫寒，加之父母新亡，尚未成家，孤身一人。"

听了这话，白娘子长出一口气，但还是不放心，又问："相公未成家，聘可是聘下了？"

许宣低头答道："也还未聘。"

小青佯装不平的样子，说："娘子，你瞧相公这等知书达礼之人，却还形单影只，只怪那月下老人太不公平了。这世间的小姐们，也只看门楼高低、钱财多寡，却不问人品如何，活该她们都嫁给七老八十的丑乌龟去！”

许宣见小青快言快语，不由一笑说：“小姐嘴真厉害！倒挺讨人喜欢。请问娘子尊姓芳名？”

小青忙代白娘子回答：“我家娘子是杭州白太守的小姐。老爷在世时，给娘子招赘一婿在家。”

“噢，原来是位千金小姐，小生失敬了。小姐，你们也是来西湖踏青游玩的吧？”

小青抢答：“不是，是祭祀我家姑爷坟墓。”

“原来你家姑爷去世了，对不起，惹你们伤心了。”

白娘子悲戚地说：“我夫妻俩恩恩爱爱，谁料一场大病夺去官人性命，家父也早早去世，只留下我孤身一人，守着个空屋。多亏小青相伴，才不致孤寂。”

“娘子请免悲戚，天有不测风云，人有旦夕祸福。想当年我家也是官宦人家，食必山珍海味，衣必轻裘锦缎，没料一场官司涉嫌到家父，到如今落得个家破人亡，流落他乡，寄人篱下，唉……”

“相公别伤心，你我同为苦命人，今日相逢，也是缘分，还望多多保重。”

“我一介男儿身，虽无依无靠，倒还好说。娘子你孤身一人，干什么都不方便，更让人感到凄惶。听你刚才细诉衷肠，我许宣心儿悒怏，恨不得……”

小青忙追问：“恨不得什么？”

许宣发觉失言，不由脸红耳赤，忙掩饰：“没什么！没什么！”

小青“啐”了一口，噘噘嘴说：“亏你还是个男儿身，话都不敢说！”

这时，船家朝里喊：“官人、娘子，雨停了。”

小青一听船家将“官人、娘子”连在一起喊，忙钻出船舱，朝船头喊：“你这船家，怎么搞的，这么不会说话？”

船家被小青一训，感到莫名其妙，反问：“我怎么不会说话？这小姐好厉害！”

“我怎么厉害？你听听你咋叫的，‘官人、娘子’别人听见了，以为是两口子。你辱没了我家娘子倒没什么，人家许相公可是青春童子，还未婚配，传出去了，别人以为他已有了娘子。哼！”

小青的一番伶牙俐齿说得船家目瞪口呆。小青又钻进船舱，故意朝白娘子和许宣说：“娘子，许相公，这船家真是不明事理，大白天这么‘官人、娘子’地乱喊，气死人了！”

两人一听小青的话，都羞得面孔潮红，半天说不出一句话。两人虽面带羞色，但内心却各怀心思。许宣私下想：这么漂亮贤惠的娘子，若能娶她为妻，真是前世造化。白娘子也心想：我下凡多日，总算碰上一个称心如意的人，看他俊雅斯文，若能结为秦晋之好，也不枉我辛苦一番。

看雨下得小了，船家解开缆绳在湖中慢慢划了起来。在不知不觉中船已到目的地，三人上得岸来，白娘子和小青反复向许宣道谢。白娘子说早上出门忘了带银子，让小青向许宣借一点付船钱，到家以后马上送还。许宣却坚持付了船钱。

三人相伴，走了一程，到了一个岔道，许宣恋恋不舍地说："娘子告辞了，小生要去前边朋友家拿把伞。"

小青不解地问："天是晴的，拿什么伞？"

"是前日忘在他家，今日顺便带回。"

眼看就要分手，却还没约好下次相会的日子，白娘子心中甚急，她又朝小青使了个眼色，小青理会娘子心意。

"相公，你先陪我家娘子一会儿，我去去那边就来。"

"你去那边干什么？"许宣问。

"女人家的事少问！"一句话呛得许宣无言对答。

小青走后，白娘子抬头看了一眼许宣，不料许宣也正凝视自己。四目相对，含情脉脉。白娘子眼中秋波荡漾，一张樱桃小嘴啜啜嘤嘤，欲说还休。许宣目光炽烈，几可烤人，他实在按捺不住，恨不得立即将白娘子抱在怀里。白娘子见许宣醉眼迷离，知道他已丢了魂。

就在这时，天突然又下起雨，两人跑到路边的一棵小树下。只见小青抱头跑了过来，边跑边喊："这雨，说下就下，咱们出门也没带伞，可怎么回去？"

"这……"白娘子也为难了。

这时，许宣说："娘子如果不嫌，等我从朋友家将伞拿来，给你们两位打回去怎样？"

白娘子说："好是好，只是又麻烦相公了。"

"区区小事，谈何麻烦！你们先在此稍候，我速去速回。"说着，就顺岔道跑去。

许宣一走，小青不禁大笑起来："这书生，真是好骗得很，难道他猜不透我刚才干什么去了？”

白娘子说：“你就会戏弄人，除了我，谁知你一个柔弱的丫头会兴风作雨。只此一次，以后再不许要弄许相公了。”

“哎呀，姐姐，你这可就冤枉人了，我还不是为你着想。姐姐，你看那许相公如何？”

“什么如何？”

“你这会儿倒装起傻了，刚才在船中，他一直紧盯着你，痴痴迷迷。你也一样，一看他就脸红，平常你见了别的相公可不是这样。”

“青儿，你别瞎说。”

“我的好姐姐！没见你两人早已春心荡漾了吗？今天真是天赐良缘。一个是德容之貌，一个是恭俭温良，若有一朝啊，两相当，配成双，便是我青儿也觉心欢畅。”

一会儿，许宣就打着伞跑来，腋下还夹了一把，“娘子，请拿伞。”

白娘子接过伞，感激不尽：“相公的恩情，可叫我们如何回报？”

“不就一把伞，有什么谢的！”

白娘子又向青儿说：“青儿，明天一早就将伞给相公送去。”

“一把小伞，何劳青姐贵步！不用送了，我明天到贵府去拿，顺便拜访二位。”

许宣送伞之意就是想找个借口去白娘子府上一访，白娘子也看出了此意，便说：“既然这样，明早让青儿在街口等候相公，怕相公万一找不到门了。”

说好后两下分手。

第二天许宣老早起来，收拾一下店铺，又换了一身衣服，跑出家门，赶往双茶坊巷。

红日初升，许宣顿觉身轻如燕，快步如飞，来到双茶坊巷巷口，远远就看见青儿在街口张望。小青也看见了许宣："许相公，我家娘子怕你到此找不到门，早早就差我出门等候。哎哟，站得我腰酸腿疼！相公快请走，我家娘子已恭候多时了。"

许宣随小青进了一扇黑漆大门，走到一处回廊边，小青停了下来："相公，请在此稍候，我去告诉娘子。"

小青刚走一步，又折了回来，说："许相公，我有一桩喜事要告诉你。"

"什么喜事？"

"我家娘子昨晚回来，在我面前不停夸相公人品好，识文断字，又长得仪表堂堂，十分爱慕。"

许宣一听心中暗喜，道："没想到娘子这么高看我，她还说了些什么？"

"我家娘子独居几年，无依无靠，说媒的人踏破门槛，但没一个中意的。见到相公后，顿生爱慕，私下里告诉我，欲把……"小青说到这里，戛然而止。

许宣忙问："欲把什么？青姐怎么不说了？"

青儿故意卖起关："你急什么？总归是要告诉你的。我先问你，我家娘子怎样？"

"我的好青姐！昨天我的失魂样你还没看够？我许宣长这么大，从没对一个女子这么钟情过。你不知我昨晚一夜难眠，满脑子都是你家娘子。今早天不亮就起床，只盼早早来见娘子。”

小青噘噘嘴说：“这还差不多。”

许宣急不可待地问：“青姐，娘子告诉你，她欲把什么？”

“她私下里告诉我，欲把终身相托于你，不知相公意下如何？”

“青姐，不瞒你说，小生也早有此意，只是我父母双亡，我一人四处漂泊，潦倒落魄，没一点儿积蓄，怕以后委屈了你家娘子。所以，迟迟不敢说明。”

“许相公，若仅因家境窘迫而不敢承娘子雅爱，倒不必担心。我家娘子家财万贯，不愁你们享用一辈子。你就在此稍候，待我给娘子说一声去。”

许宣双眼直送青儿沿一青萝小径进到一间碧窗纱、红格子的瓦房里。

小青未进房门就喊：“姐姐，许相公来了。”

“在哪儿？快领我去见。”

“他在回廊那边等姐姐。”白娘子对镜端正了一下头发，跟着小青出来了。

远远地，许宣就看见晨光中走过来一个美人，只见她莲步轻移，身姿轻盈，仪态飘逸，翩翩若仙。再看颜面，娇容秀发，明眸皓齿，一双眼睛若含露梨花，煞是迷人。许宣一时神魂荡漾，心旌摇动。若不是青儿在旁，他早就上前将娘子拥在怀中了。

三人一起来到娘子房前，进得房内，如入芝兰之室，只觉熏香扑鼻，异常清爽。娘子房中摆设，果然不同凡家女子，室内书籍字画琳琅满目，古玩珍品四处都是。

小青转身出去倒茶，房内留下两人。白娘子痴痴盯着许宣，羞得许宣一直不敢抬头。白娘子觉得自己有些失态，忙没话找话："昨天途中遇雨，多亏相公照拂，才不致我们姐妹俩淋湿。"

"区区小事，何足挂齿，娘子太多礼了！"许宣停了停，又说，"昨天那么大雨，眼看娘子雨中受淋，小生我……我……"许宣一时张口结舌，脸红脖子粗的，不知如何表白。

白娘子忙接上话："你怎么了？"

"不瞒娘子，小生当时怪心疼的。若不是小青在旁，我会献衣护娘子回家。"

白娘子一听，羞得满脸通红，说："相公，你说什么呀！小心别人听见。"

这时，小青端茶进来，问："你们在这嘀嘀咕咕说什么，怕我听见？"

"青儿，相公只和我说昨天之事，有什么怕你听见的！"

"昨天的事还有什么好说的，不就在他船上避了会儿雨，又借了把伞吗？娘子，你今天不是有话对相公说吗？快说呀，相公还要回家。"

白娘子一听，急了，问："相公真的马上就走？"

小青一看娘子那个急样，掩嘴大笑。白娘子知道青儿又在取笑她，挥袖打了一下，说："青儿，你嘴里就没个正经话，只会戏弄姐姐。"

“娘子啊，相公今天来不过是取伞，难道他还要在这住下不成？”

“娘子不知有什么话要对小生说，小生洗耳恭听。”

“也没啥说的，你喝茶吧。”

许宣端起茶杯，轻轻喝了一口。不知是何好茶，一杯下肚，只觉气畅神爽。白娘子又亲续了杯水，将杯子递了过去。许宣接过杯子时，只见白娘子十指如削葱，纤细修长，好生爱怜。

“请问相公，尊庚多少？”

“小生虚岁二十。”

小青“哎呀”一声：“如此说来，我家娘子倒长相公一岁。”

白娘子又问：“请问相公府上还有何人？相公做什么事？”

“哎，说来话长。小生老家本在桐庐，从小在家习文读书，父亲原为朝中命官，不料因一桩官司，家父被下入狱。不久，父亲病死狱中，家中财物也被官府收缴一空，留下我与母亲四处飘零。后来母亲投江身亡，只剩小生一人，便投靠杭州姐姐家。姐夫托人在一家生药铺子找了个差事，小生便在那里干活儿。”

白娘子一听许宣身世不幸，不由叹息：“相公饱读诗书，却遭此不幸，真可怜。”小青见他们东拉西扯，不谈正事，在一旁直跺脚。许宣心里明白，故意问：“青姐是否有话要说？”

“我有什么话可说！娘子，你昨天对我说，有什么话要说与相公，今天相公就在眼前，不妨直说。”

许宣也故作不懂：“是啊，你我已这么熟悉，娘子有什么话就直说吧。”

白娘子低头轻咳了一声。小青又气又急：“哎，你就说吧，别急人了！”

“我倾吐衷肠，只怕相公不从。”

许宣忙应：“小生自当从命。”

白娘子说：“奴家自从寡居，孤苦寂寞，每见别人一家团团圆圆，再看自己侧畔无伴，就心生凄凉。自从昨日见到相公，为相公的儒雅仪表所倾倒。因此，私下里暗想，若相公不嫌弃，愿与相公结下百年姻缘。”

白娘子说完这一番话，早羞得脸红如花，羞答答地躲在青儿身后。青儿见许宣在一旁发愣，上前推了一把，说：“相公，我家娘子可把话挑明了，你还愣什么？你不是也有话对她说，还不快快说！”

许宣站起身来：“昨天见到娘子，恍若见到仙女下凡，你气质如兰可人意，色如美玉天生娇，我一见倾心。但回家仔细一想，我一凡夫俗子，怎配消受你这金屋芙蓉？更何况我家徒四壁，无依无靠，若答应了，只怕日后委屈了娘子。”

小青见许宣又是因家贫不敢应承，高声说：“我家娘子已经情愿，你还有什么可踌躇的？”

白娘子说：“相公，家贫又何妨？想当年卓文君当垆卖酒，盖世风流，椎髻荆钗，德耀人称雅操。何必以贫介意！”

白娘子这么一说，许宣感动不已，当下跪拜在地说：“既蒙娘子不嫌，小生真是三生有幸，娘子品德高洁，在此先受小生一拜。从此你我琴瑟合鸣，恩爱度日。”

小青见许宣连连跪拜，在一边直笑：“快起来，快起来，既成了一家人，何必这么多礼！不过，我家娘子可是大户人家的小姐，不能就这样私下和你成亲，必得明媒正娶。”

许宣爽快答应：“这好办，今天回去我就求姐姐做媒，来贵府求亲。”白娘子一听，脸上升起一团红晕，眼看自己马上就要和意中人结为百年之好，不由喜上眉梢。小青也在一边凑热闹：“姐姐，恭喜恭喜！”白娘子扯了一把小青，说：“别胡说，许相公想必都饿了，快去备饭。”

小青很快将饭准备好。饭毕，三人又坐下喝茶。白娘子喝了些酒，脸孔泛红，如一朵盛开的牡丹，愈加妩媚迷人，看得许宣越发喜爱。

许宣临走的时候，白娘子把两锭银子交给许宣，让他回家后赶快央媒人来说合，早早成了这门亲事。许宣接过银子，不胜感激，对白娘子说他回去立即就找姐姐，让姐夫前来说媒，说完起身告辞。

白娘子和小青将许宣一直送到大门外，还要送下去，许宣阻住她们，坚决让她们回去。白娘子停住脚步，又把说媒的事嘱咐再三，这才恋恋不舍地让许宣上路。她目送着许宣，直到许宣的背影消失在远处。

许宣的姐姐嫁给了钱塘县的马快李君甫，夫妻和睦，日子过得也比较殷实，许氏正在担心弟弟许宣的婚事。她想赶快给许宣定下一门亲事，生下一男半女，许家也就后继有人了。说曹操曹操到，忽听有人敲门，开门一看，是许宣。

许宣向姐姐讲述了与白娘子的事情，并拿出白娘子赠送他的两锭银子给她看。许氏听后心里十分满意，只等丈夫回家共商大计。

县里治安平时比较良好，李君甫的日子过得也比较自在。不料，近日府库中突然丢失四十锭元宝，县官大怒，限令他三日缉拿盗贼。

李君甫和手下的捕快追查两日，没有发现任何蛛丝马迹。眼看交不了公差，心中焦急万分，只好先垂头丧气地回到家中。

许氏已备好一桌酒菜，李君甫回来后，全家一同举杯共饮。在席间，许氏说明了兄弟的事情，并把两锭银子拿给丈夫看。

李君甫一看银子大惊失色，哀叹兄弟要吃官司了。原来那银子上标有字号，正是府库中丢失的那笔赃银。许宣一听，吓得浑身发抖，慌了手脚，许氏求李君甫救一救弟弟。

李君甫沉思片刻，向许宣问明了情况，打听清楚白娘子的住址后，李君甫让许宣马上逃走。李君甫在苏州有一位老朋友王敬溪，在吉利桥开了一家饭店，李君甫给王敬溪写了一封信，让许宣带上并先到他处躲避一时。许宣虽然念及白娘子对他情分不薄，但事到如今身家性命要紧，也顾不了许多了。他再三谢了姐夫、姐姐，打点行装，一路赶往苏州。王敬溪看了李君甫的来信，又加上近来他铺子里正需要一个伙计，他觉得许宣人还不错，就把许宣留下做个伙计。

许宣在王敬溪处安顿下来，整日在店中忙里忙外，偶尔与顾客说说笑笑，日子还过得下去。只是一想起银子之事，心里便不免有些后怕。

许宣走后，李君甫第二天就拿着那两锭银子来到县中，把事情的前后经过一五一十地报给县官。县官原是杭州白太守的世交，对他家的事情一清二楚，他不曾听说白家有个什么小姐嫁在此地。李君甫提议县官将白娘子和小青捉来，审问一下事情便清楚了。县官说："李君甫叫带上许宣做向导，立刻去将白娘子、小青拿来，不得延迟。"

李君甫说："现在去叫许宣，来回还要耽误时间，我已经知道白娘子的住处，不如直接去提。"县官点头同意，这便饶过了许宣。

李君甫带领一群捕快直往奔裘王府，遇一老翁，询问："老人家你可知道白娘子住在什么地方？"

老翁说："我从小住在这里，没听说过有姓白的女子。"

李君甫又问："裘王府的宅子里有人住吗？"

老翁说："裘王府的宅子里经常闹鬼，里面杂草长得一人多高，从来没有人敢住。"

他们边说边走，不知不觉来到裘王府门前，听见里面有人咳嗽，老翁向里一看，竟有一个奴仆模样的女子在里面。

李君甫看见后马上命令捕快去捉拿那个女子。捕快们一拥而上，紧紧抱住那女子，那女子大叫放手。衙役们定睛一看，却是那个老翁，那女子早已不见踪影了。

众人正在狐疑不定的时候，又听见里面有人问："小青，外面发生了什么事？什么人敢擅入寡妇之门？"

那老翁又看见一个身穿白衣的绝色女子，众人正要前去捉拿，白娘子则喝问："你们闯入宅中是何道理？"

捕快们大骂："你个贼妇，窃取库银，还敢放肆！"

白娘子一脸轻笑，口中轻念，施起法来，众人突然感到天旋地转，头晕眼花。过了好一会儿才清醒过来，睁眼再看时，已没有了白娘子的身影。他们四处搜寻，毫无踪迹，只在草丛中发现一只铁皮箱。他们便抬着箱子，回到县上，把遇到的怪事从头到尾说给县官听。县官也感到奇怪，百思不得其解。他命人把箱子打开，里面正是库中丢失的银锭，数了数，三十八锭，加上许宣的那两锭，共四十锭，一点儿不差。县官觉得是怪事，但还是奖赏了李君甫他们。

李君甫回家把事说给许氏听，两人暗喜，一桩官司就这么了结，许宣也得以解脱。

白娘子和小青与官府的捕快一番搏斗后，藏形隐迹，躲在一处废墟间。捕快一撤，两人使出法术，立即化为两股青烟，冲入云霄，朝苏州方向飘去。

许宣在王敬溪处住了一段日子，一天收到姐夫的来信，告诉他赃银已经追到，官司也清了，让他在苏州再住一段时间就可以回去了。许宣想起前一段姻缘和这一番波折，又想起了自己只身漂泊，不免心怀悲伤。

白娘子和小青施法术逃脱了捕快的缉拿，打听到许宣已躲到苏州，便不顾路途遥远，一路寻访到王敬溪门前。

二人对王敬溪说明情况，讲明来意，王敬溪热情地招待她们，并立即转告许宣，许宣却避而不见。在王敬溪的努力劝说下，许宣才答应见她们。见到她们后，许宣却又横眉立目，冷若冰霜。

白娘子殷勤上前问安，他也不理；小青说她们千辛万苦才赶到这里，应该得到一个笑脸，许宣仍不为所动。王敬溪看不下去，再三相劝，最后他把老婆叫出来陪一陪两位女客，许宣却只说她们是贼，是妖精，让王敬溪快些赶她们出去。

白娘子一边抹着眼泪，一边耐心地解释："那银子本是我的先夫留下的，我也不知道他从哪里弄到的，只是为了能和你早日结成良缘，我才用了它，谁知却惹出这等祸患，让你担惊受怕，我们两个也吃尽了苦头。"

许宣仍然不依不饶地说："就算那银子不是你偷的，可我姐夫说他们去捉拿你们时，明明看见你们在眼前，忽然就不见了，你们分明是两个妖怪。"

白娘子说："这就更冤枉了！裘王府宅大室空，很有些冷落。乡里人不敢进去就说里面有妖怪。那天他们去捉拿我们时也被这话吓住了，不敢进去搜查。我们就躲在厢房里，他们也没看见，他们发现了银子就抬走了，回头就说我们是妖怪。这是哪里来的事我真弄不明白，全都是我命苦，该当如此。"

白娘子一边说着，一边啜泣，最后竟然掩面号啕大哭起来。王敬溪夫妇看不下去，纷纷劝慰。许宣心也软了下来，相信了白娘子的话。热心的王敬溪见到这般情景，便执意留下他们，让他们在此地结成百年亲眷。

许宣、白娘子两人在苏州城里举目无亲，婚事便在王敬溪的操持下没有声张地举办了，婚宴上人虽不多，但气氛仍很热闹。特别是小青和小二两个活宝，插科打诨，逗得人捧腹大笑。

晚上闹洞房的人一走，就剩下一对新人。洞房花烛夜，两人激动不已，白娘子更是感慨万分，想自己来到人间已半年多，为找情人，不惜舍命窃银；又从杭州不顾路远赶到苏州，历尽苦难，今天终于和心上人在一起了。

许宣深感内疚，这么美丽迷人的娘子，打着灯笼都难找，反遭自己无端猜疑。细看娘子，她为自己消瘦不少，再看那双眼睛，满是幽怨。想到娘子为自己吃了这么多苦，许宣不由爱怜地抱起娘子，轻轻抚慰。怀抱娇妻，时而兴奋，时而害怕，生怕伤害了娘子。白娘子斜依在许宣怀中，倾吐衷肠，看着郎君那张俊美的面孔，迷离的眼睛，不禁有些心醉神迷，口中喃喃地偎在许宣敞开的胸中。

许宣早已神魂飘荡，惊喜如狂，紧紧将娇妻搂在怀中。娘子情意绵绵，宛如一朵初开的桃花，十分娇羞妩媚。两人紧紧相偎，如胶似漆，如鱼得水，说不尽的柔情蜜意，享不尽的云雨之情。

白娘子不但漂亮迷人，更会料理家务。许宣虽然经受了一场惊吓，但是他现在对白娘子的付出是看在眼里，爱在心里。婚后不久，他们就在外面租了房子，搬出来住，还筹备资金开一个大的生药店。

一天，许宣外出归来，却怎么也找不到租的房子，只见小青从一家崭新的青堂瓦舍中走出来把他叫了进去。许宣问："小青，咱家的房子呢？"

小青说："这就是。"

许宣怎么也不相信，早晨出去时还是破烂不堪的样子，半天工夫却完全变了样子。白娘子告诉他，是她找了工匠把原来的房子修缮了，找了好多的人才会这么快。许宣还是半信半疑，看那房子富丽堂皇，心中不禁高兴起来，也就不再问。

生药铺将开张，小青忙前忙后，喜上眉梢，街坊邻居也都前来贺喜。转眼间，许宣开生药铺已一月有余，他白天坐堂应诊，勤接各方病人，晚上研药称量。由于他医术过人，态度和蔼，深得病者信任。应诊之外，他兼做药材买卖，由于诚实待客，从不短斤少两，也赢得各路商家信任，远近的药商都来他这里买药，生意好不红火。

四月十四日是道家纯阳祖师诞辰，许宣早早起床，在店前挂了个“关门一天”的牌子，便备好香烛，前去烧香叩头，并打算问一下自己的前景如何。

许宣随同香客们来到庙中，在香案前叩祷了一番。那边有一个名叫魏飞霞的道人行香过来，许宣想先让着别人，自己站到一边。不料魏飞霞却注意到了他，见他脸上有些异样，就让徒弟把许宣请到跟前。魏飞霞端详了一会儿许宣的脸，对许宣说他有一言相告，若蒙官人信任，他才敢唐突说出。许宣自然有些惊奇，连忙让道人尽管说来。魏飞霞说许宣的脸上有一道黑气，肯定是为妖魔缠身所致，如果不尽早除去，恐怕祸患不小。许宣惊恐万分，对魏飞霞说他家中妻子和奴婢二人的来历的确不甚明白，他自己每每发生怀疑，幸亏今天被法师指出，不知道法师有什么高妙的法术能制服她们，他将感激不尽。魏飞霞一听居然有这等事情，便让许宣详细说来。许宣从头至尾告诉了事情的来龙去脉，魏飞霞方才知道他原来就是开生药铺的许宣，便大包大揽地要为他除去这两个妖精。许宣自是感恩不尽。魏飞霞让许宣对天祷告，许宣依命跪下，口中念念有词，祈求天地神灵保佑。魏飞霞为许宣画了两道灵符，一道让许宣藏在头发中，一道待回家后烧化了，哄那妖精服下，自然会有神验。许宣一一记在心中，千恩万谢地辞别魏飞霞，一心想着赶快回到家中除掉两个妖怪。

白娘子和小青在家等候许宣进香回来，却迟迟不见人影。白娘子心中有些不安，掐指一算，方知原来许宣被那庙中的道人煽惑，想除掉她和小青。她把这件事说与小青，小青气不打一处来，大骂道人狂妄。小青担心许宣听信那道人的欺骗，不顾夫妇深情，改变了态度。白娘子心中自有办法：她让小青还原，带上几个徒儿把那泼道捉来吊起，训诫一番，然后略施法术让许宣转念，反责那泼道搬弄是非，让他不敢在此存身，她们就没有什么危险了。小青心领神会，依命去办。

过了一会儿，许宣回来了，故作无事的样子向白娘子和小青问安。白娘子却生气不理他。他有些纳闷，就上前问话。白娘子问他怎么这晚才回来，他撒谎说一路贪恋景色，因而来迟。小青却直言不讳地说，她们两个刚才在门前探望，听人说他听信那道人的煽惑，要加害于她们二人。许宣断然否认。白娘子问他手中拿的什么东西，许宣说是请回的圣像。白娘子根本不信，接着哀哀戚戚地诉说他们一起生活了这么长时间，何等恩爱，没想到许宣还能听信道人的谗言，要将她们二人害死。她这么一说，果真感动得许宣回心转意了，便把事情的真相说了出来。他显出痛心疾首的样子，要把灵符撕毁。白娘子说撕毁了灵符，他的疑心仍消除不了，让他把灵符烧化了给她吃下去，看到底有何应验，并让小青去神仙庙中把那道人请来辩白。小青去了，许宣在白娘子的催促下烧化了灵符，白娘子一口吞下，却什么事情也没发生。许宣惭愧万分，连连请罪。白娘子这次也得理不让人，又哭又闹。一会儿工夫，小青回来了，她已把魏飞霞吊在门外，白娘子气得七窍生烟，又骂又打。魏飞霞无计可生，可怜巴巴地向许宣求救。许宣恳求白娘子放了他，白娘子却说放了他，他又会加害无辜百姓，要拿他到官府中治罪。许宣再三恳求，魏飞霞也保证以后再也不干这种事了，白娘子这才放手，吹了一口气，魏飞霞化成一道白光就消失了。许宣大惊失色，说原来这道人是个妖怪。白娘子和小青问许宣她们可是什么妖怪，许宣痛恨自己没有主见，骂自己昏昧，从此不敢再提此事。

这以后，日子过得很平静，不觉到了端阳节。许宣为了庆贺一下，买了一些酒菜，嘱小青收拾一番，要与白娘子共同庆祝。小青收拾完备，悄悄地告诉白娘子许宣买的都是雄黄酒，让她一定留神。白娘子自称明白。小青说午时已近，她担心让许宣看出破绽，想躲避一会儿，白娘子答应她，自己也要假装不舒服睡在床上，让小青过午以后赶紧过来。说罢，青儿躲了出去，白娘子躺在床上假装睡觉。

许宣来到房中叫白娘子共饮，却看见她睡在床上，连忙叫醒，问她为何独自睡在那里。白娘子睡态慵懒，对许宣说她身体不舒服，因而睡了片刻。许宣说正值端阳佳节，请白娘子到前厅中饮水酒一杯。白娘子说身体欠佳，情绪不好，不能奉陪。许宣从未见过白娘子这种愁态，大惑不解，忙问是不是他哪个地方做错了惹她生气。白娘子只道身体不好，并无他事。许宣执意相邀，白娘子谦让不过，只好奉陪，她来到前厅坐下，依然面色不悦。许宣坐在她身边，说给她看看脉气如何。一边说着，一边伸手给白娘子诊脉。诊了一会儿，许宣大喜过望，对白娘子说她有喜了，今天的酒更值得一吃。白娘子仍旧推托病体不胜酒力，不能奉陪。许宣再三相劝不过，便说如果她不吃，自己也只好不吃了。白娘子见推不过去，只好答应勉强奉陪一杯。一杯酒下肚，白娘子更觉身体不好受，许宣见状，只好扶她回房休息。侍候白娘子睡下，许宣急忙叫小青为白娘子煎好茶来吃，却找不到小青，只好自己去做。白娘子躺在床上，觉得肚子越来越不是滋味。她知道这是雄黄酒发作了，很是担心。担心也没有用，不一会儿她就现了原形，变成一条白蛇躺在床上。等许宣端茶进来，揭开帐子一看，吓得“啊”的一声，当时就惊死在床前。

午时已过，小青忽听房中喊叫了一声，赶忙走进来，一看许宣死在地上，知道大事不好。这时白娘子又变成了人，小青慌忙把她叫醒。白娘子睡得好舒服，醒来一看却傻了眼，怎么叫许宣也叫不醒，白娘子自恨疏忽。小青忙问怎么办。白娘子说事到如今别无他法，只好到嵩山南极仙翁处求他的九死还魂仙草来，许宣方有生路。小青担心南极仙翁道行非常，又有白鹤童儿护驾，仙草恐怕不易求到。白娘子说她在西池中偷吃过蟠桃，并且有莲花护体，料不会被伤了性命，只要她用好言相求，南极仙翁也许会帮这个忙的。她们把许宣抬到床上，白娘子嘱咐小青看护好，千万不要惊散了魂魄，不然就麻烦了，然后飞速赶往嵩山。

那嵩山果然好景致。群峰摩天，白云悠悠。白娘子无心观赏景色，直奔南极仙翁的洞前。南极仙翁刚参加完蟠桃大会回来，在洞中与各位大仙下棋，命令弟子白鹤童儿在洞前看守。白娘子在洞前见到白鹤童儿，立即说明来意，请白鹤童儿帮忙。白鹤童儿说仙草乃是镇山之宝，怎么能送给她这蛇妖。白娘子闻言大怒，与白鹤童儿打了起来。白鹤童儿不是白娘子的对手，吃了白娘子一剑，败下阵来，回到洞中告诉了南极仙翁。南极仙翁大发雷霆，接着又派了鹿仙翁、东方曼倩、叶仙翁去擒拿白娘子，不料他们接二连三地败下阵来。南极仙翁怒不可遏，摆了一道阵法，让白鹤童儿将白娘子引入。白娘子一见南极仙翁，态度马上软下来，苦苦诉说自己的遭遇，恳望南极仙翁开恩，救她丈夫一命。南极仙翁念白娘子态度还好，也同情她的不幸遭遇，就答应了她。南极仙翁命令白鹤童儿取一茎仙草给她，放她出山回返。众大仙对南极仙翁的做法感到不理解，南极仙翁莞尔一笑，解释道："她丈夫许宣原本是如来佛祖座前的一个捧钵侍者，因这白蛇精与他旧有宿缘，降临凡界与他结成夫妻。现在许宣被惊死，看在如来佛祖的面上，应该救他一命，日后这白蛇精将由法海禅师收服。"

白娘子赶回苏州，许宣仍然躺在床上，由小青悉心看护着，没出什么事。白娘子取出仙草给小青，小青赶紧煎熬。一会儿工夫，仙草煎好了，小青端着，白娘子把许宣扶起来，一点一点地把药灌进他嘴里。过了一会儿，许宣慢慢醒过来。白娘子和小青已收拾好了一切，没有留下任何痕迹。许宣像睡了一个大觉一样，没有任何变化，先前的事也全忘了。

不觉已是深秋，苏州虎丘附近桂花大放，香气袭人，游客甚多。许宣在生药铺操劳多日，想到虎丘游览一番。他把这心思说给白娘子听，白娘子立即叫小青从箱中找出一套新衣服和一条八宝明珠巾，让许宣换上。许宣从未见过这八宝明珠巾，就问白娘子是从哪里得来的。白娘子说衣服是最近做的，八宝明珠巾是先夫留下的，正值秋天，恰是戴八宝明珠巾的时候。许宣却说如此贵重的东西他不敢戴。白娘子说他年纪轻轻，知书识礼，正适合戴，硬是逼他换上衣服，戴上八宝明珠巾。许宣戴上后，更加风流俊雅，好似潘安再世、宋玉重生。许宣辞别了白娘子和小青，一路往虎丘而来。

许宣哪里知道，那八宝明珠巾却是萧太师府中的。前几天萧太师府中发现丢失了八宝明珠巾，正派吴县的一帮捕快搜寻盗贼。他们四处查访，没有消息，正十分着急。听说虎丘桂花大开，他们约齐了前去游览，以图能找到一点儿八宝明珠巾的蛛丝马迹。这一行人来到虎丘，见游人如织，热闹非凡，不觉玩兴大起，凑在一起，给游人玩开了戏法，嘴里还叫着：做的要手快、看的要眼快。忽然，他们发现了在人群中站着的许宣正戴着八宝明珠巾。于是戏法也不玩了，他们挤上前去辨认，这八宝明珠巾正是萧太师府中的那条。他们便不由分说，把许宣提了起来。许宣哪知道出了什么事，大声叫骂着让他们放手。他们紧紧抓住许宣，向看热闹的人讲明了事情的原因。许宣大叫冤枉，告诉他们这八宝明珠巾是妻子送给自己的，根本就与萧太师府中之事无关，大骂他们是一群狗才，诬陷良民百姓。捕快不管他分辩什么，只是认准了赃物，就坚决要拿他到衙门里辨认。许宣大叫大闹着不去，众人说既然不是他偷的，辨认一下又有何妨呢？许宣这才不吭声地被带走了。

事有凑巧，吴县总捕李老爷正是原先的钱塘县令，就是上次丢失银子的那位。他知道许宣受到白蛇妖怪的纠缠，问明许宣八宝明珠巾的由来后，没怎么惩罚他，只让他立即带路到他家中捉拿白娘子和小青。到他家一看，白娘子和小青早已逃得不知去向。许宣没有办法，备了名帖，将八宝明珠巾送还萧太师府中，说明了缘由，求得从宽发落。总捕李老爷考虑到如果许宣仍回苏州，再次遭到白蛇妖怪的缠扰，绝对保不住性命，因此决定把许宣发配到镇江，一则消除八宝明珠巾的案子，再则可以躲避一下白蛇妖怪。许宣诚惶诚恐，感恩戴德，回家收拾好行装，准备启程。

老主户王敬溪闻讯而来，为许宣送行，王敬溪把他在镇江的一位亲戚告诉了许宣，此人姓何，表字仲武，人皆称他何员外，祖居在镇江府中市街。王敬溪写好一封信，把许宣推荐给了何员外，让许宣凡事尽管找他，他会帮忙的。王敬溪掏出一些碎银子，让许宣做路费盘缠。

镇江何员外看了王敬溪的书信，知道是王敬溪推荐许宣到他门下，让他照顾一二。一来是王敬溪相荐，二来他正缺少人手，正好两全其美，因此何员外便让许宣在此住下。

白娘子和小青一路追到镇江。

这天，何员外正和许宣促膝深谈，家人报告说有两个美艳的女子来访。何员外有些惊异，赶忙出来迎接。白娘子问出他就是何员外后，便说她们是到此处寻找丈夫许宣来的。何员外让她们进去，并报之许宣。一见面，白娘子就上前安慰许宣。许宣又惊又气，不加理会。白娘子不顾许宣的冷漠，喋喋不休地诉说，说她之所以大老远地来到镇江，全都是为了丈夫许宣，只要见到了他，就是死了也没有什么可抱怨的了。

何员外见状便劝说许宣。小青告诉何员外，说许宣听信别人的谗言，认为她家娘子是妖怪，她让何员外评个公道，看她家娘子究竟是不是妖怪。何员外看看姿色非凡的白娘子，说这么漂亮的一位女子，怎么会是妖怪呢？白娘子解释说，那八宝明珠巾本是她先夫留下的，在县衙门里当庭对质，许宣没有辨别明白就招认了，还带领官差来捉拿她们俩，幸亏邻居报信，她们逃走了，要不早就没命了。她怎么也弄不明白许宣怎么老是想让自己的亲人出丑。何员外听到这里，便说了许宣好多不是。许宣因为几次三番被折腾得够呛，所以还是没有好脸色。白娘子急了，对小青说，她们千辛万苦赶到这里，却遭受这种对待，如今进退无门，还要这条命干什么，不如投江去死算了，说着就抱头往外走，被何员外和小青拽住。何员外又责备许宣不该这般薄情，切不可少年气盛，万一真的惹出是非来后悔也晚了。许宣这才心有所动，问何员外如何是好。何员外说他们应该互相赔礼道歉，互相谅解，从此夫妻和睦，不得再生情变。许宣和白娘子按何员外说的做了。何员外为他们提供房子住下，并对他们说如果缺粮尽管找他要。他们千恩万谢，何员外这才放心。白娘子仍然哭哭啼啼，许宣过意不去，自叹一时混账，干出那种事来，有负娘子一片好心，请她多多原谅。小青说娘子和官人本是一对好夫妻，可不知为什么官人老是这么疑神疑鬼。许宣说全是他的不是。

且说法海自从接受了如来佛祖的命令去收服白蛇妖怪，接引许宣回去，不日来到凡间，正遇上许宣和白娘子在镇江居住。他便停留在金山寺中，一来是要尽览此处江山的胜景，二来要找个机会，指引许宣。这一天，天气晴朗，法海想下山走一遭，他对弟子慧澄说如果有人来访，只说他下山去了，便一个人优哉游哉地下得山来。

法海决定到许宣府上进行一番点化。没走多远，见前面一座院门，妖气冲天，想必就是许宣的家了。他便坐在门口，等候许宣出来。不一会儿，许宣果然从门内走出，见到门口的僧人，便上前问："长老从何而来？为什么在我家门口打坐？"

法海说："我从金山寺来，来此化缘，要化一块百余斤重的檀香，装塑一尊观音佛像。"

许宣说："久闻金山寺中有个法海禅师，法术非凡。"心想：昨晚家中不知怎么出现了数十担檀香，其中一块恰有百余斤重，而今天法海禅师就到门上化它，绝非偶然。只是白娘子曾经嘱咐他不要与僧道来往，他不妨背着她布施于法海禅师算了。想到这里他便对法海说："我家中正有这么一块檀香，我愿意捐献出来，你什么时候来取？"

法海说："明日让徒弟来取，二月十九日是观音菩萨圣诞，请施主早早到寺中拈香，到时候我有重要的话对你说。"

许宣说："到时候一定去，听法海禅师指点迷津。"

等法海走后，许宣忽然想起刚才说的那番话跟哑谜一般，教他反复寻思，放心不下，只得等到那日拈香时再问个明白。

临去拈香的头一天晚上，许宣告诉白娘子他明天要到金山寺的事情，白娘子坚决反对他去拈香。许宣执意要去，白娘子看劝不住，就嘱咐他参拜之后立刻回来，千万不要到寺中与和尚说什么话。许宣纳闷，心想他之所以要去拈香就是为了听听法海禅师对他说些什么，怎么能不去见？不过他表面上还是答应了白娘子。

第二天一早，许宣就赶往金山寺中。法海禅师已差徒弟慧澄在门口等候他。慧澄问清了他是许宣，就按照法海禅师的吩咐，先带他去拜过观音菩萨，然后领他进讲堂去拜见法海禅师。

白娘子在许宣走后心中不安，迟迟放心不下，老担心许宣会听信法海的谗言。于是她一面施法，让蟹虾龟蚌做好准备与法海交战，一面带领小青驾条小船赶往金山寺接许宣回来。小青有些不明白，许宣遭受蛊惑不止一次了，为什么这次白娘子显得特别焦急。白娘子告诉小青，金山寺中的这个法海，法力无边，功夫非凡，不是一般的和尚所能相比的。如果许宣被法海点悟，白娘子的姻缘就不会有好结果了。

小青一听害怕了，催着白娘子赶快想个办法把许宣弄回家。二人来到金山寺，白娘子让小青在外边大叫："许官人快些出来，我们驾船来接你回去。"这一叫惊动了寺里，慧澄出来问她们是烧香还是还愿。白娘子说既不烧香也不还愿，只让他把她丈夫许宣快些叫出来。

慧澄一听她们找许宣，心中明白了，告诉她们说他师傅法海不让许宣下山，因为他遇上了妖怪，身上弥漫着妖气。白娘子哪里肯听，仍求慧澄去把许宣叫出来。慧澄又说许宣害怕白蛇和青蛇的缠扰，一心要跟他师傅出家，不愿意再下山去，让白娘子死了这条心。白娘子一听肝火大动，威胁慧澄说要是不赶快把她丈夫许宣放出来，她定叫这群金山寺中的和尚死无葬身之地。慧澄一听害怕了，连忙跑回去报告法海禅师。法海正对许宣口授计策，闻得白娘子和小青前来骚扰，他让许宣进寺中躲着，自己出来会她们一会，并让慧澄取过禅杖、钵盂、宝塔带在身上。

小青见法海出来，迎头大骂，让他快放许官人出来。白娘子还算礼貌，连叫几声禅师，求他把丈夫许宣放还给她。

法海态度非常恶劣，骂她们是孽畜，说许宣已经皈依佛门，此处是庄严佛地，她们不得胡作非为。

白娘子一听怒火中烧，扬言如果法海不放许宣下山，定让他性命难保，说着白娘子就要来擒拿法海。

法海手指一弹，唤来了护法神，让护法神捉拿白娘子。白娘子战不过护法神，暂时逃开。等护法神退下，她又出现在法海面前索要许宣。

法海再次告诫她死了这条心，许宣已经皈依三宝，再也不会回去。白娘子一看硬的不行，便又软下来良言相求，说禅师是佛门高僧，怎么会没有菩萨心肠呢？法海说他已经将白娘子妖变的全部根由告诉了许宣，许宣害怕她，不肯再与她过夫妻生活，任她再怎么纠缠也不会有用了。

白娘子听后又硬起来，斥责法海无端拆散人家夫妻，不知天理。法海反问她既知天理，为什么还在人间残害生灵。白娘子说他们夫妻恩爱，根本没有害人之说，明明是法海无事生非，煽惑人心。既然法海不仁，也就别怪她白娘子不义了，她定要与法海见个高低。

白娘子说完，与法海战在一处，二人是越战越激烈。这时小青也好言求法海放出许宣，法海仍然坚决不放人。白娘子见法海顽固不化，便开始水漫金山寺，以图能救出许宣。法海的袈裟只能罩住山头，却害苦了附近的百姓。

法海最后拿出看家本领，用钵盂去罩白娘子，不料刚祭起钵盂，就被天上的文曲星托住，不曾罩住白娘子，白娘子趁势逃脱。

法海回到寺中，对许宣说："白蛇有孕在身不能收服，现已前往临安，到你姐姐家去安身了。你也马上回到临安。"

许宣说："此次回去，白娘子定然怀恨于我，恐怕要害我性命。我宁可死在江心，也不愿再见到她。"

法海说："你们的孽缘未了，她不会伤害你，如果她有什么埋怨，全推在我身上就是。等她在临安分娩以后，你到净慈寺找我。那时，我自有办法收服她。"

白娘子逃脱了法海的钵盂，与小青一路来到临安。她们既怕法海法力高强，又恨许宣薄情寡义。她们在无处可投的情况下，只好投奔许宣的姐姐。

白娘子已怀孕数月，经不起这等长途跋涉，忽然感到腹痛难忍，一步也走不动了。小青知道怕是快要分娩了，看前面已是断桥，便扶白娘子过去坐下来休息。

许宣在法海的护送下正停留在断桥近旁，许宣没走几步，突然看见了断桥边的白娘子和小青，避之唯恐不及，掉头便走。

小青看见了他，对他也是怀恨在心，扶着白娘子就追了过去。许宣记起法海的话，又壮着胆子转过身来，正好让她们赶上，被白娘子一把扯住，喝问他要往哪里去。许宣假装吃惊地反问她们为何这般狼狈。白娘子和小青你一言我一语地责备他忘恩负义，抛弃了她们二人。许宣则说全是法海的谗言迷惑了他，他一时糊涂，方让她们吃尽了苦头。白娘子号啕大哭，痛不欲生，许宣再三劝慰，让她别哭坏了身子，同时又责怪自己不明事理，请她们二人原谅。

小青左右不饶，许宣只好跪在白娘子的面前，对天发誓再不敢做出此种事情，白娘子这才原谅了他，让他起来。许宣别无去处，只好领着白娘子和小青去姐姐家。白娘子又觉得腹部疼痛难忍，许宣叫了一顶轿子抬上她，一行人徐徐来到他姐姐家。

许宣姐姐许氏和丈夫李君甫去年生下一个女儿，两人大为欢喜，算着将来长大成人，择一佳婿，他们终身也有所依托。

许氏常念叨许宣，说他已去苏州一年，不知现在怎样了。李君甫告诉她前些时候有朋友从苏州来，带来了许宣的消息。他已在苏州娶了一房妻子，去年秋天因遭人陷害，被发配到镇江，现在情况不明。许氏又喜又悲，感叹许宣命运不济。正说着，许宣径直从门外进来，令许氏和李君甫大感意外。

三人稍叙久别之情，许氏便问许宣的婚事。许宣说妻子白娘子正在门外等候，没敢贸然进来。许氏赶忙出来迎接。白娘子拜见了许氏和李君甫，小青也见了，大家都来房中落座。许宣给许氏讲了自己的经历，引得许氏感慨万端。白娘子问许氏有几个孩子，许氏说去年刚生下一个女儿。白娘子告诉许氏她怀有身孕，即将临产，她说如果生下儿子想与许氏女儿结成良缘，不知许氏是否愿意。许氏说这样亲上加亲，为什么不愿意。于是她们指腹为婚，为尚未出世的孩子定下了终身。李君甫让许氏陪他们坐着说话，他去差人置办酒席为他们接风洗尘。白娘子正坐着，忽然又感到腹部疼痛难忍，小青说可能要分娩了，便和许氏扶她到里屋。不久，果然生下一个胖小子，全家皆大欢喜。

来到姐姐家不觉半月，许宣却时时不忘与法海的约定。白娘子已分娩，许宣怕再耽误下去夜长梦多，便瞅了机会偷偷来到净慈寺中找到法海禅师。法海已在此等候多日了。听了许宣的话，法海说时机已经成熟，让许宣带着钵盂，明日巳牌时分，趁白娘子梳妆的时候，将钵盂合在她的头上。许宣不同意，法海便决定明日亲自来收服她。许宣拜辞。

为了不让姐姐和姐夫感到惊恐，许宣提前送他们去亲戚家暂避，将近巳牌时分他才匆匆赶回。白娘子生下一个男孩儿，心中高兴异常，虽然与许宣的缘分屡遭磨难，总算夫妻一场有了结果。她常对小青说生下这么一个宁馨儿得以为许家传后，她们也不枉受了几番折磨。这天将近巳牌时分，许宣尚未归来，小青给白娘子取过梳妆台和衣服，白娘子正要梳妆，许宣回来了。白娘子问他怎么不同姐姐、姐夫一起回来，许宣说他担心家中无人，又恐怕娘子寂寞，就提前回来了。白娘子让小青抱孩子到里屋安睡，许宣侍候她梳妆。

法海突然出现在屋门口，白娘子惊恐万分，跪地求饶。法海说他们孽缘已尽，命数难逃。白娘子还试图反抗，用珠子打法海，被法海接住。法海取出钵盂一罩，白娘子立刻变成一条白蛇，许宣大吃一惊。小青听见声音走过来也被捉住。法海念小青修炼千年，不忍心伤害，就把她锁在七宝池边，听候佛旨发落。许宣见白娘子和小青都现了原形，伤心不过，也觉得再在尘世间没什么意思，便决定随法海出家。

法海手持钵盂，来到塔边，唤来雷神和火神，对他们说他已收服了白蛇妖，要压在塔底，担心她乘机逃跑，让他们用三昧真火，烧炼成功。雷神和火神接过钵盂，埋在塔下，绕塔数周，回禀法海后便消失了。法海对塔下的白蛇精说："等到雷峰倒掉，西湖水干涸，江上不起波涛，再允许你还世。"说罢，扬长而去。

法海降服了白蛇精，完成了如来佛祖交给他的任务，就带领许宣返回天界。白娘子的儿子许士麟年已十六，后考中了状元，因思念母亲，具疏上奏，请求皇帝拆毁雷峰塔。皇帝没批准，只让他回家去祭奠一番。他没有办法，只好带领人马来到雷峰塔前祭奠。看见那威严高耸的雷峰塔，许士麟不禁痛恨那该死的法海。拈完香，许士麟跪在塔前痛哭流涕，嘴里说道："娘啊，如何能让我们母子二人再见一面？"

刚说完，塔底探出白娘子的脑袋，接着白娘子从塔中走出来。这全是如来佛祖念及许士麟一片孝心，特意让白蛇妖怪还原人形，让他们母子见上一面。

许士麟见白娘子从塔中走出，喊着"娘"，一头扑进她怀中。白娘子抚摸着许士麟的头说："孩子，难得你一片孝心，也不枉当娘的在此受难。"她抹了一把眼泪又说："儿啊，事已如此，不必太伤心。但愿你们日后夫妻和睦，千万不能学你父亲这么薄情寡义。"

许士麟说："孩儿记在心里了。"

白娘子说："你现在身受皇帝恩宠，不要老是念我，要多为国家出力，我当娘的在浮屠之下也能闭上眼睛。"

许士麟一一记在心里。不久，白娘子又被催回塔中，许士麟再跪拜一番，洒泪辞别。

白娘子和许宣的姐姐许氏曾经指腹为婚，许士麟守约回到姑母家中。许氏和丈夫李君甫甚为高兴，选了个黄道吉日为外甥和女儿成亲。正热热闹闹地举行婚礼，忽报钱塘县令前来贺喜。许士麟让亲眷们回避一下，自己出来迎接。钱塘县令一则贺喜，二则奉节度大人之命特来送五花官诰。许士麟接过谢了，钱塘县令当即告辞。许氏、李君甫和新娘子出来，与许士麟一起朝北叩头，感谢皇恩。

许士麟自此以后整天念及他母亲白娘子，哭天呼地，常年不懈，终于感动了上天。白娘子在被压在塔底二十年后得救放出。